陌生来电

[加]雪薇·史蒂文斯 著
王琼 译

Never Knowing

天地出版社 TIANDI PRESS

图书在版编目（CIP）数据

陌生来电 /(加) 雪薇·史蒂文斯著；王琼译. —— 成都：天地出版社，2020.1
ISBN 978-7-5455-5243-0

Ⅰ.①陌… Ⅱ.①雪… ②王… Ⅲ.①长篇小说—加拿大—现代 Ⅳ.①I711.45

中国版本图书馆CIP数据核字（2019）第205858号

Copyright ⓒ by Chevy Stevens
Published by arrangement with William Morris Endeavor Entertainment, LLC.
Through Andrew Nurnberg Associates International Limited
Simplified Chinese edition copyright: 2019 ZHONGYUE Media Technology (Beijing) Co., Ltd.
All rights reserved.

著作权登记号　图字：21-2019-507

MOSHENG LAIDIAN
陌生来电

出 品 人	杨　政
作　　者	［加］雪薇·史蒂文斯
译　　者	王　琼
责任编辑	王　鑫　孙学良
特约编辑	刘思瑶
装帧设计	A Book工作室-蜀黍
内文排版	四川最近文化传播有限公司
责任印制	王学锋

出版发行	天地出版社
	（成都市槐树街2号　邮政编码：610014）
	（北京市方庄芳群园3区3号　邮政编码：100078）
网　　址	http://www.tiandiph.com
电子邮箱	tianditg@163.com
经　　销	新华文轩出版传媒股份有限公司

印　　刷	北京市十月印刷有限公司
版　　次	2020年1月第1版
印　　次	2020年1月第1次印刷
开　　本	880mm×1230mm　1/32
印　　张	14.5
字　　数	350千字
定　　价	45.00元
书　　号	ISBN 978-7-5455-5243-0

版权所有◆违者必究

咨询电话：（028）87734639（总编室）
购书热线：（010）67693207（营销中心）

本版图书凡印刷、装订错误，可及时向我社营销中心调换本书故事纯属虚构。书中的人物、组织机构以及事件均为作者创作而成,仅用于虚构情节中。如有雷同,实属巧合。

致康尼尔

1

我以为自己能处理好这件事的，娜丁。这些年来我一直在您这里看病，也常常提起到底该不该去找自己的亲生母亲。现在，我终于找到她了。是我自己主动去找的。当然，您也给了我支持和鼓励——我想让您知道，您对我的人生有着多大的影响；我想让您看到，我是不是真的成熟了、长大了；我还想让您明白，我现在能保持稳定的情绪，做到心平气和了。记得您时常对我说："保持平和的心态才是关键。"可是，我却忘了您的另一句叮嘱："不要急，慢慢来，莎拉。"

我一直很怀念待在这里的感觉。还记得我头一次来找您看病的时候是多么局促不安啊！而当您告诉我为什么我需要您的帮助时，我简直如坐针毡。不过您为人坦诚，又风趣幽默——我之前完全没想到心理医生居然可以这样。您的办公室相当敞亮，布置得很是迷人，所以不管我来之前有多少烦恼，只要一走进这里，感觉就好多了。有时候，尤其是治疗最开始的那些日子里，我简直是来了就不想走。

有一回您对我说，要是没听到关于我的任何消息，那就说明我一切都好；如果我再也不来了，那就表示您的治疗成功了。您确实成功了。过去的几年里，我过得非常幸福快乐，所以我以为时机已经成熟,今后无论发生什么事情,我应该都能应对自如了。那时的我神志清醒,踏实坚韧,觉得没有什么能把我击溃,让我变成您最初见到我时的样子。

可是,当我终于迫使她——也就是我的亲生母亲——不得不说出一切时,她却欺骗了我。在我亲生父亲的事情上,她没有对我说实话。这就像是我怀着艾莉时她踢我的肚子——在我的体内猛踢了一脚似的,让我痛到无法呼吸。可最让我无法释怀的,是我亲生母亲流露出来的恐惧之情。她害怕着我,对此我确信无疑,只是不知道原因是什么。

一切都源于六周前我在网上看到的一篇文章。那是十二月底的一个星期天,我起得相当早——要是你家有个六岁的孩子,公鸡什么的就是完全多余的了。起床后,我一边喝着咖啡,一边在电脑上回复电子邮件。岛上有不少人想找我帮忙维修家具。我正专心致志地研究着一张二十世纪二十年代的桌子,没工夫陪艾莉玩。小姑娘这时应该在楼下看动画片,不过我隐约听见她正在教训家里那只叫穆斯的狗狗——那是一只身上长了斑纹的法国斗牛犬——听起来,似乎是穆斯动了艾莉的毛绒兔。我们正给穆斯断奶,所以近来它特别喜欢咬东西,幸亏它没有尾巴。

突然,屏幕上莫名其妙地弹出了一则伟哥的广告。我好不容易才把它关掉,一不小心又点开了另一个链接。等我回过神来的时候,发现自己正盯着一行标题:

领养儿童:真相的另一面

《环球邮报》上刊载的一篇文章让不少人纷纷留言。我快速地浏览着人们的回信。有些讲的是亲生父母数年来千方百计寻找孩子的故事,有些则是亲生父母不愿意被孩子找到的故事。一些被领养的孩子也在诉苦,说自己在成长过程中找不到归属感,有些找到了亲生父母的却被拒之门外,悲惨凄苦。当然也有结局皆大欢喜的,比如母子重逢、兄妹团聚等等。

我的太阳穴开始突突直跳。我是不是也能找到自己的亲生母亲呢?我们会当场相认吗?要是她不愿意认我,我该怎么办呢?或者找到后却发现她已经去世了?我会不会有几个兄弟姐妹,而他们根本不知道我的存在呢?

直到埃文从背后吻了我的肩时,我才发觉他已经上了楼。他发出一阵低沉的呻吟声——这声音是跟穆斯学的,可现在,它代表着许多意思,不管是"我快要被气死了",还是"你好性感啊",都可以用这种声音来表示。

我关上电脑,转动椅子,面对着他。埃文挑了挑眉,笑了笑。

"又在和你网恋的对象聊天吧?"

我也对他微微一笑,"你说的是哪一个呀?"

埃文把手往胸前一搭,跌坐在他的办公椅上,然后长叹一声,"衷心希望他有很多很多的衬衫。"

我大笑起来。我特别喜欢霸占他的衬衫,尤其是当他不得不和一群朋友待在那座可供垂钓的度假屋里时——那地方位于温哥华岛西岸的托菲诺,距离我们在纳奈莫市的家有三个小时的车程。他不在家的时候,我经常从早到晚都穿着他的衬衫,忙着将一件件家具翻新。等到他回来时,衬衫上早已污渍斑斑。每一次我都得使出浑身解数才能求得他的原谅。

"不好意思啊,但是亲爱的,我必须告诉你,你才是唯一适合我的男人哦——试想这个世界上还有谁能受得了疯疯癫癫的我呢？"我把脚一抬,搁在了他的腿上。他穿着平时最爱穿的工装裤,上身穿着一件保罗衫,乌黑的头发根根竖起,看起来就像个大学生。好多人都不知道,其实那座度假屋是埃文的私人财产。

他笑了,"噢,我相信某个地方一定会有那么一个爱穿紧身衣的医生,在他的眼中你一定特别可爱。"

我作势要踢他一脚,随后又揉了揉左边那隐隐作痛的太阳穴。我对他说道:"刚才我正在看一篇文章。"

"你的偏头痛又发作了吗,宝贝儿?"

我的手放了下来,搭在了腿上,"有一点儿迹象,过会儿就没事了。"

他瞅了我一眼。

"唉,好吧,昨天我忘了吃药。"这些年我试过各种药物,现在服用的是 β-受体阻滞剂,总算控制住了症状,可关键在于必须记得按时吃药。

他摇了摇头:"那篇文章说了些什么呢?"

"安大略省公开了儿童领养记录,还有……"这时埃文按压到了我脚底的一个穴位,我不禁发出了一声呻吟,"许多留言,有的是被领养的孩子写的,有的是放弃了子女的父母写的。"楼下传来了艾莉咯咯的笑声。

"你是不是想找一找你的亲生母亲呢?"

"不完全是,我只是觉得挺有意思的。"可是我的确想要找到她,不过目前我还不能确定自己是否做好了心理准备。收养的事情我早就知道了,一直以来也没觉得有什么大不了的。后来——也就是我四岁的时候——有一天,妈妈让我坐下来,说她和爸爸要有一个小宝宝了,这时我才意识到一切都不一样了。妈妈的肚子一天天变大,爸爸也越来越自豪。我开始忧心忡忡,害怕他们会把我送回去。他们把劳伦从医院带回家的那天，我注意到了爸爸端详着她的眼神，我突然意识到，自己和那个小婴儿不一样。当我说要抱抱她的时候，爸爸望了我一眼。他的目光加深了我的这种感觉。两年后，他们又有了梅勒妮。不出所料，爸爸还是不让我抱她。

埃文和我不同，他是个拿得起放得下的人。这时他点了点头："你打算什么时候去吃个早午餐啊？"

"唉，只怕是遥遥无期啊。"我叹了口气，"不过谢天谢地，幸亏待会儿劳伦和格雷格会过来。可是天哪，梅勒妮居然要把凯尔也带过来。"

"她的胆子可真够大的。"我爸爸有多喜欢埃文——他们俩可能会在吃饭时从头至尾筹划接下来的垂钓活动——就有多瞧不上凯尔。可我不会因此而责怪爸爸。凯尔一心想玩摇滚、当明星，但说实话，我觉得他唯一玩得转的就是我妹妹。不过爸爸一直都不喜欢我们有男朋友，所以他对埃文青睐有加，这一点至今都让我受宠若惊，而埃文所做的，不过就是带着爸爸去了趟度假屋。打那以后，每当我爸说起埃文的时候，就像在说自己的亲儿子。时至今日，他还时不时地吹嘘一番自己和埃文一起钓到的那条三文鱼。

"她还真以为让凯尔和老爸多多相处，老爸就会发现他的闪光点哦。"我对此嗤之以鼻。

"别这样说嘛，毕竟梅勒妮爱他呀。"

我假装打了个寒战，"上个星期她对我说，要是我不想自己的肤色看上去跟婚纱一样，就得赶紧去晒晒太阳了。可距离我们的婚礼还有九个月呢！"

"她这是嫉妒你——你可别当真啊！"

"可她的话就是很伤人嘛！"

艾莉领着穆斯一前一后飞快地冲了进来，随后一头扎进了我的怀里。

"妈妈，穆斯把我的麦片都吃光光啦！"

"你是不是又把自己的碗放在地板上了呀，小傻瓜？"

她把头靠在我肩上，咯咯地笑个不停。我闻着她身上清新的味道，鼻子被她的头发弄得痒痒的。艾莉肤色较深，小身板儿挺壮实。尽管埃文不是她的亲生父亲，但她的样子更像他，而不那么像我。不过她有着一双和我一样的绿色眼睛——埃文管这样的眼睛叫猫咪眼。她还遗传了我的鬈发，不过我已经三十三岁了，头发也没那么卷了，而她的头发则卷得特别厉害。

埃文站起身来，双手一拍。

"好啦，家人第一，是时候换衣服啦。"

一周后，埃文又去了度假屋，在那里待了好几天。新的一年刚刚开始，我又在网上找到了几则和收养有关的报道。埃文临走前，我告诉他，说自己打算在接下来的几天里试着找找亲生母亲。

"你确定现在做这件事合适吗？你还得处理一大堆和婚礼有关的问题呢。"

"可找人也是为了这场婚礼嘛——咱俩就要结婚了，可据我所知，我是被人从外太空扔到这儿的。"

"哎哟，这倒是可以解释一些事情了呢……"

"哈哈，很有趣，是吧？"

他笑了起来，接着说道："说真的，莎拉，要是找不到她，你会怎么想呢？或者，如果她不想见你，你又该怎么办呢？"

是啊，到时候我会怎么想呢？我强迫自己把这个想法丢到一边，然后耸了耸肩。

"那我就接受这个结局呗。我不像从前那样经不住事了，可我就觉得自己应该这样做——尤其是如果我们打算要孩子的话。"怀着艾莉的整个孕期，我都担心自己会不会把什么不好的东西遗传给她。谢天谢地，她现在很健康。可只要埃文和我谈起要孩子的事，那种恐惧的感觉就会再度涌上心头。

我又说道："其实我更担心的是会让妈妈和爸爸难过。"

"你用不着告诉他们——你的生活你做主。不过我还是觉得现在时机不合适。"

也许他是对的。照顾艾莉加上打理业务已经让我压力重重了，更不要说还得筹划一场婚礼。

"我会考虑一下，看是否晚些时候再去做这件事，好吗？"

埃文笑了笑，"这就对了。我了解你，宝贝儿——一旦下定决心，就会全力以赴。"

我大笑起来，"我保证。"

我的确想过暂缓此事，尤其是万一被妈妈发现了，那她一定会伤心欲绝的。她曾经对我说，我是一个非常特别的孩子，所以他们才会选择我，而不是收养其他孩子。十二岁那年，我却听到了另一种说法。那是梅勒妮告诉我的。她说，爸爸妈妈之所以领养我，是因为当时妈妈怀不上孩子，而现在他们已经不再需要我了。妈妈找到我的时候，我正在房间里收拾行李。我告诉她，我要去找自己的亲生父母。听到这话，她放声大哭起来，然后说道："你的亲生父母没能力好好照顾你，不过他们希望把你送到一个最好的家里去，所以你才来到这个家，由我和你爸爸来照顾你。我们非常非常爱你。"我永远忘不了她那受伤的眼神，也忘不了她搂着我时那副瘦弱的身躯。

后来有一天,我又正经八百地想找亲生父母了。那时我大学刚毕业,没过多久就发现自己怀孕了。七个月之后,我抱着艾莉,脑子里突然冒出了这个念头。不过我又试着站在妈妈的角度去思考问题:假如我的孩子要去寻找自己的亲生母亲,我会怎么想呢?我肯定会觉得很受伤,也很害怕。之后我便没办法继续想下去了。至于这回,如果不是爸爸打了个电话约埃文去钓鱼,我可能根本不会这样想。

"不好意思啊,老爸,他昨天刚走。要不您和格雷格一块儿去?"

"格雷格话太多了。"我默默地为劳伦的丈夫感到难过。爸爸看不上凯尔,可他觉得格雷格也没啥用。有一次我亲眼看见,格雷格的话还没说完,老爸就已经转身走掉了。

"你和妈妈暂时不会出门吧?我打算先去学校接艾莉,然后顺路去你们那儿。"

"今天你就别过来了。你妈妈想好好休息一下。"

"她的克罗恩病又犯了吗?"

"她只是有点累了。"

"好的,没问题。需要帮忙的话,只管叫我哦。"

自从有了我们几个孩子后,妈妈的身体状况一直不太稳定。有时候,一连好几个星期她都安然无恙。无论是粉刷房间、缝制窗帘,还是煮饭做菜,她都忙得不亦乐乎。这时,爸爸也会勉勉强强地高兴起来。记得有一次他居然让我坐在了他的肩上,可把我给激动坏了。这种事情就跟他会真正注意到我一样,百年难逢。可是好景不长。短短几天之后,妈妈又会因为劳累过度而再次病倒。我们只能眼睁睁地看着她一天天衰弱下去，因为她的身体吸收不了任何营养物质，就算吃的是婴儿食品，也只会让她冲进洗手间，大吐不已。

每当妈妈缠绵病榻时，我就成了受气包。只要爸爸一回家，就会开始盘问我这一整天都干了些什么，似乎他特别想找到什么事，或是什么人，来让自己好好发泄一下。我九岁时，有一天，妈妈正在家里休息。这时，爸爸发现我在看电视，便不由分说，一把抓住我的手腕，拽着我来到厨房，指着一堆碗碟训斥起我来，说我是一个好吃懒做、忘恩负义的孩子。第二天，他又因为一堆没洗的衣服对我发了火。第三天，我又因为没有收拾梅勒妮扔在家门前车道上的那些玩具而被臭骂了一顿。每一回，爸爸都会矗立在我面前，那副干力气活儿磨炼出来的高大身板显得是那样的气势逼人。不过，即使他气得声音发颤，也从不对着我大吼大叫。他不会做出任何可以让妈妈看见或是听见的事情。他只会把我带到外面的车库里，然后一条条数落出我的不是。这时，我会盯着他的双脚，生怕他会说出再也不要我了之类的话来。接下来的一个星期里，他几乎连一个字都不愿对我说。

所以，我学会了在妈妈动手之前就主动去干家务活，学会了在两个妹妹出去与朋友们玩耍时留在家中准备晚餐——虽然从来不曾得到爸爸的赞许，但至少能让他不再对我保持沉默。只要爸爸不再这样对我，妈妈也不再被病痛击垮，那我做什么都愿意。妈妈健康无恙，我才能平安度日。

当天晚上我给劳伦打了个电话，却意外得知她和两个儿子在爸妈家吃了晚餐，刚刚才回到家中。原来，爸爸之前就已经邀请他们了。

"所以说只有我的孩子没资格去那儿啦?"

"我向你保证,事情绝对不是这样的。只是艾莉的精力太过旺盛,而且……"

"这又是什么意思?"

"没什么。她很可爱。可能爸爸只是觉得三个孩子在一起就会太吵了。"我知道劳伦不希望我对爸爸发牢骚,所以想尽量安抚好我,可真正快要把我逼疯的是爸爸对待我那种迥然不同的态度。对此,劳伦一贯视而不见,或者至少绝不肯承认。挂了电话之后,我几乎忍不住就要给妈妈打个电话,问问她身体如何。可接着我又想起了爸爸对我说过的话,他要我待在家里,仿佛我是一只流浪狗,因为可能会把家里弄得一团糟,所以只能睡在屋外的门廊上。一想到这儿,我又把电话听筒放了回去。

第二天我就在人口统计局填了表,还交了五十美元,然后就开始了等待。我嘴上说着"不着急,慢慢来",可事实上一周后我便跑去找邮递员了。一个月之后,我收到了自己的原始出生登记证明——人口统计局的那位女士就是这么说的。我目不转睛地盯着那个信封,突然意识到自己的手正在发抖。埃文又到度假屋去了。多希望我拆开信封的时候他能陪着我啊!可他一个星期后才会回来。艾莉这时还在学校,屋子里静悄悄的。我深吸了一口气,猛地撕开了信封。

我的生母名叫朱莉娅·拉罗什。我出生于不列颠哥伦比亚省的维多利亚市。在亲生父亲一栏里,写着"无名氏"三个大字。我反反复复地看着出生证明和领养证明,想要从中得到那个答案,可萦绕在我耳边的却只有一个问题——为什么你要把我送给别人?

第三天，我很早就醒了。趁着艾莉还在睡觉，我赶紧上了会儿网。首先我访问了领养重聚登记处的网站，发现自己还得等上一个月的时间才能得到回复，于是我决定自己试着找找看。我花了大约二十分钟，搜索了好几个网站，最后找到了七位年龄与我生母相仿的朱莉娅·拉罗什。她们中有三位的住址显示为魁北克省，另外四位在美国境内。在前面三位中，有两位的住址位于温哥华岛上。当我发现她们俩都住在维多利亚市时，胃里却如翻江倒海般难受起来。这么多年过去了，她还会住在那儿吗？我飞快地点开了第一个链接，看到她发布在某个新手妈妈论坛里的文章。她太年轻了，不可能是我母亲。我不由得长舒了一口气。接着，我点开了第二个链接，网页上出现的是一位维多利亚市的房地产经纪人。她长着一头和我相似的红褐色头发，年龄似乎也相符。我仔细地端详着她的面孔，顿觉喜忧参半。我真的找到自己的亲生母亲了吗？

把艾莉送去学校后，我便直接回了家。我坐在办公桌前，不停地用笔在之前记录下来的一串电话号码上画圈圈。我马上就打。喝完一杯咖啡后就打。把报纸看完了就打。给每个脚趾都涂上不同的指甲油后就打。最后，我终于强迫自己拿起了电话。

丁零零……

也许根本就不是她。

丁零零……

我应该赶紧挂了。这种做法太糟……

"我是朱莉娅·拉罗什。"

我张了张嘴，可一个字都说不出来。

"您好？"她说。

"您好,我打电话……我打电话是因为……"因为傻乎乎的我以为只要自己口才够好,就能转眼间让你后悔当初抛弃了我。可此时此刻,我却连自己姓甚名谁都记不起来了。

她的声音听起来有些不耐烦了,"您是想买房子还是卖房子?"

"不,我……"我做了个深呼吸,然后飞快地说道,"我或许是您的亲生女儿。"

"你是在跟我开玩笑吧?你是谁啊?"

"我叫莎拉·加拉格尔,出生于维多利亚市。我的亲生父母不要我了,然后我就被人领养了。您有着一头红褐色的头发,年龄也合适,所以我以为……"

"亲爱的,你绝不会是我的女儿。我不能生孩子。"

我的脸一下子涨得通红,"天哪,太对不起了。我只是以为……嗯,其实我盼望着您就是我的母亲。"

她的声音变得柔和起来,"没关系,祝你好运。"我正准备挂电话,她又说道:"维多利亚大学里有位朱莉娅·拉罗什。有时候我会接到找她的电话。"

"谢谢,太感谢您了。"

我把电话放回桌上,起身往工作室走去,脸上仍然热得烫手。我清洗了绝大部分的油漆刷,然后一屁股坐下来,一动不动地盯着面前的那堵墙,心里却想着那位房产经纪人的话。几分钟后,我又回到了电脑前,飞快地搜索起来。不久,另一位朱莉娅·拉罗什的名字赫然出现在了维多利亚大学的教授列表中。她教的是艺术史——或许我对老物件的热爱正是源于她吧?我赶紧甩了甩头。干吗让自己这么兴奋啊?不过就是个名字罢了。我深吸了一口气,然后拨通了维多利亚大学的电话。让我感到惊讶的是，他们连问都不问，便为我直接接通了朱莉娅·拉罗什办公室的分机。

她接了电话。这一次我有备而来，"您好，我叫莎拉·加拉格尔，正在寻找亲生母亲。三十三年前，您是否把孩子送给别人领养了呢？"

电话那边的人猛地吸了一口气，紧接着是一阵沉默。

"您好？"

"别再往这里打电话了。"说完，她挂断了电话。

我放声大哭，一连哭了好几个小时，偏头痛也开始发作了。我头痛欲裂，只能请劳伦把艾莉和穆斯接走，代为照顾。幸好劳伦的两个儿子和艾莉年龄相仿，所以艾莉很喜欢去他们家玩。即使女儿只是一个晚上不在家，我也会郁郁寡欢，可眼下我唯一能做的事情就是躺在漆黑的房间里，额头上放着冰袋，静静地等着头痛的症状慢慢消失。埃文给我打了电话，我把发生的事情告诉了他。因为头痛得很厉害，所以我讲得很慢。到了第二天下午，我不再觉得头晕目眩了，艾莉和穆斯也回了家。当天晚上，埃文又给我打了电话。

"感觉好些了吗，宝贝？"

"我的头不痛了——都是我的错，我又忘记吃药了。那张桌子不知道什么时候才能弄好。我本来还打算这周给几个摄影师打电话的。还有啊……"

"莎拉，你没必要一下子把所有的事情都做了。我回来以后会联系那几个摄影师的。"

"没事，我能搞定。"在许多事情上，埃文这种不温不火的性格还是不错的，可我们在一起已经有两年了，现在的我已经懂得"我们稍后再来做这个"通常意味着什么——它的意思就是我之后肯定会忙到疯掉,这样才能赶在最后一分钟前把事情做完。

我继续说道:"我一直都在想着我的生母,不知道那时候到底发生了什么……"

"所以呢?"

"我打算给她写封信。网上没有她的地址,不过我可以把信寄到她的学校去。"

埃文沉默了一小会儿才说:"莎拉……我不知道这是不是个好主意。"

"所以你的意思是她一点儿都不想了解我?可以,没问题,但是我觉得她好歹得把我的家族病史告诉我啊。不然艾莉会怎么想?难道她没有知情权吗?我是说,也许真的会有某种遗传病,比方说……比方说高血压、糖尿病,甚至是癌症……"

"宝贝,"埃文的声音听起来冷静而坚定,"别太激动了。为什么你不能让她一步一步地去了解你呢?"

"我不像你,行了吧?我做不到出了事还能不睬不睬的。"

"听我说,小辣椒,我是站在你这一边的。"

我闭上双眼,一言不发。我一边拼命呼吸,一边提醒自己不该冲埃文发火。

"莎拉,你想做什么就做什么吧,不管怎样我都会支持你的,不过我还是觉得你最好先别想这件事了。"

第二天我便踏上了耗时一个半小时的路程。一路上我沉着冷静,完全不觉得自己的行为有何欠妥。我开车行驶在环岛高速路上,途中的风景——古朴的小镇和山谷,成片的农田,偶然才能瞥见的大海,以及海岸边连绵起伏的群山——抚慰了我的心灵。

我离维多利亚市越来越近了。当车子驶过金溪公园内的原始森林时，我不禁想起了那次爸爸带我们来这儿观看鲑鱼在河中产卵的情形。成群的海鸥蜂拥而至，你争我抢地啄食着死去的鲑鱼。目睹这一幕的劳伦被吓坏了。我则十分讨厌空气中弥漫着的死亡气味，这种气味会附着在衣服上，或是钻进鼻孔里，久久都不会消散。爸爸向两个妹妹巨细靡遗地讲解着他所知道的一切，却故意不去理会我提出的一个又一个问题，不去理会我的存在，这让我难过极了。

埃文曾经提到过，说将来有一天我们可以在维多利亚市再开办一项赏鲸的业务——艾莉特别喜欢去内港那边的博物馆，还喜欢观看街头艺人的表演；至于我，只要是老式建筑，我都十分中意。不过目前纳奈莫挺适合我们俩的。没错，它是岛上第二大城市，可依然具有典型的小镇风情。你可以漫步于海港的护堤上，也可以在老城区购物；你能徒步登上一座高山，也能欣赏海湾群岛美轮美奂的景致。只需一天，你便可以尽享一切。无论何时，只要我们想去大陆或是维多利亚市购物，那么无论是渡轮还是汽车，都能将我们送抵目的地。可是，如果这回在维多利亚市不顺利的话，那回程必将漫长到让人难以忍受。

我打算把信送到朱莉娅的办公室去，可前台的那位女士告诉我，说拉罗什教授正在隔壁那栋教学楼里上课。我突然想去看看她到底长什么样。她可能根本不会注意到我的存在的。看过了她的长相后，我再把信送去前台。

我小心翼翼地打开了教室门，蹑手蹑脚地走了进去。这间教室就像个大礼堂。我把脸转向一侧，避免正对讲台。我在后排找到了一个座位，坐下后尽量蜷缩成一团——我觉得自己就像个偷窥狂——然后偷偷地看了一眼我的母亲。

"正如大家所看到的那样,伊斯兰世界的建筑风格千变万化……"

在我以往的幻想中,我的生母都是以我的形象出现的,只不过年纪更大一些。可实际上,和我那头披在身后乱蓬蓬的红褐色鬈发截然不同的是,我的母亲有着一头乌黑靓丽的短发。我看不清她眼睛的颜色,不过她的脸圆圆的,面部的骨骼十分精致,而我呢,颧骨高耸,明显是日耳曼人的后裔。她穿着一条黑色紧身裙,身材有点儿像个小男孩,手腕特别纤细,我却有着一副运动员般的体格。她的身高应该是一米五多一点,而我几乎都快一米七五了。当她用手指向投影仪屏幕上的画面时,姿势优雅,神态自若,可我开口说话时总要手舞足蹈,还总会把东西碰倒。要不是她在电话里的反应让我难以释怀,我真的会以为自己找错人了。

我一边漫不经心地听她讲课,一边想象着有她陪伴的童年会是怎样。我们应该会在吃饭时聊艺术,所用的餐盘必定精美无比;有时我们还会在银质烛台上点上蜡烛,共享烛光晚餐;暑假期间,我们会去到不同的国家,参观那里的博物馆,还会在意大利的咖啡馆对各式各样的卡布奇诺展开深入的探讨;到了周末,我们会一起逛逛书店——

内疚感如潮水般涌来,让我顿时不知所措。我是有妈妈的人啊。我想起了那个温柔善良的女人,她把我抚养长大,即使自己病痛缠身,也要坚持为我用卷心菜叶敷额头,缓解我的头痛。现在,我找到了自己的亲生母亲,但她却被蒙在鼓里。

下课后,我沿着通往侧门的台阶走了下去。经过朱莉娅身边时,她朝我笑了笑,脸上带着一种质询的神情,仿佛在努力回忆着我是哪个班的学生。这时,一个学生走到她面前问问题,于是我赶紧朝门口走去。离开的一刹那，我回头瞥了一眼，终于看清了她那双棕色的眼睛。

我径直回到车里，一动不动地坐着，心脏怦怦乱跳。就在这时，我发现她正走出教学楼，向着教职工停车坪走去。我发动汽车，朝那边慢慢开了过去。只见她坐进了一台白色经典款捷豹车里，没过多久，便发动了汽车。我不假思索，尾随而去。

停下来。想想你在做些什么吧。赶快靠边停车。

好像我真会这么做似的。

我们沿着达拉斯路前进，道路两边全是维多利亚海滨地区较为高档的住宅小区。我一直跟在她后面，大约十分钟后，朱莉娅的车转了个弯，开进了位于海边一所都铎式房屋的环形车道里。我马上靠边停车，接着取出了一张地图。她在鹅卵石台阶前停好车后，就沿着一条小路走下去，接着绕过房子一角，来到一扇侧门前，然后便消失不见了。

她没有敲门。她就住在这儿。

现在我该怎么做呢？是开车离开这儿，然后忘掉这一切？还是冒着被别人发现的风险，把信投进车道尽头的邮箱里？要不我干脆直接把信交到她手里呢？

可当我走到那扇大大的红木正门前时，我才惊觉自己就像个傻瓜，一动不动地站着，心中万分纠结，不知是该把信从门缝里塞进去，还是直接转身跑掉才好。我没有伸出手去敲门，也没有按门铃，可门就那么开了。我与亲生母亲面对着面。显然她并不乐意见到我。

"你好？"

我的脸顿时变得通红。

"你好……我……我去听过你的课。"

她稍稍眯了眯眼睛,接着便看到了我死死攥着的那封信。

"我给您写了一封信。"我上气不接下气地说,"有些事情我想问问您——前几天我们聊过的。"

她猛地望向我。

"我是你的女儿。"

她瞪大了双眼,"你走吧。"她抬起手来就要关门,我一脚顶住了门框。

"等一下。我不是来找你麻烦的——我只是想问几个问题。这都是为了我的女儿。"我从钱包里掏出了一张照片,"她叫艾莉——今年六岁。"

朱莉娅没有看那张照片。她开口说话时,声音高亢,情绪紧张,"现在这个时候不合适。我不能——我就是做不到。"

"五分钟。我只要五分钟,然后就再也不来打扰你了。"

她扭头看了一眼放在大厅桌上的电话。

"求求你了。我保证再也不会来找你了。"

她把我带进了旁边的一个房间里,那里摆放着一张红木桌子和一个抵到天花板的大书柜。一只猫正躺在包裹着棕色皮革的古董高背椅上。她把它抱了下来。

我找了个地方坐下,竭力想挤出一丝微笑,"喜马拉雅猫都挺漂亮的。"她面无表情,端坐在椅子边缘,放在腿上的两只手紧紧缠绕在一起,指关节都发白了。

我开口道:"这把椅子实在是太棒了——我的工作是翻新旧家具,这把椅子真是古朴动人。我很喜欢老物件。只要是老式的东西我都爱,真的,像汽车啦,衣服啦……"我的手在黑色天鹅绒外套上蹭来蹭去。为了搭配这件合身的上衣,我特意穿了条牛仔裤。

她始终注视着地板，双手开始颤抖起来。

我深吸了一口气，然后直截了当地对她说："我想知道当初你为什么要把我送走。我现在并不生气。我过得很好。只是……我就是想知道原因。我需要知道原因。"

"那时我太年轻了。"说这话的时候她声音很细，不带任何感情，"而且那是一次意外。我其实不想有孩子。"

"那你为什么又生下了我呢？"

"我曾经是一名天主教徒。"

曾经是？

"那你的家人呢？他们现在……"

"我的父母在一次事故中去世了——这是在你出生之后发生的事情。"她匆匆说出了后半句。我静静地等着，希望她能再多讲一些。那只猫咪在她的腿上蹭来蹭去，但她没有伸手去摸它。我注意到她颈部的一根动脉跳得很快。

"我很难过。那次事故是在岛上发生的吗？"

"我们……他们……当时住在威廉姆斯湖市。"她的脸红了。

"您姓拉罗什，请问它有什么含义吗？这是法语吧？您知道它源于哪个……"

"我从来没有去查过。"

"那我的父亲呢？"

"我是在一场聚会上认识他的，现在我什么都想不起来了，也不知道他在哪儿。"

我凝望着眼前这位气质出众的女士，她绝不是那种会玩一夜情的女人，所以我敢肯定，她一定在撒谎。我想让她看着我的眼睛，可她一直盯着那只猫。我的心里涌起了一股狂热的冲动，想一把拎起那只猫砸到她的身上去。

"他个子高吗？我长得像他……"

她猛地站起身来，"我告诉过你我什么都不记得了。我想你最好现在就离开这儿。"

"可是……"房子后面突然传来了"砰"的关门声。

朱莉娅一下子用手捂住了嘴巴。一位年纪更长的女士从转角处走了出来。她有着一头金色的鬈发，瘦削的肩膀上披着一条粉色的围巾。

"朱莉娅！你已经回来了，这真是太好了！我们得……"这时她发现了我的存在，于是停止了说话，又给了我一个大大的笑容，"噢，你好，我不知道朱莉娅的学生过来了呀。"

我马上站起来，伸出了一只手，"我叫莎拉。拉罗什教授愿意帮忙看看我写的论文，她真是太好了。不过现在我得走了。"

她握了握我的手，"我叫凯瑟琳，是朱莉娅的……"她观察了一下朱莉娅的脸色，说话的声音越来越小。

我开口打破了这令人尴尬的沉默，"能认识您是我的荣幸。"接着，我转身面向朱莉娅，说道："再次感谢您对我的帮助。"她勉强挤出了一丝微笑，对着我微微颔首。

坐进车里后，我扭头望了一眼。她们俩还站在宽敞的大门口。凯瑟琳微笑着朝我挥手告别，而朱莉娅只是静静地注视着我。

现在您明白我为什么非得向您倾诉了吧。我感觉自己现在就像是站在一块冰面上，这块冰到处都开裂了，可我根本就不知道该往哪个方向移动。我是该好好调查一下为什么我的生母要对我撒谎，还是该听埃文的话，不再理会这件事了呢？我知道，您会说做决定的人最终还得是我自己，可我真的需要您的帮助。

我会时不时地想起穆斯。那是一个寒冷的周六，当时它还是一只小奶狗。那天我们一家人都得出门，于是就把它留在了洗衣房里。这个小家伙还没有被训练好——尿尿的次数多到艾莉要给它用上洋娃娃穿的小尿裤。洗衣房里铺着一张图案精美、颜色艳丽的地毯，那是我们在盐泉岛旅游后带回来的。小穆斯起初一定是咬住了地毯的一角，然后一点一点地拽到身边继续啃咬。等我们回到家中，这块地毯已经面目全非了。现在我的生活就像是那块美丽的地毯——我花了许多年才把它缝制好，可是现在，我担心如果自己揪住这个边角不放，最后便只会害得它分崩离析，七零八落。

但是我没有把握说服自己彻底放下。

2

　　我又回忆了一遍您给出的建议：您说我不用急着马上做出决定，而是应该先弄明白自己期望得到什么样的结局。您让我想清楚，自己为什么那么希望了解那段往事。后来，我甚至还像我们俩曾经在一起做过的那样，画了一张表，表上写满了寻亲这件事可能带来的好处和坏处。这一次我把优缺点都一一罗列了出来，写得非常清楚，可最后我还是找不到答案。于是我一跺脚，冲进工作室，放了张莎拉·麦克拉克兰的专辑。我一边用力打磨着一个橡木衣柜，一边号啕大哭。每擦掉柜子上的一层油漆，我的心情就会更为平静一些。她究竟是不是撒了谎，我到底从何而来，这些问题都不重要。重要的是我眼下应该如何生活。

　　我第一时间就给埃文打了电话，告诉了他我见到生母却又落荒而逃的遭遇。所以他周末回家时，给我带了巧克力和红酒，这也算是提前送达的情人节惊喜吧——这个男人可一点儿都不傻。不过他最明智的做法是没有对我进行一番说教，而是给了我一个拥抱，然后任由我大嚷大叫，直到我把一切都发泄出来为止。最后我的确是筋疲力尽了，可接着便沮丧难过、萎靡不振起来。我已经很久没有体会到这种感觉了，所以刚一开始我还没有意识到自己会变成这样——仿佛你突然偶遇了前男友，可在那一瞬间，你根本想不起来当初就是因为他,你才会觉得一切都是那么糟糕,那么让你生气的。这种沮丧的感觉在我身上一直持续了好几个星期才慢慢消失。我觉得自己应该到此为止了。

埃文早就回度假屋去了,劳伦的丈夫格雷格——他在老爸的那家伐木公司上班——也去了伐木营,于是艾莉和我二话不说就跑到劳伦家去蹭饭吃。要是我没有如此沉迷于自己新琢磨出的那道菜,那么我的手艺还是不错的。不过和劳伦呈上来的烤牛肉和约克郡布丁相比,我做的炒薯条顿时相形见绌。

用餐完毕后,劳伦的两个儿子——他们俩都有着一头淡金色的头发和一双蓝色的大眼睛,就像他们的妈妈一样——在院子里和艾莉以及穆斯你追我赶,嘻嘻哈哈,我和劳伦则在客厅里喝着咖啡,品着甜点。今年冬天不太冷,这一点挺让我高兴的,不过岛上的冬天一直都没有真正地冷起来过。尽管如此,能窝在劳伦家的壁炉前,和她一起聊聊孩子们最近发生的趣事,这种感觉也挺不错的。她家的两个儿子经常把东西弄坏,我家的艾莉则常常因为在幼儿园对小朋友们呼来喝去或是随意插嘴而麻烦不断。每当我向埃文吐苦水的时候,他总是哈哈大笑,然后说:"我真想知道她这样到底是随了谁。"

当我们把盘子里最后一点儿巧克力也刮得干干净净之后,劳伦开口说道:"婚礼筹备得怎么样了?"

"天哪,千万别跟我提这个事儿,要做的准备工作实在是太多了。"

劳伦忍不住笑了起来。她的头微微仰起,下巴上的那道疤痕露了出来。这是好多年前她从自行车上摔下来时弄的,当然,我也因为看护不力被爸爸狠狠地骂了一顿。即便如此,我的妹妹依然明艳动人。她很少化妆,不过她的那张瓜子脸,那身蜜色的肌肤,和鼻子上隐约可见的雀斑让她看起来美极了。何况她还是那种极为少见的人美心善的姑娘——她能记住你用的是什么品牌的洗发水,还会主动帮你积攒购物优惠券。

她对我说:"我早就告诉过你,婚礼筹备工作远比你想象的要多得多。你之前还认为这很容易呢。"

"你得看看这话是谁说的呀。也不知道是谁,当初结婚的时候优哉游哉得很呢!"

她耸了耸肩,"那年我才二十岁,结个婚让我开心得不得了。爸妈家的后院对我和格雷格来说已经足够了。不过要是你的婚礼能在度假屋举行就太棒了!"

"嗯,是的。不过有件事我想告诉你……"

劳伦瞅了我一眼,"你不是想当个落跑新娘吧?"

"什么?当然不会啦。"

她长吁了一口气,"谢天谢地。埃文实在是太好了,配你绰绰有余。"

"为什么大家都这么说啊?"

她笑了,"因为事实如此啊。"她的话让我陷入回忆之中。我是在一家汽车维修店里认识埃文的。当时我们俩都在等着自己的车——他的汽车发动机需要调试一下,而我的车已经是奄奄一息了。我担心他们修不好我的车。万一真修不好,我该怎么去接艾莉呢?这时埃文安慰我,说一切都会好起来的。至今我都记得,他在滚烫的茶杯上包好了一圈硬纸板后才把茶递给了我。只要身边有他,我的心就能平静下来。

劳伦问我:"所以你是想告诉我什么呀?"

"记得我以前跟你说过,我想去找自己的亲生母亲吗?"

"当然啦。小时候你成天就想着这件事。那年夏天，你说你肯定是个印第安公主，还非要在院子里造一艘小木船。你没忘吧？"说完，她哈哈大笑起来，可没过多久她便盯着我问道："等等，你不是真的在找他们吧？"

"几个星期前我已经找到我亲生母亲了。"

"哇哦！这可真是……真是件大事啊！"劳伦的神情从惊讶变成困惑，又从困惑变成了哀怨，"为什么你没有告诉过我呀？"这个问题问得很好，不过我根本没办法回答。劳伦嫁给了高中时就开始交往的男朋友，身边的朋友也是从小学时就认识的人。被人遗弃是什么滋味，孤单一人是何种体会，她全然不知。况且每回我们见面时，格雷格都会跟着一起来，所以我也不方便跟她聊这个。

"我得先把事情理顺，"我说道，"不过这一切并不顺利。"

"不顺利吗？发生了什么事？她住在岛上吗？"

我把这些糟心事儿全都讲给了劳伦听。

听完后她做了个鬼脸，"你那时肯定很难过吧。你现在还好吗？"

"我挺失望的，尤其是她没有透露一丁点儿关于我生父的消息——她是我能找到他的唯一希望。"从小到大，我做过无数白日梦，其中绝大多数都和我的生父有关。我幻想着有一天他用温暖的手护着我的背，然后把我带到一座别墅前。他会向众人介绍我，说我是他失散多年的女儿。

"你还没告诉爸妈，是吗？"

我摇了摇头。

劳伦明显松了口气。我盯着眼前的盘子，残留在口腔内的巧克力已经开始发酸。我很担心爸妈会发现我正在寻找亲生父母。每当这时,我的心中就会涌起强烈的内疚感和恐惧感。我讨厌这种感觉,也讨厌自己会对这种感觉充满厌恶。

我说道:"别告诉梅勒妮和格雷格,好吗?"

"当然啦。"我观察着她的面部表情,想知道她现在是怎么想的。过了一会儿,她说道:"也许你父亲已经结婚了。至于你的母亲,过了这么多年,她突然又要面对这件事,或许被吓坏了吧?"

"也许是吧……但是我觉得她连名字都是假的。"

"你打算再去和她聊聊吗?"

"老天,绝不!她肯定会叫警察来把我赶走的。我打算不管这件事了。"

"或许这样做才最好。"她又一次放松了下来。我想问她这样做到底对"谁"最好,可是她已经收拾好了盘子,朝厨房那边走去了。我独自一人守在壁炉前,冻得瑟瑟发抖。

回到家后,艾莉和穆斯已经累得连路都走不稳了。两个小家伙趴在床上,很快就呼呼大睡起来。我开始动手整理屋子——埃文不在家的时候,家里总会被我弄得不那么整洁。干完了家务活后,我并没有像往常那样,因为喝了咖啡、吃了巧克力就继续在工作室里再忙上一阵。现在的我没那个心情,于是便打开电脑,打算查看一下邮件。就在这时,我想起了朱莉娅说过的话。

"我的父母在一次事故中去世了。"

朱莉娅到底有没有对我说真话?不过或许我能在网上查到她父母的名字吧。一开始,我在谷歌里输入了"车祸,威廉姆斯湖市,不列颠哥伦比亚省"。页面上立刻便出现了几条搜索结果,其中只有一条显示有一对夫妇因车祸而丧命,而且这起事故是近期发生的,同时,死难者的姓名也不对。接着,我把搜索范围扩大到整个加拿大,但还是找不到和我母亲同一个姓氏的死难者。二老已经过世多年了,或许提及那起事故的文章根本就没有放到网上来吧。不过我并没有打算就此放弃,于是又在搜索引擎里输入了"拉罗什"这三个字。瞬间,屏幕上便出现了不少奇奇怪怪的链接,里面零零碎碎地提到了"拉罗什"这个姓,可除我之前找到过的那所大学教员列表外,其他的没有任何一条结果能和朱莉娅扯上关系。

今晚就到此为止吧。我正打算偃旗息鼓时,突然决定查一查威廉姆斯湖市。虽然我从没去过那个地方,但也知道它坐落于卡里布区的中心,也就是不列颠哥伦比亚省的中部。可朱莉娅给我的印象并不像是个小镇姑娘,所以我觉得她应该是一毕业就离开了家乡。我盯着屏幕,一心想要了解更多关于她的消息,可我该怎么做呢?我和埃文都不认识那所大学的人,在政府部门也没有熟人。看来我得找到一个有这方面关系的人。

于是我开始搜索起纳奈莫的私家侦探来。让我吃惊的是,居然还真有好几家这样的机构。我浏览了一下各家的网站,发现经营者一般都是退了休的警察,这也给了我更多的信心。晚些时候,埃文给我打了个电话,我顺便把这个想法告诉了他。

他问道:"他们要收多少钱呀?"

"我还不知道呢。明天我再给他们打电话。"

"这么做有些过头了吧,你都没弄清楚她到底有没有撒谎。"

"她肯定隐瞒了什么事——一想到这个我就受不了。"

"可万一她瞒着你的事情是你不想知道的呢?也许她是为了

你好。"

"我情愿知道真相,也不愿整个后半辈子都胡思乱想。而且没准这些私家侦探可以帮我找到亲生父亲。说不定他根本就不知道有我这么个女儿。"

"要是你非做不可,那就做吧。但是你一定要先好好查看一下这些人的资质,千万别找那种电话簿上查无此人的人。"

"我会小心的。"

第二天,我给网站制作最为精良的那位私家侦探打了电话。他把收费价格一报,我就明白他的网站为什么做得那么好了。接着我又拨通了另外两个号码,可都被转接到了电话答录机上。第四个电话是TBD调查公司的。这家公司的网站简单得不行,可接电话的女人态度很好。她说她是侦探的妻子,还说她丈夫汤姆会马上给我回电话的。一小时后,汤姆真的给我打来了电话。我询问了一下他的情况,得知他是一名退休警察,接这类活儿的原因一是为了挣点钱打高尔夫,二是为了不让老伴儿总黏着自己。听了他的这番话后,我发现自己挺喜欢这个人的。

汤姆说他是按小时收费的,而且得先预付五百块钱。我们俩约好了当天下午见个面。见面时我把车停在了他的车旁边,这样做真是显得老套极了。不过同他聊了几句之后,我觉得比起别的碰面方式,这种反而让我更自在。他向我保证,说一定会对调查结果保密。我填好了他带来的几张表格后就开车走了。离开时我的心中不禁五味杂陈:一方面我因为透露了朱莉娅的地址、侵犯了她的隐私权而备感内疚,另一方面我又满心期待,希望自己能找到生父。可我还是很担心,怕他会像我的生母一样,不愿意见到我。

汤姆之前就告诉过我,不会那么快就有消息的。可刚过了几天,他就打来了电话。那时我刚吃完饭,正在打扫厨房的卫生。

"我把你一直想要知道的信息弄到手了。"他的语气听起来不再像一位慈祥的老爷爷,而是一位非常严肃的警官。

"是我愿意听到的答案吗?"我笑了起来,可他却没有笑。

"你之前的猜想是对的。朱莉娅·拉罗什并非她的真名——她其实叫凯伦·克里斯蒂安森。"

"这还真有点儿意思。你知道她为什么改名吗?"

"你对这个名字没有任何印象吗?"

"我应该知道这个名字吗?"

"凯伦·克里斯蒂安森是营地杀手案中的唯一幸存者。"

我倒吸了一口凉气。我看过关于营地杀手案的报道——连环杀人犯以及他们犯下的罪行一直都很吸引我。埃文说我心理不正常,可只要《日界线》栏目或是艺术与娱乐电台播出某个著名的凶杀案,那我一定会雷打不动地守在电视机前。这些杀手都有着一个个骇人听闻的称号,比如"十二宫杀手"、"吸血强奸狂"以及"绿河杀手"。至于营地杀手,我还真没什么印象了——只记得他是在不列颠哥伦比亚省的中部地区行凶杀人的。

汤姆继续说道:"我想确认一下,所以就开车去了维多利亚市,在那所大学里拍到了几张朱莉娅的照片。接着我把它们和网上找到的凯伦·克里斯蒂安森的照片对比了一下,发现她们俩就是同一个人。"

"天哪,难怪她要改名字。那她肯定是在搬到岛上之后才认识我父亲的。她是哪一年遭遇不幸的呢?"

"三十五年前。"汤姆回答道,"事情发生后的几个月内她就搬到这里来了,名字也改了。"

我的胃里升腾起一股阴冷的寒意。

我问道:"她是几月份遇袭的呢?"

"七月。"

我飞快地心算着日期,"我四月份就要满三十四周岁了。你不会以为……"

电话那头没有出声。

我不由自主地向后一退,跌坐在了椅子上。我竭力想要弄清楚他这几句话的意思,可脑子却一片混乱,再也听不进一个字了。突然间,我回想起了朱莉娅苍白的脸庞和颤抖的双手。

营地杀手正是我的亲生父亲。

"我……我——你确定吗?"真希望他能反驳我,说我刚才听错了,也想错了。随便说点儿什么都好。

"凯伦是唯一的知情者,而且日期能够吻合起来。"他停了下来,等着我回话,可我正盯着挂在冰箱上的那本日历发呆。这个周末,艾莉最好的朋友梅根要举办一场生日聚会,我不记得自己到底买了礼物没有。

汤姆的声音听起来是那么遥远,"你有我的电话号码。如果还有问题,可以随时联系我。我会把凯伦的照片连同要给你的发票一同发到你的邮箱里去的。"

我在厨房里又坐了一会儿,目光仍未离开那本日历。楼上传来了"砰"的一声,应该是柜门被关上了。我这才想起应该是艾莉洗了个澡。眼下我没时间想这事儿了,于是我强迫自己离开座椅,站了起来。艾莉已经从浴室里出来了,不过那里面还留有一丝树莓泡泡沫浴露的香味,以及几条湿嗒嗒的毛巾。

通常情况下我很喜欢陪她度过睡前时光。我会和她紧紧依偎在一起，听她讲述她的一天。当她发音不准或说错词的时候，我会觉得她还是个小娃娃；可当她绘声绘色地形容起其他女孩的穿着打扮时，我又会感叹她已经是个大姑娘了。之前我还是单身时，每天晚上都会和她睡在一起。我非常享受这种亲密无间的感觉，也喜欢看着她躺在我身边，小小的身体随着均匀的呼吸一起一伏。记得我怀孕的时候，杰森依然夜夜笙歌，我只有将手放在肚子上，才能安然入睡。通常不到深更半夜他是不会回来的。而我一发脾气——每回我都忍不住——他就会将我推推搡搡地赶出房间，还一把锁上房门。我会在门外大吵大闹，直到声嘶力竭为止。怀孕满五个月的时候，我终于离开了他，而他后来也没能见上女儿一面——艾莉出生前一个月的时候，杰森开着自己的那辆卡车，重重地撞在了一棵树上。

我和他的父母一直都保持着联系。他们俩对艾莉很好，会给她讲杰森的故事，还把儿子的东西留着，打算等艾莉长大一点后再交给她。艾莉有时会在二老家住上一晚。记得头一次送她去爷爷奶奶家过夜的时候，我很担心她晚上醒来后会大哭大闹，可是她表现得很好，睡不着的人反而是我。她第一天去上幼儿园的时候也是这样——她顺顺利利地过了那一天，可我却时刻在想她，想念她在家里弄出来的各种声音，想念她天使般的笑声。我多希望即使自己出了家门，也能随身携带一扇小小的窗，让我随时都看见她，体会到她内心的感受，仿佛我能当面问她："你觉得这个有趣吗？""你想知道关于那个的知识吗？"可是那天晚上，汤姆的话不断闪现在我的脑海里："日期能够吻合起来。"这种感觉是那么的不真实。这不可能是真的。

艾莉渐渐睡着了。我亲了亲她那温热的额头，让穆斯留下来陪她。我回到工作室，打开电脑，开始搜索起营地杀手来。页面上的第一条链接是一个专门为遭他毒手的遇难者而设置的网站。网站里播放的音乐让人难以忘怀。我听着那些音乐,浏览起所有遇难者的照片来。每张照片下面都注明了当事人的姓名和遇害日期。这一系列凶杀案始于二十世纪七十年代早期,大部分案件都是每隔几年才发生一次,不过也有连续两年夏天作案的记录,之后他便会销声匿迹好些年。

我点击了另一个链接,屏幕上出现的是一张PDF格式的地图,上面标注着他的行凶地点,每个地点上都标上了一个"×"。他的活动范围遍及不列颠哥伦比亚省的整个中部及北部地区。他从不在同一个地点重复作案。如果他要杀害的女孩有父母或是男友相伴,那么他会先把这些人干掉。但他真正的目标是女性,这一点显而易见。我数了一下,共有十五位女性惨遭杀害——她们都是些身体健康、笑容灿烂的年轻女子。总的来说,人们认为他至少得对三十起谋杀案负责——这个人堪称加拿大历史上最凶残的连环杀手之一。

该网站也提到了那名唯一一个死里逃生的女性:她是营地杀手的第三位受害人,名叫凯伦·克里斯蒂安森。我看不清她的脸,因为她正好避开了照相机。我退回到搜索页面,输入了"凯伦·克里斯蒂安森"。这一次,大量的文章涌了出来。三十五年前,凯伦和她的双亲去了位于不列颠哥伦比亚省中西部地区的特威兹穆尔省级公园露营。凶手趁两个大人在帐篷里睡觉的时候将他们枪杀,不过他花了好几个钟头才追踪到凯伦,随后便强暴了她。就在他痛下杀手之际,凯伦成功地用一块石头击中了凶手的头部并得以逃脱。她在森林里迷了路,两天后才步履蹒跚地走出大山,并设法拦到了一辆过路的摩托车,最终返回家中。

在大多数的照片里,她都遮挡住了自己的面部,但有那么几个锲而不舍的记者想方设法从她的高中纪念册中找到了她的正面照。这张照片正好拍摄于当年夏天那桩恐怖事件发生前的几个月。我仔仔细细地看着照片里那个有着一头黑发和棕色双眸的漂亮女生。她长得和朱莉娅真的很像。

电话铃声突然响了起来，把我吓了一跳。是埃文打来的。

"你好啊，亲爱的。艾莉上床睡觉了吗？"

"睡了。今天可把她给累坏了。"

"你呢？过得如何？私家侦探那边有消息了吗？"

通常埃文一回到家或是一给我打电话，我就会毫无保留地把一切都说出来——无论事情是好是坏，甚至到了难以启齿的地步。但是这一回我实在是没法开口。我需要一点时间好好想一想。我得把所有的一切理顺了再说。

"你在听吗？"

"他还在调查呢。"

夜里，我躺在床上，目不转睛地盯着天花板，努力想要驱除心中的恐惧之情。我强迫自己别去想朱莉娅是怎样回避镜头、回避我的。几个小时后，我从梦中惊醒，发现背上早已湿透了。此时，我就像是个宿醉后醒来的人，口干舌燥，心中烦闷。梦中的片段零零碎碎地浮现在我眼前——一个女孩光着双脚在昏暗的树林里不停地奔跑，一顶帐篷血迹斑斑，旁边还放着几只装着尸体的黑色袋子。

接着我便清醒过来，想起了一切。

我转身看了看时钟，已经是清晨五点半了。在做了一个那样的噩梦之后，我再也不可能睡得着了。现在，电脑就像是一块磁铁，再一次把我牢牢吸附到它面前。我认真地看着每一位遇害者的照片，读着每一篇关于营地杀手的报道。恐惧和厌恶轮番向我袭来。我看了报纸上每一篇关于朱莉娅的新闻，读了杂志上每一段相关的文字，还仔细研究了上面的每一张图片。记者们连续数周都跟踪着她。他们蹲守在她家门外。无论她去哪里，都有记者尾随其后。这类疯狂的媒体主要集中在加拿大，不过有几家美国报纸也报道了这起事件，还把朱莉娅和一位从连环杀手泰德·邦迪手中逃脱的受害者进行了对比。凯伦人间蒸发后，所有的文章又开始转而猜测她的去向。一段时间后，相关报道才总算是消失殆尽。

这天上午，我收到了汤姆发来的电子邮件，里面还附了一些朱莉娅的近照。有的是她在学校里的样子，有的是她朝自己的车子走去的样子，还有几张是她和凯瑟琳待在一起时的样子。我把照片上的她和网上那些凯伦·克里斯蒂安森的照片对比了一下，确认了她俩就是同一个人。在其中的一张照片里，朱莉娅把手搭在一个学生的胳膊上，对那个学生露出了鼓励的笑容。我不知道她生下我后有没有碰过我，还是我刚一出生就被她送走了。

这个星期我每天都精神恍惚，凡事都只是走走过场。我觉得生活枯燥无味，自己也孤立无援——这让我不禁怒火中烧。我不知道该如何处理最新得知的这些情况，也不知道如何面对那些可怕的想法。我想把这一切都埋在院子里，任谁都看不见。一想到那个事实和那个我窥探到其邪恶本质的恶魔，我就全身发冷；一想到正是这个恶魔创造了我，我就不寒而栗。我会长时间地待在淋浴喷头下，使劲地冲洗自己的身体。可无论我做了什么，都于事无补。因为我从骨子里就已经脏透了。

小时候我会常常幻想，觉得如果自己表现够好的话，亲生父母就会回来接我。而一旦犯了错误，我就特别害怕会被他们发现。在学校里，我考出的每一个好成绩都是为了向他们证明，我是一个聪明的孩子。有时候，爸爸看我的眼神就像是在质问当初究竟是谁让我进了他家的门——每当这时，我就会告诉自己："再忍一忍，亲爸亲妈马上就要来接我了。"有时候，爸爸前一秒钟告诉我，他实在是累得动不了了，可后一秒他就让梅勒妮和劳伦骑到了他的肩上——每当这时，我也会告诉自己："再忍一忍，亲爸亲妈马上就要来接我了。"还有的时候，爸爸让我去修剪草坪，自己却带着两个女儿去游泳池里玩耍——每当这时，我还是会告诉自己："再忍一忍，亲爸亲妈马上就要来接我了。"可是，我的亲爸亲妈从来都没有出现过。

现在，我只想忘了这两个人的存在。可无论我做什么，无论我尝试了多少种方法让自己别去胡思乱想，都无法摆脱那份让我倍觉灰暗的沉重之感。这种感觉压在我心头，缠绕着我的双脚，将我整个人不停地往下拉。这个星期，埃文都会和一个小组待在一起，大部分时间手机都没有信号，好不容易他才拨通了我的电话。我努力倾听着他说的那些关于度假屋的话，尽量给出恰当的回答。我打起精神告诉他艾莉的日常情况。没过多久，我就说我很累了，接着便挂断了电话。我想把一切都告诉他，只是现在还不是时候。可第二天一早，他就注意到了我的异样。

"好吧，告诉我发生了什么事？难道是你不想嫁给我了吗？"他哈哈大笑起来，可声音却显得很是担心。

"听了接下来的话后，我怕你再也不会想要娶我了。"我深吸了一口气，"我知道朱莉娅为什么要撒谎了。"我盯着房间的门。艾莉就快要起床了。

"朱莉娅？我不知道谁是……"

"我的亲生母亲，你还记得吧？上周我从私家侦探那里得知了一些情况。他告诉我她的真名叫作凯伦·克里斯蒂安森。"

"为什么你不告诉我你已经找到她了呢？"他困惑不解地问道。

"因为我还得知，我的亲生父亲就是那个营地杀手。"

听筒那头顿时哑然无声。

不知过了多久，埃文终于开口说道："得了吧，你不会真的以为……"

"我是说真的。我的生父是个杀人犯，埃文。他强奸了我的母亲。我是说……"还有一个原因我无法说出口，正是它害得我噩梦连连。这个原因就是，我的父亲仍然逍遥法外。

"莎拉，别着急，说慢一点。我需要一点时间来消化这些东西。"我不再开口说话。这时他喊道："莎拉？你还在吗？"

明知他看不见，我还是点了点头，"我不……我不知道该怎么办。"

"你就从头开始，把发生的一切都告诉我。"我斜靠在枕头上，从埃文的声音里汲取着力量。听完我的讲述后，他问道："那么你并不能肯定朱莉娅就是凯伦喽？"

"我亲眼见过她在网上的照片。就是她。"

"但没有证据表明营地杀手就是你的父亲啊。这些都只是你的猜想而已。可能你母亲后来还和别的男生相处过呢？"

"强奸案的受害者一般不会很快就和别的对象'相处'的。她家里还有个女人——我想她可能是个同性恋。"

"也许她现在是，可你怎么知道她过去喜欢的就一定是女人呢？你了解到的只是她怀孕的时间和遭遇不幸的时间一致。可能那个私家侦探在耍你呢！"

"他曾经是一名警察。"

"这也是他的一面之词。我敢打赌,他肯定在电话里说过,只要你再多给点钱,他就能挖出更多的内幕。"

"他不是那样的人。"可如果埃文是对的呢?我是不是太急于下结论了?随后,我想起了朱莉娅脸上的表情,"你说得不对。见到我时,朱莉娅真的被吓坏了。"

"你突然出现在她家门口,还要求她和你聊一聊。谁都会被这种举动吓坏的。"

"事情没那么简单。我有这种感觉——是一种直觉。"

埃文稍停了一下,接着说道:"把那些网站链接都发给我——还有那个家伙发给你的照片,对了,他的网站地址我也要。今天上午我正好有时间。我先把这些东西统统看完,午餐时再给你打电话,到时候我们再好好聊聊,行吗?"

"也许我该给朱莉娅打个电话……"

"这个主意一点儿都不好。你什么都别做。"

我没有回答他。

"莎拉。"他的声音很坚定。

"我在听。"

"什么都别做。"

"好吧,听你的。"

我听见艾莉对穆斯说话的声音了,于是便结束了和埃文的通话。我尽量打起精神,同艾莉一起用番茄酱在烤面包片上画出一张张笑脸,可只要一看到她那双天真无邪的眼睛,我就忍不住想哭。等到她长大了,如果问起我的家人,我该怎么对她说呢?

我开车送艾莉去了学校,回家后就带着穆斯出门去散步。我以为呼吸一点新鲜空气能让我好受一些,可刚一走进树林里,我就知道我错了。曾经,弥漫在林间空气中那股冷杉针叶的气味,以及雨后泥土散发出来的馥郁芬芳的气息都令我陶醉,各种各样的树木也是我心头所好,比如像红雪松、道格拉斯冷杉、锡特卡云杉等等,可如今一棵棵周身布满苔藓的大树如巨塔般耸立在我眼前,遮天蔽日,空气也变得厚重无比。四周一片寂静,衬得我的脚步声格外突兀。我不由自主地盯着每一个阴暗的角落:这儿有一截残留的树桩,上面布满了结疤,还有一根枝条伸展出来;那儿有一棵枯死的大树,树干上冒出了无数的蕨类植物,它后面的一小片空地上落满了已经开始腐烂的树叶。他就是在这样的地方把她给强暴了的吗?穆斯从我身边冲了过去,吓坏了前方的一头鹿。这个可怜的家伙马上一蹦一跳地逃走了,那双棕色的眼睛里满是恐惧。我想象着当时朱莉娅在林中奔逃的样子。她的身上肯定已经伤痕累累,血流不止。她疯狂地喘着粗气,像一头被追捕的小兽般惊慌失措。

回家后,我把工作室弄了个乱七八糟。本来我打算把客户的家具整理好,再将自己的工具擦干洗净,并一件件井井有条地挂起来。可当我看见这满屋的狼藉之后——凿子、橡胶槌、钳子、轨道磨砂机、刷子、抹布,还有布满了整个工作台的成堆的纸巾——就连一把尺子要挂在哪里我都没主意了。我拿起扫帚,开始去扫地上的刨木花。

埃文信守承诺,午饭时打来了电话。不过他那边的信号时断时续。

"我打算……的时候打电话……离开……水……跟着……小艇……座头鲸。"

回到工作室后,我开始全神贯注地打磨起一只齐本德尔式红木箱子来。在我的努力下,箱子上经年累月积攒下来的道道划痕和那些坑坑洼洼都渐渐消失不见了。我闻着原木清新的香味,听着砂纸摩擦箱体发出的"沙沙"声,心中雀跃无比。每擦拭一下,我全身的肌肉就会放松一点。我的头脑渐渐平静下来。可就在这时,眼前的这个红木箱子又让我想起了朱莉娅的办公室。她不愿意跟我说话,现在看来一点儿都不奇怪——因为她至今仍被那段过往深深地伤害着,见到我就像是见到了鬼怪一般,让她想起了那段往事。也许她只是害怕我会暴露她的秘密吧?我停下了手中的活计。如果我向她保证,绝不会告诉别人,那么……

电话就搁在我的办公桌上。朱莉娅办公室的电话号码被我记了下来,那张便利贴就贴在了电脑的底座上。

电话铃响了四声之后传来了答录机的声音:"这里是艺术史系拉罗什教授的语音信箱。若有需要,敬请留言。"

"您好,我是莎拉·加拉格尔。我不想再给您添麻烦,我只是想……"

我突然说不出话来了,整个人开始惊慌失措。要是我说错话了怎么办?别想了,冷静下来。我做了个深呼吸,接着说道:"我想对您说,上回贸然闯到了您家里,我感到非常抱歉。可我现在知道您为什么那么不开心了。现在,我只想了解一下我的家族病史。我希望能和您谈谈,好吗?"我结结巴巴地报出了自己的电话号码,报了两次才成功。我还留下了自己的电子邮箱。"我知道您遭受了很多不幸,可我是一个好人。虽然我有了一个家庭,但不知道该怎么对我女儿说。我……"我害怕极了,再也无法继续说下去,只能号哭起来。接着我便挂断了电话。

我忍不住想再给她打个电话,为我之前那条留言道歉。过了一会儿,我又希望她能接我电话,让我把那些想说却没说出口的话一股脑儿全都告诉她。最后,我差点折断了自己的手,才忍住了拨打电话的冲动。在接下来的一个小时里,我不停地回想着给她的那段留言，越想就越觉得如坐针毡。昨天晚上，埃文打来了电话。我因为没有听取他的建议而觉得非常内疚，所以没敢把这个新情况告诉他。他说他看了那些链接后也认为朱莉娅·拉罗什和凯伦·克里斯蒂安森长得非常相像，不过他依然不相信营地杀手就是我的父亲。

我问道："那接下来我该做些什么呢？"

"你只有两个选择——要么告诉警方，让他们去调查；要么干脆不管它。"

"要是我报了警，那他们很可能会给我做一个基因检测。我敢肯定，结果一定和我想的一样。要是检测结果泄露出去了怎么办？他会找到我的。我不想让任何人知道这个秘密。"我深吸了一口气，"现在你知道我的生父是怎样的一个人了，你会因此而改变对我的看法吗？"我讨厌自己这么问，也深恨变得脆弱的自己。

"说不好。你打算把他找来揍我一顿吗？"

"埃文！"

再度开口时，他的声音显得异常严肃，"这件事当然改变不了任何东西啊。如果他真是你父亲，而且仍然逍遥法外，那的确是挺吓人的，不过我们俩会挺过去的。"

我长吁了一口气，他的话就像一块温暖舒适的毛毯一样，包裹着我的全身。

埃文说道："可如果你不打算报警，那就得接受它，然后尽量忘掉它，继续过你的日子。"

要是事情真有这么容易就好了。

埃文还认为，除了您，我不能把这件事再跟任何其他人说了——他和我一样，怕走漏风声后无法收场。我想过要不要告诉劳伦，可她喜欢听的都是些轻松琐碎的小事——她是个连新闻都不看的人——我又如何能告诉她这件事情呢？现在，就连我自己都很害怕读到关于我生父的任何消息了。

记得第一次来拜访您，是因为我把德里克——他是杰森去世后我鼓励自己交往的第一个男朋友——从楼梯上推了下去。那时我就担心自己是不是有什么可怕的基因遗传问题。不过您觉得那是我找的借口。我想把别人或是别的什么事拿来当替罪羊，这样我就不用为自己的行为负责了。当时您的意见合情合理。就算那个满嘴谎言的混蛋并没有真正受多大伤，我也不会为了自己的所作所为而感到骄傲和自豪。不过那种举动确实把我自己都给吓坏了。

我至今仍然记得德里克说过的那句话。一想起它来，我仍然会难过不已。他说："你知道的，我们俩认识的时候，我还没有忘记她。"他说得对。我确实知道，但这并没有阻止我主动去追求他。我有没有告诉过您，我和他是怎样认识的呢？那是在一场聚会上。当时艾莉才几个月大——我并不愿意离开她，可劳伦非要让我出去散散心，好好玩一玩。德里克是个既聪明又风趣的人，可吸引我的并不是这一点。那天，我听到他说了一句："我还没准备好再开始一段严肃认真的恋情。不久前我才和一个女孩子分了手。"一瞬间我就沦陷了。那是我在每段关系里都逃脱不掉的魔咒：有些东西总是遥不可及，却又注定会伤透我的心。直到那个充满血腥味的结局发生后，我才意识到我需要为了我自己——也为了我的女儿——寻求帮助。

我多么希望能告诉您，类似的事情之后再也没有发生过。可您是知道的，接下来的几年里，我不过是从一段糟糕的关系中跳到另一段糟糕的关系里。我想这也是为什么我同埃文约会之初会处处找他碴子的原因吧。您或许已经不记得这些小事了，因为认识他之后没多久,我便再也没来找过您。那时他是在脸书上给我发信息的。像他这样一个英俊帅气的男人,还拥有一幢度假屋,所以我当然以为他只是想玩玩而已。我没再理睬他,可他坚持不懈地主动联系我。有时他会发来一句"你今天还好吗?"的问候,有时他会打听一下我的工作如何、女儿乖不乖,还有的时候,他会在我的动态下留言。我那时完全没想到他会成为我的男朋友。所以无论是烦恼还是担忧,抑或是对男人、对恋情的厌倦,我都一股脑儿地讲给他听。

有一天晚上,我们在通信软件MSN上一直聊到了凌晨三点钟。虽然人在两地,却能隔着屏幕一同享受美酒,直到酒意微醺才算作罢。第二天他就发来了自己最喜欢的那首歌的链接——是科林·詹姆斯的《温暖的双臂》——点开后,我恐怕连续播放了十多遍吧。

我和他在网上聊了有一个月的时间,终于有一天,我同意和他来一次线下约会,地点是在公园里,我还带上了穆斯。见面后的几个小时似乎转瞬即逝。在这段时间里,我们俩相谈甚欢,谁都不觉得紧张或是焦虑。和他在一起的时候,我觉得很安全,所以放心大胆地表现出了真实的自我。这种感觉真是好极了。几个月之后,埃文和艾莉见了面,两个人很快就喜欢上了对方。就连我们搬到一起同住也是那么的自然:要是我们其中一人忘了带某件家居用品,那另一个必然带了。但是在刚刚同居的日子里,我还是会挑起一些争吵。我会竭力把他从我身边推开,还会测试他对我是否忠诚。我只是非常害怕再次受到伤害,害怕自己会再次失控,就像我和德里克相处时那样——我怕万一自己真的失控了,又将发生什么可怕的事情。

小时候,我经常动不动就生气,可我掩饰得很好,也许这就是为什么我十多岁时会如此抑郁的原因吧。开始和男生约会后，我就再也控制不住自己的暴脾气了。不过我总能在关键时刻停下来——直到我把德里克从楼梯上推下去的那一刻为止。当时他告诉我，他在前女友那里过了一夜。我听后只觉得满心耻辱，脑子里也只有一个念头，那就是大家一定会觉得原因在我，是我不够好。接着我的双手就直直地伸了出去，然后德里克就从楼梯上滚了下去。

事情发生后，我为自己的所作所为感到震惊和害怕。更令我震惊和害怕的是我感受到了自己拥有的那种力量，这让我惊恐万分——我觉得自己的体内蕴含着某种黑暗的东西，自己却对它无能为力。我也很想说服自己，相信您所说的话。您说这类事情的起因都是一样的：可能和我被亲生父母抛弃的经历，可能和亲密关系有关，也有可能和自身较低的自尊感有关，还有可能是上述所有问题相加导致了新的问题。可现在我们俩都知道了一个事实，那就是我的生父是一个暴力狂，并且还远远超出了这一程度。看来我过去的担忧是有道理的。

今天一上午我都待在工作室里，用砂纸打磨那个红木箱子。我竭力想忘掉这一切。某一段时间里，大概有几个小时吧，我的确做到了，可后来我又开始啃起手指来，一直啃到皮开肉绽、鲜血直流。我盯着那丝血迹，心想，我身体里流淌着一个杀人犯的血。

3

好吧，我现在既生气又困惑。我承受的压力已经够大了，大到我恨不得操起一根冰球棍一顿乱舞，把周围的一切砸个稀巴烂。真不敢相信，距离上次我来您这儿已经过去一个月了。上次那个周末，我整天都在练习您教我的那套心理训练法。我试着想象，如果不去理会自己的家人和出身，我的生活会是怎样，我又会如何度过每分每秒。看着那些婚礼的装饰品和邀请函时，我在脑海中努力想象着自己本该体会到的那种轻松愉快的心情。可无论怎样，我都忍不住去想那个营地杀手——他身处何处，到底是个什么样的人。我甚至还回到了案发地，再次端详一张张受害者的照片。我的思绪不时地转到朱莉娅身上。她听到我的留言了吗？她恨我吗？

周一的时候，我得到了答案。

当时我正在工作室里，一边用力搓掉粘在手上的清漆，一边侧耳聆听着史蒂薇·妮克丝用高亢的嗓音唱出："人生时而一团糟……"突然，电话铃响了起来。我在工作台上的那堆工具和设备里翻来找去，好一会儿之后，才在那团垒得像个小山包一样高的抹布底下找到了电话。屏幕上显示的是一个私人号码。

"你好？"

"请问我可以和莎拉讲话吗?"

一听见这个彬彬有礼的声音,我就不由得心跳加速。

"你是朱莉娅吗?"

"你现在是一个人吗?"她听起来很紧张。

"我在自己的工作室里。艾莉去学校了。我正打算进屋吃午餐——今天早上我没吃早饭……"我喋喋不休地说着。

"你不该再给我打电话的。"

"对不起。只不过我弄清楚你到底是谁了,而且我并不认为……"

"事实的确如此。"她的话让我的心一阵发痛,我不由得屏住了呼吸。

"别再给我打电话了。"说完她便立刻挂断了电话。

我用我惯有的"优雅"和"冷静"应对着这一变故——手中的电话被我狠狠地砸向了工作室的另一头。电池从里面掉了出来,滑到了一个架子底下,转了几圈后才停了下来。下一秒钟我又气势汹汹地冲进房子里,一口气吃掉了好几包艾莉的奥利奥饼干和乐之牌芝士三明治饼干。每咬一口我都要骂上几句。她对我说话的态度就好像我是她踩到的一坨狗屎,她想尽办法都要把这坨脏东西从鞋子上刮下来。此时此刻,我怒火中烧,涌出的泪水刺痛着我的双眼。从前,当我被某个前任男友甩掉或是被对方放了鸽子时,当我伸出手去而爸爸没有牵我时,我都会变成现在这样。我独自一人默默地想着:我到底错在哪儿了?

一个小时过去了,我依然情绪低落,无法集中精力去做事情。婚礼的那堆事就更别提了。我想过给埃文打个电话,可这就意味着我得先把自己做过的事情全部交代一遍。最后,我一把抓起了汽车钥匙。

劳伦和格雷格还住在婚后购买的那所房子里——妈妈和爸爸帮他们付了首付，也就是说，房子是爸爸做主选的。那是一栋有着二十世纪七十年代建筑风格的房子，四间卧室，从外观上看就像一只大箱子。不过从那里可以俯瞰离岸港一带的风景，大大小小的轮渡一绕过纽卡斯尔岛就会出现在观者的视野中，真是一幅绝美的画面哪！我曾经也想搬进这一带居住，可当我和埃文找房子的时候，这儿恰恰无房可售。最后我们俩不得不在另一处更新一点的社区安了家。不过我对目前的住所很满意，那是一幢西海岸现代风格的小楼，厨房里安装着大地色调的花岗岩餐台，还摆放着多种样式的不锈钢器具。

时至今日，格雷格还会不时地修整他们的房子，不过真到了完工那一刻，房子一定会非常漂亮。在过去的这些年里，劳伦用亲手缝制的窗帘、色彩柔和的墙漆和插满鲜花的花瓶让这栋老房子焕发出新貌。我经常会去到她家园子里，顺走这样或那样的蔬菜。

我敲了敲她家的后门，然后用手一推，门开了，"嗨，我是莎拉。"劳伦从楼上向下大声喊道："我在布兰登的房间里！"

我走进那间房——装饰的主题是冰球运动——发现劳伦正在整理要洗的衣物。我爬到床上，坐在印着加人队标志的被子上，身子蜷成一团。我搂着一个枕头，一边看着劳伦忙活，一边暗暗嫉妒她对自己的生活是如此的心满意足。

她停了下来，手里还拿着一双袜子，"出什么事儿啦？"

"我真的什么都不想说。"

她用玩笑的口吻问道："现在你还敢不说吗？"她举起了一只袜子，作势要丢到我身上来。

"我没事，就只是想出门走走而已。"

"你还在为亲生母亲的事感到难过吗?"她转过身去,把袜子扔到一边,然后又打开了下一个抽屉。

我本来没打算告诉她的。原本我只是想到她这里来寻求一丝温暖,可没等我回过神来,这句话就脱口而出了。

"我知道自己的亲生父亲是谁了。"

她立马转过身来看着我,手里紧紧地攥着一件小小的蓝色短袖衫。

"听得出来你并不高兴。他是谁啊?"

此时的我内心备受煎熬,既担心一旦劳伦知道真相后会怎么想,又渴望她能一如既往地给我安慰,让我心里能好过一些。虽然埃文的警告和我对朱莉娅的保证还言犹在耳,可劳伦毕竟是我的妹妹啊!

"你不能把我说的话告诉任何人——连格雷格都不能说。"

她把手放在胸前起誓,"我保证。"

再度开口时,我的脸颊绯红:"你曾经听说过营地杀手这么个人吧?"

"人人都听说过他的名号啊。怎么啦?"

"他就是我的亲生父亲。"

劳伦满脸惊讶地张大了嘴,傻愣愣地望着我。不知过了多久,她忽然身子一软,一屁股坐在了床上。

"这也太……你确定吗?你是怎么发现的呢?"

我挪到她身旁,坐直了身子,腿上还搁着个抱枕。我把找了私家侦探以及之后发生的一切和盘托出,同时不住地观察她脸上的神色。我以为能从她的双眼中看到恐惧和害怕,可她只是忧心忡忡地注视着我。

她问道:"有没有可能埃文是对的,这一切只是个巧合呢?"

我摇了摇头,"她今天在电话里说那些话时的语气——她非常讨厌我。"

"我觉得她一定不是讨厌你,也许……"

"不,你说得对,也许更糟,她一定觉得我很恶心吧。"我的声音低沉下去,竭力忍着,不让自己哭出声来。

劳伦抚摸着我的后背,"真是太让人难过了,莎拉。你要记住,你在乎的那些人,他们都很爱你。现在你觉得好点儿了吗?"

除了爸爸,他并不爱我。从小到大,劳伦对这一点完全视而不见,我则因此更为伤心。

"被别人领养,找到生母后却被她像垃圾一样对待,这样的感觉你是根本就不会理解的。为了见到她,我苦苦等了这么多年,可现在……"我痛苦地摇着头。

"我明白你一直都非常难过,可你不能忘了自己拥有的那些美好时光啊。"

劳伦还打算说点儿什么,就在这时,楼下传来了一个声音。

"喂,喂,喂,姐妹们,我来啦!"是梅勒妮。

劳伦回道:"我们在楼上。"我朝她使了个眼色,她立马做了个封口的动作。

梅勒妮绕过楼梯转角,出现在我们眼前。她随手就把包扔在了地板上。

"真是谢谢你啊,莎拉。你的那台切诺基把整个车道都塞满了。"

"我又不知道你会过来。"

她没搭理我,转身面向劳伦,"谢谢你那天帮了我们的忙。凯尔和我真是感激不尽哪。"

劳伦摆了摆手,"不值一提。"

我问道:"是什么事啊?"

"不是所有的事情都和你或是你的婚礼有关。"梅勒妮脸上挂着微笑,像是在跟我开玩笑,可从她眼中流露出来的神情却并非如此。她长得像妈妈,一看就知道是意大利人的后裔,只不过她留着一头短发,深色的头发根根竖起。这个姑娘格外喜欢把嘴唇涂得通红,再用眼影填满整个眼周。如果哪天她没对这个世界怒目而视或是表现得闷闷不乐,那她一定是被什么人给打晕了。

小时候,只要爸爸去伐木营,都会带上她——因为爸爸坚信梅勒妮长大后会成为一名会计师,帮着他一起打理公司的业务。可是,梅勒妮一进入青春期,大家就发现她唯一有兴趣去计算的东西就是她男友的数量。现在她在一家酒吧做事,这让她结交到了不少男朋友。爸爸以前最喜欢去酒吧消遣一下,可自从满了十九岁的梅勒妮去酒吧打工后,他就再也没有踏足那里半步。

劳伦说道:"凯尔需要一个地方排练节目,于是我把家里的车库借给他们用。"

梅勒妮把头转向了我,"你预定好婚礼的乐队了吗?"

"埃文和我还在商量这事儿呢。"

"那再好不过了,因为凯尔打算在你们的婚礼上表演节目,这是他送给你们的结婚礼物。"说着,她的嘴角绽放出了一个灿烂的微笑。

这个提议一点儿都不好。几个月前我听过凯尔他们的演奏,没有一首曲子是找着了调的。我瞅了劳伦一眼。她的目光正在我和梅勒妮之间来回打量。

"这个主意有点儿意思,不过我得和埃文谈谈。我不清楚他是怎么想的。"

"埃文吗？他这个人很好说话的。他不会介意的。"

"也许吧，不过我还是得先和他谈一下。"

梅勒妮大笑起来，"从什么时候起你做事居然要得到埃文的同意了呢？"她突然不说话了，然后眯了眯眼睛，"哦，我懂了。你不想让凯尔去表演节目。"

又来了。梅勒妮从小就被我们——尤其是爸爸，给惯坏了。从前，要是妈妈病倒了，而我又得负责照看家里的话，真正的麻烦才刚刚开始。劳伦是个听话的孩子，让她收玩具的时候她就会马上动手去收，可梅勒妮就不一样了，她只会双手叉腰站在那里，气鼓鼓地瞪着我。最后，总是我或劳伦替她把玩具收了。

"我没这么说，梅勒妮。"

"真他妈的让人不敢相信哪。凯尔的乐队真的很棒。他好心好意，主动提出要为你的婚礼送上一场演出，可你呢，你居然要拒绝他？"我还没来得及开口，她就摇着头对劳伦说："我说过她会拒绝的吧，劳伦？"

我说道："你们俩已经讨论过这件事情了？"

劳伦说："没有。好吧，聊了一点点。昨天晚上梅勒妮说凯尔可以借此机会露个面，而且……"

"而且你也说过他能在婚礼上认识些别的什么人，"梅勒妮说道，"你说这对他是个不错的机会。"

我的脸火烧火燎的，心脏狂跳不已。梅勒妮想把我的婚礼当作她男朋友的试验场，而给她出这个馊主意的居然是劳伦？

劳伦说道："可我并不确定莎拉是不是有别的安排了呀。"

"她没有，"梅勒妮说道，"她就是不喜欢凯尔。"

梅勒妮抬起下巴，狠狠地盯着我，像是在质问我，看我敢不敢否认。他根本配不上你，也完全没资格在我的婚礼上演出！

我多想说出自己真实的感受来啊！可我在心里默默地从一数到了十，又做了几个深呼吸，然后开口说道："我会考虑的，行吗？"

梅勒妮回道："你当然得这么做啊。"

"你会的。对吗，莎拉？"劳伦望着我，脸上满是恳求的神情。看得出来，她很怕梅勒妮和我之间会爆发一场恶斗。而且如果我还继续留在这儿的话，这场恶斗还将升级。

"好啦，我得走啦。"我站起身来。

劳伦挽留道："不能留下喝杯咖啡再走吗？"我明白，她是想让大家把这件事定下来，或者至少能做到假装一切如常，可要是再让我听到梅勒妮的声音，我一定会气炸的。我好不容易挤出了一个笑容。

"不好意思啊，我得去接艾莉了。下次吧，好吗？"

我走了出去，看都没看梅勒妮一眼。

那天夜里，我躺在床上，辗转反侧。最后，我干脆起床，开始写一些东西——这是目前唯一能让我冷静下来的方法了。首先，我在纸上写下了"致电劳伦，为昨天的仓促离开道歉"，接着，我又给梅勒妮写了一封信，把我早先想说又没有说的话全写出来了。四年的心理治疗让我学会了如何管理愤怒的情绪——这些方法包括从一数到十、写信、留出空间让自己冷静下来等等——可是和其他人相比，梅勒妮总能让我在第一时间就失去控制。我讨厌这种一瞬间就怒火中烧的感觉。一旦如此，我便知道自己又失控了。但大部分时候，我只是觉得伤心难过。当梅勒妮还是个小宝宝的时候，我是多么爱她啊。我喜欢她抬头看看我，到哪儿都跟着我。可就在她四岁那年，我在商场里把她给弄丢了。

当时爸爸带着我们俩去商场,打算买些圣诞节需要用的东西。经过一家商铺时,爸爸让我看好妹妹,然后便一个人进去了。梅勒妮想四处走走,可我知道,只要我们挪动一步,爸爸就会火冒三丈,于是我从后面紧紧地攥住她的衣服。不过,我抓得越紧,妹妹就挣扎得越厉害。她用力地推我,还用小手挠我。最后,她终于挣脱了我的束缚,一溜烟跑进了商场内来来往往的人群中。接下来的二十分钟是我一生中最恐怖的时刻。我扯开嗓子,疯了一般地大声呼喊起她的名字来。爸爸从店里冲了出来,脸色煞白。最后我们终于找到了她——她骑着一匹机器小马,玩得不亦乐乎——随后爸爸便把我拖到卡车后面,狠狠地揍了一顿。时至今日,我仍然记得自己当时拼尽全力想要挣脱他的大手。尽管我哭得声嘶力竭,可他的手掌还是一下又一下地狠狠落在我身上。

童年时我遇到的那些糟心事大部分都和梅勒妮有关。有一年的万圣节,劳伦和我打算把自己装扮成啦啦队的队长。梅勒妮也想打扮成这样,可我们只有两套服装。于是我对她说,她可以打扮成一个公主。她听后,一把夺过了我的手摇花,然后赶紧跑出房间,一边跑还一边嚷嚷着,说要把它们扔进火里烧了。我跟在她的后面追赶起来,一不小心在走廊里摔倒了,正好撞上了一盏落地灯。灯罩啪的一声摔碎了。我向爸爸坦白了一切,他听后暴跳如雷——不是因为我弄坏了灯,而是因为我没有让着点梅勒妮。当天晚上,爸爸禁止我玩"不给糖就捣蛋"的游戏,还让我把我那套啦啦队队长的装束让给了梅勒妮。更糟的是,他还非让我跟在他们身后,从这一家走到另一家。我只能眼睁睁地看着梅勒妮穿着我花了好几个星期才准备好的服装,一蹦一跳地跑到别人家门口去讨糖吃。至今我都还记得,当人们夸奖她非常可爱的时候，我听到的却是自己的心碎声。

二十岁之后——那时我们俩都没在家里住了——我们的关系开始有所好转。自从我生了艾莉后，梅勒妮有时也会到我这里来，陪我逛街看电影，一同说说笑笑，一同往嘴里塞爆米花。这种感觉挺好的，仿佛我和她终于成为真正的姐妹了。虽然我们俩偶尔还是会拌嘴，但只有在我对她结交的朋友或是男朋友说长道短的时候，两个人之间才会爆发真正的战争。她刚开始和凯尔约会时，我就说过，说自己担心这个男生会趁着她在酒吧工作而利用她。这可把她给气坏了。在之后的一段时间里，她一句话都不跟我说。再后来我认识了埃文，爸爸也开始邀请我和他去家里吃饭——只有埃文在家时，爸爸才会叫我们过去——有时还会安排家人聚在一起，吃个早午餐或是来上一场烧烤。

大部分情况下，梅勒妮因为工作原因都没有参加，可一旦她有空出席这样的团聚，便会向我开火——尤其是当她的男朋友也在场的时候。我不清楚她究竟为什么总是愤愤不平，是因为爸爸喜欢埃文更甚于凯尔，还是因为我也不怎么待见凯尔？反正不管怎样，梅勒妮都会不顾一切地让我难堪。而一旦我真的控制不住冲她发脾气了，爸爸就会对我厉声斥责，对梅勒妮却缄口不言。我越是忍住不去反抗，梅勒妮就越是得寸进尺。现如今，只要一聊起我的婚礼，我和她之间的气氛马上就会变得剑拔弩张起来。

每当到了这种时候，居中调停的人总是劳伦。我知道她八成对之前发生的事很难过，这让我心里也颇不好受。不过让我深感内疚的还有一个原因，于是我在纸上把这一点也记了下来，那就是提醒劳伦不要把我亲生父亲的事情告诉任何人。

第二天早上我睡过了头，最后只得匆匆忙忙地收拾一番，然后把艾莉送去了学校。紧接着我就接到了一位客户打来的电话，他希望我能赶紧为他修好一个即将参加古物展览的衣帽架。我忙得昏天黑地，完全没找到一个合适的机会给劳伦打电话。后来我累得瘫倒在床上，动弹不得，只好暗暗发誓，决定明天再去处理此事。可到了第二天，这个电话还是没能打成，于是日复一日，一个星期就这么过去了，我又重新陷入了抑郁的泥沼之中。

现在，最简单的事情都变得艰难无比，而且我全身没有一处是不疼的，甚至连考虑一下什么时候去诊所做治疗都会让我精疲力竭。于是我开始猛吃猛睡，或是一整个下午都窝在沙发上，一部接一部地看电影。后来我不得不强迫自己带着穆斯出门走走。我牢牢地牵着它，不让它去它喜欢的林间小路，而是拖着它去了附近人气更旺也更安全的公园。往常，我很喜欢看着它在露天游乐场中蹿来蹿去地追赶兔子，那里空气中总是飘荡着从干草和动物身上散发出来的原始气息。可现在，我正举步维艰地穿行在大大小小的水坑之间，周围的建筑物看起来是那么的荒凉破旧。

除此之外，只有必须陪艾莉出去玩的时候，我才肯走出家门。虽然我拼尽全力想要掩饰自己的情绪，但实际上我还是失败了。有一天，我们回家时正好遇上了瓢泼大雨。对于海滨地区的三月份或是任何某个月份而言，这种情况实在是再寻常不过了，可我本已不佳的心情却因此而变得更加低落。车子遇到红灯后停了下来。我隔着挡风玻璃，呆呆地凝视着前方。

艾莉问："妈妈，你为什么这么难过呢？"

"因为妈妈的身体不太舒服，宝贝儿。"

"我会照顾好你的。"她说道。那天晚上，艾莉体贴极了。她主动为我做了一份汤，还嘱咐穆斯一定要安静。她甚至跑到我的床上来陪我睡觉。窗外正下着雨，雨点不停地打在玻璃上。我和她紧紧地依偎在一起，她给我讲了好几个故事，为了逗我开心，还把自己最爱的芭比娃娃借给了我。第二天一早，我终于给劳伦打了个电话，打算为了那天匆忙离去的事情向她道歉，不过她先我一步开了口。

"莎拉，对不起。我不该跟梅勒妮提建议，说可以让凯尔在你的婚礼上演出的。不过你们俩一见面就要吵来吵去，不管跟你们当中的谁说话都显得那么困难。"

"梅勒妮总是让我抓狂。"

"真希望你们俩别那么嫉妒彼此。"

"我才没有嫉妒她呢！我只不过是看不惯她无论犯了什么错都能侥幸逃脱。"

"爸爸对她和对你一样严厉，这一点你又不是不知道。"

我大笑了几声，"嗯，没错。"

"他真的——你就是不明白啊。他总是盯着她的工作，时不时对她说你的业务经营得有多好，你住的房子有多大，埃文有多成功。有时候你们俩会吵得不可开交，我觉得这其实是因为你们俩太相像了。"

"我和她一点儿也不像。"

"你们俩的个性都强，而且……"

"一点儿都不像，劳伦。"

她沉默不语。

我叹了口气，"对不起，只是最近这段时间我过得不太好。"

她的声音变得柔和起来，"我知道，亲爱的。如果你想找人说说话，可以随时打我的电话。"我没有再找过她，因为即便我再喜欢她，有些事她也是帮不上忙的，而且这些事一定会弄得我们离心离德。她明白自己是属于哪一边的。

不知不觉又过了一个星期。在这段时间里，我依然闷闷不乐，整天都提不起精神来。终于，我下定决心要做出一些改变。我不再一天十多次地上网搜索营地杀手的信息了，也放弃了阅读那些让我噩梦连连、讲述基因和异常行为的文章。我采购了一些做鸟笼子的材料——这是艾莉长久以来一心想要完成的大事。我们俩一起动手，整个制作过程都相当有趣。艾莉一边给笼子上漆，一边乐得咯咯直笑，手里的刷子到处飞舞，手指上、桌子上溅满了油漆斑点。笼罩在我心头的阴云开始渐渐消散。埃文和我甚至还去劳伦和格雷格家过了个周末，享受了一顿非常惬意的晚餐。或者说，至少在爸爸突然到访来找格雷格商量工作上的事情之前，我觉得那顿晚餐还是相当完美的。

听见爸爸在楼下毫不留情地训斥着格雷格，我是真的为我这个妹夫感到难过——他知道厨房里的人什么都能听见。更糟糕的是，训完格雷格后，爸爸当众宣布他已经聘请了一位新的工头帮他做事。这么些年了，格雷格一直都等着盼着，希望爸爸能给他升个职。爸爸留下来喝了一点啤酒，之后便完全和埃文待在一起，聊着关于钓鱼的话题。我很讨厌他玩这套偏心的把戏，同时我也讨厌起自己来，因为我居然会为了爸爸对我未婚夫的偏爱而暗自骄傲。

转眼间便到了四月初。我觉得自己似乎终于摆脱抑郁的情绪了。渐渐地，我能一觉睡到天亮，白天也不再昏昏沉沉了。日子一天天过去，现在我能一连好几个小时待在工作室里，全神贯注地完成各个项目。这天早上，我心情格外好，起得也特别早。随后我出了门，进行了一场大采购，也为艾莉买了好多东西。我斥巨资购买了一堆工艺用品，还给女儿买了一台笔记本电脑，因为我觉得这对她的学习一定会有好处。我特别喜欢给艾莉买东西：书籍、游戏用品、颜料、衣物鞋袜、毛绒玩具，等等。艾莉开心，我就快乐。我拎着大大小小的购物袋，正准备进入家门，这时，房里的电话响了起来。

"今晚你最好过来一趟。"打电话的人是我爸爸。我一听他说话的语气，就知道自己又有麻烦了——而且还是不小的麻烦。

"我做错什么事了吗？"

"我接了通电话……"

他说不下去了。我足足等了将近一分钟。在这短短六十秒内，我饱受煎熬，大气都不敢出一口。

"网上说你的父亲就是那个营地杀手。"听得出来他既紧张又生气，明显是在要求我给他一个解释。我真的很想弄明白他刚才的话到底是什么意思，可脑袋像是被谁给猛敲了一下似的，完全无法思考了。

"你知道这件事吗？它是真的吗？"从他嘴里蹦出来的每个字都像是锤子一般，不断敲打着我的头。我心跳加速，整个人都快要爆炸了。我最怕的就是让爸妈以这样的方式得知此事，可如今却木已成舟。妈妈现在怎么样了呢？她一定很痛苦吧。我一下子跌坐在了走廊的长凳上，紧闭着双眼，把该说的全都说了出来。

"几个月前，我找到了我的亲生母亲。"我做了个深呼吸，接着便一五一十地坦白了一切，"所以似乎我的亲生父亲很可能就是那个营地杀手。"

电话那头的爸爸一言不发。

我问道："是谁给您打的电话呀？"

"老麦克。"

就是爸爸手下的那个主管吗？他是怎么知道这件事情的呢？

我记得这个人几乎就是个文盲啊。接下来，爸爸的话消除了我心中的疑问。

"他说是他女儿从纳奈莫时事新闻网上看到的。"

"你说的是那家八卦网站吗？"我赶紧朝楼上的电脑房跑去。

爸爸的声音听起来很生硬，"两个月前你就找到了亲妈，可你居然提都没提这回事？为什么你不告诉我们啊？"

"我是想告诉你们的，可是……等一等，爸爸。"

我输入那个网址后找到了那篇文章。

"凯伦·克里斯蒂安森现身维多利亚市……"

"噢，怎么会这样？！"

我被吓坏了，想看清楚这篇文章到底写了些什么，可屏幕上的文字是那么的混乱不堪，以致我只能捕捉到其中一些只言片语，"凯伦·克里斯蒂安森……维多利亚大学教授……三十三岁的女儿莎拉·加拉格尔……位于纳奈莫的家族企业加拉格尔伐木公司……"

消息泄露出去了，毫无保留地泄露出去了。

爸爸问道："他们是怎么知道她是你母亲的？"

"我不知道。"我死死地盯着屏幕，脑海中接二连三地冒出了无数个可怕的念头。有多少人已经看过这篇文章了？

爸爸继续说道："我要给梅勒妮和劳伦打电话了。我打算让全家人六点前赶到我这边来。到时候再说吧。"

"我会立刻联系网站，让他们……"

"我已经给我的律师打了电话。要是他们不赶紧把文章撤下来，我就跟他们没完。"

"爸爸，我会处理好的。"

"我已经在处理了。"他说话的语气清楚地表明他觉得我什么都搞不定。

等到他挂了电话之后,我才意识到他说过的那句话——你的父亲就是那个营地杀手。他说的不是"你的亲生父亲",而是"你的父亲"。

娜丁,现在您能明白我的压力为什么这么大了吧。接完爸爸的电话后,我坚持读完了那篇文章。我一边看,一边忍不住想要呕吐。文中配了大量凯伦·克里斯蒂安森的照片——他们甚至把她那张大学职员照都放上去了。同样让我难以置信的是,文中还披露了不少关于我的详细信息,例如我的职业,埃文的度假屋,唯一没有被提及的是我有一个女儿——真是谢天谢地。

尽管爸爸已经联系了律师,但我还是给那家网站写了一封电子邮件,要求他们删文。我拨打了网站里列出的每一个分机号码,可没有任何人接我的电话。这样一来,我再次觉得自己就是个一事无成的傻瓜。我试图和埃文取得联系,可他和一群人出海去了,晚餐时才能回来。虽然劳伦是个成天待在家里的全职妈妈,可她也一直不接我的电话。或许她躲到房子外面的花园里去了吧,因为我敢肯定,她和我一样都特别害怕今晚的家庭会议——她特别不喜欢身边的人伤心难过。

现在我怀疑,当时梅勒妮是否正好听到了劳伦和我的那番对话。可就算她再霸道,我也不相信她能做出如此恶毒的事来。当然,要是她告诉了凯尔……这个男人看起来就像是那种为了自己能出人头地,连亲生妹妹都可以出卖的人。劳伦和那位私家侦探是绝对不会这样做的。

这时,我不由得想起了几年前的那次家庭会议。至今我仍然心有余悸。那天,我不得不向爸妈坦陈自己有孕在身的事实。还

059

没等我说完，爸爸就起身离开了房间。如今，这种让人惶惶不可终日的感觉再次降临。我索性带着穆斯出去散了个步，希望能摆脱掉让我坐立难安的紧张和焦虑，可最后还是忍不住飞奔回家，径直冲到电脑前。直到临出门前，那篇文章依然还挂在网站上。为了让自己冷静下来，我不得不一直提醒自己，只要我不表态，这件事就会不了了之。爸爸从纳奈莫的一家顶级律师事务所请了一位律师，他一定能在今天结束前让网站把文章撤下来。人们的闲言碎语可能会持续一段时间，但之后别的事情会将其取代。我需要做的就是等待，等这事儿的风头过了就好了。

然而我有种感觉，还有更糟的事情正在前方等着我。

4

谢天谢地您把我安排进来了——我知道昨天我已经来过了,可我实在不知道该怎么办,所有的一切都在脑子里不停地转来转去。我唯一能想到的就是到您这里来。您一定得帮帮我,让我快点冷静下来,因为如果今天再发生任何事情,我就完全失控了。

出门参加家庭会议前,我和六岁的女儿大吵了一架——因为她非常不喜欢临时改变计划——这让我的心情变得更糟了。

"你说过晚餐要和我一起做煎饼的,像埃文一样做好多不同形状的煎饼。"她的声音显得格外焦虑。艾莉做事情总是有条不紊,所有的决定都是深思熟虑之后的产物。当她伸出小小的舌头,认真思考着该用她自己生日所得的零花钱给穆斯买点什么东西的时候,她的这个特点是相当可爱的;可只要我们不得不匆匆忙忙去做某件事情的时候,这一特点就绝对是个噩梦了。

"今晚我实在没有时间啊,我的小猫咪。不过我们可以喝到鸡汤哦。"

艾莉把小手攥成拳头,叉在腰间,"你答应过我的。"艾莉这种与生俱来的秩序感还有一个特征,那就是她需要了解我们每天的具体安排有哪些,每项安排于她有何意义。要是我没按原有的计划行事，或是随意加快了某件事情的进度——就当我没说过——那艾莉就一定会表现得心烦意乱、坐立不安。

"我知道。真的很对不起，可我们今天确实不做煎饼了。"

"你答应过的。"她尖叫着朝我抱怨，刺耳的声音让我心烦意乱。

我猛地转过身去，"今天不行。"

她转头就朝自己的房间跑去，深色的鬈发满头乱颤。门被重重地关上了，接着我又听到了砰的一声巨响，有什么东西砸在了门上。穆斯蹲在艾莉的房门外，带着责备的神情望着我。我没有听见她的哭声，不过这孩子本来就不怎么哭——她宁愿扔东西也不愿意掉眼泪。有一回，我看见她的脚指头撞上了桌腿。当时她马上转过身来，对着那根木头就是一脚。

我试着转了转门把手，能转动，可门被什么东西给顶住了。啊，对了。埃文教过，要是有人擅自闯入家中，艾莉就可以用手撑着椅子抵住房门。

"艾莉，妈妈希望你能出来，这样我们才能好好谈谈，好吗？"

一片沉默。

我深吸了一口气。

"你先出来。这个星期我们可以再挑一个晚上，一起做煎饼嘛——我会从调面糊开始教起哦。不过我数到三，你就必须得出来。"

还是沉默。

"一……二……"

什么动静都没有。

"艾莉，要是你不马上从房间里出来，那你一个星期之内都别想再看《汉娜·蒙塔娜》了。"

门开了。艾莉双手交叉抱在胸前,耷拉着小脑袋从我身边走了过去。几步之后,她回过身,朝我投来了伤心的一瞥。

"埃文从来没有朝我大吼大叫过。"

在父母家里,一切都不尽如人意。两位老人住在纳奈莫郊区的一栋木屋里。当我开车抵达的时候,发现梅勒妮的车和劳伦的多功能越野车已经停在了车道上。艾莉早就从我这台切诺基上下来了,穆斯一步不离地跟在她身旁。我像一个全副武装的战士一样,昂首阔步地向大门走去,心里却明明白白地知道,这样的虚张声势其实于事无补。

所有人都待在客厅里。梅勒妮看都没往我这边看,劳伦则向我投来了一个怯生生的微笑。爸爸的脸上仿佛罩着一张铁制的面具,他坐在客厅中央的那张扶手椅上,脚上穿着那双他经常穿的工作靴,鞋头上包了铁皮。他上身穿着一件黑色短袖衫,下身是一条牛仔裤,腰间还系着一根红皮带。岛上每一位地道的伐木工人一年四季都是这身打扮。爸爸的胸膛宽阔健壮,满头银发闪闪发光,仿佛戴着一顶熠熠生辉的王冠。他的妻子和女儿簇拥在他周围,这让他看起来像是一位威风凛凛的国王。

"外婆!"艾莉朝着妈妈跑去,然后一把抱住她的双腿,身上那件粉色鹅绒外套也紧紧地压在了小耳朵上面。

有那么一瞬间,我希望自己也能奔向妈妈的怀抱,紧紧地拥抱着她。她的一切——夹杂着丝丝银线的黑发,一直爱用的粉状香水,还有她的声音和她的皮肤——都是那样的温婉柔和。我以为自己会从她的脸上看出生气的神情,可我看到的只有深深的疲惫。我望着她,眼中写满恳求:"对不起,妈妈。我不想伤害你的。"

妈妈对艾莉说:"我们去厨房吧,艾莉。我做了肉桂面包给你吃哦。弟弟们已经在里面玩儿了。"说着,她牵起艾莉的手,带着她离开了。

她们俩走过我身边时,我问候了一声:"嗨,妈妈。"她碰了碰我的手,努力挤出了一丝安慰的笑容。我多想告诉她,我是多么的爱她,我做这些事完全不是因为对她有意见。可还没等我想好怎么开口,她就已经走远了。

我重重地瘫坐在一张椅子里,随后抬起头来,望向我父亲。我们俩四目相视,最后是我先移开了目光。

终于,他开口说道:"找亲生父母前,你应该先和我们谈谈的。"

爸爸经年累月都在户外工作,长时间的风吹日晒使得他嘴角的法令纹逐渐加深,如今已成了一道道深深的沟壑。虽然他已年逾花甲,可有生以来我第一次发现他真的老了。愧意如潮水般涌上心头。他说得对,我应该早点告诉他们的。这些日子里,我一直都在尽力避免伤他们的心——其实也是想避免出现如今的局面,可我的所作所为却让事情变得愈发不可收拾了。

"我知道。对不起,爸爸。只是当时我觉得最好不要让你们知道。"

爸爸扬了扬左边的眉毛。每当他这样做时,我就觉得自己又犯了个天理难容的大错。这回也不例外。

"我想知道那家网站到底是怎么把消息弄到手的。"

"我也很想知道。"我目不转睛地盯着梅勒妮说道。

她说:"你看着我干什么呀?要不是爸爸告诉我,我还不知道有这事儿呢。"

"你当然不知道啦。"

梅勒妮用一根手指在自己的太阳穴边画圈圈，一边画，一边无声地说道："疯子。"

刹那间，我体内愤怒的血液呼啸着奔涌上来，"知道吗，梅勒妮，你就是个……"

"够啦！"爸爸的呵斥声如炸雷般响起。

我们都安静了下来。当我与劳伦目光相交时，她脸上的表情——半是愧疚，半是害怕——告诉我，她已经向爸爸承认自己早就知道我亲生父母的情况了。

我转过身对爸爸说："除我之外，只有两个知情人，一个是埃文，一个就是我请的那位私家侦探——可他是一名退休警察啊。"

"你查看过他的所有证件吗？"

"他给我看了，而且……"

"你了解他吗？"

"我说过了，他是一名退休警察。"

"你给警察局打电话确认过吗？"

"没有，不过……"

"你根本就没有好好查过他。"爸爸边说边摇头。我的脸唰一下就红了。"把他的电话号码给我。"

我多想对他说，他不是唯一一个能把事情办好的人，可他仍然一如往昔地让我开始怀疑自己。

"我会发电子邮件给您的。"

我从眼角的余光中注意到，妈妈正端着一个盘子站在门口。

"有没有人想尝一点儿肉桂面包呀？"

她走到沙发边坐了下来，顺手将盘子和一叠餐巾纸放在了咖啡桌上，可没人伸手去拿面包。爸爸朝梅勒妮和劳伦狠狠地瞪了一眼,她们俩才各拿起了一块。虽然此时我肯定什么都吃不下去,但还是跟着拿了一块。妈妈笑了,但眼眶看起来红红的——她刚才肯定哭过了。真是糟透了。

她开口说道:"莎拉,你想要找到亲生父母的心情,我们都能理解。只不过你不肯告诉我们,这就伤了我们的心了。知道亲生父亲竟然是那样的一个人,你一定非常难过吧!"说这话时,妈妈脸色苍白。她一定还没从难过的情绪中缓过劲儿来。

"对不起,妈妈。只不过这件事非得我自己去做才行。我原本打算先把事情弄清楚了再告诉大家的。"

妈妈问道:"你的母亲——那篇文章里说她是个教授吧?"

"是的。她完全不想和我有任何瓜葛。"我移开了视线,又用力眨了眨眼睛。

"她肯定不是针对你才那样说的,莎拉。"妈妈说话的声音变得十分温柔,"任何一个当妈的都会因为有你这样一个女儿而感到骄傲和自豪的。"

泪水唰的一下涌了出来,"真是太抱歉了,妈妈。我应该早点儿告诉你们的。我只是不想让你们觉得我是个忘恩负义的人。您是最棒、最好的妈妈。"这可不是什么奉承话。从前,只要是我们带回家的美术作品,她都爱不释手;只要是我们想要的服饰装扮,哪怕到了最后关头,她都会紧赶慢赶地帮我们缝制出来;只要是我们心爱的牛仔裤,即使穿坏了舍不得扔掉,她也会用她的独门秘技,将其一一修补如初。妈妈打心底里喜欢"母亲"这个身份。虽然我从来没有问起过到底是谁决定收养孩子的,但我敢打赌,这个人一定是妈妈。爸爸同意这样做也只不过是为了妈妈。

我继续说道:"你们二位永远都是我真正的父亲和母亲——是你们把我养大的啊。我只是对自己的过去有些好奇罢了。可当我得知自己的亲生父亲居然是那样的一个人后,我就觉得你们肯定不会想知道这些情况的。"我看了爸爸一眼,又将目光转回到妈妈身上去,"我不想让你们不开心。"

妈妈说道:"我们都很担心你,也一直在为你担惊受怕。不过这件事绝对不会影响到我们对你的爱。"我再次看了看爸爸。他点了点头,但脸上的神情却像是要拒人于千里之外似的。

我说道:"埃文还在船上,不过我打算回家后便马上告诉他,这件事已经被上传到了网上。"

爸爸说:"那篇文章已经被撤回了,但我们还是得把那帮混蛋告上法庭。"

我垂下头,身子向后一靠,躺在了椅背上。我长舒了一口气,心想,一切都会好起来的。一瞬间,我仿佛感受到了被人保护着的感觉——毕竟爸爸是向着我的——可下一秒他却开口说道:"谁让那群笨蛋用了我公司的名字呢?"顿时,我明白他真正想要保护的究竟是什么了。

这时,妈妈用手按住腹部,脸上露出了痛苦的神情。内疚之情再次涌上心头。爸爸也注意到了这一幕,他的目光死死地盯着我不放。无须他再多说什么,他早已用千百种的方式表达过无数遍了。可沉默不语对我来说才是最有杀伤性的。"看看你都对你妈做了些什么?"

妈妈开始聊起了我的婚礼,可大家都不怎么想说话。梅勒妮和我继续态度坚决地无视对方。

最后我说道:"我得带艾莉回家睡觉了。"我起身朝厨房外走去,想把艾莉喊进来。劳伦跟在我身后,随手关上了房门。

"对不起,我把这事告诉了爸爸。可是当他问我是否知情的时候,我不敢向他撒谎。"

"算了,你替我保守了这个秘密。爸爸有没有对你发火呢?"

她摇了摇头,"我觉得他只是很担心。"

"这就是你今天故意不接我电话的原因吧?"

"我不想夹在你们两个人中间,"她看起来十分沮丧,"对不起。"

我也不想让她当夹心饼干。我希望她能站在我这边,可这只能是我的痴心妄想罢了。小时候,每当爸爸训斥我的时候,劳伦都会钻进自己的房间里躲起来。之后她又会出来,陪着我一起干家务活儿。可是不知怎的,那时的我只会觉得更加孤单。

"你没有告诉梅勒妮关于我亲生父亲的事情吧?"

"当然没有啦!"

所以应该是梅勒妮自己偷听到的,然后她可能告诉了凯尔,接着凯尔又讲给了鬼才知道的某个人。事到如今,我已经无力回天了。

在开车回家的路上,我渐渐平静了一些,可还是担心,不知道有多少人已经看过了那篇文章。这时我突然想起了妈妈说过的一句话,她说他们都很担心我,为我担惊受怕。红灯亮了,我停了下来,专心致志地回想着当时的情形。爸爸的脸绷得紧紧的,妈妈的目光中透露出担忧,两个人都是一副欲言又止的样子。我到底漏掉了什么呢?突然,我明白了。

营地杀手有可能看到了那篇文章。

我就那么呆呆地坐着,直到后面喇叭声震天,艾莉也开始对着我大声喊道:"妈妈,快开车!"这时,我才发现已经是绿灯了。我晕乎乎地把车开回了家。刚才在那边,我一心只想着为自己找借口，又因为爸爸的怒火而瑟瑟发抖，所以就忽略掉了最可怕的环节。如果营地杀手看到了那篇文章，那么他不但知道我住在纳奈莫，而且还知道了我姓甚名谁。

一回到家，我就让艾莉洗了个澡，然后为她读起了睡前故事。我读得磕磕巴巴，眼睛也无法集中在文字上。我得跟埃文谈谈。艾莉睡着后，我拨打了他的电话，可一直都无人接听。我坐在沙发上，用毯子把自己包裹起来，一边心不在焉地看着电视，一边等着埃文给我回电话。过了好久，我实在是等不了了，正想上床去睡觉，就在这时，电话铃响了，是埃文。他还没来得及开口说话，我便问起他今天的情况来。

"我们发现了一群座头鲸，大家都开心得不得了。"

度假屋位于岛上偏僻的西海岸，所以除钓鱼之外，他还为客户提供配备向导的皮艇游和观赏鲸鱼的服务。

"真是太棒了。"

"我特别想这个周末就回家，不过……"他低吼了一声，我也想学他吼一嗓子，可还是没能做到。我深吸了一口气，把之前发生的一切都说了出来。我先是告诉他，我给朱莉娅留言后她回的那通让我糟心的电话，接着便把秘密被人捅到网上的事情也说了出来。当然，我也坦白承认，说自己之前忍不住把这件事告诉了劳伦。听完后，埃文的反应比我想象中要平静得多，完全不像我当初乍一下听到后的样子——电话那头的他没有表现出丝毫的惊讶。

"不会有事的。"他说道。

"可是好多人对连环杀手都特别感兴趣啊——至少有一半的书籍和电影都是在讲连环杀手的事。要是大家发现我是个连环杀手的女儿……"

"家里的猎枪放在哪儿,怎么开扳机,你都知道的——"
"猎枪!"
"你会没事的。那个网站的读者肯定不多。"
"万一他看到了呢?"
"你是说营地杀手吗?"他稍稍停顿了一下,"不会的,他怎么可能会看纳奈莫的某个博客啊。"
"你真的觉得没事吗?"
"没错,我真这么觉得。让你爸爸的律师去处理这件事吧。"
"我现在真是害怕极了。"
他的嗓音变得温柔起来,"我很快就会回家的。"

昨晚睡觉前,我又情不自禁地查了一下那家网站,没有发现那篇文章,这让我顿时轻松了不少。接着我又用谷歌搜索了一番,也没有搜到任何相关信息。这时我才相信了埃文所说的话,于是便安心睡觉去了。其实现在这样也好。虽然是不得已而为之,可我总算向家人坦白了——反正瞒天过海一直都不是我的强项。

早餐时,艾莉一边吃着烤面包和花生酱,一边不时为穆斯哼上几曲。她和我都离不开花生酱。说起我们俩吃掉的罐数,应该没有人会相信的。送她去上学后,我回到了家中,不一会儿就端着一杯咖啡去了工作室,开始全力对付起一个新的衣柜来。我很快就进入了状态,连午饭都忘了吃。我一路奋战到了下午,最后还是决定去吃点零食,再续上一杯咖啡。回工作室前,我又溜上楼,瞟了一眼纳奈莫时事新闻网。还是没有那篇文章。为了让自己安心,我再次在谷歌里搜索了一下凯伦·克里斯蒂安森。这一次,屏幕上跳出了好多链接。

我猛地放下了咖啡杯,里面的咖啡一下子就从杯子边缘飞溅出来。我点开了第一条链接,发现那是位于美国的一家连环杀手粉丝俱乐部的网站。在网站的论坛里,有个名叫"达默尔的晚餐"的家伙发帖称凯伦·克里斯蒂安森正躲在维多利亚市,现在的名字叫作朱莉娅·拉罗什。帖子上还说,她有个名叫莎拉·加拉格尔的女儿,就住在纳奈莫。我死死地盯着屏幕,心跳声如雷鸣般在耳中回响。我无计可施,找不到办法去删除这则帖子。随后我注意到帖子后还跟着些评论——数量还真不少。我点了一下图标,将页面最大化。最上方的评论不过就是些"真想知道这是不是真的"或是"好想知道他的小孩长啥样啊"之类的话。可越往下看,跟帖的人就越发地多了起来。

有好事者访问了朱莉娅就职的大学网站,找到了她办公室的信息;还有人找到了她发表过的文章链接,并进入到有她本人照片的网站里去了。其中有个人用图像处理软件合成了一张照片,照片里那个营地杀手就站在朱莉娅身后,一只手上拿着根血迹斑斑的绳子,另一只手则握着自己的命根子。这些看客对朱莉娅的长相评头品足,纷纷表示营地杀手的品味还真是不赖。一个混蛋说他想知道我是不是像我父亲一样心理扭曲变态,还有个家伙把我比作泰德·邦迪的女儿,声称大家应该在我们这些"婊子们"把疯病传给下一代之前活捉我们。我读着这一条条恶毒的评论,既羞愧难当又惊恐万分,觉得自己像是被人剥光了衣物一般,赤身裸体地站在世人面前。

我飞快地点开一个又一个网站——其中大部分都是关于真实犯罪案件的博客,还有几个是专门写连环杀手的,这里面就有我之前找营地杀手时浏览过的网站。那些更加正规合法的网站在表述上显得谨慎许多,只说"据不可靠消息",凯伦育有一女。把我的姓名和住址公之于世的却是那些连真名实姓都不敢写出来的网民。这时,我留意到一个名为"维多利亚大学学生论坛"的网址,胃部顿时一阵抽搐。我点击了这个链接,可因为没有学生证号码而无法进入论坛内查看。

一阵恐慌袭来。"现在我该怎么办?怎样做才能阻止这一切呢?"身边的无绳电话突然响了起来,把我吓了一跳。

是劳伦。她说:"有件事我得告诉你。"

"是关于网上那些乌七八糟的东西吧?"

"你在上网?"

我盯着电脑屏幕,"到处都是。"

沉默了一小会儿后,劳伦问道:"你打算怎么办呢?"

"我现在毫无头绪,不过我想我应该和朱莉娅谈谈。"

"你真的……"

"要是她还不知道这一切,那我就应该给她提个醒;如果她已经知道了,那她就会认为是我说出去的。可如果我在电话里向她解释的话,她有可能二话不说就会挂断电话。"我呻吟了一声,"我得挂了,我需要好好想想下一步该怎么做。"

劳伦温柔地说道:"好吧,亲爱的。有需要的话就给我打电话。"

挂断电话后,我一屁股跌坐进沙发里,穆斯跟着跳了上来,一边发出呜呜的声音,一边在我的脖颈间嗅来嗅去。我的脑子如同一团乱麻,瞬间便浮现出了无数种让人不寒而栗的假想。这下全世界都知道我的亲生父亲是何许人也了。这个营地杀手会找到朱莉娅——也会找到我这里来。埃文的事业将就此被摧毁,我的也会。艾莉在学校里将饱受嘲弄。

这时，电话铃突然响了起来。我看了一眼来电显示，是个私人号码。

是朱莉娅吗？

铃响了三声后，我接通了电话。

"你好？"

是个男子的声音，"是莎拉·加拉格尔吗？"

"你是谁？"

"我是你爸。"

"你到底是谁？"

"我是你亲爸。"那个人加快了语速说道，"我在网上看到了。"

刹那间，我惊慌失措，但很快便意识到，这个声音听起来太年轻了。

"我不知道你究竟是谁，也不清楚你看到了什么，不过……"

"你的身材是不是像你妈一样火辣呀？"电话那头传来一阵哄笑声，接着我又听到另一个少年在冲着听筒大喊："问问她是不是也喜欢被人强暴！"

"听着，你们这群小……"

他挂断了电话。

我立刻拨打了埃文的电话，却被转到了语音信箱。我想告诉劳伦，又怕她为我担惊受怕——该死，我现在害怕极了，这让我更加上火。几个毛头小子为了捉弄我，冒充我的亲生父亲给我打电话。万一接电话的是艾莉可怎么办？我七窍生烟，飞快地在房间里踱来踱去。正在这时，电话铃又响了起来。真希望是埃文打来的，可实际上却是艾莉的老师。

"莎拉,你今天接艾莉的时候有时间和我聊聊吗?"

"出什么事了?"

"艾莉她……和一个想用她水彩笔的小朋友发生了争执。我想和你谈谈。"好嘛,真是怕什么来什么。

"我会告诉她,要她和小朋友分享玩具,不过您看我们是不是可以另找时间……"

"艾莉推了那个小女孩一下——推得特别使劲,都把她给推倒了。"

我随后就给您打了电话。我非得在和艾莉的老师谈话前先来见见您。一切都乱了套,我知道自己得冷静下来好好想想才行,可就是甩不掉那些可恶的片段,尤其是那通充满恶意的电话。此外,我觉得艾莉的老师肯定会建议我,让我再次带着艾莉去见见学校的心理辅导老师,看看应该如何解决她的问题。艾莉从前也出过岔子——比如对着其他的孩子大吼大叫,或是跟老师顶嘴——不过她一般只在被人逼得太紧的时候才会这样。老师还说,艾莉的注意力很难被转移,压力越大她就越难做到这一点。我努力解释着,说孩子一切正常——只是不喜欢周围的事物出现任何变化。可老师却追问我,是不是最近我们家里出了什么事儿。所以我现在只能祈祷,希望这孩子没有听到什么流言蜚语,比如营地杀手就是我的亲生父亲。

我讨厌自己像现在这样情绪低落,也讨厌为此而经受的生理反应。我的喉咙会变干,还会觉得胸口发闷、呼吸困难,此外,我会出现面部潮红、浑身冒汗的迹象,小腿肚也会因为体内分泌出过量的肾上腺素而疼到抽筋。我的身体里像是被引爆了一颗炸弹,思维也被炸得支离破碎。

以前一讲起我的焦虑时，我们都认为首要的原因在于我是一个被收养的孩子，其次在于我与父亲之间始终存在着某种距离。我会下意识地担心自己被人再度遗弃，因此由始至终都没有什么安全感，可现在我觉得自己焦虑的原因绝非仅此而已。当年我怀着艾莉的时候读过一段话，意思是准妈妈得保持平和的心态，否则宝宝就有可能继承到你的负能量。想想看吧，我在一个时时恐惧、刻刻担忧的女人肚子里足足待了九个月！她的焦虑一点一滴全都渗透进了我的血液里，也渗透进了我的每一个细胞里。我是在恐惧与害怕中降临人世的。

5

记得第一次来您这儿接受治疗的时候，我怎么也不愿意提及自己的童年时光。当时您对我说："如果你想开辟一个未来，就必须要了解过去。"您说这是安妮·弗兰克的父亲奥图·弗兰克所说的话。您还说您旅行时参观过安妮在阿姆斯特丹居住过的房子。至今我还记得，当时我也坐在这儿。趁着您出去为我们俩准备咖啡的时候，我把您挂在墙上的照片、旅行后带回来的艺术品、搜集到的雕刻和雕像以及您撰写的书籍全都扫视了一遍。我边看边想，这个女人是我所认识的女性中最酷的一个。

过去，我从来没有遇到过像您这样的人。您的衣着打扮总有一种艺术般的典雅气质。您就像一位充满着波希米亚风情的智者，肩上随意搭着一条披肩，华发斑斑却毫不掩饰，仿佛是在告诉别人，您不光欣赏和接受自己的年龄，还为此感到万分自豪。您倾身向我提问时会习惯性地摘掉眼镜；您喜欢用手指轻敲那个造型怪异的马克杯——这是您闲来无事时去参加陶艺班的成果；您还说，懂得"学海无涯"这一点非常重要。我会观察和模仿您的一举一动。在我心里，您就是一位无所畏惧的女人，也是我想变成的那种女人。

所以，当得知您也来自于一个破碎的家庭、有个饮酒成瘾的父亲时，我实在无法掩饰住内心的惊讶之情。最让我钦佩的一点是，您并未因此而仇恨满腔、愤愤不平，而是直面惨淡的人生，然后继续前行，并且开创了属于您自己的未来。那天我满怀希望地离开了您的办公室，觉得一切皆有可能。可过了一段时间之后，我又回想起了您说过的那句话——你需要了解自己的过去——这时我突然意识到，我永远都不可能开辟出一个真正的未来，因为我完全不了解自己真实的过去。这就像是要我去搭起一座空中楼阁，就算能坚持一时半会儿，最终也只会轰然倒塌。

我刚一回家，穆斯就打着响鼻扑了上来，仿佛已经和我分离了千万年。我先把它放了出去，让它去院子里方便一下——可怜的家伙跑出门外才一尺远就憋不住了。然后，我便考虑起到底要不要给警察局打个电话，说说那通恶意来电的事。可稍后我还是决定暂且按兵不动，等我告诉了埃文之后再说。我翻看了一下来电显示，想知道埃文是否在我外出时打过电话，却意外地发现了两个私人号码。我播放了一下语音留言，发现这两个电话是报社记者打来的。

在接下来的一个小时里，我紧紧地握着无绳电话，在屋子里不停地转来转去，满心希望埃文赶快给我打电话。手中的电话的确响过一次，还把我吓了一大跳，可那个人不是埃文，而是一个记者。不久后，我强迫自己拨通了爸爸的电话，把我在网上看到的以及后来接到的那几个电话都告诉了他。

他说："不熟悉的号码就别接。要是有人问起营地杀手什么的，你就说你什么都不知道。告诉他们，你确实是被领养的孩子，但你的亲生母亲并不是凯伦·克里斯蒂安森。"

"您是说我得对人们撒谎吗？"

"一点儿没错。我会把同样的说辞告诉梅勒妮和劳伦的。要是还有什么小混混给你打来电话,直接挂掉就行了。"

"我要不要报警啊?"

"他们啥也干不了。交给我吧。把那些链接发给我。"

"大部分都是些论坛。"

"你发过来就是了。"

我照做了,随后又自虐般地看起那些评论来。帖子下面新增了十条评论,一条比一条恶毒。我看了一下别的网站,里面的跟帖也没有好到哪里去。人们居然会用如此尖酸刻薄的方式去对待素未谋面的人,这一点真是让我备受打击——更令我毛骨悚然的是,他们知道我的真名实姓。我想一直盯着这些网站,也想为自己和朱莉娅辩护,可我不得不出门去见艾莉的老师了。

实际情况比我想象中的要好一些。那个小女孩近来总是欺负艾莉——比如弄乱艾莉的桌子,或是在艾莉还没用完水彩笔的时候就过来抢——艾莉实在是忍不下去了才动手的。当然我也向老师保证,说自己会告诉女儿推人并不是解决争吵的好办法,有什么问题得跟大人说。其实,只要能让我快点离开那儿,让我说什么都行。艾莉的行为确实不对,我也郑重其事地跟她谈过了。可老实说,比起我毁了朱莉娅的人生——我自己的人生就更不用提了——艾莉犯的那点错实在是算不了什么。而且我还把家人都拖进了这个泥潭里,一想起这个,我便心痛不已。

晚上八点的时候,电话铃终于响了起来。一看到是埃文的号码,我便立刻按下了接通键,"我们得谈谈。"

"怎么了?"

"那个网站——不知怎么的,内容泄露出去了。可能是那些人没有用谷歌彻底地搜索一下。可现在别的博客上出现了同样的内容,大部分和朱莉娅有关,每条评论都恶心之至——有些评论里还提到了我的名字。后来有个小伙子打来电话,说他是我亲生父亲。记者们往家里打电话,可我全都没接。爸爸说……"

"莎拉,你慢点儿说——我根本没听懂你在讲些什么。"我做了个深呼吸,然后又重头说了一遍。听完后埃文沉默了一会儿,然后问道:"你报警了吗?"

"爸爸说他们也无能为力。"

"那你还是得向他们报告一下所发生的事情啊。"

"我也不知道该怎么办了……爸爸说让我把一切都交给他去处理。"我可不敢违抗爸爸的命令,惹得他勃然大怒。

"可以啊,他做他的,但你还是得在警方那里备个案。"

"可他说的没错,警方也拿这种玩恶作剧的骚扰电话没辙。"

"如果你问我的意见如何,那我会建议你,明天一早去报警——还有就是不要回应任何一个帖子。"

"好的,好的。"

挂断电话后,我上了床,在深夜电视节目的声音中慢慢进入了梦乡。这一觉我睡得并不安稳,而且一大早就被电话铃声给吵醒了。迷迷糊糊中,我没看来电显示便接起了电话。

"您好,请问您哪位?"

电话那头是一位男子的声音:"早上好。听说你会修理家具是吧?"

我坐了起来,"是的。请问您需要我为您做点儿什么呢?"

"我有几件家具想修补一下,是一张餐桌和几把椅子。虽说值不了几个钱,但那是我母亲留给我的。我打算把它们留给我女儿。"

"金钱不是衡量物品价值的唯一标准——有时候我们更在意的是那件东西对于我们的意义。"

"对我而言,那张餐桌实在是太重要了。过去,我大部分时间都是在那旁边度过的——我对吃真是情有独钟啊。"他笑了,我也跟着笑了。

"餐桌承载着我们对家的记忆。有的客户只是让我把他们家的餐桌处理得干净一些,但不要动孩子们留下的那些印记。"

"你一般是怎么收费的呢?"

"不如您先让我看看,然后我再给您估个价吧。"说着,我下了床,随手披上一件外套后就径直向工作室走去。我得去拿支笔。"我可以去您家,不过很多客户也会先把家具的图片发给我看一下。"

"陌生人的家里你也去吗?"

在走廊上,我停下了脚步。

他接着问道:"你是单独一个人去吗?"

好吧,我不会接这个活儿了。我的语气变得既平淡又冷漠:"不好意思,我还没问您贵姓吧?"

他沉默了一会儿,然后开口说道:"我是你爸爸。"

果不其然,又是一通恶作剧电话。

"你到底是谁?"

"我说过了——我是你爸爸。"

"我有爸爸,我很不喜欢……"

"他不是你爸。"耳畔的声音变得苦涩起来,"我没想过要把自己的孩子送人的。"他没再说什么了。听筒那头传来了汽车呼啸而过的声音。我想立刻把电话挂了,可实在无法压抑住心中的怒火。

"我不清楚你干吗要跟我开这种恶心的玩笑……"

"我没跟你开玩笑。一看到凯伦的照片我就认出她来了。她是我弄到手的第三个人。"

"人人都知道她是第三位受害者。"

"可我还保留着她的耳环。"

我的心提到了嗓子眼儿。有谁会假冒杀人犯呢？

"你觉得这样做很有趣是吧？给别人打恐吓电话很好玩是吧？这么做了你才嗨得起来是吧？"

"我没想恐吓你。"

"那你想怎样？"

"我想认识你，也想了解你。"

我挂断了电话，可铃声马上又响了起来。根据号码的前几位数，我判断出这通电话是从不列颠哥伦比亚省打来的，可接下来的几位数所表示的地区代码我却并不熟悉。最后，铃声终于停了下来，可没过多久又响了起来。我伸出颤抖的双手拔掉了电话线。

我飞快地跑过走廊，叫醒了艾莉，让她收拾一下准备去上学。然后我一头扎进浴室里冲了个澡，接着在艾莉刷牙的时候迅速备好了花生酱和烤面包。趁她吃早餐的时候，我又飞快地做好了她的午餐，随后便风一般地冲出了这所房子。

走进警察局时，我发现前台接待处正坐着两位穿着便服的警察。我朝他们俩走去，正好这时有位女警官从前台后面的门里走了出来，然后从桌上翻找出一份文件夹。她的皮肤呈咖啡色，颧骨很高，一双棕色的眼睛又大又亮，乌黑浓密的直发被她盘成圆髻紧紧地扎在脑后。我猜她应该是一位原住民。

081

我来到接待台前，问道："请问我该向哪位警察说说关于我接到的几个电话呢？"

接待处的一位警察问道："是什么样的电话呢？"

这时，那位女警官说道："交给我吧。"随后便把我带到了一个房间里。房间的门口挂着一块金属铭牌，上面写着"访谈室"三个字。房间里空荡荡的，只有一张长桌和两把硬质塑料椅。桌上摆放着一叠纸、一本电话簿和一部电话。

女警官在椅子上坐了下来，身子靠在了椅背上，正好面对着我。我看了看她胸前的姓名牌——S.泰勒。

"请问我能为您做点儿什么吗？"

此时此刻我突然意识到，正如所有那些落荒而逃的人们一样，自己要说出口的那些话是多么的不可理喻。于是我决定，只讲事实，希望能借此让她相信我所言非虚。

"我叫莎拉·加拉格尔，很小的时候就被人收养了。最近我在维多利亚市找到了亲生母亲。随后我请了一位私家侦探，经过调查后他发现，我的亲生母亲就是凯伦·克里斯蒂安森……"

女警官面无表情地注视着我。

"您有印象吗？她就是营地凶杀案遇难者中唯一生还的那个人。"

她猛地坐直了身子。

"那位私家侦探猜测，营地杀手有可能就是我的亲生父亲。没过多久，纳奈莫时事新闻网不知道用什么方法弄到了这则消息。现在，您随便上网一搜就可以看到那些文章。昨天我接到了几个青少年打来的恶作剧电话，他们假装是我生父。今天一大早我又接到了一个男人的电话，也声称是我的亲生父亲，还说自己手里留有凯伦的耳环。"

"您觉得他的声音耳熟吗？"

我摇了摇头。

"来电号码以250开头，是属于维多利亚市的。不过接下来的地区代码我就记不清了，似乎是374，又像是376。当时我把所有的信息都记在了纸上，可我忘记把那张纸带过来了……"

"他有没有说为什么要给您打电话呢？"

"他说他想更好地了解我。"我的脸上抽搐了一下，"虽然我知道这有可能只不过是一个恶作剧，可我还有个女儿，而且……"

"您的亲生母亲是否承认过，您是她在被性侵后怀上的孩子呢？"

"她没说那么多，不过事实肯定如此。"

"我得把您说的话都录下来，行吗？"

"哦，可以，没问题。"

她站起身来，"我很快就回来。"

在等待她的时候，我四下打量了一番访谈室，然后便下意识地摆弄起自己的手机来。

门猛地开了，随后那位女警官坐了下来，把一台小型录音机放在了我面前，接着又把自己的椅子拖近了一点。她依次报出了她的姓名、我的姓名，还有今天的日期，接着又要求我再把自己的全名及家庭住址重复了一遍。我顿时觉得口干舌燥，面颊发烫。

"用您觉得舒服的方式来说吧。希望您能告诉我，为什么觉得营地杀手就是您生物学上的父亲，也请您详细描述一下最近接到的那些电话。"她的声音十分严肃，这让我心跳加速，愈发紧张不安。

她说："请吧。"

我尽力而为了，不过偶尔也会跑题。每当这时，女警官会立刻用"接下来他还说了些什么？"让我重回正轨。她甚至还要求我说出朱莉娅的家庭住址以及与她有关的所有信息，这让我感觉怪怪的，因为这些情况基本上都是我通过偷偷跟踪才得知的。我还告诉她，自己和家人正在试图联系上那位曾经当过警察的私家侦探，可她平静如水的脸上没有出现任何变化。

录音结束后，我问道："接下来会怎样呢？"

"我们会开始调查此事的。"

"您不会真的认为那个人就是营地杀手本人吧？"

"掌握更多情况后，我们会通知您。很快就会有人同您取得联系。"

"要是那个人又打电话过来，我该怎么做呢？我是不是得换个号码呀？"

"您有来电显示和语音信箱吗？"

"有的，可我在家办公，而且……"

"不要接听任何陌生号码的来电，让它们进入语音信箱就行了。把那些号码和拨打的时间都记录下来，然后尽快报告给我们。"她给了我一张她的名片，然后起身走到门口。

我茫然无措地跟着她来到了走廊。

我在她身后问道："您是否认为这只不过是有人想吓唬吓唬我而已呢？您这么慎重是不是因为这事和营地杀手扯上了一点关系呢？"

她回过头来看了我一眼后说道："没有展开调查前我什么都不好说，但是小心一点总是没有错的。谢谢您的来访。有任何问题都可以打我的电话。"

在警局门外的停车坪里,我坐在车上,目不转睛地看着那张名片,忍不住浑身发抖。真希望警方能对我说"你什么都不用担心",可整个过程中警员泰勒却没有丝毫表示,所以现在的我心惊胆战,深信来电之人就是营地杀手本人。

警方会去找朱莉娅谈话吗?他们多久之后才会与我联系呢?我该如何在一无所知的情况下度过接下来的几天呢?突然,我想起那个人提到过凯伦的耳环。这应该是能否最快证明他撒了谎的证据吧?可一旦我打电话给朱莉娅,她一定会在我开口前挂掉的。

我看了一下时间,才刚到上午九点——跑一趟维多利亚市后再回来接艾莉放学绰绰有余。

因为今天是星期五,加上眼下又还没到午餐时间,所以我猜朱莉娅应该还在上班,于是便开着车直接去了学校。我不知该如何向她说明目前的情况,因此一路上也尝试了好多种方法,可我的首要任务还是得说服她同意和我谈谈。我打算直接出现在她的办公室门外,希望她因此而不便将我拒之门外。我在公用付费电话上拨通了她办公室的号码,接电话的是一名助手。此人告诉我,朱莉娅今天没课,所以没有过来。助手说,自己也不清楚教授今天还来不来。

看来我非得去她家不可了。

开车行驶在达拉斯路上时,我把自己的计划重新审视了一番。我真是疯了。朱莉娅看到我之后一定会非常生气的。这件事应该交给警方去处理。可是最后,我还是不知不觉地来到了她家门前,目不转睛地盯着那扇门。

我必须把发生的事情都告诉她。毕竟她是唯一一个知道耳环这一细节的人。我有问她的权力——这关乎我全家人的安危,也关乎她本人的安危。

敲响她家房门的时候,我的心突突直跳,喉头也一阵发紧。没人来应门。可她的车明明就停在车道上。莫非我走过来的时候就被她发现了?要是凯瑟琳也在家的话,我该说些什么呢?贸然来此实非妙计啊。就在这时,我听见屋后传来了说话声。

刚一绕过房子的转角处,我就看见了远处的朱莉娅,她正和一位上了年纪的男士站在地下室的窗户旁边。那位男士手里拿着个写字夹板,朱莉娅则面色苍白、神情紧张地用手指着那扇窗户。我停下脚步,不知道自己是否应该转身离开。我无意中听到了他们谈话的只言片语,大概是关于铁栏杆之类的东西。这时我想起了刚才在路上见过一辆安保公司的厢式货车。那位男士和朱莉娅握了握手,又说了几句话,可后者似乎心不在焉。当那位男士经过我身边时,他冲我点了点头,这时朱莉娅仍然凝视着那扇窗户。等到那位男士走远了,我才轻咳了一声。朱莉娅一下子就朝我这边看了过来。

"嗨,我得和您谈……"

"够了,我要叫警察了。"说着,她大步朝屋后的平台走去。

"我正是为此而来的——我想要告诉您的内容正与警方有关。"

听我这么一说,她顿时停下脚步,转过身来。

"你这是什么意思?"

"我已经接到了好几家报纸打来的电话,还有……"

"那你以为我现在就过得好吗?"她气得一脸通红,"记者们不断骚扰我的学生,还在停车场蹲点守候,我连今天的课程都被迫取消了。虽然暂时没人知道我家的地址和电话号码,但肯定也瞒不了多久,我猜你是不是早就把这些信息告诉他们了呢?"

"我从来都没有……"

"你是想借此来挣上一笔吧？这才是你此行的目的吧？"她匆匆往前走了几步，但步履蹒跚，像是要逃离这是非之地，却终究无处可去。

"消息不是我泄露出去的。我也不想让事情变成现在这个样子。之前我只告诉了一名私家侦探，后来又因为情绪低落告诉了妹妹，但我真的不知道是怎么走漏了风声。"

"你居然请了私家侦探？！"她连连摇头，接着便紧紧地闭上了双眼。等到她重新睁开眼睛时，眼中满是绝望。

"你到底想要什么？"

"我什么都不想要。"事实并非如此。可事到如今，我必定再也无法从她那儿得到我渴望的东西了。

"你知道我花了多长时间才在这里安顿下来吗？"她说道，"现在，你把一切都给毁了。"

我如遭五雷轰顶，身子几乎要向后倒去。她说得一点儿都没错，我确实把一切都给毁了，而且今后的情形只会愈发恶劣。接下来我要告诉她的消息只会让她更加恐惧，可我又不能不说。于是我稳住心神，说道："我之所以来找您，是因为早上接了个电话。有个男人对我说……他说他是我的亲生父亲，他从照片上认出了您，还说手上有您的耳环。"

刹那间，她全身僵硬，一动不动，只有瞳孔在迅速放大。不一会儿，她便开始颤抖，两行泪水沿着眼角滑落下来。

"那是我父母送给我的礼物，一对珍珠耳环，银制的叶子衬托着粉色的珍珠。那是他们送给我的毕业礼物。"她哽咽难言，却依然艰难地说了下去，"我那时不敢在外出野营时戴，可我母亲说，美好的事物就是用来享受的。"

原来他真的拿走了她的耳环。我回想着那个男人的声音,以及他提起女儿时的语气。我凝视着朱莉娅,浑身的血液呼啸着涌向大脑。我边竭尽所能地不去思考她这些话的含义,边绞尽脑汁地想着该如何开口。

好不容易,我才勉强回道:"我……我很遗憾,他拿走了您的耳环。"

她注视着我,"当时他对我说了声'谢谢'。"随后她便移开了目光,"警方从未公布过这一细节。他们对我说,一定会抓住他。"这时,她摇了摇头,"后来我发现自己怀孕了,可又没法儿去堕胎,只好改名换姓,搬到别的地方去了。我也想忘掉一切,可每回他一犯案,警方就会找到我。有个警察还说我挺幸运的。"她苦笑了一下,接着又看向了我。

"三十五年来我始终惶惶不安,生怕他会找上门来。在这段漫长的日子里,我没有睡过一个安稳觉,每天晚上都要做噩梦,梦见他就在身后追赶着我。"她说话时,声音在不停地颤抖,"你已经找到我了,马上就要轮到他了。"

在这个瞬间,她终于卸下了防备的神色,眼中流露出不加掩饰的痛苦,我也终于窥见了那个真实的、支离破碎的她。这个可怜的女人,半辈子都在惶恐不安中度过——而现在,因为我,她的人生变得更加艰难。

我朝她走近了一点儿,"我真的……"

"你走吧。"她恢复了先前冷漠的神色。

"行,可以。您需要我的电话号码吗?"

她回答道:"我有。"咔嗒一声,她锁上了门。

那天晚上,埃文回来了。我说我们俩得好好谈谈,可直到艾莉和穆斯上床睡觉后，累得已经瘫倒在沙发上的两个人才有了交谈的机会。埃文把腿搭在咖啡桌上，我则双臂抱膝，缩在沙发的另一端。听我提到第二通电话的时候，埃文挺不好受的，不过他大大肯定了我立刻报警这件事。接着，我告诉他自己跑去见了一回朱莉娅，他听后直摇头。不过他对于耳环一事也挺气愤的。

"要是他还打电话来，你可千万别接。"

"警察也是这么说的。"

"事情变成现在这个样子，可我周一还得出去一趟，这可怎么是好呢？要不我找个人替我带这个团算了。"

"其他人不是都没空吗？"

他摩挲着下巴说："或许弗兰克会答应的，可他只单独带过一次团。眼下这个团的规模很大，又是回头客。"

埃文经过多年打拼才赢得了现在良好的信誉，因此每年夏天都能接到不少订单，可只要某个经验不足的导游没安排好行程，或是发生诸如事故之类更糟的意外，那度假屋的业务就会一落千丈了。

"那个团肯定得由你带才行。"

"要不你和艾莉去爸妈家或是劳伦家待着吧。"

我想了想，说道："我还不想跟爸爸说，好歹得等到我了解了更多情况后再告诉他，否则他一定会大包大揽，还会把我给逼疯的。至于劳伦，我也不想让她担心。格雷格去伐木场了，所以他们家也不会比咱们家安全多少。况且，劳伦也得为她的孩子们考虑呢。"

埃文仍是一副心神不宁的样子。最后，他勉强说道："好吧，我会把枪放在床底下，前门的后面也会放上一根棒球棍。你要记得每天晚上锁好门窗，出去散步时也要带上手机……"

"宝贝儿,我又不是个傻子。警方没弄清楚事情的真相前,我都会很小心的。"

埃文用温暖的手抚摸着我的大腿,"今晚就由我来保护你吧……"

我扬了扬眉毛,"你是想让我分一下心吗?"

"也许是吧。"他微笑着回应道。

我摇了摇头,"现在我的脑子乱着呢。"

埃文一下子扑到我身上,头紧紧贴着我的肩膀,低声嘶吼道:"交给我吧!"他欺身上前,想要吻我,我立刻把头偏向一边,却被他的手拨了回来。他亲吻着我,我的思绪在一片旖旎中逐渐恢复平静,身体也慢慢放松下来。我的手在他的双肩游走,感受着那一块块张弛有力的肌肉。两个人唇齿交融,吻得难分难舍。情难自禁中,我解开了他牛仔裤的拉链,手脚并用将裤子使劲往下拽。褪到脚踝处时,裤子卡住了,我们俩不由得哈哈大笑,最后他干脆一脚踢飞了这碍事的东西。接着,我的睡裤也沦陷了,埃文轻而易举地脱掉了它。他啪地轻拍了一下我的屁股,我装模作样地发出一声娇嗔,又轻轻地在他的肩头还以一拳。转眼间,我们俩又紧紧地拥抱着亲吻起来。

"丁零零……"来电话了。

埃文在我耳边轻轻说道:"别理它。"我很听话,紧紧地抱着他,还不时用手捏捏他的臀部,可脑子里却如万马奔腾:"是营地杀手打来的吗?难道是警方打过来的?或者是朱莉娅?"埃文停了下来,不再亲吻我的锁骨,只是静静地靠在我身上,心脏还在怦怦狂跳。过了一会儿,他用手肘撑起身子,又给了我一个绵长悠远的吻,然后说道:"去看看是谁打过来的。"我哼哼着表示不想去,他瞅了我一眼,接着便坐起来去拿裤子,"看看你这副抓心挠肺的样子吧。"

我冲他笑了笑，笑容清纯无辜，然后便飞一般地冲向了厨房。

电话是劳伦打来的，没别的事，只是和我聊了聊几个孩子，可在那之后的一整个周末，我和埃文只要一听到电话铃声，都会吓得跳起来。周一一大早，埃文就走了，临走前他再次叮嘱我要注意安全。当天下午家里的电话又响了起来，是一个私人号码。我非常紧张，就那样守在电话机旁，直到电话被转进了语音信箱。一位姓杜布瓦的上士希望我能尽快给他回电话。

马克·杜布瓦上士长得很高——至少有一米九五——虽然他超凡的身高和低沉的嗓音让人颇为畏惧，但为人却非常谦和。

"你好啊，莎拉。欢迎你能来我这儿。"他坐在一张巨大的L形桌子旁向我招了招手，示意我坐到他面前去。"在那之后，你还接到过奇怪的电话吗？"

我摇了摇头，"不过周五我去见了一下我的生母，她说营地杀手拿走了一对珍珠耳环，那是她父母送给她的毕业礼物。"

杜布瓦开口道："嗯……"接着又用舌头弹了弹牙齿，"我们想和你好好谈谈，不过这回需要录音、录像。可以吗？"

"可以的。"

我跟着杜布瓦上士穿过走廊，进入了另一个房间。比起之前的那间屋子，这里显得更为温馨。房间里摆放着一张铺了厚软垫的沙发和一盏台灯，墙上挂着一幅海景图。此外，天花板的一角安装着一个摄像头。我在沙发的一头坐下，杜布瓦则坐在另一头，长长的胳膊随意搭在靠背上。

他和上周五我见过的那位女警官一样，问了我大致相同的问题，不过他的语气更加和蔼一些——就像聊天一样——这让我也自在了不少。我把拜访朱莉娅的经过以及在此期间她的情绪都一五一十地告诉了他。

"你做得很好,莎拉。"听我说完后,他笑了笑,"真是帮了我们一个大忙。"不过他立刻又变得严肃起来,"但是恐怕我们得监听一下你家的电话……"

"这么说你们真的认为那个人就是他了吗?"就连我自己都被我说话时那绝望的语气给吓坏了。

"现在我们还不得而知,不过此人是营地杀手的概率很高,因此我们每一步都必须谨慎行事。在没有确认是恶作剧之前,我们首先考虑的就是你的安全,因此我们会尽快在你家中安装一套DVERS系统。"

"一套什么系统?"

"家庭暴力应急响应系统。当我们觉得受害者处于潜在的危险中时,就会使用这套报警系统。"

看来现在我已经成为他们眼中的受害者了。

"之前你请的那个私家侦探确实是一位退休警察,但目前我们还没能同他就此事聊一聊,所以也希望你不要向他透露关于本案的任何信息。在接下来的几天里,两位来自温哥华重案组的同事会来岛上找你谈谈。"

"为什么不交给纳奈莫警察局处理呢?"

"重案组的人员更多,能调动的资源也更齐全。我们有理由相信,该名嫌疑人还与其他几起暴力案件有关。假如打电话给你的就是他本人,那此人正好就是我们想要逮捕的对象,但我们在采取行动时一定要确保您和您家人的安全。"

恐惧在我的周身蔓延开来,"我是不是得把女儿送到别的地方去呢?"

"迄今为止，嫌疑人还未直接发出任何威胁。一般情况下，我们都会尽可能地避免家人彼此分开。不过我还是建议你一定要教会你女儿一些基本的安全常识。对了，你的丈夫现在不在家吧？"

"他是我的未婚夫——我们打算九月份举办婚礼。他已经知道电话的事情了，可我该不该告诉家里其他人呢？"

"你最好不要与包括家人在内的其他任何人谈及此事，这一点尤为重要。你未婚夫也要严守秘密。万一媒体获悉此事，进而让嫌疑人知晓了我们的调查行动，那局势就很危险了。"

"可如果我的家人因此遇险可怎么办呢？"

"目前嫌疑人还没有表示过他会去伤害任何人。一旦他有此意图，我们警方肯定会采取相应的行动。明天上午会有我们的人去你家安装电话监听装置，然后ADT公司会将该装置连接到报警系统上。之后，如果嫌疑人打来电话，你千万别接，并要在第一时间联系我。"他把自己的名片递给了我，"还有什么问题吗？"

"我想应该没有了。只不过这一切都是那么的……不真实。"

他站起身来，用手轻轻捏了捏我的肩膀。

"你将此事告诉我们是对的。"

我点了点头，似乎觉得他说得很对。

那天晚上，我手里削着胡萝卜，眼睛时不时地瞟向正在屋外和穆斯一起玩耍的艾莉，当然，我还不忘留心倾听身后电视里发出的声音。地方新闻节目一开始，我就差点切到了自己的手。毫无疑问，今晚头条的主角正是凯伦·克里斯蒂安森。画面里出现了在那所大学里拍摄到的几个场景——几只正在草坪上吃草的小兔子,一群正在咖啡厅里聊得起劲的学生,某个被给了个特写的教室门——与此同时,我听到新闻播音员说道,该校的某位教授被认为是凯伦·克里斯蒂安森本人,即唯一一位从营地杀手手中幸存下来的受害者。这则新闻里没有提及我的姓名,只提到据不可靠消息,凯伦育有一女,现居住于纳奈莫,目前还未能与之取得联系。最后,该播音员忧心忡忡地说道:"随着天气日渐转暖,我们忍不住会去思考这位营地杀手如今身处何方,在即将到来的夏天他将藏身何处。"一听这话,我马上关掉了电视。

艾莉回屋后,我让她和我玩了一个角色扮演的游戏,顺带把我教过她的安全法则复习了一遍。埃文和我曾经和她玩过这样的游戏,可这一回每个细节都异常重要。艾莉很快就玩腻了,可我还是逼着她把所有的规则都过了两遍。我和她约定好的暗号是"穆斯"。如果别人说不出这个暗号,那么不管他是谁,艾莉都不能跟他走。此外,电话上的哪个键被设置为一按下就能拨通911,接线员可能会问些什么问题,尤其是家里的地址,这些细节我都跟她再三强调了。同时我还给她立了个新规矩,那就是她不可以主动接电话,也不可以在没有大人陪伴的情况下就去开门。每当她忘了遵守这些规则的时候,我的心跳就会漏掉一拍。

二十分钟后她跑去接了电话——是劳伦打来的——接着就被我狠狠地训斥了一番。她转头就把自己锁在房间里,再也不理我了。晚餐我做了煎饼,上面用蓝莓酱写了"对不起"这几个字。最后艾莉原谅了我,可第二天我把她送去学校后,心里依然很难受。

等我回到家的时候,警察已经在门口等着我了。他们是来给我家的座机安装监听器的。不久之后,ADT公司的工作人员也赶了过来。他们的任务是给整所房屋布线。这些人还向我演示了那台小巧的私人报警器的使用方法。本来我应该把报警器戴在脖子上的，可我不想让艾莉为此问东问西，于是就把它放进了手提包里。警察和ADT的人离开之后，我久久地凝视着报警器和已经装上了监听器的电话，拼命告诫自己"不要惊慌"。可这种情况究竟要持续多久呢？现在我连跟埃文讲讲私房话的机会都没有了——

就在这时，电话响了起来。

去看看，也许根本就不是他。

铃声再次响了。

也许是警察打来的。

原来是埃文。我呼地松了口气。

他刚说了声"嗨，宝贝儿，我……"声音就断掉了。电话那头一片死寂。我拨了回去，可听到的却是语音留言。好吧，又没信号了。我狠狠地放下了听筒。等到铃声再次响起的时候，我几乎立刻就想拿起听筒。就在这千钧一发之际，我瞟了一眼来电显示。这是一个付费号码。我屏住呼吸，静待铃声停止。这个号码一连打进来五次。

娜丁，这回我立刻就给警察局打了电话。不过那人没有留下任何口信，所以我们依然毫无进展。杜布瓦上士说，在重案组的人和我交谈之前，我不能接听任何陌生号码打来的电话，而他们明天才能抵达岛上。他们还要求我尽快去一趟警局，提交一份DNA样本。这就是我为什么想在今天下午和你碰面的原因。好吧，至少是原因之一；另一个原因是我现在已经无法正常思考问题了。

您教我的那些方法我都试过了，比如出去跑跑步，写篇日记，做做冥想，或是哼上几曲以缓解紧绷的咽喉——我甚至还试过一边哼歌一边冥想，可是这些方法都没用。现如今我不能把这件事告诉家人，不能告诉劳伦，这一点最令我无法忍受。您是知道我这个人的——我吧，习惯先把一切都像竹筒倒豆子一样说出来，然后再去思考解决问题的方法。感谢上帝，幸好我还有埃文。昨晚我们俩在电话里聊过了。他无条件支持我的一切决定，不过我还是非常非常地想他。他在我身边的时候，我的注意力会更加集中，情绪也更为稳定。有了他，我才会觉得未来可期。

今天，朱莉娅的律师发表了一则声明，声称她并非凯伦·克里斯蒂安森，也从未将任何孩子送人抚养；任何散布流言之人，一经查实，必将追究其法律责任。早上，我把艾莉送去了学校，回家时发现屋门前的车道上站着一名记者和一位摄影师。我想起了爸爸的告诫，于是告诉他们朱莉娅的声明是正确的。无论是朱莉娅·拉罗什还是凯伦·克里斯蒂安森都不是我的亲生母亲。如果他们在媒体上刊发任何关于我或是我家人的报道，我必将向法院起诉。随后我当着他们的面关上了门。

我能理解朱莉娅为何不说实话——她想尽力保全她自己。就我而言，我也想尽力保护艾莉。可听到她否认有我这么个孩子时，我心里总觉得不是滋味，仿佛我在这个世间并不存在似的。不过眼下这并非是什么糟糕透顶的事情。我其实一点儿都不想看到DNA的检测结果。如果我的DNA和警方在数个犯罪现场采集并记录在案的DNA数据完全吻合，那么之前的一切猜想就会成为现实。我不停地祈祷，希望我和那个人的DNA不匹配。或许是收养文件出了错吧？我其实并不是朱莉娅的女儿？若果真如此，那我就太幸运了。

6

我已经记不清自己上一次拿起工具是什么时候的事了。有一天我还朝劳伦发了火,而她只不过是问了问我有没有把请帖寄出去。可是,一想到要整理出一份来宾清单,我的脑子就一片空白。

有一次我跟埃文提起了这事儿,他提议我们是否可以考虑将婚礼延期,等到事情解决之后再做打算。您应该能想象得到,我当时真是长舒了一口气。埃文说得有道理——眼下的一切都像是一场噩梦——可毕竟他是我等候了半生才遇到的真命天子啊。像他这样的男人真是世间少有,既温柔体贴,又强壮可靠。我工作时,他会给我送好吃的过来;我头痛时,他会为我洗澡;我紧张不安时,他就是我坚强的后盾。而且我们俩都喜欢宅在家里。比起晚上出门去散步,我和他更愿意窝在家里的沙发上看电影。我们俩很少发生争执,就算有,也不会持续多长时间。他是一个特别善良、特别和气的人。真希望自己也能变成他那样啊!

我很想嫁给他,成为他的妻子,所以婚礼延期这个提议我并不喜欢,可一想到最近发生的一系列事件,我又确实不知道该怎么办。或许我本就无路可选。

上周三一大早,我开车直奔警察局。到达停车场后,我的手仍然紧紧地抓着方向盘，过了好几分钟才下车。一切都会没事的。无论之后的结果如何，我都能应付得了的。

在警察局里，我提供了血样作为DNA检测的材料。随后杜布瓦上士再次将我带到了那间摆放着沙发的屋子里，等待重案组的人过来。我刚坐下，就听见了一声敲门声，随后，一男一女两位警官走了进来。

我以为重案组的人应该是身着黑色西装、戴着黑色太阳眼镜、面容憔悴且一把年纪的人，可这位女警官应该也才四十出头。她穿着一件棕色运动款的皮夹克，里面是一件普通的白衬衣，下身搭配着一条宽松的海军长裤。这位女警官一定经常接触到阳光，因为她那一头灰暗的金发被晒得深一块浅一块，皮肤也泛着黝黑的光芒。那位男警官则显得年轻一些，大约三十七八岁。他穿着一条时髦的黑色长裤，上身是一件同色的衬衫，袖子已经被卷了起来，让人一眼就能看到他两只前臂上文着的带有亚洲特色的文身。他皮肤呈橄榄色，头上剃得光光的，一双眼睛隐藏在墨镜后面，这样的打扮似乎像是地中海地区的人。男警官冲我友善地笑了笑，脸上顿时出现了一个酒窝——我想，这真是个很容易就能引起女性关注的男人。

杜布瓦上士说道："莎拉，接下来我就把你交给麦克布莱德上士和雷诺兹下士了。"说完他便转身离开了。这时，那位女警官在沙发另一侧就座，男警官则拖了把椅子直接坐在了我面前。

"你们就是温哥华重案组的警官吧？"

男警官点了点头，"我们昨晚赶到这儿。"我辨认不出他的口音，大概是东部沿海地区的吧。他递给我一张名片，上面写着B.雷诺兹下士。原来那位女警官才是上士，我不由得吃了一惊。

这时，女警官也递给了我一张名片，"你可以叫我珊迪，"

说完她又指了指雷诺兹下士,"叫他比利就可以了。"

"是比尔。"他边说边朝珊迪挥了挥拳。

她笑了,"我比你大,还比你聪明,所以我想怎么叫你就怎么叫你。"听到这两个人之间的斗嘴,我也不由得笑了起来。珊迪转头看向我,问道:"你想喝咖啡还是水呢,莎拉?"

"不用了,只不过我可能中途要上几趟洗手间。"

珊迪摇着头说道:"这一点很烦人,不是吗?在来这边的路上,我让比利停了两回车呢。"比利翻了个白眼,又点了点头。

我说道:"自从生了女儿之后,我的这种情况就更严重。您有孩子吗?"

"我只养了一只狗。"

比利不满地哼了一声,"泰森不是一只狗,他是一个披着罗特韦尔犬皮囊的人。"

珊迪哈哈大笑起来,"他还是个熊孩子呢。"接着她又看着我说道:"我想艾莉也会让你手忙脚乱的吧。"我吓了一跳,原来他们已经知道艾莉的名字了,可我立刻又反应过来,意识到他们或许对我早已了如指掌。刚才的那种感觉如同肥皂泡一般猛地破碎了。他们并不是来和我拉家常的,他们是来逮捕一名连环杀手的。

比利从一开始就拿着一份厚厚的文件,这时他开始随意地翻动起来。一不小心,文件掉到了地上,我赶紧走过去帮他捡起散落一地的纸张。突然间,我瞥见了一张照片。照片上的女人面色惨白,脸上青一块紫一块。我不由得倒退了几步。

"哦,天哪,这不是……"我望向珊迪。她一直在观察着我,却始终一言不发。我扭头看了一眼比利,他正随意地将一张张的照片插回文件里去。

099

"不好意思啊。"他说道。我重新在沙发上坐了下来,两眼紧紧地盯着他。我在想他是不是故意弄掉文件的,可他道歉时那种诚恳的态度又不像是装出来的。

珊迪说:"这事儿肯定让你不知所措了吧。"

"确实是太不可思议了。"这时他们二位的目光齐刷刷地落在了我身上,于是我补充道:"我是说,当初我决定寻找生母的时候可没想到会变成现在这样。"

珊迪同情地看着我,手指却不停地敲打着膝盖。

比利问:"他后来还打过电话来吗?"他手臂弯曲搭在椅子上,问这话时他身体前倾,鼓起的肱二头肌清晰可辨。房间一角的台灯灯光打在他右边的脸上。在昏暗的光线中,他的双眼近乎一片漆黑。我努力地向后靠了靠,手指不住地摩挲着那枚订婚戒指。

珊迪清了清嗓子。

我说道:"只在周一的晚上打过几个电话。我已经跟杜布瓦上士说过了——电话号码我也给他了。"

比利看了看珊迪,目光又回到了手中的文件上。这让我紧张不安,几近疯狂。

我继续说道:"我没接电话,因为杜布瓦上士说过,你们过来之后会教我如何回话的。来电显示还留在电话机上,需要的话你们随时都可以查到。"

"你做得非常到位。"珊迪平静地说道,"下一次他再打电话过来,你就接吧。让他把握聊天的走向,不过要是有机会,你就尽量试着问问他,看能不能获得关于耳环、受害者或是他的位置的有关信息。即便是极其微小的细节也能帮助我们确定此人是否真是营地杀手。不过一旦他情绪激动起来,你就赶紧转换话题。"

"万一他真的是那个人呢?"

珊迪说道："那你也许就要和他保持联系……"

"你想让我经常与他通话？"我的声音因为恐慌而变大了不少。

比利接话道："我们还是一步步地来吧。你不愿意做的事，我们不会逼你去做的。"

珊迪也说道："没错，目前我们只需要确认此人的身份和他打电话来的目的。"

我稍稍放松了一点，"你们觉得他现在可能在哪儿呢？"

比利回答道："之前的电话号码都属于坎卢普斯地区，可之后他使用的付费电话位于比较偏僻的地方，而且电话机也被他擦干净了。看来他行事一直都很小心。"这么说来，他现在距离我家有一个半小时的船程或是几个小时的车程。我总算能松口气了。

"比利和我会住在这里，"珊迪说道，"我们会把手机号码告诉你。一有他的消息，你就可以立即联系我们。全天二十四小时，随时都可以。"

有那么一阵子，我们三个人全都沉默不语。最后我轻声细气说道："夏天就要来了。你们是否认为，嗯，他还会有所行动？"

珊迪答道："我们无法预先得知他作案的时间，可只要他仍然逍遥法外，就很有可能再次犯案。因此，这次的诱导行动就显得尤为重要。"

"你们有诱饵了吗？"他们俩同时望向了我，"哦，你们是指我呀。"我的脸霎时间变得滚烫。

"一切迹象表明该嫌疑人是一个相当熟悉森林环境的人。"比利说道，"他十分狡猾，靠自身才智为生。此人很有可能是个离群索居的人，会将大部分的时间都花在打猎上。"我的脑海中闪现出一个画面，一位惊恐万分的女人正在树林间拼命奔跑。我不由得打了个寒战。比利继续说道："昨天从朱莉娅的描述中我们得知了……"

"你们见过朱莉娅了？"

珊迪说道："我们在维多利亚市和她见了一面。根据她最早的口供，嫌犯袭击她时应是个十八九岁或是二十一二岁的年轻人，因此，现在该名嫌疑人的年龄应在五十至五十五岁之间。近年来警方的破案手法已经不同于以往了，所以我们请她协助一位来自行为科学部的画像专家给嫌疑人画了像。"

说话间，比利递给我一张画纸，"这是嫌疑人现在可能的相貌草图。"

我倒吸了一口凉气。难怪朱莉娅一看到我就害怕得不得了。即便只是张草图，我都能看出我和画上那个人的相似之处——同样颜色的眼睛，同样都是左边的眉毛弯曲弧度要高于右边的眉毛，同样一副日耳曼人的身形。

我低着头，视线无法离开画像，"他的头发……"

珊迪说道："朱莉娅说是带一点深红色的棕色……自然卷。"我抬起头，刚好看到她的目光扫过我的头发。我的胃里一阵翻滚。比利从我手中取走了画像。珊迪继续说道："朱莉娅是在七月中旬遇袭的，而另一位女士则于同年八月底在鲁珀特王子港被害身亡。这是唯一一次同一个夏天发生两起案件的情况，原因可能与他杀害朱莉娅未遂有关。该名嫌疑人行事极其谨慎，从未在作案现场留下任何证据，因此我们才需要你与那位打电话的人多多周旋，好让我们确认他是否就是营地杀手本人。目前我们能做的也就是这些了。"

我看了看比利，又看了看珊迪。他们俩的目光都停留在我身上。我做了个深呼吸，然后勉强点了点头。

"好吧，我试一试。"

一走出警察局，我就给埃文打了个电话。他没接。于是我给他留了言，说我很想他，也很需要他。我并不想马上回家，因为我害怕接到那个可能是我生父的人打来的电话。我买了一杯香草味的拿铁咖啡，沿着海边的防波堤散起步来——但思绪仍然沉浸在珊迪和比利所说的话里。DNA的检测结果要三到六周后才会出来，可我觉得警方已经确定我就是营地杀手的女儿了。

刚才在离开警局前，我问了问其他那些案件以及警方所掌握的证据，可他们不愿透露任何细节——就连朱莉娅的那起案件他们也不愿多说什么，因为他们认为，我知道得越少越好，这样就不会无意间泄露机密。他们还叮嘱我，一旦发现可疑人员就要立即报警。可问题是，现在人人看起来都相当可疑。

通常我在外面散步时都会主动停下脚步找人聊天，可现在，我不但想尽量避免对上别人的目光，还一脸警惕地打量着周围那些中年男子。那个人会是他吗？要不就是站在树下的那个高个子男人？再不然就是坐在长椅上盯着我的那个人？

如今已是四月中旬，正是换季的时候。比起刚刚结束的冬天，现在的气温已经暖和了很多，不过当海风吹来的时候，人们还是会感觉到刺骨的寒意。我在防波堤上走了一个来回，脸颊被风吹得一阵刺痛，双手冻得像两个冰坨子。尽管埃文还没有回电话，可我还是不得不回家了——穆斯需要出门跑一跑，我也得在接艾莉回家前处理好一大堆的事情。我猛吸了一口气，然后径直走向那台切诺基。如果那个人真的打电话过来，我硬着头皮也得应付一下。

让我没想到的是，接下来的几天里一切都风平浪静。到了周五的晚上，我甚至开始怀疑之前的那些电话莫非只是个恶作剧。珊迪或比利每天都会给我打个电话，两人的语气似乎越来越随意，我猜他们是不是觉得一切都是我编出来的。起初，记者们的电话此起彼伏，现在也都渐渐平息；我搜索了一下之前的那些博客，没有发现新的评论。有几个人向埃文和劳伦打听过此事，不过均被回复以"那只是不实的谣言"。虽然没人敢跑来当面问我，可有几回当我送艾莉去学校的时候，也感受到了其他父母们异样的目光。我觉得肯定还是有人在我背后嚼舌根，这实在是让我烦透了，可只要艾莉没有受到影响，我就觉得自己还能泰然处之。爸爸说那个私家侦探还没有给他回电话。这些天里，他不时地把打算起诉那家网站的事挂在嘴上，不过现在一切都开始归于平静，同时律师费的账单却在不断增加，所以渐渐地，他那份打官司的热情也消失不见了。

糟心事应该马上就要结束了吧！我从来没有像现在这般如释重负过。

转眼间就到了周六的早上。这几天里，我想埃文都快想疯了。一想到他明天才能回来，我就觉得难以忍受。艾莉去她的好朋友梅根家玩去了。我在工作室里一待就是好几个小时，干的活比过去一周加起来都要多。这让我扬扬自得，又趁热打铁赶紧冲了个澡，好尽快出门去接艾莉。

我边用洗发液揉搓掉头上的木屑，边在心里盘算着接下来想和艾莉一起做的事情。我们俩或许可以先在几件T恤衫上玩玩扎染，然后再去看场电影。我和女儿好久都没有享受过"女生之夜"了。以前当我还是个单身妈妈的时候，每到周末我都会和艾莉一起打扮得美美的，然后开启属于我们俩的约会。尽管我非常满意现在的生活，但也会怀念那时的特殊时光。到了晚上，艾莉入睡后，我还可以拟出一份婚礼嘉宾的初稿，之后再和埃文商量商量。话说回来，我和埃文又有多久没有享受过专属于我们的特殊时光了呢？我边想着这些事情，边穿上牛仔裤，又套上一件埃文的T恤衫。中途我特意停下动作，闻了闻他的衣服，想嗅到属于他的哪怕是一丝半点的气息。我想象着和他共享户外烛光晚餐，盛宴之后再来上一场鸳鸯泡泡浴，接着便是……

就在这时，门铃响了。

我透过身旁的百叶窗向外望去，只见一辆快递卡车停在屋外，车身上印着本地一家快递公司的名称，不过我还是一手紧紧地握住了埃文放在门背后的那根棒球棍，另一只手把门打开了一条缝。

一位有着双下巴的矮个黑发男站在门前的台阶上。他一头黑发，个子不高，一手端着一个小小的盒子，另一只手上拿着一块夹着夹子的写字板。

"是莎拉·加拉格尔吗？"我点了点头。他把写字板递到我面前，"请在最下面签个名。"

我把棒球棍靠着门背后的墙面放好，然后在写字板上签了字，收下了那个盒子。快递员转身离开了。这时我瞅了一眼寄信人的地址：不列颠哥伦比亚省威廉姆斯湖市洛桑路4589号亨塞尔与格莱特古董店。

收件人地址写的是我工作室的名字，"焕然一新家具维修与古董修复店"，可我想不起来有哪家店叫作"亨塞尔与格莱特古董店"。我走到厨房，从中间割开了包裹上的胶带，然后把手伸进盒子里，在一堆的泡沫粒中翻找起来。突然，我的指尖触到了

105

一个方方正正的小东西，摸出来一看，原来是一个蓝色天鹅绒面的小盒子。我打开盒子一看，只见那光滑的锦缎上放着一对非常漂亮的——珍珠耳环。

一对粉色的珍珠耳环。

盒子从我的手中滑落下去。

我刚一拨通电话，就听到了珊迪的声音。

"我刚才收到了他寄来的那对耳环……"我几乎快要喘不过气来了，"不过包裹里没有纸条或是……"

"他给你寄了东西？"珊迪在那头大声喊道，不过马上又意识到自己不该那样说话，于是赶紧住了口。再说话时，她的语气已经平和了许多，"你不要动任何东西——什么都别碰，我们立刻就来。"

我的眼睛一眨也不眨地盯着放在餐台上的盒子，全身如筛糠般抖个不停。

"寄信人的地址是亨塞尔与格莱特古董店。"

"你听说过这家店吗？"

"没有，不过《亨塞尔与格莱特》是艾莉最喜欢的故事之一。"我的脑海中又出现了一个女人拼命奔跑的情景，"他们俩是童话故事里的小孩儿，在树林里迷了路。"

珊迪沉默了一会儿，然后说道："坚持住，莎拉。我们马上就到。家里就你一个人吗？"

"我原本打算出门去接艾莉的。她正在朋友家玩儿。我刚准备……"

"你给她家打个电话，就说你晚点儿再过去。我们几分钟后就到。"

十分钟后,屋外传来了汽车轮胎碾压过碎石路发出的嘎吱声。我从屋前的窗户偷偷向外看去——此前我一直躲在客厅里,尽可能远离那个盒子——只见一台黑色的雪佛兰塔荷车向这边驶来,坐在驾驶员座位上的是比利。车还没停稳,珊迪就跳了下来。尽管是阴天,他们俩还是戴着墨镜。

我迅速打开房门,"你们赶紧把那个盒子带走吧。"

比利说:"放心,交给我们吧。"

进门后,他们便戴上手套,开始检查起盒子和耳环来。我坐在餐桌旁,穆斯那圆滚滚的屁股压在我的脚上,一边呼哧呼哧地喘着气,一边冲着两位警官低吼。

这时,我放在桌上的手机响了起来。珊迪和比利同时转身望向了我。

"也许是埃文。"我拿起手机,看了一下来电显示,突然吓得从椅子上跳了起来,"我想应该是他。"我伸长了胳膊,像是盼望着他们能来接听这个电话。

珊迪问:"是之前的那个号码吗?"

"应该不是,不过开头的几位数是一样的——他是怎么知道我的手机号码的啊?!"

铃声停止了。

我说道:"我们应该……"

珊迪从我的手里一把夺过了手机,接着就翻看起了来电记录。

"有笔吗?"

"在你身后的抽屉里。"

她猛地拉开抽屉,找到了笔和纸,草草地写了几个字。接着,她把手机递给了比利,又拿着自己的手机去了另一间房。她飞快地对着电话说起来，可我完全听不清她说了些什么，只看见她的手在空中不停地挥舞。

我重重地坐回椅子上，看着比利说道："就是他。我敢肯定就是他。"

比利正查看着我手机上的来电号码，"我们再等一等，看看他还会不会打过来。"

"要是让他觉察到你们在这儿，他会疯掉的，甚至会……"

"别着急，我们慢慢来。这是个手机号码，所以珊迪正试着联系运营商，希望他们能通过三角测量法跟踪到这个号码。"

"三角测量法？"

"是这样的，如果他在一个人口稠密且周围有众多服务基站的地区打来电话，那我们就可以将他的位置缩小到方圆两百米以内，也就是大约两个足球场的长度；可不过如果他身处某个人烟稀少、周围仅有一个基站的地方，或者在运动的状态给你打电话，那么我们的搜索范围就会扩大到好几英里。因此，如果他再次打来电话，你最好先做个深呼吸，假装我们不在这儿，然后让他一直说下去就可以了。没事的，你能做到的，莎拉。"

珊迪离我们越来越远，都已经走进客厅里去了。从声音判断，她应该十分气愤。

我对比利说："盒子里是朱莉娅的耳环，上面装饰有银质的叶子。这和朱莉娅的描述一模一样。那个人拿走了这样东西，就在她……"我一只手捂住了嘴巴。

比利问："你还好吗，莎拉？"

我摇了摇头。

"来，做两组深呼吸。想象着空气被你吸入鼻腔，然后一直往下进入你的肺部。接着你用嘴把气呼出来，一定要呼到底。"

"我知道应该如何呼吸,比利。万一耳环上还留有血迹呢?万一……"

"深呼吸。"他坚持道。

我飞快地呼吸了一下,又道:"我的意思是,那东西有可能是他从她耳朵上扯下来的……"

"你如果不能放松下来,身体就会一直紧绷着。你得冷静下来,否则我说什么都白搭。来,把手放在胸前,一边呼吸,一边感受手的起伏。除了你的手,其他的什么你都不要想。这么做对你会有帮助的,莎拉。"

"好吧。"在他的注视下,我照做了,可那双眼睛却仿佛在说:"我做了,但全是你逼的。"

他笑了笑,示意我再做一次。过了好一会儿,他终于开口道:"我没骗你吧,对不对?"

我确实觉得好多了,可还是说道:"请再给我一分钟。"在楼下的洗手间里,我用冰冷的水洗了把脸。我凝视着镜中的自己:泪光盈盈的双眼,变得绯红的脸颊,还有头发——和他如出一辙的头发——真想把它们全部剪掉。

珊迪和比利正在厨房等着我。前者正来回踱着步,后者则抱着穆斯斜靠在厨房的餐台上。一看见我,穆斯就扭动起身子来。比利将它放了下来,说道:"好啦,没事啦。"

珊迪面露微笑,问道:"感觉好些了吗?"她的笑容缺乏真诚,浑身上下还释放着紧张的气息。

那副耳环已经被装进了一个塑料袋里,此刻正放在比利身旁的餐台上,旁边就是那个盒子。

这些都是证据。

109

比利从托盘里拿了个玻璃杯，给我倒了点水。接过水杯时，我对他说了声谢谢。

他点了点头，然后双臂抱胸，又靠在餐台边上。这时，珊迪的电话响了起来，她马上就接了。

"什么？"说话间她的脸变得通红，"这算他妈的哪门子够好了啊！"她边听边皱起眉头，一只手不停地用力拨弄着自己的头发，弄得一头短发最后全都竖了起来。

我双手环抱着自己的身体，斜倚着餐台，站在比利旁边。

他说："有好多东西需要我们去琢磨领会。"

"你是这么想的吗？"

珊迪扫了我们一眼，接着便大步走到客厅里去了。

比利压低嗓门说道："我们会派人去寄出包裹的地方调查一下。既然他已经掌握了你的手机号码，那我们就还得给你的手机上安装一个监听器。工作人员会二十四小时监听你家的座机和手机的。"

比利向我讲解了整个行动的流程，其中穿插了大量的细节和实情，这让我的情绪开始稳定下来，信心也得以逐渐恢复。比利说得对，我能应对这一切。突然间，我的手机响了起来。

比利一把抓过电话，珊迪也迅速挂断电话，飞快地跑回厨房。

比利说："是同一个号码。"珊迪点了点头，随后比利把电话递给了我。

珊迪说："好的，莎拉，现在你可以接了。"可我做不到。

铃声继续响着。他们俩都盯着我。

珊迪抬高了她的嗓音："快接电话。"

比利马上安慰道："没事的，莎拉，我们不是聊过了吗？你已经准备好了，可以开始行动了。"

我低头看着手中的电话。每一波铃声都在刺激着我的大脑。我要做的事情就是把它接起来。接起来。接……

铃声停止了。

珊迪说道:"该死!我们没能跟踪到他。"

比利说道:"珊迪,咱们给她点儿时间,好吗?他还会打过来的。"

"可要是他不打,我们就失去了唯一一次抓住他的机会。"

"对不起,我只是……我太害怕了。"

看起来,珊迪似乎在强迫自己要耐心一点,"没事的,莎拉。他很有可能还会打过来的。"她努力想要挤出个笑容,可我觉得她其实很想给我一耳光。她伸出手来,示意我把电话给她,"如果他再打来,我就装成是你。"

比利质疑道:"你觉得这是个好主意吗,珊迪?他听过她的声音啊。"珊迪怒视着他,可他继续说道:"别担心,你会找到机会把他碎尸万段的。等我们抓到他之后,我会特意留出几个小时,让你单独在审讯室里陪陪他。"

让我吃惊的是,珊迪居然哈哈大笑了起来,随后便装作要用手机去砸比利。我也不由得笑了起来。房间里紧张的气氛有所缓和。于是我又靠在了餐台上。没事的,我们还能笑得出来,这说明一切还不赖。

比利转向我,说道:"莎拉,我知道你很害怕,但我相信你是能够做到的,否则我们连问都不会问上一句。你现在主要得克服一下最初的那阵恐慌——只要你开了口,就会出色地完成任务。想来点儿咖啡吗?"

我指了指他们身后餐台上,那上面放着一个不锈钢的咖啡罐。就在这时,我的手机又响了起来。他们二人立刻转过身来。

"记住,你能做到的。"比利的声音既低沉又坚定,透露出他对我的信任,"现在,接电话吧!"

我做了个深呼吸,然后接通了我亲生父亲打来的电话。

"你好?"

"嗨,莎拉。你好吗?"他的声音显得十分兴奋——那是一种强烈的渴望。

"你干吗不停地给我打电话?"我开始发起抖来,于是赶紧在餐桌旁坐下。珊迪和比利也坐在了我对面。

"因为我是你的爸爸啊。"

"我有爸爸。"

他没出声。珊迪把一只手放在桌子上,拳头捏得紧紧的,像是在尽力压制住想要把电话从我手中夺走的冲动。

"今后你就叫我约翰吧。"

我什么话都没有说。

他继续说道:"你收到我的礼物了吧?"

"收到了。你是怎么知道我这个号码的?"

"我在网上看到的。"原来如此。应该是某个网站的通讯录里挂着我联系业务的相关信息,所以他一下子就找到了我。这时我想起了埃文的警告,他之前问过我,是否真觉得把自己的手机号码放到网上去也没关系。可是现在,一切都太晚了。

"你喜欢那副耳环吗?"

"你是怎么得到它的?"我知道我的声音里冒着怒火,可就是没法控制住自己。我瞟了一眼比利,他做了个"继续讲"的口型。至于珊迪,我可没胆子看她。

约翰回答道:"是凯伦给我的。"我闭上眼睛,试图将想象中的这一幕从脑海中赶走。话筒那边传来了车辆呼啸而过的声音,正好盖过了他的说话声。

稍后,我听见他说道:"抱歉啊,周围太吵了。我正在车里。"

"那你在什么地方呢?"

他停顿了一下,又接着说道:"没用的,莎拉。我知道你可能报了警,电话也可能被监听了,可我不会透露出任何他们需要的信息。就算他们追踪这部电话,我也不怕。我对这里了如指掌,他们是绝对找不到我的。"

我看着身边的两位警察,不确定约翰是真的得知我报了警,还是想从我嘴里诈出点什么话来。此时此刻,我全身血液倒流,耳朵里嗡嗡作响。我得说点儿什么才行,"我谁都没告诉,原本我以为这只是个恶作剧罢了。"

稍待片刻后,他说道:"我想你可能真的接到过那种电话,家人也一定非常难过,所以你才会告诉记者,说凯伦·克里斯蒂安森不是你亲生母亲吧?"

刚开始他说话的语气以及提到我家人时那种满不在乎的态度让我的胃部不由得一阵痉挛,不过听到最后,我突然意识到自己找到了一个突破口。

"她不是我的母亲。那只是谣言而已。我跟你说过……"

"我在你的脸书上看到过你的照片。你就是我的女儿。"

我脸书上的照片。那么他还看见了其他什么人吗?他发现了艾莉吗?我飞快地回想着自己到底是如何设置的个人信息的。

他又说道:"我在报纸上看到朱莉娅的照片时,一眼就认出了她。她就是凯伦·克里斯蒂安森。当年她朝我脑袋狠狠地砸了一下呢。"我听出最后这句话里有着一种半是抱怨、半是钦佩的感觉。

"所以这就是你打电话来的目的吗？你想通过我找到她？"

"我现在对她一点兴趣都没有。"

"那你究竟想要什么呢？"

"我一激动就想跟你说说话。这可能是唯一能让我收手的方法。"

"收……收什么手？"

"继续伤害别人啊。"

我无法呼吸，脑子里一片混乱。

他说道："我得挂了，下回我们再多聊聊。记得随时带上手机。"

"我没办法接你的每一个……"

"你必须接。"

"可是我不一定总能接到。有时候我会很忙……"

"要是你不接，我就去干点别的什么。"

"你什么意思？"

"我就去随便找个什么人。"

"不要！不要，不要那样做。我会随时带着电话的……"

"我不是坏人，莎拉。你会明白的。"他挂断了电话。

他没再打电话过来。我知道自己应该感到高兴——没有消息就是最好的消息，不是吗？可我心里七上八下，总是忍不住走来走去。上回通话结束后，我马上去查看了一下自己的脸书账号。谢天谢地，我把其他的资料全都设置成了隐私状态，所以能看到的只是我的那张头像照片。可即便如此，我还是赶紧删除了所有的内容。比利和珊迪一直陪着我，直到我冷静下来后才离开。考虑到不久前发生的事儿，我又能有多冷静呢？我们三人再次讨论了应对他下一个来电的方案。比利和珊迪希望我始终不要承认自己报过警。比利说，约翰越是自信，就越容易出错。可我觉得他有理由如此自信。

约翰打电话的时候正位于威廉姆斯湖市以西的某个地方，那里只有一个基站，所以警方无法用三角测量法追踪到他的准确位置。对于当地警方而言，他们得花上大约一个钟头才能赶到那里，届时约翰肯定早已不知所踪了。眼下警方能做的无非就是在各个主、次干道上巡逻，盘查过往车辆，询问当地居民是否发现过可疑人员。不过由于警方还未掌握约翰所驾驶的车辆的相关信息，所以搜寻工作其实也无从下手。同时，约翰使用的手机是偷来的，这让警察在追查机主时又被狠狠地折腾了一番。

这些年我几乎走遍了不列颠哥伦比亚省，据我所知，这片内陆地区的南部，即奥肯那根地区有不少人口更加稠密的城镇，而中北部地区的大部分城镇规模都很小，且周围全是山脉河谷，如果你开车从一处行驶到另一处，一般都需要好几个小时，并且出门没多久便会没入崇山峻岭之中。对于那片地区而言，最糟糕的事情并不是其偏远荒凉。比利说，当地的通信信号一般都有延时现象，还时常无法准确地传至相应基站。我问他，全球定位系统是否管用，可显然只要约翰关掉这项功能，我们便拿他没办法了。

比利认为，即使约翰打电话时身处偏僻之地，如废弃的营地或是休息区，他对警方到达那儿所需的时间也估计得一清二楚。同时，这也意味着不会有目击证人或是摄像头捕捉到他的身影。此外，比利确信，约翰待过的地方一定有多条退路，这样他才不会被逼进死胡同。然而警方似乎依然坚信一定可以将他绳之以法，我却不敢苟同。警方觉得约翰不会察觉到我的电话已经被安装了监听装置，可他都已经点破这一点了。这样一来，不管我跟警方说了些什么，也不管警方是否追踪到了那通电话，他应该都已经无所谓了吧。毕竟他对那片内陆地区了若指掌，才能在三十年间一次次逃脱升天。而现在还有什么能阻止得了他呢？

我把发生过的事情告诉了埃文。得知我的决定后，他吓坏了，要求我赶紧推掉这个任务。我告诉他，警方认为我是他们能够逮住那个人的唯一希望，要是抓不住他，那他还会继续祸害人间。聊到最后，我终于答应埃文会慢慢来，不要冲动行事。到了周一，他终于回家了——天哪，见到他我真是太开心了——可我还是无法放松下来。等到我们俩终于能坐下来，一起商量婚礼来宾的人选时，比利却打来了电话，问我情况如何。我起身离开房间，一直走到屋外的工作室里才开始和他说话。等我回屋时，埃文问道："怕是你的某个男朋友吧？"

"呵呵，还不就是我早几天认识的那个警察啊。抱歉抱歉，没想到居然和他聊了这么久——唉，全是关于约翰的事。"

"你别太担心了。"

可我的确忧心忡忡，满脑子都是下回如果接到约翰的电话时我该说些什么话。那天晚上，埃文和我陪着艾莉和穆斯出去散了个步，顺道租了一部喜剧电影。可我人在心不在，电影放完后我连一星半点儿的内容都说不出来。

埃文说他很不喜欢看到我惊慌失措、沮丧失落的样子，可我真的没办法。无论何时——不管是给艾莉做晚餐，还是夜里给她掖紧被角，抑或是清晨和她一起刷牙——我脑子里想的都是警方能否在约翰再次作案前抓住他。

我看过了关于被他残害过的所有受害者的报道，其中一则讲述的是一位名叫萨曼莎的金发美女。这个女孩遇害时才十九岁。

当时她正和男朋友在一家省级公园露营。男生在试图逃走时被凶手从背后射中两枪。警方在距入口处几英里的园区内发现了萨曼莎的尸体。她的一只手臂疑因摔伤出现了三处骨折。同时，她应是在林中奔跑时被某物直接刺穿了脸颊。营地杀手用女孩身上的T恤衫遮挡住她的面部，随后对其实施了强奸，并掐死了她。我从前也穿过一件一模一样的T恤衫。

还有一位名叫艾琳的女孩。她是一个长着深褐色头发的垒球运动员。遇害前，她决定独自一人外出露营；两周后，她的尸体被一只狗狗发现了——那只狗叼着她的右手回到了一堆篝火旁，而它的主人正在火上烤着棉花糖。山林里的野兽已经将她的尸体啃噬得残缺不全，因此警方不得不调取了死者在牙科诊所的就诊记录才确定了她的身份。

每天夜里，我都无法安然入睡，只好在屋子里踱来踱去。有时，我会在时钟的"嘀嘀嗒嗒"声中盯着电视里播放的深夜节目，或是泡个澡，冲个凉，喝上一杯热牛奶。还有的时候，我会在艾莉熟睡后躺在她旁边，一遍遍轻抚她那卷卷的头发。如果埃文在家过夜的话，我会紧贴在他身边，努力让自己的呼吸与他同步，还会强迫自己想象出一场温馨浪漫的婚礼。可是不管我怎么做，都是在白费力气。

我时不时地上网搜索有关约翰的消息。如果找到文章写的不是他，那也一定是另外一些连环杀手，如埃德·肯珀、泰德·邦迪、亚伯特·费雪、绿河杀手、连环杀手BTK、山腰扼杀者、十二宫杀手，还有加拿大的罗伯特·皮克顿和克利福德·奥尔森等。类似人物数量众多，不胜枚举。我对他们犯下的令人发指的罪行，包括其行为模式、犯罪动机、侵害对象等，都逐一进行了研究。此外，我还阅读了不少由美国联邦调查局心理画像专家和心理学家们撰写的书籍。

　　我将各方人士提出的理论和观点逐一进行比对，然后思考问题究竟出在什么地方——是因为他们原本就是精神病患者，还是因为其心智不全？是因为那些人体内内分泌失调，还是因为他们的童年充满缺憾？我记下了无数页的笔记，好不容易因为筋疲力尽而昏昏入睡，不久后却又噩梦连连。每回我都会在梦里见到不同的女人。她们或是从跳板上突然跳到人行道上，或是在撒满了玻璃碎渣的地面上奔跑。她们的尖叫声总能传入我的耳朵里。我听见她们在向人求饶，乞求那人别再追了，可那个人居然就是我。在那些梦境中，她们想要逃离的对象居然是我。

7

周五是我的生日,可我一点儿都不想庆祝。埃文使出浑身解数想让我振作起来。显然他已经和艾莉一起把礼物准备好了——女儿送了我一件绿色的羊绒毛衣——而他则一掷千金,送了一辆崭新的山地自行车给我。我勉强打起精神,连连称赞他们的良苦用心。之后,我一口气吃掉了三片他们做的比萨饼,又一同观看了之前租来的那部电影。每当影片里出现搞笑的情节时,我都会适时哈哈大笑起来。可是,不管我在做着什么,都会情不自禁地想到朱莉娅。

从前,每当到了生日那天,我都会忍不住要想象一下自己的亲生母亲正在做些什么,或者说,我会禁不住去想,她是否已经忘了我的出生日期。而现在我想的是,这么些年来,每当我兴高采烈地庆贺生辰的时候,朱莉娅是否只会一遍遍地回想起她将我分娩出来时那种巨大的痛苦,进而回忆起当初约翰侵入她的身体时给她带去的那种莫大的痛苦。

记得我第一次抱起刚出生的艾莉时,便觉得今生今世都不想让她离开我身边。生产前我一直都很担心,害怕自己没有办法当一个好妈妈,也怕自己不会养育孩子。可就在她的小手紧紧握住我的手指的一瞬间,我心口悬着的大石头一下子就落了地,对女儿的那种保护欲也急剧增加。不管是谁去抱她,我都会在一旁小心翼翼地盯着。只要她一闹腾,我就会立刻把她接回自己怀里。做单亲妈妈确实不容易——手头总是缺钱,于是我不得不重返工作室,不过每当我干活时,都会用一条带袖子的宽松绒毯把艾莉系在背上。虽然很辛苦,可我喜欢这种合我们二人之力去对抗世间一切难事的感觉。有孩子前,我从不知道什么叫作归属感。在过往那些最为黑暗、最令人沮丧的日子里,我曾经觉得就算结果了自己这条小命也无所谓,因为反正没有人会怀念我。可自从她降生后,我终于拥有了一个会无条件爱我并且需要我的人。

艾莉成长得太快了——小时候的她总是缠着我,让我陪她玩一些她编出来的仙女游戏,像是"听我说"或是"三色堇的花瓣";可她一天天地长大了,那样的日子也一去不复返了。所以我才不愿意错过她生命中的每个时刻。当她滔滔不绝地讲起心中的偶像——那位长着金色直发、会跳踢踏舞的霍利老师时,当她说起穆斯刚刚吃到了一只虫子时,当她给我一首接一首地唱着《汉娜·蒙塔娜》里的那些插曲时,我真不想让其他任何事情来打扰我;还有啊,我也不愿意一到晚上就催她上床睡觉,一到早晨就催她赶紧起床,可我生怕约翰打电话来的时候听到艾莉的声音。

因为无法证实营地杀手与我的关系的真伪,所以那则消息没有在网上继续蔓延开去。事实上,我和家人已经否定了它的真实性,可身边依然流言四起。眼下我们只希望这些流言在艾莉和她的小伙伴们知道前消弭于无形,所以在这段时间里,我常常故作随意地向艾莉打听学校里发生的事情,结果发现一切似乎如常。可要是今后,比如说艾莉十多岁的时候,类似的闲言碎语又卷土重来了呢?万一有一天真相浮出水面,大家都知道了艾莉的外公是个什么样的人,那时候他们又会如何对待她呢?大家会因此而对她心生惧意吗？

我看着她和其他的孩子们嬉戏玩耍，也看着她同穆斯打打闹闹。以前我只觉得她的许多行为是性格使然，可现在仔细一想，却不由得惊出一身冷汗。有时她一生气起来就会双手握拳，小脸涨得通红，而在受到挫折或是劳累过度时，便会拳打脚踢，张嘴乱咬。这是六岁孩子在处理负面情绪时的正常反应，还是专属于她的特殊表现呢？

我打量着镜子里的自己，一边细细审视着自己的外貌特征，一边琢磨着和那个男人可能具有的相似之处。也许我们在其他方面也有共同点吧。今天一早，我突然间明白过来，知道为什么自己总会梦见女人们从我身边逃跑了。同时，我也弄清楚了自己为什么在看那些连环杀手的故事时会觉得心惊肉跳——这一切都是因为我似乎能从他们身上看到自己的影子。连环杀手都钟情于幻想——我从小到大最爱做的事情就是天马行空般地做白日梦，总会在不知不觉间就开启幻想之旅，并会沉溺其中、无法自拔——一旦进入想象的世界，就会将周围的一切全部忽略。存在于幻想世界里的人物拥有属于他们的脾气性情。他们会欢喜悲伤，也会兴奋沮丧——是的，这些感情他们统统都有。此外，他们还喜欢遗世独立，离群索居，就像我一样。和别的事情相比，我更愿意把注意力放在艾莉和工作上。当然，我从未有过杀人的念头，也知道这种行为并不会遗传下去。可每当我气急败坏的时候，也会摔东砸西，对别人推来搡去。我甚至动过开车撞墙的念头，也琢磨过各种自残的方法。那么，到底是什么东西会把我心中的怒意激发出来呢？

当然，我可以轻松地找出自己的缺点，并将其归咎于约翰的基因。可正如您所说的，我如何能断言这些特征一定与我的收养身份或是与朱莉娅的遗传因素无关呢?关于后者,因为她完全不想让我接近她,所以我怕是永远都不可能有所了解了。比利说,她已经承认耳环是她的了。可是,就算我乍一见到那东西时被吓得手足无措,可我仍然无法想象她在同样情形下会有什么样的反应。真希望可以陪她好好聊一聊啊!有一次我连电话听筒都拿了起来,可最后还是把它放回了原处。

周六上午,埃文又离开家上班去了。走之前他显得非常兴奋,因为他签了个大单,准备接待一批来自美国的钓鱼爱好者。不过他也十分担心,觉得不能把我一个人留在家里。他让我别再看关于连环杀手的书了。可没办法,我就是停不下来啊。我希望能从中找到什么东西——那可能是某种真知灼见,也有可能是某条有用的线索——从而阻止约翰继续害人。

可是最近我总觉得疲惫不堪。这种疲惫不是因为缺乏睡眠导致的,而是神经绷得太紧以致精力早已被消耗殆尽了。几乎每个夜晚我都会从一个窗边踱到另一个窗边,等待着电话铃声的响起。日子一天天过去,到了周一,约翰终于打来了电话。当时,我正站在二楼卧室的窗户旁边,看着楼下院子里的艾莉和穆斯正你追我赶、嬉戏玩闹。他们是那么快乐,曾经的我不也如此吗?

放在口袋里的手机响了起来。屏幕上是一个陌生号码,但我知道那肯定是他。

"嗨,莎拉。"他听起来很开心。

"是约翰吧。"我顿时觉得口干舌燥,整个人也紧张不安起来。即使警方在我的手机上安装了监听器,但我还是没有任何安全感。

我们俩谁都没有再说话。过了一会儿,他问道:"那个……"他清了清嗓子,"你的工作。你喜欢做家具是吗?"

"我的工作是修理家具,不是制作家具。"珊迪提醒过我,要是他再打来电话,我得表现得更加友善一些。可现在,我连基本的礼貌都没办法做到。就在这时,我听见楼下厨房里传来了艾莉的声音,不由得全身一僵。

千万别过来,千万别过来!就待在那儿吧!

他接着说道:"我敢打赌,只要你愿意,你也可以做得出来。"

艾莉正在爬楼梯,嘴里还嘟嘟囔囔地对穆斯说着什么。

我朝门口走去,"我对我现在的工作很满意。"

艾莉走到我这间房的门口了,"妈妈,穆斯想吃晚餐了……"我做了个手势,让她不要说话。

约翰问道:"那你最喜欢的部分是什么呢?"

"我们现在可以做手工了吗?"我瞪了艾莉一眼,又用手指了指了楼梯,嘴里无声地说道:"我在打电话。"

"可你答应过……"我立刻关门上锁。被关在外面的艾莉开始用力拍打起木门来,一边拍还一边喊着:"妈妈!妈妈!"

我用手盖住了电话的话筒,迅速走到了离房门最远的地方。

约翰问道:"那是什么声音?"

完了,完了,完了。

"我刚才想关掉电视,结果一不小心却把音量调大了。"

艾莉又在拍门了。我屏住呼吸。这时,门外和电话那头都安静了下来。

最后,他终于开口说道:"我刚才问的是,你最喜欢自己工作的哪个方面?"

"说不好,反正我就是喜欢做手工活。"我爱上木工活的理由千千万万，但我一星半点儿都不想告诉他。

"我的手也很巧。你小时候喜欢自己做东西吗？"走廊里静悄悄的，艾莉去哪儿了呢？"我猜你应该是这样的。我还偷过我爸的工具呢。"

四周再次一片寂静。我又一次屏住呼吸，竖起耳朵仔细聆听。终于，从厨房里传来了砰的一声，是柜门被关上的声音。艾莉去了楼下，这让我长长地舒了一口气。我蹲下身子，将额头靠在了膝盖上。

"我本来可以把那些工具都留给你的，"他说道，"但我从来都不知道自己有个孩子。这是我的错。"

听到这话，我顿时火冒三丈，"我猜你从没想过会在那样的情形下有了我吧！"

他缄口不语。

"你为什么要那样做？为什么要去伤害那些人？"

他还是没有回话。

血液在我体内奔涌咆哮。我知道自己过分激动了，可就是无法冷静下来。

"你生气了吗？是不是她们让你想起了谁，还是……"

他的声音变得冰冷无情，"我非得这样做。"

"没人非得去杀……"

"我不想说了。"电话那头的他呼吸急促。

冷静，赶快冷静下来！

"好吧，我只是……"

"我明天再给你打电话。"接着，电话被挂断了。

我立刻联系了比利。和他通话时，我顺便为艾莉做好了晚餐,又把穆斯的那份倒进了它专用的碗里。这一次约翰是从威廉姆斯湖北部打来的电话。警方用了四十分钟才赶到那儿。他们再次巡查了那片地区:拦下过往车辆,向当地人询问,给加油站和商铺里的人们看他的画像等等,可依然毫无线索。我问比利,要是约翰总是选择在偏僻的地方给我打电话,那警方该如何才能将他捉拿归案。比利说,即便如此,警方还是会采取和现在一样的手段,期望总有一天能获取一些线索。不过他们总算找到了那位私家侦探——他正和妻子在加勒比海的邮轮上度假呢。

通话终于结束了。我起身去找女儿,却发现电视机前的她已经昏昏欲睡了。我为自己忽略了她内疚不已,所以便允许她来我的床上睡觉。通常这种待遇都会让她惊喜万分,尖叫不断,可这一次却并非如此。我给她掖紧了被子,然后朗读起《夏洛的网》——艾莉只对和动物有关的故事书感兴趣——躺在被窝里的她一言不发。最后,当她在穆斯耳边悄悄说话的时候,我停了下来,问道:"怎么了,我的小猫咪艾莉?"

她又对着穆斯说了几句悄悄话。穆斯甩了甩它的蝙蝠耳,接着就用那双圆溜溜、水润润的眼睛看向了我。

"是不是要我挠穆斯的痒痒,让它来告诉我呀?"我伸出双手,装作要去挠穆斯。

"不要!"她那双小猫般的眼睛闪闪发亮。

"那你还是告诉我吧。"

我朝她微微一笑,又做了个傻乎乎的鬼脸。可她连看都不看我一眼。

"之前你把门给锁了。"

"没错,我是锁了门。"我该怎么对她解释呢?"是妈妈不好。不过妈妈认识了一位新客户,这个人非常重要,他会给我打来很多电话，我呢，也必须很认真地对待他，所以你就得非常安静，懂了吗？"

她眉头紧皱，脸颊绯红，一只脚开始在毯子里踢来踢去。

"你说过可以陪我一起做手工的。"

"我知道，宝贝儿，对不起。"我叹了口气。一想到那时我又逼着她下了楼，内疚之情便涌上心头。我恨约翰，他才是这一切的罪魁祸首。"不过这就好比是我正在工作室里做事，埃文去了度假屋那边招待客人一样。我们依然爱你，最爱最爱你了，只不过有时候大人还得去做那些大人们该做的事哦。"这时艾莉的两只脚都开始乱踢起来。穆斯起身走到床尾去了，可艾莉仍然隔着毯子不停地朝穆斯身上踹。我的胸中噌地冒出了一股怒火。

我一把摁住她的腿，喝道："艾莉，停下，别乱动了。"

她对着我大声嚷嚷道："不要！"

"你闹够了吧，不可以……"

她又开始踢了起来。穆斯急促地叫了一声，然后只听砰的一声，它从床边重重地摔到了地板上。

"艾莉！"我从床上一跃而起。

我跪在了地板上，穆斯一边呜咽着，一边摇摇晃晃地朝我走来。我轻抚着它的耳朵，然后把脸转向了艾莉。

"你不可以这样。我们家谁都不可以伤害小动物。"

艾莉死死地瞪着我，小嘴抿得紧紧的。

我站起身来，训斥道："回你自己的床上去——现在就去！"我用手指着她的房间。她一把拿起故事书，高高举了起来，摆出一副要去砸穆斯的样子。

"你敢，艾莉！"

她的脸上浮现出了一种我从未见过的神色——那是一种浓浓

的恨意。

"艾莉，要是你扔了这本书，我就跟你没完！"

我们彼此怒目而视。穆斯发出呜呜的叫声。艾莉看了一下它，又望了望我，小脸蛋憋得通红，眼珠几乎都要瞪出来了。

"我是说真的，艾莉，要是你……"

她用尽全身力气把书扔了出去。穆斯躲了一下，书没有砸到它，而是啪的一声重重砸在了地板上。

我顿时火冒三丈，走上前一把抓住她的手腕，用力把她拖下了床。我紧紧地抓住她的肩膀，冲着她厉声呵斥道："你绝对，绝对，绝对不可以伤害动物！你听见了吗？！"

她噘着下唇瞪着我，脸上挂着一副"你能把我怎么样"的神态。

我紧扣着她的手腕，拖着她走到门边，然后从走廊一路拽着她来到了她的房门前，然后才松了手。我用手指着她的床，说道："除了道歉，你说什么我都不会听的。"

她重重地跺着脚冲进了房间，然后砰地关上了房门。

我想进去跟她好好聊聊，让紧张的气氛缓和下来。说实在的，我真想心平气和地同她说说话，哄一哄她，却不知道该说些什么。生平头一次，我对自己的女儿心生悔意；此生头一遭，我对自己女儿发了这么大一通火，这让我惊恐万分。

穆斯趴在床上陪着我。真不敢相信艾莉居然对它发了那么大的火。比起我，穆斯总能更快地让她冷静下来。当初收养穆斯的目的是给我自己找个伴儿。那时艾莉已经上幼儿园了，我却仍是单身一人。穆斯的到来让我白天多了欢笑声，夜晚也有了安全感。最奇妙的是，这只胖乎乎的小肉球能让艾莉的情绪平静下来。每当她不敢去尝试新鲜事物的时候，我都会说"穆斯可喜欢那个东西呢";每当我想让她集中精力做事或是听我说话的时候,我就会拿穆斯当作威胁或者奖励她的工具;每当她生病或是情绪低落的时候,穆斯的陪伴就是对她最好的安慰。可是那天晚上,需要安慰的人变成了我。我把被子盖在了穆斯身上,然后紧紧地把它搂在怀里。

第二天早晨,艾莉一边哼着歌,一边喝麦片粥,还不时地在果汁杯里"咕嘟咕嘟"地吹泡泡,仿佛昨晚什么事都没有发生过。她甚至还为我用蜡笔在纸上画了几朵花儿,给了我一个拥抱,还说了声"妈妈我爱你"。以往当我们俩产生争执后,我一般都会再找个机会把事情和她说清楚。记得我小的时候,家里一闹矛盾,就会有一方大吵大闹,另一方则躲进卧室半天不出来。从那时起我就发誓,如果将来有了孩子,我一定要和他把事情说清楚、讲明白。可这一回却不同。只要那个不堪回首的夜晚过去了,我就够开心的了。

送艾莉去学校后,我直接返回家中,继续给那块费了好大工夫都还没完工的床头板上色。其间我时刻留意着自己的手机,唯恐铃声突然响起。不知过了多久,我终于放下手中的活计,打算来上一杯咖啡小憩一下。就在我往杯子里倒咖啡的时候,一阵敲门声传了过来。

穆斯打着响鼻,"汪汪"叫着冲向前门,我的心也不由得提到了嗓子眼儿,只能紧贴着墙壁,沿着走廊朝门口挪去。刚到门边,我便一把抓过了埃文放在那儿的棒球棍,接着便透过侧窗上挂着的百叶窗缝隙向外窥视。没有看见任何车辆。

我大声问道:"谁呀?"

"嗨,这位女士,请问你是在参加海军陆战队的选拔吗?"

原来是比利啊。

我刚把门打来,就看见肉乎乎的穆斯像离弦之箭一样冲了出去。它对着比利摇头摆尾,左闻闻右嗅嗅,逗得比利哈哈大笑,忍不住一把将它抱了起来。

"嘿,小飞侠。"

"怎么了,比利?你为什么会来我这儿呢?他又杀人了吗?"

"除非你掌握了连我们都不知道的情报。我就是来看看你,不知道你在上回那个电话过后一切可好?"

"进来吧。珊迪人呢?"

"还有几个部门与这起案件的调查有关。她正同他们进行工作上的协调呢。"

"那么你负责的对象就是我了吧?"

他笑了,"也可以这么说吧。"他跟着我来到了厨房,闻了闻之后问道,"你在冲咖啡吗?"

"想来上一杯吗?"

"你坐吧,我来弄。"

我在餐桌旁的椅子上坐了下来。比利脱下外套,随手搭在了椅背上。他似乎把这里当成了自己的家,非常自然地从橱柜里取出一个马克杯,又打开冰箱拿牛奶。突然,他停了下来,一动不动地盯着我的冰箱。

"怎么了?"

"你家的冰箱和我家的一样糟呢。你就没存点儿什么能吃的东西吗?"

"你是要打劫我家的冰箱吗?"

"我倒是想啊。不过我刚才似乎看见一棵风滚草从我眼前飘

129

过。你得尽快去购物了。"

"我已经想好要买点儿什么了。"

说话间,比利已经关上冰箱门,开始做起了花生酱三明治。他回头望了我一眼,问道:"想来一份吗?"

我摇了摇头,可他还是又拿出了两片面包。

我问他:"你刚才说你家冰箱和我家的一样糟糕,这是什么意思啊?难道你还没结婚吗?"

"不,长官大人。我已经离婚了。前妻住在哈利法克斯。"难怪听口音我会觉得他是东部沿海地区的人呢。

他把穆斯放了出去,然后在餐桌旁坐了下来。他咬了一大口三明治,同时把我的那份递了过来。只见他眼珠子向上一翻,感叹道:"我的天哪,真好吃啊!"

我也一口一口地啃了起来。他喝了一口咖啡,然后盯着我说道:"你看起来状态不是很好。"

"这还不是拜你们所赐。"

他笑了笑,旋即换上了一副严肃的表情。

"你还好吗?你承受的压力确实挺大的。"

"还行吧。不过我也在看心理医生。我能把账单寄给皇家骑警队吗?"我笑着调侃道。

"《犯罪行为受害者法案》上有相关规定,下次我会把那些表格给你带过来的,不过莎拉,你能找医生倾吐心声,这倒是挺好的,毕竟你要面对的事情实在是太多了。"

"我感觉自己身上的负担好重,所以才去找心理医生的。这一点你能理解吗?我也想过要帮你们的忙,可事实上我更盼望着这一切能快点过去——我太希望能重新过上正常的生活了。"

"我们越快抓到他,就越能早点让一切恢复正常。昨天晚上你做得很好。"

"我不知道，比利。当时我可能把他给逼急了吧。"

"你恰到好处地做出了让步。'穷寇勿迫'嘛。"

"什么？"

"《孙子兵法》里有这样一句话。"

我不由得笑出了声，"难道这不是迈克尔·道格拉斯主演的电影里的某句台词吗？"

他摇了摇头，"你说的是《华尔街》吧。我懂，我懂，我就是个满嘴陈词滥调的警察嘛。"说完他笑了，"珊迪也常常为此而让我难堪。可我想强调的是，这本书可是有史以来对军事策略阐述得最为成功的一本书哦。"

"我又不是军队里的人！"

他放声大笑，"不是只有军人才需要看这本书的。它其实就是在讲策略。这些策略可以被人们运用到生活中的任何事情上去。但凡外出，我都会带上一本。你真该读读这本书的，它能帮助你对付约翰。"

"可我还是觉得怪怪的。"

"哪里怪呀？"

"和他说话啊。在上回的电话里，他问起了我关于工作方面的事情，问得比我亲爹还要多。"我猛地闭上了嘴，"我觉得他才是我的亲生父亲——我是说我的养父。"

比利放下手中的三明治，身体前倾，眼睛紧紧地盯着我。

"莎拉，大多数杀手并不会让人们觉得他们就是杀手。正是因为这样，他们才愈发危险。你必须万分小心，以免……"

这时，有人叩响了玻璃推拉门，把我和比利吓了一大跳。我飞快地转过身来，发现门口站着梅勒妮，她的怀里正抱着穆斯。她一定是从侧门进来的。这时比利已经站了起来,一只手搭在枪上。

"是我妹妹。"

他把手放了下来。梅勒妮推开门,慢悠悠地走了进来。

"似乎我来得不是时候呀?"她一脸得意,仿佛看穿了一切。我觉得自己的脸红了起来,但还是甩给了她一个"别以为你是对的"的眼神。

"梅勒妮,这位是比利。他是……"

比利插嘴道:"莎拉打算替我翻新一下家具。"

"我明白啦。"她斜靠在餐台上,伸手去拿装着花生酱的罐子。她用一根手指蘸了一点花生酱,然后放进嘴里品尝了起来。等到把花生酱都舔干净了之后,她开口说道:"你怎么带着枪呢,比利?"

比利笑了笑,然后说道:"我是皇家骑警队的,所以你对我的态度最好客气一点儿。"

梅勒妮的脸上清清楚楚地写着三个字——没问题。

我说道:"我们的事谈完了,让我送你出去吧,比利。梅勒妮,你自己去倒杯咖啡喝吧。"她点了点头,目光却始终停留在比利身上。

出门后,我对比利说道:"很抱歉,我妹妹……"接着我摇了摇头,"我们俩关系不太好——嗯,一点儿都不好。"

他微笑着耸了耸肩,"这没什么大不了的。咱们以后说话注意一点儿就可以了。"接着他的表情变得严肃起来,"要是约翰再打来电话,你可千万别忘了他并非是真的关心你,莎拉。他这个人,只要认准了目标,就会想尽办法去弄到手。现在他认为你是他的附属品了。"

梅勒妮正在门口等着我,"埃文知道你正和一群这么性感迷人的警察们打交道吗?"

"我所有的客户他都认识。你来这儿干吗呢,梅勒妮?"

"难道我不能来看看我的大姐吗?"

她漫不经心地走回客厅,然后四仰八叉地躺在了沙发上。穆斯一下子就跳到了她的身上,她抚摸着它的头,它舔着她的脸。好一个叛徒。

"我得干活儿去了。你有事吗?"这时我想起自己的手机正放在厨房的餐桌上。约翰可千万别在这个时候打来电话啊!

"爸爸希望我们俩能在布兰登生日聚会前冰释前嫌。他说咱们必须友好相处。妈妈的身体状况又不太好了。"说这话时,她气鼓鼓地扬起下巴。发生了这么多事情之后,我完全忘记劳伦打算给布兰登办一场生日聚会的事情了。令我更为沮丧的是,妈妈又难受起来了。可即便如此,我依然不露声色。

我静待她再次开口。

她说道:"你得知道,我从没跟那家网站透露过你的亲生父亲是个连环杀手。"

"我也没这么想过——我只是不太高兴罢了。"

"是吗?那好吧。"

我叹了口气,"我真没那么想过,梅勒妮。"她的脸板得像块石头,我知道绝对不可能从她口中得知她是否跟她男朋友提过这事——只要我一开口,她就会把我的脑袋拧下来的,"这样吧,你告诉爸爸,我们俩之间的问题全都解决了。"

"行啊,如果这就是你想要的把戏。"

"我没想要什么把戏。"她怎么还不走啊!"我相信你没说过,是真的,行了吧?那天我反应过了头,很抱歉。"

她的眼睛眯成了一条缝。

我问道:"凯尔还好吗?"

她一直在盯着我。我勉强装出一副感兴趣的神情。

"他现在是一家酒吧固定的驻唱歌手了。"

"那太好了。"

我们四目相视。

我说道:"嗯……听我说,关于让凯尔在婚礼现场献唱的事情,我还没找到机会跟埃文说,不过他一回来我就会跟他商量的。"

梅勒妮在沙发上坐直了身体,"你这是怎么了?"

"我只是想尽量和你好好相处,这还不行吗?"

"为什么?"

"因为我们是姐妹啊。"

"你从来没对我这么好过。你是不是在担心我会把警察的事儿告诉埃文呀?"

我凝视着她,生怕一冲动就会往她那张自以为是的笑脸上甩一巴掌。

别上当,千万别上了她的当。

我说道:"我真的得回工作室干活了。"

她站起身来,"别着急嘛,我马上就走。不过你打算什么时候带我们去挑选伴娘需要的服装呢?"她和劳伦将担任我的伴娘,伴郎则由埃文的两个表弟担任。劳伦和我聊起过采购婚礼所需之物的事情,不过因为约翰这档子事儿,我便再也没同她聊过了。另一个原因就是我不想同持有那种态度的梅勒妮打交道。我身体里的每一个细胞都想对她说:"真希望你不要出现在我的婚礼上!"可我知道这其实也是她内心所想。

"我还不确定,"我说道,"不过我会尽快通知你的。"

"随便啦。"

我站了起来,跟着她走出了客厅,来到了可以通往车库的那个门口。她的鞋放在玻璃推拉门前面,所以她还得穿过厨房去取鞋。就在这时,餐桌上的电话响了起来。她停下脚步,转过身来。

我迅速朝那边跑去,还差点撞翻了一把椅子。

屏幕上是一个陌生号码,一定是约翰打来的。

梅勒妮一直盯着我,一只眉毛也微微扬了起来。

"我一直在等着一个客户的电话,可这是800的那种电话,真讨厌。"说着我耸了耸肩。

她对我做了个鬼脸,"好吧……"

我故意装出一副若无其事的样子。

她慢慢推开了门。电话铃还在不停地响着。我的心脏怦怦直跳。梅勒妮转过头来,我朝她笑了笑,又轻轻挥了挥手。她还在看着我。快走啊,快走啊。最后,她终于转过身走了。

当她经过窗外的时候,我气喘吁吁地接通了电话。"你好?"

"你怎么这么久才接电话?"听起来他很生气。

"我在洗手间里呢。"

"我不是跟你说过吗?要时刻把手机带在身边。"

"我已经尽力了,约翰。"

他叹了口气,说道:"对不起,今天我过得很不顺利。"

"那真是太糟了。"要我控制自己不去嘲弄他真是有点儿难,不过我说的这句话依旧显得颇为怪异。我拿着手机走到房子正门的窗户旁边,梅勒妮正发动车子缓缓离开我家。我转念一想,如果换作是她,她会怎么应对呢?也许她会毫无顾忌地冲着约翰来上一句"去你妈的"吧。

"我有几个同事,他们觉得自己比我干得更好。"

"你在哪儿工作呢?"

"我不能告诉你。"

"那你能告诉我你是干什么的吗?"

他顿了一下,说道:"现在还不行。你平时喜欢做些什么有意思的事情呢?"

我的身体一下子绷紧了,"为什么问这个?"

"我只是想要更多地了解你啊。"他提高了音量,"我喜欢户外活动。"

"是吗?像是露营吗?"我不敢问他是不是喜欢打猎。也许他听出我的问话中缺乏诚意,可还是兴致盎然地答道:"我喜欢露营,任何地方都可以——尤其是那些别人不敢去的场所。这个省我几乎都已经玩遍了。随便你把我丢在哪座深山老林里,我都能想办法走出来。不过我的活动仅限于陆地。"

我搜肠刮肚地琢磨了一番,最后却只能问上一句:"为什么呢?"

"因为我不会游泳啊。"说罢,他放声大笑起来,"你喜欢露营吗?"

"有时候吧。"

他的语气又恢复了平淡,"你是和男朋友一起去的吧?"

我犹豫片刻,心想,让他知道埃文的存在是不是更好呢?这样一来他就会知道有个保护我的人和我住在一起。"他是我的未婚夫。"

"他叫什么名字?"

我又犹豫起来。其实我并不愿意告诉他埃文的名字，可万一他早就知道了呢？"埃文。"

"你们打算什么时候结婚呢？"他的声音里有了些许异样。时间一分一秒地过去，我还在冥思苦想，不知道该怎么回答他。

"嗯，我们还没有想好，正在商量这件事呢……"

"我得挂了。"说完，他便挂断了电话。

我马上给比利打去了电话。这一次约翰所处的地点位于威廉姆斯湖市更北边的某个地方，即乔治王子城和克内尔市之间的某处。他一挂电话就关了机，再次音信全无了。就算这时他正站在某个警察的身后也不会被发现，因为警方所掌握的只是一个大体的区域范围。比利曾经坚信约翰很快就会露出马脚来的，可当他再次向我提起这话时，我却觉得他只不过是在给自己加油打气而已。

我们还不知道他开的到底是哪种卡车——在内地，几乎每个人家里都有一辆卡车——也不知道他的相貌到底有没有发生变化。这些对我们都十分不利。我问起了警方设置路障的措施，可比利说，除非他们知道约翰的准确位置，否则这种做法只是在浪费资源。警方情愿把宝押在当地居民身上，指望着他们能提供线索或是指认出他的照片。这是因为在乡村一带，大家对自己的左邻右舍都十分熟悉。警方还与自然保护区的工作人员展开了合作，这样一来他们就可以盘查那些打猎的人或是开车经过林区专用道路的人。我特别希望他们很快就能得到线索，因为我实在不知道自己还能撑多久。

每次和他通完电话后，我都会忍不住去想他接着打算干吗？是直接回家，给自己准备一份精致的晚餐，边擦着枪边乐呵呵地看着电视里播放的情景喜剧，还是半路折进一家酒吧，给自己点好一份汉堡和一杯啤酒后，便像每个称职的老爸一样，开始向女招待吹嘘起自己的女儿来？还是说，他会像我一样，要么一次次地回想着刚刚结束的通话内容，要么便苦苦挣扎着想要忘掉之前所说的一切呢？

8

　　我努力想让自己平静下来,可又不知道从何做起。我时时刻刻都处在焦虑中,这真是让我烦透了。同时,疲惫和饥饿如雪上加霜,让一切变得更糟。我心里头装的事情实在是太多了,所以我根本就不该来您这儿,可我不愿再次取消和您的见面。我知道,我知道自己现在语速特别快。我的血糖浓度低得不得了,所以才强迫自己吃掉这根燕麦棒的。这是我在一个装手套的盒子里找到的,难吃得要命。好了,让我慢慢地从头说起吧。

　　上一次治疗过后,我尝试了您教给我的方法,也就是让自己意识到我正存在于当下。那天,我在沙发坐好后,便闭上了眼睛,接着就开始调动所有感官专心致志地感受起周围的一切来。我用双手触摸光滑的表面,用耳朵倾听烘干机发出的砰砰声,我赤裸的双脚接触到冰冷而坚硬的地板,可脑子里却总会冒出约翰的声音。三天了,他一直没给我打过电话。在这段时间里,我不断提醒自己,我是无法控制他的行为的,可又忍不住去思考,他那天为什么会那么仓促地挂断了电话。难道是因为我提到了埃文,还是他察觉出我在婚礼日期上对他撒了谎呢?若果真如此,那么接下来他会做些什么呢?

　　谢天谢地,这个周末埃文会回家。无论我的状态有多糟糕,他总能安抚好我,或者至少让我不再那么地歇斯底里。在去劳伦家给布兰登过生日之前,埃文和我聊了一下,商量着万一中途接到约翰的电话,我们该怎么办。聊过之后我感觉好多了,甚至开始期待着生日聚会能快快到来。我常常想起我的这个外甥,只是没想到转眼间他便十岁了。当初我给他换尿布时笨手笨脚的样子,如今都还历历在目呢!同时,我在和他相处的过程中总结出了不少的经验和教训,一桩桩、一件件,随时都想得起来。可惜的是,这些育儿经到了我那个主意天大的女儿身上,便一条也行不通了。

对我来说,让艾莉去选礼物绝对是一种折磨。从一开始她就坚持一定要逛完所有的货架,等到我们终于决定好买一个任天堂的游戏机时,她又忍不住想去瞧瞧货架上的其他商品。"也许他更喜欢冰球呢,妈妈。"我告诉她,无论送什么礼物给布兰登,他都会很开心的,可艾莉完全不理我,自顾自地开始了新一轮的挑选。当我一把抓过她已经挑好的那样东西时,她又尖声叫嚷起来:"不是这个,妈妈!"好像我要是买了这个,就是要了她的小命。接着她便站在走廊中央,双臂抱胸,任我磨破了嘴皮都不改变主意。我已经黔驴技穷了,于是不得不威胁道:"行啊,那你就在这里待上一整天吧!"说完我便转身离开了。一会儿之后她跟了过来,小小的肩膀耷拉着,一张小嘴也抿得紧紧的。她这是在强忍着,好让自己别哭出声来。

我们的车子开出几英里后,她还盯着窗外。此时此刻,我已经平静多了,也逐渐为自己之前的态度感到内疚起来,于是便先开口说道:"布兰登看到你送的礼物后会非常高兴。"艾莉还是不肯看我一眼。无奈之下,我开始跟着电台哼起歌儿来,边哼边自己编歌词,"小甜饼,小艾莉,你知道我有多爱你。我就是就是忍不住，我就是就是很爱你。谁都不爱就爱你，当然还有埃文，穆斯，娜娜，劳伦姨妈，还有……"我猛地吸了一大口气。艾莉的嘴角微微动了动，她在拼命忍着，不肯笑出声。我用更大的声音唱了起来。等我们接埃文上车的时候，艾莉早就和我一起放声高歌了——她不时地咯咯笑上一阵儿，逗得我也哈哈大笑起来。这时她扭过小脑袋，冲着我甜甜一笑，说道："你好漂亮啊，妈妈！"天哪，我真是太爱这个孩子了。

车行至劳伦和格雷格家门前的车道上时，车内依然是一片欢声笑语。今年生日聚会的主题是变形金刚。我能想象得到，整所房子从上到下、从里到外会被装饰成什么样子。劳伦两夫妻肯定也为所有孩子们策划出了各式各样的游戏。要是后来我的两个爸爸没有同时找我麻烦的话，这场生日聚会便可以称得上是完美无缺了。

我们三个下车的时候，爸爸正把一箱啤酒从他的卡车上搬下来。艾莉和穆斯一溜烟地冲到前面，找两个哥哥玩去了。我跟在爸爸和埃文的后面，来到了屋后的院子里。一路上这两个人一直在聊着钓鱼的事情。格雷格系着条围裙，弓着背在一个燃气烧烤架前忙东忙西。看到我们后，他露出了笑容。这个男人高大魁梧，就像一只巨型泰迪熊。他分别给了我和埃文一个大大的熊抱。放开我们之后，他打开了脚边的一个便携式小冰箱，拿出一罐啤酒递给了埃文。他的双颊已然泛红，之前肯定喝过一些了。

"想来点儿什么吗，莎拉？"

"谢谢，我还是先进去喝杯咖啡吧。"

厨房里，劳伦正把一堆薯条倒进碗里去，妈妈则在一旁清洗碗碟。劳伦家买了一个洗碗机，可妈妈从来不用这种东西，因为她觉得洗碗机根本就洗不干净碗。

"需要我帮忙吗?"我问道。

劳伦转过身,冲着我笑了笑,然后噘起嘴,吹开了落在她脸上的一缕头发。

"现在我们还应付得过来。"

我在妈妈的脸颊上亲了一下,同时注意到比起上次我见到她时,她的脸色似乎又苍白了一些。妈妈笑了笑,眼中却透露着疲惫。她明显又瘦了一些。我给自己倒了杯咖啡,之前那点好心情渐渐地消失不见了。

我刚啜了一口咖啡,便看见梅勒妮和凯尔正绕过屋子拐角处走了过来。凯尔上身是一件黑色紧身T恤衫,下身一条黑色紧身牛仔裤。爸爸几乎都没跟他打上一个招呼,便继续和埃文聊了起来。

劳伦从我身后走过来,然后将下巴搁在了我的肩膀上。我们俩看着那几个人。格雷格一手拿着啤酒瓶,一手举着烧烤用的钳子,对着大家讲着什么。他刚讲完,埃文和梅勒妮就哈哈大笑起来。格雷格用眼睛瞟了一眼爸爸,想看看他有没有笑——可是他并没有。

我说道:"要么是啤酒,要么是伐木,格雷格最爱说的就是这两件事了。"

"你嘴下留情吧。"说着,劳伦用手指戳了戳我的后背。

孩子们坐在餐桌前大快朵颐,我们这些大人们也围着格雷格摆放好的一张原木野餐桌坐了下来。我刚想对着汉堡来上一口的时候,口袋里的手机就响了起来。我掏出手机,随意看了一眼屏幕。又是一个陌生号码。一定是约翰了。

铃声再度响了起来。我站起身,这时大家都停下来不说话了。唯一的动静来自孩子们那桌。

我说道:"抱歉,我一会儿就回来。"爸爸的脸上顿时阴云密布。我快速地绕过了房子一角,一路上尽量控制着不让自己跑起来。刚一离开众人的视线,我便接通了电话。

"你好?"

"我需要听到你的声音。"

他这话让我觉得恶心,可我还是问道:"一切都还好吗?"我该怎样让他挂断电话呢?

"真高兴我找到了你。"他的声音听起来干巴巴的,好像说出这句话是相当困难的一件事,"知道……知道我还有你……对我是有帮助的。"我听到他那边传来了一阵噪音,但听不清那究竟是什么。

"那是什么声音?你是在哪儿给我打的电话呀?"

"还不算晚。"

"什么还不算晚啊?"

"对于我俩而言。"

我一声不吭地听着,想分辨出那是什么声音。是动物发出来的还是人弄出来的?

"告诉我一切都还不算晚。"

"不晚,不晚,当然不晚。"

他对着电话长吁了一口气,似乎呼吸困难,只能咬紧牙关。

这时他说道:"我得挂了。"

接完电话后,我试图让自己尽快平静下来,可嗓子眼像是被堵住了一样,几乎快要喘不过气来。我的眼前一片模糊,于是我干脆闭上眼,又用手掌使劲揉起了太阳穴。我该怎么办呢?不能让家人看出我心情低落呀。我想给比利打电话,可这样一来就会引起大家的注意,他们会问我为什么离开这么长的时间。别想约翰了,把他抛到脑后,集中注意力。振作一点,莎拉。我转身回到野餐桌前,一遇到埃文的目光便朝他轻轻点了点头。

"是你一直等着的那位客户吗?"我坐回原位时他问道。

谢谢你,亲爱的。

"是啊。"我避开了对面爸爸投来的视线,重新拿起了那个汉堡包,"不好意思啊,各位。这个客户真是让人伤脑筋。"

爸爸说道:"你可以换个时间接电话的。"

"他时间有限,所以我必须得……"

爸爸又开始和埃文聊上了。坐在餐桌另一侧的凯尔只吃了一点点东西。他的指甲涂成了黑色。

梅勒妮发现我目光发直,便问道:"是那个长得很帅的警察吗?"

身旁的埃文绷直了身子。

我摇了摇头,说:"不是的,是另一个客户。"

梅勒妮继续问道:"他的名字叫什么来着?比尔吧?"

我点了点头,接着便强迫自己再咬了一口汉堡,"真是太好吃了,格雷格。"

"他看起来一点儿不像是会搜集古董的人呀。"梅勒妮说道。现在,每个人都在看着我了。

妈妈面带疑惑的神情问道:"你见过莎拉的客户吗?"

梅勒妮回答说:"是啊,那天我去她家,发现他们俩正在吃午餐呢。"

闭嘴,梅勒妮。

埃文放下了手里的食物,转而看着我。

"他只是来看看我的工作室。当时我正在做三明治,所以就给了他一块。"虽然事情并非完全如此,但也算八九不离十。

梅勒妮问道:"那你打算为他做些什么呢?"我真想把手里的汉堡包砸到她那张自鸣得意的脸上去。

快想啊,快点想啊。

"他母亲刚刚去世,留下了满满一个地下室的老物件。现在我先帮着他把东西整理出来,然后他就可以一一出售了。他那间地下室里的东西还真不少,"我对自己撒的谎很满意,"肯定会花上我一段时间的。"我扫了一眼埃文。他正低头注视着面前的盘子。

我还想说点什么,可就在这时,电话铃声又响了起来。

爸爸把手里的汉堡往盘子里一放,表情相当不快。

我看了一下来电显示。又是约翰。我的脉搏加速跳动起来。

我支吾着站起身来,说道:"不好意思。"

爸爸发话了:"坐下。"

"是我的客户……"

"你给我坐下!"爸爸那双搁在盘子旁边的双手已经捏成了拳头。

"对不起,可我必须接这个电话。"

我离开餐桌时,爸爸正一边摇着头,一边和妈妈说着什么。我扭头看了一眼埃文,希望他也能看看我,可他依旧埋头坐在那里。

一绕过转角处,我就问道:"怎么了?"

"那个声音。"他在电话那头呻吟道。我听见了砰砰作响的声音。

"你受伤了吗?"

"你必须得跟我说说话——你必须得帮帮我。"

电话那头传来了车辆驶过的声音。

"你正在开车吗？"

刺耳的刹车声响了起来。一辆汽车正使劲鸣笛。是这些噪声让他难受的吗？

"也许你应该靠边停车，然后……"这时，艾莉从转角处跑了过来。哦，该死的。埃文怎么不拦着她呢？

我刚一盖住话筒，她就开口说道："外公叫你马上回去吃蛋糕。"

"好的，宝贝儿，我马上就回去。你先走吧。"

她一蹦一跳地走了。我继续问道："约翰？你还在吗？"可我只听见车辆发出的声音。

等到我想挂断电话的时候，他终于用一种绝望的语气开口说道："你得陪我说说话。"

"你想聊些什么呢？"

"告诉我……告诉我你最喜欢吃的食物吧。"

我摸了摸前额沁出的汗水。难道就因为他希望了解我喜欢吃些什么，我便不得不放弃参加外甥的生日宴会吗？

"你就不能告诉我到底发生了什么事吗？我正和家人聚餐，大家都……"

"我记得你说过，你没有对任何人提起过我。"他的声音听起来相当冷酷。

"我的确没有！可我一直在打电话，这会让他们产生怀疑的。他们会开始问我各种各样问题，我又不……"

他已经把电话给挂断了。

在那之后的每分每秒对我来说都是一种折磨。我的脑海中冒出了无数个问题。电话那头的声音是什么东西发出来的呢？他为什么会反复提到那个声音呢？现在他又打算干些什么呢？我的脑子已经快要转不动了——而且我的双颊滚烫，腋下不停地冒着汗，双腿也呐喊着，想要尽快离开这里，回到家中，和比利或是任何一个可以驱散我心中恐怖之情的人说说话。我苦苦挣扎，想让自己的注意力回到大家正聊着的话题上去，可不管我多努力，就是听不进丝毫东西。每一个孩子的说话声都让我心烦意乱，每一次尖叫都会引来我的阵阵无名怒火。我紧紧地攥着手机，不停地看着手表。

爸爸当着艾莉的面臭骂了我一顿，说我不该去接那个电话。他指责我是一个自私自利、粗鲁无礼的人，这让我更加难过了。和往常一样，我老老实实地向他道了歉，可等到我们返回聚会现场后，他还是不时地瞪上我一眼。妈妈一会儿看看我，一会儿看看爸爸，脸上的笑容时隐时现。梅勒妮和我都在尽量避开对方的目光。好在劳伦似乎并没有生气，不过显然她也相当不安。每当我朝她望去的时候，她的目光都集中在格雷格身上。有一回，我注意到她在格雷格再次伸手拿啤酒的时候狠狠地瞪了他一眼——可一点儿用也没有。不过我也好不到哪里去。布兰登拆开我们送给他的礼物时，埃文虽然搂着我，和在场的每一个人都嘻嘻哈哈，谈笑风生，可唯独就是不理我，连看也不看我一眼。终于到了散场的时候。我非常简短地向大家道了别，仓促到连妈妈都向我投来了担心的目光。可我一心只想着赶紧把艾莉和穆斯弄上车，所以艾莉基本上是被我沿着车道一路拖着向前走的。她叫苦连天，却只换来我的厉声呵斥。一旁的埃文始终一言不发。

在回家路上，我的手机响了一下。是一条新的短消息。

消息是比利发来的，上面写着："聚会怎么样呢？回家后给我打个电话吧。"

"谁呀?"埃文问道。

"是警察,他们想知道约翰说了些什么。"说话间我已经拨出了比利的号码,可电话却被转入了语音信箱,"该死,他那边一定是没信号了。"

埃文双眼直愣愣地盯着前方的道路。

后来一路上我们三人都默然无语,最后总算是到家了。一进门,艾莉就跳进沙发里,打开电视,看起了《汉娜·蒙塔娜》。我又试着给比利打了个电话,发现无人接听后便给他留了言。接着,我用了大约十分钟洗好了早餐时用过的碗碟,随后便去找埃文了。这时他正在后院里清理穆斯拉的便便。

我对他说:"我知道你正在想些什么,可事实并不是那样的。"

"我想的是你应该自己清理你的狗拉的大便。"

我的狗?我的火噌的一下就冒出来了。

"我也想把一切都安排得妥妥当当,埃文,可每回你不在家的时候,所有的事情都落到我一个人身上了。"

"这种事只需要五分钟就可以了吧。"

"你知道最近这段时间我有多忙吗?"

"是啊,忙到你都没时间告诉我你和别人一起吃了午饭呢。"

"不是你想的那样!梅勒妮就是在挑拨离间啊。"

他猛地把铁锹插进土里,不停地戳来戳去,"是吧?那她干得真是太漂亮了。整个下午,格雷格时不时就会用一种古怪的目光看看我。"

"你希望我说些什么?你知道的,我不能泄露谈话内容。"

"之前你为什么不告诉我他就在这儿?"

"我们俩聊起这件事的时候,约翰已经又打过一次电话来了。那时我完全慌了神,一点儿都没想过要把比利来访的事情告诉你,因为比起约翰打电话给我,比利和我吃了餐饭根本就不算事儿。也许今后他还会经常过来的,而且……"

"现在你都已经叫他'比利'啦?"埃文停下了铲土的动作,抬眼看向我。

"我的天哪,埃文,珊迪是这么叫他的,所以我就跟着这么叫了。他完全不是我喜欢的类型,可以了吧?他的衣着打扮超级浮夸,身上有文身,还……"

"你觉得这么说他,我就会好受一些吗?"

我真想抢过他手里的铲子,对着他的脑袋狠狠地敲一敲。

"你知道吗?我才不在乎你心里好不好受呢!要是比利真能找到那个家伙,我愿意天天都和他联系。因为我希望能把那个家伙赶出我的生活——你也该这么想。你不在家的时候,能有个人不时来家里看看我是否安然无恙,我本来以为你会很开心呢!如果你对我缺乏信任,那我们还结个什么婚哪!"说完,我头一扭,气鼓鼓地冲进了屋里。

经过客厅时,我偷偷地瞟了一眼艾莉。她用一条毯子裹着自己,蜷缩在沙发里。穆斯正趴在她的腿上。电视机前的她已经睡眼蒙眬了。

"快去睡觉吧,艾莉。"

"不要嘛。"我已经筋疲力尽,再也没力气和她争辩什么了。于是我由着她去,自己径直走向楼上的书房。

为了让自己冷静下来,我便试着把先前两通电话的内容尽可能地记录了下来——同时我还做了些备注,提醒自己问一下比利，看看警方是否具备提取背景声音的技术。接着，我闭上双眼，集中精力回忆起那个声音来。是什么东西能弄出那种响动呢？我猛然睁开了眼睛——难道他绑架了某个女人吗？说不定他当时正开着车，想把她带到什么地方去呢。也许我听到的声音正是她企图逃走时发出的动静！

我刚拿起无绳电话，打算给比利打电话时，便听见楼下传来了玻璃门被推动的声音，接着响起了一阵脚步声。埃文走进厨房里去了。

我犹豫了片刻，心想，也许我应该等到明天早上再打这个电话，可这件事实在是刻不容缓。

电话刚一拨出去，比利就接了。

我说道："我刚刚在想，那个声音可能是一个女人发出来的。也许约翰想要把她带到什么地方去，然后就……"

"哇噢，哇噢，等一下。他不会这样干的。此外我们也没接到任何女性失踪的报告。"

"那我听到的声音到底是什么呢？"

"我们正试着把它分离出来。不过到目前为止，还没有发现有用的线索。"

"也许你们得再增加一点人手。"

"我们已经调集了温哥华重案组的全部人员以及纳奈莫的部分人员……"

"你们就不能从多伦多再调些人过来吗？"

"那样做没有什么用，莎拉。大部分已有的文件都非常陈旧了，其中的案件也都被调查过。我们可以调动足够的资源，而且这个案子也是我们关注的重点，不过除非约翰有所行动，或是有哪位目击者瞧见了什么，否则我们是无法采取大规模行动的。"

"可我觉得警察现在好像什么事都没有做啊。"

"我知道你肯定会有这种感觉,不过他们一直在跟进各类线索,同时还与实验室及其他部门协同合作。眼下我们希望了解到的是,他所使用的那部手机机主究竟是谁。"

再度开口时,连我自己都意识到自己的语气已经相当地不耐烦了:"那你至少知道他是从哪儿打来电话的吧?"

比利回答道:"他已经转移到了乔治王子城的西边,有可能是在伯恩斯湖附近。下一步他也许打算前往鲁珀特王子城。我们已经通知了当地警方,他们也将在他可能停靠的各个地点,如公路服务区、加油站等地方,贴上他的画像。"

我的火气消退了一些,"那你觉得他到底出了什么问题呢?他是在抱怨某种声音吗?"

"我们希望你能在下次通话时问出点详细信息来。"

"我不想再有什么下一次了。我实在是受够了。"

"你当然有权去做那些你认为正确的事情,莎拉。不过我也不想骗你——我们是真心需要你的帮助,因为你很有可能是我们找到他的唯一希望。"听到这番话后,我不由得闭上双眼,将额头靠在了办公桌上。

他继续说道:"我知道你会觉得他拥有掌控一切的力量,可是他希望能与你建立起某种联系来,这就是他会持续不断打来电话的原因。没人能提前预知我们还需要坚持多长时间,可正如孙子所说的,'以逸待劳',到了最后,他总会露出马脚来的。"

这时,楼梯上传来了埃文的脚步声。

"我得挂了。"

"好的,保持联系。你好好休息。"

我刚挂上无绳电话,埃文就已经一屁股坐到我身后的椅子上了。我马上转过身来面对着他。

他问道:"是那个比尔吗?"

我的天,他对我真是了如指掌。"我得向他汇报一下今天的情况。天哪,埃文,别这样。"

他面无表情。其实,我特别想和他吵上一架,为自己说说话,然后再怒气冲冲地扔下他走掉。我的脸火烧一般地烫,人也到了崩溃的边缘。冷静。发脾气并不能解决问题。

我深吸了一口气,说道:"我刚才冲你发脾气了,对不起。只是这件事实在是太重要了。我真的需要你的支持。"

"我一直都是你坚强的后盾。"

"可我感觉不到啊!我讨厌你冲我发火。"

埃文长叹了一声,接着便握住我的脚,放在了他的大腿上。他一边为我按摩,一边说道:"我不是在冲你发火,让我火大的是眼下的情势。一切就像一场噩梦!"

"你以为我不是这样想的吗?天哪,那个人有可能正在伤害某个女人——而我对此却无能为力。"

"就算他真的杀了人,也不是你的过错。他本身就是个杀手,杀人就是他老本行。"

"可要是我没能阻止他,犯错的人就变成我了。"比利的话在我脑中响起,"或许我是警方能抓住他的唯一希望。"

"警方是在拿你当诱饵呢!听我说,你根本没有义务非得和那个人联系,也完全可以不再理会这堆破事。"

"我不能在他四处寻找猎物的时候坐视不理啊。"

"莎拉,你总是给自己太大的压力,经常扰得自己心神不宁。没错,你有足够的理由去伤心难过,可我真的很担心你。"

"你担心的究竟是我还是比利?"

他冲着我眨了一下眼睛，"我被嫉妒冲昏了头，对不起。只要你说我可以放宽心，那我就把心放进肚子里。不过一想到保护你的另有其人，我还是有些受不了。毕竟你可是我的女人哪。"

我顺势坐在埃文腿上，伸出双手搂住了他。我亲吻着他的耳廓，温言细语地说道："亲爱的，他是他，你是你。而且今后不得不忍受我的各种偏执和崩溃的人换成了他，你呢，你拥有的便是那个完美的我。"

"嗯……继续说下去。"

我在他的锁骨间印上了无数个吻，复而用双唇含住了他的耳垂。我把头埋进他温暖的胸膛，轻声问道："艾莉呢？"

"她和穆斯一起在沙发上睡着了。我本来打算过会儿再把她抱上来的，不过现在去也可以……"

我靠近他，继而搂住他的头。他惊讶地挑了挑眉，下一秒便沦落为我的俘虏。我和他唇齿交融。这个吻，轻柔绵长，转眼间又变得激情四射——接着我便开始发力，将舌尖挤进他的嘴里，恣意挑逗。就在他企图反击之时，我猛地抽身而退，脸上挂着得逞后的微笑。他撩起我的一缕长发，慢慢将其握在手心。随后他轻轻一拉，让我不得不贴在他面前。他对准我的唇，狠狠地吻了下去，分开时难分难舍。我站起身，对他勾了勾手指，然后便风情万种地缓缓走出房间。

身后的他大笑了几声，接着便紧赶慢赶地跟随我走进了卧室。我柔弱无骨地倚在床上，又将头发撩到胸前，用一口蹩脚的南方口音说道："天老爷啊，我说你这个水手，出了个海后就杳无音信了，弄得我都不记得该怎么做那档子事儿了……"

埃文扭动身躯，故作性感地朝床这边走来。接着，他撩起衬衫，单手一把将其从头顶扯了出来——我最喜欢看他这样脱衣服了。他用一根手指挑着衬衫晃了晃,又冲着我挑了挑眉,衬衫旋即跌落在地上。

我笑了,"现在我总算是记起来了。"

他忍不住大笑起来,边笑边爬到我身边来。紧接着又是一个缠绵悱恻的亲吻;先前的怒气早已消弭于无形。他用长出了胡楂的脸颊往我脸上蹭。我一抱怨,他就坏笑。

不经意间他扣住了我的双手。我的脑海中突然闪现出了约翰的身影。他也曾如此对待过朱莉娅吗?当他强暴那些女人们时,他是如何将她们制服于身下的呢?我竭力不去想象那些血腥的场景。可当我看着上方的埃文时,眼前便不自觉地浮现出约翰欺压在某个女人身上的画面。

埃文低下头来看着我,"你怎么了?"

"没什么。"我一把抱住他,感受着他的重量,接着便把脸埋进了他的肩头。在那之后,我几乎真的以为岁月静好,万事皆安了。

第二天清晨吃过早餐后,我和埃文带着艾莉和穆斯出门去散步。一家人先是去了颈点公园观看海狮,接着我们又把艾莉送去了梅根家。一路上我都在竭尽所能不去想约翰,埃文为此付出的努力更甚于我。每当我开口说起和案件有关的情况,埃文便会用一个吻来堵住我的嘴;我若说点儿别的东西,他便会在我的脖子上挠痒痒,就算我一把将他推开,想继续把话说完,他却会再次凑过来,轻轻地啄一啄我的耳朵,弄得我只好扭捏着逃开,却发现自己的内衣肩带正一点点地滑落下来。

一回到家,我便和埃文懒洋洋地躺倒在床上,开始商量起该如何筹备婚礼前的预备宴。我已经打算好好放松一下自己,于是对人生大事的热情也再度高涨起来。不过，我也意识到，自己非得安排出一天的时间来，和两个妹妹一同去逛街购物。一想到大半天里我都得忍受来自梅勒妮的摧残，就恨得牙痒痒的。可我还能怎么办呢？

埃文和我聊起了应该如何布置婚礼现场。我们俩都觉得可以调试出具有梦幻色彩的灯光，让它从杉树的枝丫间透过来。我被这个点子迷住了，整个人变得兴奋不已。就在这时，办公室里传来了手机铃声。

我望着埃文，他说道："去接吧。"

我用毯子包裹住赤裸的身体，沿着走廊一路小跑着奔到办公桌前，然后一把抓起了手机。只消一眼，我便认出了那个号码。约翰上次打电话时用的就是这个号码。

电话刚一接通，他便问道："你今天过得开心吗？"他的声音里有一种我之前从未感受到的东西——冷淡。

"还行吧。你呢？"我尽量让自己显得很开心，可实际上我内心已经无比愤怒了——他昨天下午的那两通来电彻底毁掉了我们家原本欢乐美满的聚会。

"埃文在吗？"

我听不出他的语气，只好回答道："他在家……不过现在没在我身边。要是你……"

"你有没有欺骗过我，莎拉？"

我的心一沉，"当然没有啊。"

"你，到底，有没有，欺骗过我？"

我一屁股坐在了椅子上。难道他发现了我一直与警方有联系吗？哦，天哪，莫非他知道艾莉的存在了吗？

155

"怎么了?"

"我在网上看到了。"

我的脑子飞快地运转了起来。难不成又出现一篇捅娄子的文章了吗?

"我不清楚你究竟……"

"那上面写得清清楚楚。"他究竟指的是什么呀?我决定干脆等他把话讲完。

过了一会儿之后他说道:"你们已经定下了婚礼的日期——你一直在骗我。"

"我真不知道你在……"这时,我突然想起几周前埃文特意把我们的婚礼信息传到了某个网站上。现在我该怎么跟他解释呢?

"我们确实定过一个日期,不过可能会改期,所以我才说婚礼日期还没确定下来。我没有骗你,我不会这样做的。"说完我屏住了呼吸。

他挂断了电话。

我呆呆地坐着没动。几分钟后,埃文走了进来,接着便在我身后的椅子上坐了下来。

"是他吗?"他问道。

我点了点头。

埃文把我的椅子转了过来。他看着我问道:"你还好吗?"

"他不知用了什么手段找到了我们的那个婚礼网站。之前我告诉他,说婚礼的日期还没定下来。刚才他似乎气坏了。"

"他有没有威胁你?"

"没有,我只是觉得……他的语气很恐怖。"

"我马上就去给那家网站设一个密码。你得赶紧联系比尔。"

"这一切真是太糟糕了,埃文。"

"没事儿的。他又不能从网络里钻出来杀人。"他一边说话,一边忙着登录网站。

那天晚上,我躺在床上,辗转反侧,久久难以入眠。埃文静静地——或者说是假装静静地——躺在我旁边。当我第一百次翻身滚进他怀里的时候,他轻声说了句:"睡吧,莎拉。"我强迫自己躺着别动,可脑子里却不断地闪现出无数个光怪陆离的画面。我仿佛看见约翰正在撕扯着一个女人的衣服,还用手死死地掐住了她的脖子。当他奋力进入那个女人的体内时,后者的尖叫声响彻云霄。

第二天上午,埃文刚离开家,我便直奔警察局去找比利和珊迪。昨晚的失眠让我整个人昏昏沉沉的,但我仍然紧握着咖啡杯,飞快地讲完了昨天发生的事情。比利认为我很好地应对了约翰的来电,还说:"你必须弄清楚什么时候应该反抗,什么时候又得委曲求全。"听了他的话后,我开始逐渐冷静下来。珊迪在一旁微笑着连连点头,可我分明感觉到她其实被我给气坏了。老实说,我自己也不太满意。本来我以为约翰用同一个号码给我打电话的这个细节能帮到警方,可他们告诉我,他所使用的是一部预付话费的手机,并且手机还是用现金购买的。当地售卖手机的店里没有一个人记得他的长相。从现在起,他所要做的只不过是买上一张SIM卡来增加通话时间。

这一回的电话是从范德胡夫村附近打来的。看来他又开始往东边移动了,有可能是在返回乔治王子城的途中。这时,我脑海中的第一个念头便是,他也许正往温哥华岛这边赶过来——要是昨晚他不眠不休,那么眼下他应该已经到达目的地了。我请珊迪和比利告诉我,自己目前的处境是否很危险。比利回答说他们并不这么认为，可为了安全起见，还是会派一名警察在我家附近巡逻。

他们做了许多保证，之后比利又给我发来了信息，让我"坚持住"，说我"做得很棒"，可这一切都没能让我安下心来。随后的几个小时里，只要有一点儿响动，我便会惊恐万分。到了周二的晚上，我还是没有接到约翰的电话，于是不由得开始祈祷，希望他就此消失了才好。可在内心深处，我却明白，对于他来说，一切才刚刚开始。

昨天我送艾莉上学后就直接回家了。一到家，我便把穆斯放了出去，让它在后院玩耍。比起头一天来，我觉得安心多了，于是决定先去工作室干点儿活，然后再和您见面。在工作室里，我全神贯注地打磨着一张樱桃木桌的桌面，不知不觉间，几个小时便过去了。直到这时，我才想起穆斯还在外面的院子里，便赶紧起身去找它。原本我以为它会待在推拉门边，用鼻子在玻璃上到处乱蹭，可是那儿并没有它的身影。我打开房门，吹了声口哨。什么动静都没有。

"穆斯？"四周仍然悄无声息。我走出房门，来到院子里。难道这个小混蛋又卡在木头堆里出不来了吗？我走过去看了看，并没有发现它。

说不定它去废料堆那边乱扒拉去了。于是我沿着鹅卵石铺成的小路绕到了房子的一角，却连它的影子都没瞧见。我又走到大门边，检查了一下门。门没有闩好。

我赶紧跑到车道上，边跑边用尽全力大喊道："穆斯！"一阵犬吠声传了过来，我屏住呼吸。那只狗又叫了起来——声音过于低沉了，不是穆斯。我一直跑到车道尽头，那儿竖着我家的邮筒。拜托了，天哪，一定要在那儿啊！可是，我依然看不见它的身影。

我去周围的邻居家打听了一下,还是找不到它,于是我不得不取消了和您的会面。跟您说明原因后,我一整个下午都在给别人打电话。流浪宠物收容所、动物保护协会、宠物医院等等——所有能想到的地方我都联系过了,可是没有一个人说看见过它。埃文接听电话时我都快疯了——更确切地说,那时我已经完全丧失理智了。我责怪他打扫院子之后不记得锁好大门,他只能不断地提高嗓门,一个劲儿地重复道:"莎拉,冷静一点。莎拉,停下来!"最后他总算瞅准一个机会,趁着我喘气的几秒钟向我保证,说自己绝对关好了门。

结束和埃文的通话后,我又致电比利,坚称一定是约翰抓走了穆斯。比利听后立刻联系了在我家附近巡逻的警车。车上的警官说,他上午巡逻时并未发现任何可疑之处。不过比利还是赶来我家,将房子四周都检查了一番。事实上也没什么好查看的。虽说后院大门很难从外面打开,可如果是某个高个子,就可以把手探进来开门。

检查完后,比利请我坐下来,给他列一张清单,写清楚接下来还可以联系谁,打算在哪些地方以及哪几家网站上发布寻犬启事。一开始我并不想做这些事情,而是只想着赶紧出去找穆斯。可比利说这样做其实更节省时间,他建议我不要像只无头苍蝇一般四处乱窜,效率低下不说,而且对找到穆斯也没有半分好处。最后我终于拿过一摞纸,开始写了起来。每写下一点儿东西,我的心跳就会更加平缓一些。

比利认为我可以给约翰打个电话,问问他在不在岛上。虽然无法确定他是否还在使用那个号码,但我还是试着拨了出去。电话那头响起了"您所拨打的用户暂时无法接通"的提示音。比利说，如果约翰真的偷走了穆斯，那么过不了多久他就会联系我的。警方表示，在无法确认约翰是否已登岛之前，巡逻车会一直停靠在我家附近的马路上。稍后，比利赶回警察局去了，于是我又拨通了劳伦的电话。很快她便匆匆忙忙地赶了过来，和我一起制作了不少寻狗启事。我们俩把这些纸片贴得到处都是，可没有一个人联系我。

转眼间便到了要去接艾莉放学的时候了。我真不知道该怎么对她提起此事。虽然我真的不想骗她，可记得上回我们在一个公园不小心弄丢穆斯后，她急得都快疯掉了。当时埃文不准她一起到马路对面去找狗狗，她便狠狠地咬了他一口。我怀着一线希望，期盼自己能在说出真相前找到穆斯。可万一它再也回不来了……我不敢接着往下想。我不知道自己的做法是否正确——我一贯如此——不过我对艾莉说，穆斯得去做一个体检，晚上要留在医生那儿。艾莉想去看看它，我好不容易才让她打消了这个念头。整个晚上，我都陪着她看电影、玩游戏，好让她别去想穆斯。

上床后，艾莉一下子就睡着了，可我却许久都无法入睡。我忧心忡忡地猜想着穆斯现在在哪里，心惊胆战地揣测着到底是谁出于什么目的抓走了它。

9

今天我的情绪跌到了谷底,不过我还是希望能和您聊一聊,看看能不能让自己好受一点。埃文也好,比利也罢,您和他们都不一样。现在,我能与之交谈的就只有您了。在您面前,我才能毫无保留地说出这些日子以来发生过的点点滴滴。来之前的一整个上午,我就那么傻呆呆地坐在家里,只盼着能早点见到您。拥有大把的时间对我来说还真不是什么好事儿。

我情不自禁地打开了那个讲述约翰罪行的网站,一张张地浏览起那些受害者和他们家人的照片来。看完后,我脑子里全都是他们的身影。如果他们没有遇害,现在会成为怎样的人,又会过着什么样的生活呢?我的目光停留在了那些细节描述上。有个女孩,她原本戴着一条贝壳项链,可事发后却无影无踪,怎么都找不到了。我想是不是被约翰带走了。这个女孩的男朋友被约翰开枪打中后脑勺,并因此殒命。他在事发前刚刚收到一份毕业礼物——一辆山地自行车。男孩是个修理达人,尤其喜欢鼓捣那些老爷车。他的父亲至今还保留着儿子遇害前精心修理过的一部老爷车,而且说什么也不愿接着干下去。这部车子就停在他家的车库里,地面上铺满了大大小小的工具,就跟他儿子离家前一模一样。这张照片我看一次哭一次,既是为那辆车子伤心,也是为一个再也无法团圆的破碎之家哀泣。

我在头脑中想象着这些家庭得知噩耗后的情形,又强迫自己设想了一下得知埃文或艾莉出事后的感受。单是假想就已经让我痛不欲生,万念俱灰了,而那些受害者的父母每天清晨睁开双眼时又该有多痛苦呢?他们得有多坚强,才能在人世间苟延残喘?

无论我走到哪里,眼中全都是死亡——连续不断地看了那么多连环杀手们的故事后,我便出现了这样的连锁反应。不过,在那些故事里,我印象最深的便是厄运降临到受害者头上的速度是如此之惊人。我指的不单单是约翰手下的冤魂,还包括所有那些被残害的人们。遇害前,他们只是在正常地生活着,或是正在睡觉,或是正开着车,或是在路上跑跑步,抑或停下来帮助一个陌生人。可是不久后,他们的生命便戛然而止了。当然,情况并非全然如此。有时候他们也会多活上几天,可这段时间里那些杀手们的所作所为……我无法克制自己去想象那些受害者在人世间最后的时刻。他们该有多害怕,多痛苦啊!

曾经,我很喜欢收看讲述真实案件的节目。"那是一个炎热的夏日。一位年轻漂亮、金发碧眼的女记者正打算在落基山上跑跑步……"每当节目里重新演绎出整个案件的经过时,我都会害怕得后背发凉。我紧张地坐在椅子边缘,死死地搂着抱枕,全身僵硬到无法动弹。可我就是喜欢这种感觉。这类节目能让我窥见人性的黑暗面,这一点也让我十分着迷。

埃文经常想方设法让我用更加积极或者至少是更加理性的态度去看待问题。要想做到这一点,我得先冷静下来——虽说并不容易,可我还是会尽力而为。然而,只要一听到汽车发出奇怪的声响,我就会下意识地认为是刹车出了问题;只要艾莉一感冒,我就会觉得她得了肺炎;而这回,穆斯失踪了……

从您那儿回家后,我又立刻打了一堆电话——流浪宠物收容所、动物保护协会,还有岛上所有的宠物医院——不过还是没有穆斯的半点音信。比利也过来帮忙,还顺便拎了一袋子油乎乎的汉堡包和炸薯条。他说直觉告诉他,我肯定一天都没吃过东西。还真被他给猜中了。我没跟他客气,狼吞虎咽地吃了起来。填饱肚子后,我便和他开着车到处转悠,把寻狗启事贴遍了附近大大小小的加油站和商店。我家离本逊山山脚不远,所以我们俩干脆开车上了山,还在沿途停了好几次车,好下车去喊一喊穆斯。

有人陪伴的感觉真好。每次当我惊慌失措,想要破口大骂那个偷狗贼时,比利就会挺身而出,要么抛出一个问题来问我,要么就是让我做点儿什么,好让我别去胡思乱想。其中有一次,我说话的语速特别快,快到我都没办法控制自己,这时他说道:"惊慌失措的时候,你可别着急,先做个深呼吸,然后重新整理一下思路,再将注意力集中到你打算采取的策略上。相信我,这一招很管用。"说完,他又让我查看一下打算张贴寻狗启事的地点清单,画掉已经去过了的地方,并把这些地方都告诉他。要是我画得太快,他就会打断我,让我慢慢来。虽然我无比沮丧,但缚在胸口的那根绳子似乎逐渐松开了。

比利不能陪我太久,等到他离开我重返警察局之后,我又独自一人开着车,在附近找了一个小时。快到家的时候,我转了一个急弯,却差点儿撞上马路中间的一群乌鸦。这群鸟儿似乎正在争抢着一堆内脏。一道深褐色的血迹一直延伸到路边沟渠里。有只乌鸦正啄着沟里隆起的一小团深色的东西。我把车停在铺着鹅卵石的路肩上,跳下车,朝那群乌鸦走了过去。此时此刻,我的眼中盈满了泪水,一阵阵刺痛感向我袭来。

上帝啊，求求你了！千万不能是穆斯啊！

我刚一靠近，那群乌鸦就扑棱棱地飞走了。它们停在高压电线上，嘴里不时发出"哇——哇——"的叫声。我的目光落在了那道血迹上，双腿颤抖着走完了最后几步。我来到沟边，朝里面望去，看见了那团支离破碎的尸体。

是一只浣熊。

我回到切诺基上，发动车子朝山下开去。那群乌鸦又争先恐后地飞回到那堆珍馐美味旁了。看着它们不停地啄着那只浣熊的尸体，我不由得全身颤抖。我既为这只可怜的浣熊难过，又庆幸那不是穆斯。

快到家时，我的手机响了一下。是比利发来的信息。他让我给他回个电话，我的DNA检测报告出来了。

我走进屋里——没有了穆斯的喘息声和咕噜声，整幢房子显得空荡荡的——给自己倒了杯咖啡，然后拨通埃文的电话，和他聊了一会儿。之后，我在客厅里最喜欢的那张椅子上坐了下来，又将艾莉的那条芭比娃娃毯裹在自己的身上。做完这一切后，我才鼓足勇气，拨出了比利的电话。看来我的运气真不赖，接电话的人居然是珊迪。

"谢谢你能回电话，莎拉。比利正在接另一个电话，不过我跟你说也是一样的。"

"你们拿到结果了吗？"

"一小时前拿到的。"她应该是想表现得平静一点，可我听得出她的声音正因为激动而微微颤抖，"你的DNA样本与我们手头所掌握的完全匹配。"

所以说营地杀手的的确确就是我的亲生父亲。一切都不容置疑了。我以为自己会变得异常激动,眼泪会夺眶而出,可是我没有,仿佛珊迪说的不是某个重大新闻,而是我的电话号码。我凝视着窗外的樱桃树,树上繁花似锦。

电话那头的她还在说着:"虽然我们没办法在每个案发现场都采集到凶手的生物样本,但自从使用了DNA检测技术之后,我们便得出了结论,那就是,他与多起案件中的受害者有关。"

"你们怎么确定他要对其他凶杀案负责呢?"

"因为作案时间是一致的。"

"可是那些失踪了的女性又该如何解释呢?"

她似乎就快要失去耐性了,"营地杀手只在夏天作案,并且他从不掩藏尸体,所以他与其他失踪的女性并无关联。"

"他只在夏天才会作案,难道这一点不是很不寻常吗?我听说连环杀手杀人后会有一段沉寂期,可他的也太……"

"历史上也不是没有过沉寂期特别长的连环杀手。一旦他们的需求得到了满足,这些人就会蛰伏一段时间。在此期间,他们会一次又一次不断回味着作案时的感受。"

"原来这就是他们会带走一些'战利品'的原因啊。"

"对于有些人来说,是这样的。也许约翰就是通过珠宝首饰去回味他的受害者的。不过至今我们还不清楚到底什么东西会促使他施暴,也不知道为什么他的杀戮会那么具有仪式感——所以你和他的通话对我们警方而言就显得格外重要了。"

"我一直都在尽力配合你们呢,珊迪。可我不知道他是怎么发现那个网站的。"

"是的,当然啦,这只不过是一个完全可以让人理解的失误罢了。"

我咬牙切齿地说道:"这不是什么失误。我一点儿都不想让他知道关于我的家庭和我自己的任何情况。"

"只要你觉得有危险,我们是绝对不会强人所难的。"可我知道这只不过是她的违心之言。她是那么急迫地想要抓住约翰——甚至不惜一切代价。对于不得不依靠我来帮助她实现愿望这一点,她应该是深恶痛绝的吧。

"你必须让他开始信任你,莎拉。"

"你已经说过了,而且说过不止一次了。现在我得挂了——我家的狗狗丢了,我得去找它。"在她再次开口前,我挂断了电话。

最后,我还是没能找到穆斯。艾莉回家后,我不得不将实情告诉了她。

"你骗了我!你说过它在宠物医院的!"紧接着她就开始使劲儿地拍打着我的腿,边打边喊,"为什么!为什么!为什么!"喊到最后,她的嗓子完全哑掉了。在此期间我所能做的就是牢牢抓住她那因满腔怒火而不断战栗的身体,尽量不让她靠近我,直到她精疲力竭为止。到了最后,她那小小的身躯滑落到地板上,抽噎声不绝于耳。她哽咽着问我:"要是它再也回不来了该怎么办呢,妈妈?"听到这话,我的心都碎了。我向她保证,自己正尽力寻找穆斯。可是不管我怎么安慰她,都没有任何作用。她无助地窝在我怀里,静静地啜泣着,我则拼尽全力,忍住即将夺眶而出的泪水。那天晚上,女儿蜷缩在我的被窝里,紧紧地抱着我。一连好几个小时我都盯着时钟,久久无法入眠。

第二天早餐时,我和艾莉谁都没有说话。等到她终于开口时,说的还是那句重复了千百遍的叮咛:"你一定要找到穆斯呀，妈妈。"我向她保证，自己一定会做到，可日子一天天过去，穆斯还是无影无踪，我也渐渐失去了信心。我甚至尝试着拨打了约翰的电话，打算问问他，穆斯是不是他带走的。前一秒钟，我还觉得自己应该用凶巴巴的语气责问他，可到了下一秒钟，便又觉得应该哀求他把真相告诉我。不过，无论我怎么努力，他都不接我电话。

把艾莉送去学校后，我回到家里，开始一桶接一桶地洗起衣服来，接着又用吸尘器把房子的上上下下、里里外外吸了个遍。我无意中瞥见了穆斯玩过的毛绒玩具——被它舔过的地方毛毛都结成了块——只看了一眼便觉得心痛不已。我一般每个星期都会清洗一下这个玩具，可现在实在不忍心抹去穆斯留下的痕迹，于是便将它放回穆斯待过的篮子里去了。

我刚想洗个澡，就听见厨房里的电话响了起来。我满怀期待，希望是某位了解穆斯下落的人打来的。我飞一般地冲下了楼，拿起了电话一看，原来是比利。

"我要告诉你一个好消息，莎拉。"

"你找到穆斯啦！"他再次开口前，我的心都提到了嗓子眼儿。

"我让同事们在巡逻时多关注一下，看能不能发现这个小家伙。有个兄弟在溜冰场附近叫停了一辆车，里面坐着几个十多岁的年轻人。他在记录他们的车辆信息时，突然注意到车的后座上趴着一只法国斗牛犬。他查看了一下狗狗脖子上挂的铭牌，发现它就是你的狗。"

"哦，真是谢天谢地！那几个孩子是怎么弄到它的？"

"据他们说，穆斯当时正沿着马路奔跑。这几个年轻人还说他们本来打算马上把它送回家的。不过我同事告诉我，说车里一个男孩的女朋友在归还穆斯时哭了。所以你看,要不是我们发现得及时,穆斯很可能就回不来了。"

"艾莉会高兴得昏倒的!"

"现在穆斯正在警察局里,和我待在一起。我会尽快把它送回家的。"

"太好了!真是感激不尽,比利。"

"嘿,没有我们警察找不到的人——或者说,找不到的狗。"

我给艾莉的学校打了个电话,接电话的人说会帮忙把这个好消息转告给艾莉。随后,我立即拨打了埃文的电话,告诉他找到穆斯了。听到这话后,埃文激动得都不知道该说什么好了。我费了好大的劲才忍住没去狠狠地咒骂那个该死的门闩。不过正如以往一样,埃文知道我正在想些什么。

"我还是记得我锁好了门,不过也许我记错了。"找到穆斯后我非常开心,也懒得和他计较这些了。随后我告诉埃文,说比利等会儿就能把穆斯送回来。这时埃文回应道:"他可真是个好人哪。"

"是啊,他帮了我的大忙。"我说道,"他不光帮我找到了穆斯,还教会我在心烦意乱时怎样做才能保持冷静,集中注意力。"

电话那头静悄悄的。

"你在听吗?"

"那他具体教了你一些什么方法呢?"

"一时半会儿说不清,反正方法不少。比方说,他会给我找些事做,好让我有个发泄的渠道。"

"我也曾经让你这么做过啊。"

埃文的语气一下子就激怒了我,"他的方式和你的不同。他是个警察,不是我的未婚夫。你呢,动不动就不耐烦了。"

"我没有不耐烦。我只是觉得有时候你就是庸人自扰。"

"对啊,你还让我觉得自己就是个一天到晚压力山大的疯子。"其实我知道应该赶紧住嘴,拿他和比利进行比较会惹出大麻烦来的,可眼下我心中的那股子怨气让我不由得脱口而出,"可是比利从来都不会让我觉得自己是个废物。"

"行啦,我就是不喜欢你和他待在一起。"

"可他是负责这个案子的警察啊!"

"那他干吗要开着车满世界乱跑,到处去找穆斯呢?"

"真不敢相信你居然会这么……"

这时,门铃响了起来。

埃文问道:"有人来了吗?"

"我不是说过吗?比利亲自把穆斯送回来了。"

"那你还不赶紧去给他开门?"说完他便挂断了电话。

一见到我,穆斯便在比利的怀里不停地扭动起来,差一点掉到了地上。我把它从比利手中接了过来。虽不是久别,但这样的重逢却令我喜不自胜。穆斯"呜呜"地叫个不停,看来它也挺开心的。和它亲热了许久之后,我提出想请比利喝杯咖啡后再走。

"好吧,那我就速战速决吧。"

我倒了两杯咖啡,递给他一杯后,两个人便一起朝客厅走去。经过那扇通往车库的门边时,比利停下脚步。

"那边就是你的工作室吗?"

"是呀,埃文和我一直说要在屋后建一个工作室,可我喜欢离家近一点儿。"

"我能参观一下吗？"

"当然啦，不过里面有点儿乱。"我打开了门。

我向他展示了一些我所使用的设备。他打开磨砂机，让其加速运转起来。看到这一幕，我不由得哈哈大笑。作为一个典型的男子汉，他理所当然地想要试遍埃文拥有的所有电动工具。体验完最后一件后，他走到那张用来摆放台灯的樱桃木桌前，伸出手抚摸起桌面来。

"这就是你眼下要完成的任务吗？"

"没错，昨天我才把它打磨了一遍。"我走到他身边，把手放在桌面上，"有几个地方还很粗糙呢。"

就在这时，厨房里传来了一阵沉重的脚步声。我循声望去，正好看见门一下子被打开了。我们俩都被吓了一跳。比利伸手一拉，转眼间便将我护在了身后。

爸爸高大的身影出现在走廊里。他先是仔细打量了一下比利，接着视线便移到了他挡在我前面的那只手臂上。

"爸爸！你差点把我给吓死了！"我用手捂着胸口。一定是我们在摆弄着机器，所以才没有听见爸爸停车时弄出的动静。

"我敲过门了，门没有关。"说着，他走进了工作室。

"爸爸，这位是比利。他是我的客户。"

爸爸的脸上没有一丝笑容，只是点头示意了一下。他扫了一眼比利，接着便转身望向我。

"劳伦说穆斯不见了。我过来看看能不能帮上点忙。"

"谢谢你啊，爸爸，不过今天早上穆斯已经被送回来了。"

爸爸嘟囔了一句："我看见它了。"接着又将目光移到了比利身上，"你是皇家骑警队的吗？"

"是的，到现在都快十五年了。"

170

"那你认识肯·斯塔福德吗？"

"好像没听说过这个人……"

"皮特·詹金斯呢？"

"也不认识。我才从大陆那边调到岛上来，现在还没把人认全呢。"比利说起瞎话来面不改色，真是让我自愧不如。

"那么，我该走了。"他说道，"谢谢你的咖啡。新的报价出来后就发电子邮件给我吧，莎拉。"

"好的。要我送你出去吗？"

"不用啦，我自己走就行了。你去陪你爸爸吧。"

爸爸一动不动，比利只好从他身旁绕了过去。现在只剩下我们父女二人了。工作室里冷飕飕的，我不禁打了个寒战。

"您瞧瞧这张桌子，这可是我最近几天的成果呢！"爸爸瞟了一眼，然后点了点头。"要喝杯咖啡吗？"爸爸从来都不会无所事事地坐着喝咖啡，可这回他居然同意了。

"现煮的话还行。"

他站在推拉门的门口，两眼看着后院。我把咖啡递给他，他点了点头，然后问道："你们还需要一些木头吗？"

"我想应该不用了吧，天气也慢慢变得暖和起来了。"

"下回埃文打电话的时候问问他，要是他需要的话，就让他跟我说一声。"我当然得问埃文的意见啦——上帝不是禁止女人知晓任何事情的吗？

他喝了一大口咖啡，说道："埃文是个好男人。"这时他的视线依旧停留在院子方向。

"所以我才要嫁给他呀，爸爸。"

他"哼"了一声，接着又喝了一口咖啡，"你最好还是尽快清醒过来，莎拉，不然你可能会一无所有的。"

泪水刺痛了我的眼睛,"我现在清醒得很!是不是梅勒妮跟您说了些什么关于比利的风言风语,您才这么说我的啊?我告诉过您,他只是我的一个客户。埃文也认识他,而且……"

"我得去伐木营了。"他转过身来,把杯子放在餐台上。走到门口后,他又说道,"这样似乎不太好,莎拉——埃文不在家的时候,家里却冒出了另一个男人。"

"这样不太好?对于谁来说不太好?"可这时他已经朝着自己的卡车走了过去。我跟在他身后,"爸爸,你不能丢下这么几句话就走了。"

他坐进车里时说道:"告诉埃文,你们家的排水沟需要清理一下,左边这条都已经满出来了。"

我还没来得及回话,他便关上车门,开始倒车。我一直注视着他,直到他那辆柴油车发出的轰鸣声消失在远方。

还没等我回到厨房,手机便响了起来。我看了一眼屏幕,认出是约翰打来的。他还在为婚礼日期那件事生气吗?要是他发现我在其他事情上也骗了他,又会有什么样的反应呢?别想了。冷静一点。快接电话,不然他真会生气的。我艰难地咽了咽口水,接着又做了好几个深呼吸。

"你好?"

"你可不能再骗我了。"

"我没有……"不要顶嘴,"你说得没错。对不起。"

一时间,我们俩都没有说话。最后他开口道:"出什么事了吗?"

"我没事。"我压抑着想哭的冲动。

"你听起来可不太好。"他的声音听起来挺着急的。

我回答道:"工作上有些不顺心罢了。"

"你正忙些什么呢?"

"修复一张摆放台灯的桌子。"

"是用什么木头做成的呢?"

"樱桃木。"

"那一定很漂亮。樱桃木的纹理非常丰富。"

他居然知道这个,我不由得吃了一惊,"是啊,确实很美。"

"你都用了些什么工具呢?"

"大部分情况下用的都是一些小型工具,像是刨子、打磨钳、钻头等等。如果只需要修复家具的表面,刷子就足够了。"我看了看身边的工具,"我得尽快买些新工具,有些都已经生锈了。我还想买个新的粗刨机。"

"这些东西应该让埃文去买。"

"我自己可以的。现在我只是有点儿心烦罢了。"

"我看见了他做的网站——原来他是个导游,那就是说他经常不在家。做丈夫的应该能随叫随到啊。"这下可好,一个父亲觉得我配不上么好的未婚夫,另一个父亲却觉得这样的未婚夫不够好。

"他经常回家。"不过接下来的几周他还真不会经常回来。度假屋的回头客实在是太多了。

"那他现在在家吗?"

我的视线忽而移到了门上。爸爸离开后我把门锁好了吗?

"他就快回来了,"我飞快地跑到报警器前,确认了一下它是否还开着,"我妹夫也经常过来瞧一瞧。"事实上,格雷格从未顺路来过我这里。

173

"但是现在他把你一个人留在家里，孤孤单单，没人保护，对不对？"

我屏住呼吸，问道："我需要别人来保护我吗？"

"今后不再需要了。我得挂电话了，不过我会尽快再联系你的。"

那天晚上，埃文打来了电话。他为之前发脾气的事向我道了歉，还说很高兴比利能帮上我的忙。我明白，他说这些话的目的只是想让两人之间的不愉快赶紧过去，可我听后还是很开心，于是便没再和他计较了。我没告诉他比利刚才又联系过我。他说约翰位于乔治王子城和麦肯齐河之间的某个地方。虽然警方没能及时赶到那里，但我还是备感轻松，因为这至少说明他现在的行动方向与我的住所正好相反。

晚些时候，我躺在床上，脑子里回想着白天和约翰的那段对话。当他发现我情绪低落时，言语间满是忧心忡忡的感觉。我爸爸从没用这样的语气跟我说过话，就连一次都没有。如果约翰不是营地杀手，我一定会为找到了亲生父亲而欣喜不已吧。我不知道这两种念头哪种更糟糕。可无论我怎么想，都只会让自己伤心落泪。

周一下午，我又收到了一个包裹——还是那位快递员送来的，包裹上也还是那个寄件地址。我一看到"亨塞尔与格莱特"这几个字，就赶紧拨通了比利的电话。不巧的是，他和珊迪一道去了温哥华，此时正同负责本起案件的其他人员在开会。他嘱咐我不要打开包裹，所以当约翰稍后打来电话时，包裹还原封不动地放在餐台上。

"你收到我寄的礼物了吗？"

"我还没找着机会打开它。"这回的包裹比上次那个更大更重,不过我还是问道,"又是珠宝首饰吗?"

他的声音听起来很兴奋,"现在就打开吧。"

"现在吗?"

"真希望我能看见你的表情啊。"

我可一点儿也不愿意,"那你先别挂,我这就去打开它。"

约翰在电话那头等待着。即便如此,我还是专门跑了趟工作室,取了一副园艺手套戴上,然后才拿起小刀割开了封条。没有等比利来了之后再拆开包裹,这让我觉得有些内疚。

这时约翰问道:"打开了吗?"

"我正在把那些填充纸拿出来呢。"无论是什么东西,他都包裹得相当仔细。我从箱子里取出了那件物品,接着便除去了那层气泡膜。

是一台全新的粗刨机。

"真漂亮啊!"的确如此。这台粗刨机的手柄呈深褐色,由硬质木材打造而成,几块不锈钢刀片反射着耀眼的光芒。我的手顿时痒起来,恨不得马上就试一试,可最后还是忍住了。我把它举了起来,感受了一下它的分量,想象着它行云流水般地滑过木材表面,所到之处,刨花落地,刨去经年累月的——别再想了!赶紧把它放回去!

"你真的喜欢它吗?我可以再送你一个不同的……"

"它非常好,你费心了。"这时,我回想起圣诞节早晨,爸爸望向劳伦和梅勒妮时的神情。当她们二人打开礼物盒的时候,爸爸便会笑得合不拢嘴,可轮到我的时候,他就会转身离开,去厨房续上一杯咖啡。

电话两端的我们都沉默不语。

175

"约翰，我觉得你是个很好的人……"当你停止杀人或是不对我威胁恐吓的时候。我屏息凝神，继续说道："所以我真的不懂你为什么要去伤害那些人。"

他没有说话。我竖起耳朵，想听到他的呼吸声。他生气了吗？这时我又缓缓说道："你不用今天就告诉我，不过要是你愿意对我说实话，我会非常开心的。"

"我对你说的都是实话。"他的声音又变得冷酷起来。

"当然，这我是知道的。我只是觉得，要是能多了解你一点，就能让我多了解自己一点。有时候……"我觉得珊迪和比利似乎正在听我说话，但我立刻甩掉了这种想法，"有时候我脑子里会冒出一些可怕的想法来。"

"比方说呢？"

"我经常发脾气。虽然我一直试图控制住自己，可要做到这一点的确很难。"我停顿了一下，不过他一言不发，于是我继续说了下去，"每当这时，我便会觉得自己陷入一片黑暗中，说出来的话不忍卒听，做出来的事也愚不可及。不过随着年龄的增加，这种情况渐渐有了好转，可我还是不喜欢自己这一点。年轻的时候，为了麻痹自己，我在一段时间里甚至染上了毒瘾和酒瘾，还做出了一些让我非常后悔的事来。从那以后，我便开始去看心理医生了。"

"你现在还会去吗？"他会怎么想呢？是不支持这样的做法，还是觉得自己受到了鼓励，从而愿意寻求他人的帮助呢？我还在左思右想，他却已经再次发问："莎拉？"

"有时候会去。"

"你有提到过我吗？"

从他的语气里，我知道了自己应该如何回答："没有，你没点头的话我是绝对不会说的。"

"不许说。"

"没问题。"我尽力让自己的声音听起来很随意,"对了,你能跟我讲讲你父母的事儿吗?被人领养的缺点就在于此——你根本无法了解到自己家族的历史。"虽然我的爷爷、奶奶、外公、外婆都已经去世了,但我至今仍记得他们。外公是一位表面上比较粗鲁的德国人,外婆讲不了几句英语,整天在厨房里忙忙碌碌,似乎一闲下来身体就会不舒服一样。爷爷和奶奶都是蓝领。爷爷是个木匠,奶奶是位家庭主妇。他们俩对我都很好,好得甚至有些过分。他们会想尽千方百计让我觉得自己是这个家的一员,可越是如此,我就越觉得自己和他们不同。奶奶总是会关心地看着我。每当我们去看望她或是和她说再见的时候,她总要给我更多的拥抱和亲吻。

约翰问道:"你想知道些什么呢?"

"说说你的父亲吧。他是个什么样的人呢?"

"他是个苏格兰人。只要他在说话,你就得乖乖地听着。"我的脑海中浮现出一个身材高大的男子,他长着一头红发,操着一口浓重的方言,对着约翰又吼又骂,"不过我还是学会了怎么活下来。"

"活下来?"他没再多说些什么,于是我又问道,"那他是干什么的呢?"

"他是个伐木工,即便到了临死那一刻都在砍树。当时他的心脏病发作了,可他还是把一棵四五十米高的道格拉斯冷杉树给砍倒了。"他哈哈笑了几声,然后继续说道,"他真是个王八蛋。"他又笑了,我觉得他不安时就会发笑。

"那你的母亲呢?她是个什么样的人?"

"她是个好女人,一辈子都挺不容易的。"

"他们俩都已经去世了吧?"

"是的。你喜欢看什么样的电影呢?"话题突然变了,这让我有些措手不及。

"电影嘛……我喜欢的类型挺多的,不过叙事节奏必须要快——我很容易就会觉得无聊。"

"我也是。"他沉默了几秒钟后说道,"祝你今天过得开心,莎拉。我很快就会再联系你的。到时候再聊吧。"

我第一时间就拨打了比利的电话,可我足足在家惶惶不安地走了十来分钟后,才接到他的来电。我从他那里得知,约翰现在正待在麦肯齐附近,即乔治王子城的东北方向。那里不是本省的森林公园就是起伏的山脉,也就是说,他又一次消失得无影无踪了。不过比利觉得我在同约翰联络中表现得相当出色,使得他似乎已经对我产生了一定的感情。至于我擅自打开包裹这件事,比利并没有深究。他说他能理解我当时的处境,而且他和珊迪很快就会过来把包裹带走。他们认为这个包裹是通过水路从乔治王子城运到这里的。有道理,毕竟那是加拿大北部最大的城市嘛。不过那儿的仓库比一般地方多得多,这样一来,对他有印象的人就必定极为有限了。最后,比利嘱咐我,说如果约翰再寄来包裹,就一定要尽快通知他们。稍后他又给我发来了一封电子邮件,里面引用了一句很酷的名言:"知己知彼,百战不殆。"

我不知道这八个字到底是什么意思,于是便给他发了封邮件。此时此刻,他一定就坐在电脑前,因为我很快就收到了他的回复:"意思是你今天做得很好,小朋友。现在赶紧上床睡觉去吧!"

我扑哧一声笑了出来,然后飞快地回了句:"你也是!"

接着便关掉了电脑。我正打算回卧室休息，家里的座机又响了起来。我以为是埃文打来说晚安的，没想到电话那头居然是约翰。

"嗨，约翰。你那边一切都还好吗？"

"我就是想在今天结束前再听听你的声音。"

我不禁瑟缩了一下，但还是回应道："嗯，好的。"

"今天和你聊得真开心啊。"

"我也是，尤其是听你讲起家人情况的时候。"

"为什么呢？"

"嗯……"我没想到他会继续追问，"学校里的其他孩子，像我的朋友们，他们在成长的过程中都会渐渐了解到自己家族的历史。可我呢？我的过去就像是一个黑洞，这让我觉得自己与他人格格不入，觉得自己和别人不同，甚至有些怪异，所以听你讲了关于你父母的事后，我终于觉得自己也是个正常人了。"

"能慢慢了解你真是太好了。"他停了一会儿，又开口说道，"吃晚饭的时候，我想起了咱们俩之前的聊天内容。"

"具体是哪个部分呢？"

"你之前说过，说你是个很容易就发火的人……其实我也是，动不动就会生气。"

终于开始了。"那什么事情会惹到你呢？"

"一言难尽，你不会懂的。"

"试试看嘛，我也想多了解你一点啊。"这是我的真心话。我不仅希望他一不小心说漏嘴，好让警方尽快抓获他，还想知道我与他到底有多少共同点。

他没有接话，于是我继续问道："那天打电话的时候你似乎不太舒服？"

"现在已经没事儿了。我有没有告诉过你，小的时候我家有

179

个特别大的农场？"

他又一次突然转换了话题，这让我深受打击。做了个深呼吸后，我重整旗鼓："没有，不过在那样的地方长大一定很好玩儿吧？你家的农场有多大呢？"真希望他能说出自己的家乡在哪里。

"差不多有十英亩吧，就在山脚下。"他变得兴奋起来，"邻居们经常把生了病的牲口送到我妈这儿来。她用的都是些纯天然的药材，像是用紫草治咳嗽之类的。她把小鸡小猫搂在怀里，好让它们暖和起来。她几乎能让那些小家伙们起死回生呢。"他乐呵呵地笑了，"从小到大，农场里都养着许多狗。这些狗生下了好多小狗崽，其中最小的那只就是属于我的。我管她叫安琪儿，是哈士奇和狼杂交后的小崽子——不过她是我用奶瓶喂大的。我走到哪儿，她就跟到哪儿……"他声音里的那种激情突然消失了，"可是后来她跑了。我妈说这是她的天性。虽然我很努力地寻找她，可最后还是没能找到。"

"我……对不起。"

"我很开心找到了你，莎拉。晚安。"

我坐在床上。几个小时过去了，我依然无法入睡。

我原本指望着去你那儿聊过之后能觉得好受一点，可渐渐地我觉得再怎么努力都没有用，而且警方永远都抓不住他。第二个电话是从麦肯齐以北、靠近切特温德的地区打来的，那里正处于落基山脉的丘陵地带。当地一个农场主向警方报告，说是马路边停了一辆有点可疑的卡车。警方以为这是一条重要的线索，可调查之后才发现，坐在这辆车里的只是两三个来这儿打猎的人。我在一张地图上标出了所有约翰来电的地点，虽然行动路线表明他离我越来越远，可这个人在我的脑子里却越钻越深，将我从前的想法完全颠覆了,就像是有人让我歪着脑袋看世界,看到的一切和以往大不一样了。

总之,您一定会觉得我的状态已经相当不对劲了,可我的真实感受还远不止于此,说它像是火山内部发生了巨变可能更为贴切。这座火山暗地里酝酿了很多年,总有一天注定会喷发。这并不意味着我一定会全面崩溃,不过也不能排除有这种可能。现在我只觉得自己的心里好像有一股巨大的力量已经开始喷涌而出了。之前的这些年里,每当我在家中遇到了什么不开心的事情后,都会安慰自己:"没事,你的亲爸亲妈还活着,他们就在这个世界的某个角落。"从今往后,我再也无法自欺欺人了。

过去,你认为上天给你安排了一个错误的人生,让你实在无法忍受,于是你寄希望于另一条道路,一条正确的人生之路。你以为选择这条路后一切都会好起来,可最后却发现它其实根本就不是什么正确的路,甚至和前者相比,它才是真正错误的人生之路。又或许——算了,我不说了,您肯定能听懂我的意思。后来我又想到了自己的火暴脾气,一遇到不顺心的事,我就特别想破口大骂,甚至想拳脚相向。还有艾莉,她不也是个一碰就炸的小炮仗吗?有时候我和她都无法控制住自己,也会不约而同地越过界线。现在想来,可能根源就在于我和她其实同属于另一种人生和另一个家族吧。

最初,当我告诉您我找到了亲生母亲的时候,我说自己仿佛站在一块随时都会裂开的冰面上一样。到了现在,我觉得自己正直接沉入那片寒冷刺骨的水中。我的肺火烧火燎,可我仍然拼尽全力,盯着头顶那块小小的光斑不放。我用力挣扎,想要游出水面,只是到了最后,当我游到那块光斑的下方时,却发现洞口早就被冻上了。

10

　　我从来没有像现在这样害怕过。到现在为止,我都无法相信自己居然动过念头,想让约翰和我一同坐车出行。我真是愚蠢透顶了。您警告过我,不要过度自信。是不是因为他关心过我的工具和工作,又告诉过我他养小狗的故事,所以我就真的以为自己能控制住他了?事实上,拥有这种能力的人并不是我,而是他。那么您知道为什么他能具有这种力量吗?原因就是我怕他怕得要命,而他对此了然于心。

　　上次见过您之后,我又收到了一个包裹。虽然明知自己应该等珊迪和比利来了之后再拆开,可我就是想尽快弄清他是不是又给我寄了什么工具。思索了片刻后,我觉得提前拆开没什么大不了的,可旋即又打消了这个念头。这回的盒子比上回装粗刨机的那个要更小、更轻一些。我拿起来晃了晃,没听到什么声音,于是我找来了手套戴上,然后小心翼翼地划开盖子,发现里面是一个更小一点儿的盒子。我把小盒子取了出来,心想,难道又是某个受害者戴过的饰品吗?至于是否需要立刻给比利打电话,我犹豫了不到一秒钟,便伸手揭开了盖子。

　　在一堆棉絮里躺着一个金属做的小人。它的身高约莫十厘米，肩宽约五厘米，造型简单质朴。这个玩偶通体乌黑发亮，似乎是由铁或不锈钢之类的金属制成的，看起来就像是一个玩具士兵。它呈立正姿势，四肢粗壮，末端均有一个小球，代表着手和脚。小人身上穿着一件黄色T恤和一条牛仔裙，布料精致，针脚细密。它的头也是由一颗金属小球做成的，不过没有嘴巴、眼睛等面部器官。

小人的头部粘着一些又长又直的棕色头发，还被摆弄成了中分的发型。如果你非常仔细地观察，还能在丝丝秀发间发现残留的胶水痕迹。约翰为什么要把这个东西送给我呢？我又检查了一下那个大盒子里面，看看他有没有留下什么便条，可那里面空空如也。我再次看向了那个小人偶，为那身服装和那头秀发而惊叹。

头发。

我把玩偶放回盒子里，接着立刻拨打了比利的电话。二十分钟后，他和珊迪都来了——在这段时间里，我抱着穆斯在院子里的车道上不停地走来走去。最后，我终于看见比利从他那辆SUV的驾驶座上走了下来。

"在厨房里。"一看见他，我就迫不及待地说道。

"你还好吗？"

"我真是快要被吓死了。"

"我们会尽快把它带走的。"他用力捏了捏我的肩头，然后又揉了揉穆斯的脑袋。

下车后，珊迪说的第一句话就是"我记得上次跟你叮嘱过，一收到包裹就要联系我们"。

"我改主意了。"说完我头也不回地朝房子里走去。

"莎拉，我们现在是在进行调查取证。"她紧跟在我身后，一直跟到了屋前的台阶下。

183

"我又不是不知道。"进屋时我恨不得当着她的面把门关上,不让她进来。

"你有可能破坏了证据。"

我猛地转过身来,"我是戴着手套操作的。"

"那也不……"

比利打圆场道:"行啦,珊迪,我们先去看看吧。"珊迪从我身边擦身而过,径直往厨房方向去了。比利在她背后露出了责备的神情,又冲着我摇了摇手指。我耸了耸肩,表示"我实在是忍不住啊"。他笑了,随后便全神贯注地观察起那个盒子来。

珊迪将一个软皮公文包放在了厨房的餐台上,接着便从里面拿出了几只手套。她递了一双给比利,然后便背对着我和他一起忙活起来。现在,就连一分钟都显得格外漫长。我觉得自己似乎等了很久,才看见珊迪把那个小一点的首饰盒从大盒子里取了出,然后轻轻地打开了盒盖。

我问道:"这是真的头发吧?你是否认为它是属于哪个受害者的?"

他们俩都没有回头。珊迪抬起一只手,说了声:"嘘……"

好在我早就已经看不惯她了,就算之前没有,现在也一定会开始讨厌起这个人来。

最后,她终于小声地对比利说了几句话。虽然整个过程只有几分钟,可我却觉得度秒如年。听了珊迪的话后,比利点了点头,然后就把那个大一点的盒子装进袋子里,珊迪则把那个小首饰盒轻轻放进了一个塑料袋里。

随后,她转过身来,对我说道:"我们要把这个带去警察局。"

"也就是说那个头发是属于某个被害女生的吗?"

"在没有拿到实验室的化验结果前,我们也无法做出任何结论。"她拿着证物袋从我身边走过,"保持联系。"她的手搭在了厨房门的把手上,接着又停了下来。比利还在厨房里待着。她皱着眉头望向比利,说了声:"比利,走啦。"

"这就来。"

她又瞪了他一眼,然后便打开房门走了出去。

我转身问比利:"她到底怎么了?"

"她心情不好,因为所有的线索都没用。"

"那你似乎不像她那样。"

"我也有沮丧的时候,不过我不让自己分心。对于我来说,破案就像是修房子一样,你得把砖头一块块地垒上去,要是不小心掉了一块,那就拿另一块补上。不过我会去寻找合适的砖块——要是我不加分辨地随便乱堆,最后房子肯定会垮的。就算我们逮住了约翰,后面还有审判呢。"说完,他向我投来了一个严厉的眼神,"要是弄丢了能够提供线索的证物,或是让它被你的衣物纤维给污染破坏了,那这个风险我们是承担不起的。只要出一点岔子,他就有可能会永远地逍遥法外。相信我吧,这种事情不是没有发生过。"

"我懂了。我不应该擅自打开那个盒子的。"

他点了点头,说道:"我知道你很小心,也戴了手套,可这是警方制定的规章制度,我们也没办法。你要记住,我是站在你这边的,和你有着共同的目标——那就是把约翰关进监狱。只要找到恰当的证据,我们就能将他绳之以法。"

"那几个快递盒子呢?有人看见过他寄出这些东西吗?"

"乔治王子城的一名工作人员说他记得寄出第一个包裹的人。不过据他所言,他见过的那个男人留着黑色胡须,戴着太阳眼镜,棒球帽也压得很低,所以他有可能是乔装打扮过的。我们会立刻着手去调查这个包裹,不过除非仓库那边安装了摄像头,或是有人见过他开的那辆卡车,否则我们还是不会取得任何进展的。"

"那台粗刨机呢?你们查出他是在哪儿买的了吗?"

"我们通知了内陆地区销售这种产品的所有商家,可是这样的店有好几百家呢。"

"真是太糟糕了,现在我能理解为什么你们心情郁闷了,不过我还是希望珊迪能改改她那种态度。"

"她和好些受害者的家人都成了朋友,所以每回凶手逃之夭夭的时候,她都会觉得自己辜负了那些人的期望。珊迪从不掩饰她的情绪,不过那和你无关——你做得很棒。昨晚的那通电话堪称完美。"

"我还是觉得自己没能从他那里探听出什么有用的东西来。"

"记住,房子是由一块块的砖头搭建起来的。他透露出来的任何信息都是我们从前不知道的。况且'穷寇勿迫'。你要是逼得太紧,他就会起疑心的。"

"我说不好,也许……不过你知道吗?有几次我觉得他说话时似乎不太正常,让人觉得他很暴力,也像是和现实脱了节,可是他好像一点都不在意这些。"

"他是一个极度自信且狂妄自大的人,不过他的危险性并不会因此而减少。这一点你可千万要记在心里。"这时,屋外传来了汽车鸣笛的声音。比利笑了笑,说道:"我得走了,不然她会丢下我直接走掉的。"

送他到了门口后,我说道:"之前我看过一些关于连环杀手的文章,里面说有些杀手会留下一点东西当作战利品或是纪念物。你说过那件首饰就是他的纪念物,那这个玩偶呢?"

"这正是我们需要弄清楚的,不过你可以放心大胆地给我发邮件,任何能让你产生什么想法的文章——或是问题——都可以发给我,即便只是随手写下的几句话也行。我们这些人习惯于从警察的角度去思考问题,或许你能带给我们不同的视角。"

"好的,没问题。这些日子以来,我查了好多东西,有没有用我不知道,我只知道自己被它们吓得要死,几乎每天夜里都会失眠。"

"你买好《孙子兵法》这本书了吗?"

"我总是忘记这件事,争取这个星期内把它买回家吧。"

"这本书会对你有所帮助的。还有啊,我经常熬夜琢磨案件的笔记或卷宗,如果你晚上心烦得睡不着觉,就给我打电话吧。"他和我对视了一下,"我们会抓住他的,莎拉。我会全力以赴,尽我所能,好吗?"

"谢谢你,比利。你能这么说,我就觉得安心多了。"

那天夜里,约翰打来了电话。虽说艾莉已经上床睡觉去了,可为了不让她听到什么,我还是待在了楼下。

"你收到我寄去的礼物了吗?"

"收到了,挺好看的,谢谢。是你做的吗?"话一出口,我就意识到这是我头一次对他说"谢谢"。

"是的。"

"做得好精致。你是怎么学会做这类小东西的呢?"

"是我母亲。她不仅教会了我怎样做针线活儿,还教会我怎么缝制皮革料子。"

"真是太酷了。她做起事来一定井井有条吧。你还从来没有提到过她的家庭背景呢。"

"她是海达族的,老家在夏洛特皇后群岛。"

"这么说我有原住民血统?"

此刻他的语气十分骄傲:"让本族的故事代代相传是我们海达族的传统,所以现在我不就在跟你分享我的故事吗?我在打猎时曾经发生过几件趣事,都可以写成一本书了。"他咯咯地笑出了声,"知道吗?剥了皮的熊看起来就跟人一样,尤其是手和脚的部分,不过它的脚是朝后长着的,大脚趾也在更外侧一点的地方。"

"这个我还真不知道。"我根本就不想知道这个,"那你现在还去猎熊吗?"表面上我装出很感兴趣的样子,心里却尽量想着自己的奶奶是原住民的这一事实。

他回答道:"驼鹿,麋鹿,熊,这些都是我的目标。"

这时我想起了珊迪的嘱咐,她让我一有机会就打听一下约翰用的是什么枪,于是我问道:"那你有没有一支用得特别顺手的枪呢?"

"有那么两三支吧。不过我最喜欢的是一支雷明顿223式步枪。四岁的时候我用它打到了人生中第一头猎物,"他似乎很得意,"五岁时又打到了第一头鹿。"

"你是和你父亲一起去的吗?"

"我的枪法比他的更好。"这时,他的语气变得严肃了起来,"而且我会成为一个比他更好的父亲。"我还没来得及问问这到底是什么意思,他却再次转换了话题:"你小时候最喜欢吃什么口味的冰激凌呢?"

在余下的时间里,他又问了一大堆类似的问题,比方说:我最喜欢喝什么样的碳酸饮料?我更爱吃哪种口味的饼干,是原味的还是涂了巧克力花生酱的？这些问题像连珠炮似的轰炸着我，让我根本来不及编出什么谎话。我觉得他是一个特别偏好于垃圾食品的人，不过最后只问出了他特别喜欢的一种食品，那就是麦当劳的产品，尤其是巨无霸。不知道这个微不足道的信息会不会令珊迪满意，搞不好她会因为无法亲自监视每一家麦当劳而大为光火吧。

约翰的问题接二连三，让我疲于应付，况且我还得先揣摩一下他听后的反应才敢回答，所以尽管通话才进行了十分钟，我却早已心力交瘁了。不过我可不想轻易丢掉刚刚取得的那一点点进展，所以最后我还是打起精神，很有礼貌地说道："约翰，今晚和你聊得真是太愉快了，不过我真的要去休息了。"

他叹了口气，说道："去吧，我会尽快再联系你的。"

几分钟后比利打来了电话，告诉我约翰此时正沿着耶洛黑德高速公路向南行驶。警方认为他正在一个名叫麦克布莱德的小镇上，该镇位于落基山脉和凯里布山脉之间，人口不足一千，但无人声称目击过符合约翰外貌特征的人。警方这时开始怀疑，觉得这片区域就是他的老巢，所以当地认识他的人们才对他毫无戒心，更不用说会把他当作陌生人了。警方希望他能沿着那条公路继续南行，所以正在逐一通知沿途各个加油站、服务区以及大大小小的商店，让他们关注此人。说完这一切后，比利终于挂了电话。我径直爬上床，却无法立刻入眠，于是只能睁大眼睛盯着天花板，想着约翰此刻是不是行驶在路上，离我的距离也越来越近。

第二天，我又收到了一个包裹。这回我可是一秒钟都没敢耽搁，迅速联系了珊迪和比利。我以为他们俩拿了东西就会走，可他们就在我的家里，当着我的面拆开了包裹。他们这样做的目的是为了让我知道包裹里放着什么，免得约翰问起时，我却一无所知。

又是一个人偶娃娃。头发是金色的。

那如丝般光滑的鬈发，加上波点背心和白色短裤，让我几乎忍不住想要发出一声惊叹。可是，这一回他又是用的哪个女人的头发呢？这样美丽的秀发是否曾令她引以为荣，欢欣喜悦呢？

珊迪和比利认为包裹是从乔治王子城寄出来的，所以他们打算调查一下那个地区所有的仓库，不过我早就确信约翰一定是伪装后才去寄包裹的。等到他俩走后，我便立刻上了楼，开始上网查看起那个讲述营地杀手案的网站来。约翰手下的第一位受害者是一个长着一头黑发的女性。我滑动鼠标，看到了第二个受害者。这个女孩名叫苏珊娜·阿特金森，有着一头棕色的直发，从中间分开。而第三个受害者，也就是朱莉娅逃跑之后不幸被抓住的那个女人，名叫希瑟·道森。照片上的她笑容灿烂，心形的脸庞边披散着一缕缕光泽柔亮的金色鬈发。她一定为这头鬈发而自豪吧。

失踪时，她穿着一件波点衬衣。

我立刻拨打了比利的电话，"你早就知道他带走了那些女孩的衣物碎片和一些头发吧？"

他沉默片刻，然后回答道："是的，可我们当时并不知道他拿走这些东西的目的。"

"你们还隐瞒了我什么？"

"在不危及到调查工作的前提下，我们尽可能地把该说的都跟你说了。"

"那我的安全呢？难道我不应该……"

"我们一直在保护你，莎拉。那个男人非常善于看透人心，所以你知道得越少,反而越安全。万一哪天你一不小心说漏了嘴,把本应是警方才知道的信息说了出去,那我们就再也联系不上他了——或许还会因此而产生更为严重的后果。"

我深吸了一口气,接着又缓缓地吐了出来。无论我爱不爱听,都必须承认他的话其实不无道理。

"我讨厌被蒙在鼓里,超级讨厌。"

他放声大笑:"我一点儿都不会怪你的。我向你保证,今后能说的我通通都会告诉你,行吗?"

"那你可不可以告诉我,为什么两个人偶的脸上都没有五官呢?"

"我猜他应该是故意不让它们表现出个体特征来的——也许他无法直视它们的面部吧。"

"我也是这么想的。你觉得他还会有羞耻心吗?"

"如果你直接问他,他一定会说有。那个人的心理已经扭曲变态了——他知道该如何模仿各种情感,不过我觉得他根本不能真正体会到其中的任何一种。"

当天晚上,约翰又打来了电话,我好不容易才挤出了一句"谢谢",谢谢他送给我的人偶娃娃,不过这回我试探着问道:"你能跟我讲讲那个女孩儿吗?"

"为什么呢?"看来他没打算否认人偶上的头发是属于某个受害者的。

"我也说不清,就是想知道。她长什么样啊?"

"她笑起来很好看。"女孩的照片在我的脑海中一闪而过。我仿佛看见约翰正抚摸着她的肌肤,她张开那张动人的小嘴,不断地发出凄惨的求饶声。想到这儿,我不由得闭上了眼睛。

"所以你就把她给杀了?"

我屏息聆听,却没有听到他的回答。

过了一会儿,他才说道:"我不得不这样做,之前我就告诉过你,莎拉。我不是个坏人。"

"我知道,可我不明白的就是你为什么不得不杀死她。"

顿时,他像是泄了气的皮球,说道:"现在我还不能告诉你。"

"那你为什么要用她的衣物做这个娃娃呢?我对你的……"我该用什么词来表述呢?"你的心路历程很感兴趣。"

"这样她就能陪我久一点。"

"这很重要吗?我是说,她能继续陪着你,对你很重要吗?"

"是的,我能从中得到帮助。"

"它在哪方面帮了你呢?"

"就是帮了我啊,行了吧?下回我们再好好聊聊。你知道山松甲虫能让树木变蓝吗?"

我一点也感觉不到他是因为不想再聊杀人的事才转移话题的。对于他来说,这更像是某个新的想法突然从他脑子里冒了出来,于是他便顺理成章地把它说了出来。真讨厌!在这一点上,我竟然和他一模一样。

"我听说过,但从来都没去琢磨过其中的原因。"

"告诉你吧,让树木渐渐死去的并不是这种甲虫,而是它们身上携带的某种真菌。"他歇了口气,不过我并不知道该怎么接话,只能任由他继续说下去。他说道:"最近我看了不少关于各种木材和工具的书籍,这样我跟你就有话聊了。你的一切我都想知道。"

我不禁打了个寒战,"我也是,所以再说一点关于你的事情吧。除了小玩偶,你还会亲手做些什么呢?"

"我喜欢用各种不同的材料做东西。"

"不过显然你天生就特别擅长和金属打交道啊。你是个电焊工吗?"

"我会做的事情多了去了。"他没有直接回答我的问题。我正准备再问一遍的时候,他开口说道:"我得挂了,不过还想问你一个问题。"

"好的,你说吧。"

"你知道一头没有皮毛的大灰熊叫什么吗?"

"嗯……我不知道。"

"熊样儿熊呗!"

这次的电话是从坎卢普斯打来的。坎卢普斯是内陆地区几个最主要的城市之一,那儿距离上一个电话打来的地方大约有五个小时的车程。尽管约翰去了人口更为稠密的地区,但这一点对于我们来说算不上什么好消息——当地正在举行一场为期三天的牛仔竞技表演赛,他正好藏身其中。比利在电话里显得信心十足。他告诉我,说警方正在人群中搜索,可我还是能从他干脆利落的回答中听出一丝怒意。

第二天上午,约翰一连给我打了三个电话。第一次,他问我,那两个娃娃现在在哪里。他想知道我是怎么安置它们的。他应该很紧张,所以我马上答道:"我特意给它们做了个架子,现在正放在工作室里——大部分时间我都是在那里度过的。"

"哦,那挺好的。"不过他马上问道,"那里安全吗?不是有锯末吗?还有一些化学用品吧?你在干活的时候会用到化学品吗？"

这时我的脑子里中闪现出了一个念头，接着便开口回答道："那是一个可以上锁的展示柜，有玻璃门，所以没事儿的。"他没有说话，但我能听见电话那头的车流声。我继续问道："你想把它们拿回去吗？我完全能够理解，你不用……"

"不是。我得挂了。"

二十分钟后，他第二次打来电话，再一次问起了我是不是真的喜欢那两个人偶娃娃。过了十分钟，他打来了第三个电话。每一次他的声音都比上一次显得更加紧张。到了最后，他说他觉得不舒服，不能再跟我聊了。

我又何尝不是如此呢？自从开始收到他寄来的包裹后，我就没有睡过一个安稳觉。一旦入睡，便总会在梦中看见一个女孩正被一个金属人形紧追不舍。女孩拼命奔跑着，嘴里发出凄厉的叫喊声。今天正好是星期六，我不用送艾莉去上学。原本我打算上午睡个回笼觉，可约翰的几个电话让我的愿望泡汤了。不久，比利也打来了电话，说约翰刚才正位于坎卢普斯的郊区。现在当地警方出动了所有警力，在大大小小的公路上巡逻。整个上午，艾莉都在和我对着干。我敢发誓，这个小姑娘总能察觉到我什么时候最没有耐心，并且越是这样，她就越是拖拉，而我越是催她，她就越发不高兴。有一次她居然从我手中夺过手机，转身便扔向了客厅的另一头，幸好最后只是砸到了沙发上。不过我也的确差点搞砸了一件事——我差点忘了当天下午艾莉还得去参加一个生日聚会。在赶往聚会场所的路上，我们不得不中途停车，随便买了份礼物了事。

小寿星是个男生，所以艾莉本想送他一个能说会动的蜘蛛侠，可那家商店里的这种玩具已经卖光了，而我们又没有时间再去另一家店,所以我只好说了一箩筐好话,让艾莉相信杰克一定会喜欢这份科学实验套装的。当看到女儿失望的眼神时,我顿时觉得自己是这个世界上最差劲的妈妈。把艾莉送到目的地后我就回家了,打算继续去工作室干活儿。就在这时,我接到了朱莉娅打来的电话。

一开始我并不知道那是谁的号码,不过无绳电话屏幕上开头的那几个数字告诉我,这个电话是从维多利亚市打来的。也许是我的某个客户吧。

朱莉娅一开口就问道:"他又给你打电话了吗?"

"这个嘛……"警方让我不要告诉任何人,可她和我是一条船上的,所以她也有权力知道实情,不是吗?

"是的,没错。"

"他把我的耳环寄给了你吧——我得确认一下才行。"

我没有立刻回答,不过直觉告诉我,她根本就不需要我的答案。

她接着问道:"他有提到过我吗?"

约翰的声音在我的脑海中回响了起来:"我在那篇文章里看到了朱莉娅的照片。"

"没有。"

"我想搬走,可凯瑟琳觉得我们应该留下。这段时间我总是失眠。"她说话时显得十分痛苦,语气中还带有一丝责难。

"警方会抓住他的……"

"珊迪也这么说,可这种话我已经听过无数遍了……"

"你认识珊迪吗?"

"他们一有消息就会通知我。"哈!真是好极了!

"我得挂了。"

"需要我给你打电话吗？如果……"如果什么？

可她已经挂断了电话，留下我一个人在原地苦思冥想，不知道她意欲何为，也不清楚她自己是否明白其中的原因。

我拨打了珊迪的手机。电话一接通我就说道："刚才我和朱莉娅聊了一下。"

"你又给她打电话啦？"

为什么她会觉得这个电话是我而非朱莉娅主动打的呢？我气得脸都红了。

"是她主动打给我的。"

"你没有和她提起与案件有关的问题吧？"

"她问我约翰后来是不是又给我打了电话，我说是的。就这些。"

"莎拉，你得小心一点……"

"她早就知道约翰会再联系我的，她也知道他把耳环寄给我了。要是我否认一切，那么她的疑心只会更重。对了，她还说你会亲自告诉她案件的最新进展。"

珊迪一句话也没说，于是我步步紧逼，继续问道："你们从那两个人偶身上发现了什么吗？那些头发就是受害者的，对吧？"

"我们还在等DNA的检测结果。"

"那你联系过她们俩的家人了吗？"

"目前还没有。对于这起案件，我们必须非常小心——那些人还不知道营地杀手正和谁保持着联系呢。"

"他已经打了无数个电话，你们总该找到点儿线索了吧。"

"还没有。"她三言两语便打发了我,"他的手机信号越来越靠近卡什克里克了,也就是说,他正向着坎卢普斯市以西行进。那片区域内有不少森林公园,所以他很有可能会选择那些偏僻一些的道路。"

"或许他正打算重新北上呢?"

"最好不要去随意揣测哦,莎拉。"她那种好为人师的腔调真让我受不了。

"你们警察不就是这样的吗?"

反驳了她一句后我心中暗爽,不过她马上说道:"不,我们警方是基于数据和事实来进行合理分析的,最终得出的结论也是建立在无可辩驳的证据之上。"

"那好吧,不过我想知道你们现在找到了什么事实或是数据,从而能让你们推测出他的谋生手段呢?他似乎总在开车,所以我猜他可能是个卡车司机,或者是一名快递员,不然就是……"

"也许吧。我马上要去开会了,要不要我让比利给你打个电话,你再和他聊一聊?"

"不用了,我很好。"我挂断电话,双眉紧锁。我到底是哪儿得罪了这个女人啊?

动身去接艾莉前,我一直待在工作室里忙活着。那张樱桃木的桌子还没有完工。虽然我手上忙个不停,但心思却一点儿都不在那上头。更糟糕的是,我时不时就会想起约翰说过的那句话。他说:"樱桃木的纹理非常丰富。"对于树林,他当然会恋恋不舍——因为每一段血腥的往事都发生在那里。我猛地回过神来,才觉得这种想法真是令人心惊胆战、毛骨悚然。我早就习惯了长时间见不到埃文的生活，尤其是在夏天，不过真要做到这一点也并不容易。此时此刻，我便特别想他，真希望能和他通个电话，好好聊上几句！可今天不行，他一整天都得待在船上。

我和他每晚都会通电话——那天，当我第一次得知自己有着一半的原住民血统后，就和他聊了好久。埃文觉得这挺好的，不过一想到珊迪、比利或是别的什么人随时都能听到我和别人的聊天内容时，我就浑身不自在。和劳伦聊天时我也有这种感觉。她不知道我的电话被监听了，所以时常会说出一些私密的话来。一到这种时候，我就尽量把话题往孩子或是婚礼上引，可事实上，因为不能对她说实话，我简直都要被憋死了。

我和劳伦终于商量好了，决定周日去逛街买衣服。我们打算一大早就在我家集合，然后开我的卡车去维多利亚市。劳伦已经做了些糕点，还会带上一壶热咖啡。至于梅勒妮，唉，她是绝对不会改头换面，放弃那种我所憎恶的态度的。此外，我还疯狂地默默祈祷，希望明天约翰不会来骚扰我。

一个下午就这样波澜不惊地过去了。我把艾莉接回了家。她疯玩了一整天，已经累到了极点，所以刚洗完澡就爬上了床。我为她盖好被子，这时她才告诉我，说杰克已经有两个科学实验套装了。我觉得十分内疚，于是答应她不久后就带上她的几个朋友一起去看下午场的电影，可她却说道："你肯定会忘记的，妈妈。"我连忙赌咒发誓，说自己绝对不会忘记，但是心里却很不好受，因为女儿已经不再相信我说的话了。离开她的房间前，我亲了亲她，又在她的耳边轻声说道："晚安，宝贝儿。我爱你。"她没有任何回应。我只好安慰自己，认为她只是太累了才会这样的。晚些时候，埃文打来了电话。聊得正起劲的时候，我的手机却响了起来。

"等一下，亲爱的。"我看了一下来电显示，"是约翰。"

"记得待会儿再给我回电话啊。"

我摁下了手机的接听键，"你好？"

"莎拉……"然后就没有声音了。

我问道："你还在吗？"

"你喜欢那些娃娃吗？"最后的几个字他说得很模糊。他是不是喝了酒？这时，电话那头传来了车辆的行驶声。

"你在开车吗？"

"我刚才问了你一个问题。"

这是我从小听到大的一句口头禅。每回我爸爸这么说的时候，我就一点儿都不想理他。不过眼下我还是开口答道："是的，我很喜欢，我告诉过你的。"

"我不确定……不确定你真的会喜欢它们。"他的声音又模糊起来。

我该怎么把话接下去呢？于是我继续等着，等他开口说话。

"这才像话嘛，我们俩就像一对父女……聊聊天，说说话。"

"对呀，没错。"

他没有说话。我只听到了一阵阵的喘息声。

于是我自顾自地说了下去："你寄来的那些娃娃，它们对我来说很有意义，因为我明白它们在你心里有多重要。"我停了下来，可他还是没有说话，"而且我也很喜欢和你聊天。你是个相当有趣的人。"这些违心话说得我难受死了。

"是吗？"

"当然啦，我非常喜欢听你讲那些往事。"

"下次记得提醒我讲讲……那回我仅靠一把22口径的步枪，

就打死了一头熊——我一发子弹就要了它的命。有个傻瓜一直跟在我后面……对了,你知道灰熊会跟踪并且弄死其他的熊吗?"

我正要开口说话,却听见电话那头传来了汽车喇叭的声音。

"以后再说吧。"说完他立刻挂断了电话。

我再次联系上埃文,把刚才的一切都告诉了他。

"这真是很奇怪。"

"我可没跟你开玩笑。明天我就要和两个妹妹去维多利亚市买东西了,要是他到时候打来电话,那我该怎么办?"

"把他当一个正常人去对待就好了——到时候你就告诉他你很忙。"

"可他并不是一个正常人哪。"

"我们聊点儿别的吧。今天艾莉去参加生日聚会了,她玩得开心吗?"

"我们差点儿就迟到了,因为一大早约翰就接连打来了三个电话——真是糟透了。更糟的是,我完全忘记杰克的生日聚会就是今天,所以只好中途去买礼物,弄得艾莉很不高兴。"

"可怜的小家伙,她一定觉得自己被忽视了。"

"你说什么?你是说我忽视了自己的女儿吗?"

"我不是那个意思。还是别聊这个了。"

"是你先挑起来的,埃文。就算你不提,我也已经够难受的了。"

"对不起,你就当我什么都没说,可千万别往心里去。这段日子你受苦了,我全都知道。"

一时间两个人都默默无语。我眼前出现了珊迪的身影。她正戴着耳机,一边监听着我和埃文的争执,一边露出不屑的笑容。

过了好一会儿,我才说道:"很感谢你对我的照顾……"

"这是我应该做的。"

"我知道,可我能够照顾好自己。"

他笑出了声。

"嘿!这些年来我一直都做得挺好的。"

他揶揄道:"在爱上我之前,你的日子过得一团糟,这一点你还是承认了吧。"我实在忍不住了,开始哈哈大笑起来。至于珊迪是否真在监听,我已经全然不在乎了。

第二天早上,我把艾莉送去了梅根家。九点半的时候,我回到家中,发现两个妹妹已经过来了。她们俩上了我的车,劳伦带了些刚出炉的烤饼,还有满满一壶热咖啡。一路上我们几个人你一言我一语,叽叽喳喳地说个不停。劳伦讲了好些关于新娘临阵脱逃的笑话,就连梅勒妮都大发慈悲,表现得兴致盎然。不过没过多久,她便声称自己忘带手机,要借我的。我犹犹豫豫,并不想把手机给她。可她一直盯着我,弄得我们俩又差点吵起来。没办法,最后我还是从包里掏出手机递给了她。她打电话的时候,我真是害怕极了,唯恐约翰会好巧不巧地打来电话,好在她只同凯尔说了几句话就挂了。

我们在市中心的精品店里逛了一上午,完全感觉不到时间的流逝。埃文和我打算在户外举行婚礼,所以整体风格想尽可能贴近自然。皇天不负苦心人,我们三个人终于找到了一款无可挑剔的裙子,特别适合两个当伴娘的妹妹穿。这是一条绿色露肩雪纺长裙,裙摆垂落至脚踝处,面料就像是鼠尾草一般,散发出令人目眩神迷的银色光芒,又像是冷杉针叶的背面,看起来平滑光洁。预定好这款裙子后,我们三人进入一家可以俯瞰内港的爱尔兰餐厅,一起享用了一顿迟来的午餐。能像今天这样,和家人开心快乐地聊聊天，说说生活中平凡普通的小事，真是太好了。可我不该忘记，自己的生活早就和平凡普通沾不上边了。

两个妹妹在我家取车后便直接回去了，稍后我也开着车把艾莉接回了家。一进家门，我就从包里掏出手机，打算给它充充电。

屏幕上显示有二十个未接电话。

我快速翻看起来电记录来，发现这些电话不是约翰打来的就是比利打来的。我又查看了一下语音信箱，只有比利留下的一条简讯，他让我尽快给他回电话。之前他给我打过五个电话，可我完全没有听到铃声。这是怎么回事呢？

我一把抓过无绳电话，按下了我的手机号码。不一会儿，手机开始振动起来。这部手机的侧面有一个按键，按一下就可以调至振动模式，可我记得从早上到现在我连碰都没有碰过那个键啊。一定是我把钱包放进手提包里时碰到这个键了吧。

我马上拨打了约翰的电话，可他的手机关机了。我又给比利打了电话，却被转接到了语音信箱，于是我只好给他留了个言。

我在房间里整整转悠了一个小时，其间不停望向电话，希望它快点儿响起来。我一边焦急地揣测着比利不回电话的原因，一边强作镇定，不让艾莉觉得我不对劲。不知等了多久，就在我刚把艾莉送上楼休息后，便接到了约翰打来的电话。

电话刚一接通，我就抢先说道："很抱歉没有接你的电话。我的手机被调成了振动模式，我也不知道是怎么……"

"你不理我。"

"你耐心点，听我说。我没有不理你。手机就放在我的包里，我也不知道它怎么就变成了振动模式，而且它又被压在了最底下——我的包里尽是些乱七八糟的东西，多到你无法想象——那时周围也特别吵。"我可没有瞎编，三个兴奋的女人聊起天来，嗓门确实可以把屋顶掀翻。

说完，我停了下来，大气都不敢出。

"我不相信你，莎拉。你在撒谎。"

"我没有。我向你发誓，绝对不会那样……"

可是电话已经断了。

到目前为止就是这样。后来比利联系了我，这是我头一次听见他用近乎气急败坏的语气跟我说话。

"你是怎么搞的啊，莎拉？"

没过多久他的态度便缓和了下来。他让我不要钻牛角尖——这回只是个意外。不过我敢肯定，珊迪绝不会这么想。果不其然，比利刚挂电话没多久，珊迪就联系了我，还问了相同的问题。我说自己不是故意不理约翰的。到了最后，她终于选择相信我，不过听得出来她还是很生气。她告诉我，每回约翰在通话时，他的手机发出的信号都能被坎卢普斯的信号塔捕捉到，只不过他一直都待在车流量很大的地方。警方拦下过一些车辆，只要发现可疑人员就会进行盘问，但是到目前为止仍然一无所获。

珊迪还说他们会派一辆巡逻车在我家附近待命，这样一来，如果哪天约翰心血来潮，突然决定乘轮渡来岛上见我，那他们也能立即采取行动。我问她是否真的认为约翰会做出什么事来，她用一贯严肃的口吻回答道："我们很快就会查出来的。不过如果他真的蠢到弄出半点儿动静的话，我们就一定能抓住他。"

不过从那天起，我便再也没有接到约翰的电话了。一次都没有。真希望自己可以为此而真正开心起来啊。

11

　　我现在一点儿也坐不住。要是一动不动，我就受不了。就算把腿都走软了，身上也又累又痛，我还是怕得不得了，不知道自己什么时候才能熬出头。我在您的办公室里一直走来走去，都快把您给烦死了吧！知道我在家是个什么样子吗？我从这扇窗户走到那扇窗户，百叶窗被我一开一关；我拿起扫帚扫地，扫到一半就把簸箕丢到角落里不管了；我去洗碗，刚往洗碗机里放了一些碗筷，又跑去洗衣服了；我往嘴里塞了一大口涂满了花生酱和黄油的薄脆饼，还没吞下去就匆匆跑上楼，打开电脑，搜索起来；如果我在某个网站上发现了一星半点的线索，就赶紧按图索骥去搜索下一个网站，周而复始，一刻不停，直到最后我的视力模糊，什么都看不清楚为止。

　　后来我又给埃文打了个电话，他让我做做瑜伽，健个身，或是带穆斯出去走走，可我非要找他的碴，为了一些鸡毛蒜皮的小事同他吵上几句——对于我来说，我觉得这才是正常的生活。

　　我会做些笔记，还会绘制几幅图表。我甚至还会给这些图表再配上一些图表。想到什么我便会写下什么，于是办公桌上布满了字迹潦草的便利贴。可这些都没用。我有意不去理会那些与工作相关的电子邮件，也很少去接电话。我想集中精力把手头的活计做完,以便为自己争取一些时间,可一切都正在慢慢失控。

上回和您见面后,我就直接回去了。刚到家没多久,比利和珊迪就开着车到了我家。我打开前门,发现他俩都阴沉着一张脸,心里不由得慌了起来。

"出什么事了?"

"进去再说吧。"比利说道。

"你先告诉我怎么了。"我观察着他的目光,"是不是艾莉……"

"她很好。"

"那是埃文……"

"你的家人都没事。先进屋去吧。有咖啡吗?"

我递给了他们每人一杯咖啡后便靠在了餐台上,台面突出的尖角硌得我的背生疼。我双手紧紧地捧着咖啡杯,汲取着杯壁上那一丝暖意。比利端起杯子喝了一大口,可珊迪连碰都没碰。她身上的那件白衬衣上沾了点什么东西,头发像鸡窝一样蓬乱不堪,眼睛周围还有着特别明显的黑眼圈。

我问道:"他杀人了吗?"

珊迪狠狠地瞪了我一眼,"今天早上,从坎卢普斯市的石山省级公园传来消息,说是有位女性露营者失踪了,同时有人发现她的男朋友已经在露营地点遇害。"

杯子从我手中滑落下去,摔到地上,砸得粉碎。里面的咖啡洒了出来,有一些还溅到了珊迪的牛仔裤上,可她完全不打算低头看看,两眼始终盯着我不放。在场的三个人谁都没有去理会那满地的狼藉。

我回过神来,一下子便捂住了脸,低声喊道:"哦,天哪!

你确定吗？也许……"

"他的嫌疑最大，"珊迪说道，"现场找到的弹壳和我们之前获取到的完全一致。"

"都是我的错。"

比利说道："不，不是的，莎拉。这是他做出的决定。"珊迪却一言不发。

"现在你们打算怎么办？那个女孩会怎样？"

他沉默了一会儿，然后说道："现在我们正在搜索案发现场周围的地方，希望能找到这位女性受害者的尸体。"

"你认为她已经死了吗？"

他们俩都没有说话。

"她叫什么名字？"

比利说："目前我们还没有向媒体透露……"

"我不是媒体的人。告诉我她叫什么。"

比利看了一眼珊迪，后者转过身来面对着我说道："丹妮尔·希尔文。她的男朋友叫亚力克·潘顿。"

此时此刻，我的脑子里全是约翰拿着枪在密林中追赶一个年轻女孩的情景。我什么时候会收到她的人偶呢？

我低下头，愣愣地盯着那些玻璃碎片和一洼浅浅的咖啡。

"她的头发是什么颜色的？"

他们俩都沉默不语。我抬起头来，全身涌起一阵恐惧感。

"她的头发是什么颜色的？"

比利清了清嗓子，可就在他准备开口之际，珊迪抢先说了出来。

"红褐色的——长发，波浪卷。"

整个房间在我眼前旋转了起来。我伸出手去，想抠住餐台的背面。这时，比利赶紧起身，一步跨到我身旁，接着便紧紧地扶住了我的肩膀。

"你还好吗，莎拉？"

我连连摆头。

"是不是喘不过气来了？"

"不是。"我使劲吸了几口气，"我……我没事。"

比利斜靠在餐台边，站在我身旁。他的双手抱胸，不停地捏着被黑色风衣遮挡住的肱二头肌，对面的珊迪浑身上下散发出阵阵怒气。

我转过身来面对着她："你觉得这就是我的错吧？"

她回道："谁的错都不是。他是个杀人犯，没人知道他会因为什么而动了杀念。"

"可他从来没有这么早就开始杀人哪——现在才五月份。"

她又定定地看着我，眼睛里充满了红血丝，扩大的瞳孔让原本冰冷的蓝眼珠几乎变成了黑色，脸上的皮肤也因为经常受到风吹雨打而斑痕累累。

我说道："你觉得正因为我没接他的电话，所以他才跑出去杀人的。"

"我们不清楚究竟……"

"你就直说了吧，珊迪——其实我就是你眼中的罪魁祸首。"

她仍然目不转睛地看着我，"没错，我觉得你没有接他的电话是促使他再次行凶的导火索，但是，不，我并不认为这是你的错。"

有那么一瞬间，我终于觉得自己战胜了她——她终于被我逼得说了句大实话——可转眼间,我便被可怕的现实压垮了。

我望着比利,问道:"他们俩多大了?"

"亚力克二十四岁,丹妮尔二十一岁。"才二十一岁。他们的父母得知噩耗时会怎样呢?一想到这个,我便不由得用手狠狠地捂住了自己的眼睛。

别想了。别想了。

"我们现在能做些什么呢?"

比利回答道:"现在我们完全接收不到他的手机信号了。不过我们想试试,看看你是否愿意再给他打一次电话。"说着,他拔下了我之前放在餐台上充电的手机,把它递到我面前。

拨出号码前,我问道:"我该怎么做呢?"

比利说:"问得好,你得先好好想想……"

珊迪插嘴道:"一开始你得说你很抱歉,要表现出非常后悔的样子,然后你观察一下他的反应,看看他会不会说出点什么来。不过你千万别提这个女孩的事儿,因为消息要到今晚才会播出来。"

我瞅了一眼比利,想看看他的意见。只见他点了点头,可脖子却涨得通红。他是不是因为自己说话时被珊迪打断了,所以有些生气呢?因为他连看都没有看珊迪一眼。

拨打电话时,我发现珊迪放在桌上的那只手捏得紧紧的,指甲都快被她咬秃了。可是,约翰的手机还是关机状态。

我摇了摇头。

珊迪站了起来,说道:"今天下午我们会飞到坎卢普斯去,一定得抓住这个家伙。我们会把从案发现场了解到的最新情况告诉你的。"

我把他们俩送到了门口后问道:"那个女孩有可能还活着

吗？"

比利绷着脸说："当然也有这个可能，我们会尽全力找到她的。"可我从他们的眼神中看出来了——他们其实都认为只能在坎卢普斯找到女孩的遗体了。

夜里我躺在床上，翻来覆去，辗转难眠。我不停地回想着珊迪说过的那番话，内心的愧疚之情溢于言表。可当我想起警方的行动时，这股情感便立刻被愤怒所取代了——他们明知约翰就躲在那一带，为什么没有趁早把所有的公园都搜查一遍呢？我实在睡不着，干脆起床打开了电脑。搜索了一番后我发现，石山公园方圆七百五十三亩。在如此广袤的范围内，警方该如何找到那个女孩呢？更重要的是，警方能用什么办法找到约翰呢？

我给约翰打了好几次电话，可他的手机始终处于关机状态。即便如此，我还是忍不住反复揣摩，想着万一他真的接了，我应该说些什么。为什么你要这么做？她是不是很快就死了？第二个问题尤其令我心神不宁。丹妮尔的恐惧我感同身受，它蚀骨灼心，让人寝食难安。它在我的脑子里不断地呐喊：这一切都是你造成的！

艾莉上床睡觉了。没过多久，埃文打来了电话。我哭着向他讲述了一切。尽管我已经努力不去责怪他，可还是不可避免地流露出这种意思来。我抱怨道："你总是觉得我不该时不时地就去关注手机，我听了你的话，想放松一下，找点乐子，可……"

"我不知道他会……"

"我跟你讲过的，可你总说我杞人忧天。现在你看看，有两个人因此而丢掉了性命。"

"莎拉,我只是想帮你——我最在乎的人是你,而不是他。他的所作所为确实令人发指,可这并不是你的错。其实你心里都明白,不是吗?"

"如果那个时候我接了他的电话,或许他们俩就不会死了。"

"如果你能回到过去,早早铲除希特勒,那成千上万的……"

"这是两码事。我没有能力挽回已经发生的事情,但这件事情我是可以阻止的。"

"这一切都在你的能力范围之外,可你非得责怪自己。"

"真希望你能明白我为什么会这么痛苦。"

"我明白——发生这样的事确实很可怕,而且你也被牵连在其中,所以才会格外在意。可是,看着你一步步深陷其中,我真的很着急。你得试着抽身而出才行。"

"没那么简单,埃文。我不像你,可以对发生的一切睁一只眼闭一只眼。"这句话太刻薄了,连我都被吓了一跳。我再也不敢多说一个字了。最后还是埃文开了口。

"那个丧尽天良的浑蛋又不是我。"

我呻吟了一声,说道:"对不起,只是这一切都太可怕了。现在我特别想你。"

"我也很想你——这个周末我就回家,好吗?"

"你不是还要带一个很大的团吗?"

"我让詹森带吧,现在你很需要我。"

"天哪,埃文,我知道不应该叫你回来,可我真希望你能陪着我。"我用袖子擦了擦鼻子,"知道吗?我眼前时不时就会浮现出那个女孩的身影。她正和男朋友嘻嘻哈哈,打打闹闹。就在这时，约翰出现了——手里端着一杆枪。女孩只能眼睁睁地看着自己的男朋友被一枪毙命，自己也只能仓皇而逃，然后……"我又开始放声大哭，哭到几乎快要喘不过气来了。

"亲爱的……"埃文无助地说道，"你真的不能再想这些事了，好吗？"

"我就是没办法啊。一想到如果那个人就是你，我就……"

"妈妈？"楼上传来了艾莉的声音。

我清了清嗓子，尽可能表现得很轻松。

"什么事儿啊，乖宝贝？"

"我睡不着。"

"我一会儿就来。"

挂了电话后，我赶紧用凉水洗了把脸，生怕艾莉看到我那双红肿的眼睛。我爬上了床，紧紧地搂着她，穆斯则在床尾缩成一团。我抚摸着艾莉的头发，又轻轻地给她挠背。此情此景让我不由得想起了另一位母亲。虽然不知道她身处何处，可她应该已经知道女儿失踪的消息了吧。不知道她从前是如何哄女儿入睡的呢？要是她知道自己女儿失踪的原因是因为我把手机调成了振动模式，心里会怎么想呢？

艾莉沉沉地睡着了。我小心翼翼地坐起来，但弄出的动静还是惊扰到了穆斯。它一下子就抬起头来，我对它做了个手势，让它待着别动，这时它才重新趴了回去，压在了艾莉那条印着芭比娃娃的被子上。我走到办公桌前，打开电脑，调出搜索引擎，接着便键入了"丹妮尔·希尔文"。原本我以为不会查到什么信息，可最后居然发现了一则新闻，丹妮尔作为志愿者参加了一项扫盲工程。照片里的她抱着一大摞书，正对着几个孩子绽放出灿烂的笑容。这笑容深深刺痛了我的心。她那头深红色的秀发在苍白肌肤的映衬下格外引人注意。我想,这女孩死后的皮肤应该更加苍白吧!这种想法立刻便让我的胃里一阵翻腾。我把文章发给了比利,他的那部黑莓手机具有实时接收功能。同时,我还给他发了条信息:"你们找到她了吗?"发完后我便开始等待——手指不断地按着接收/发送键。过了十分钟,他终于回我了:"还没有。"

我把电脑关了,然后便上了床,手机就放在床头柜上。我在床上翻来覆去地折腾了好几个小时,但依然毫无睡意。

这是你的错,全都怪你,是你害死了他们。

第二天一早,艾莉起床后便表现出了各种不如意:"我不想穿雨衣。""我想穿那双蓝色的袜子,哦,不对,是那双黄色的。""埃文什么时候才回来呀?""穆斯为什么还没过来啊?""我不想吃麦片粥了,都吃腻了。"折腾了好久,我总算给她穿好了衣服,和她一起出了门。艾莉坐在车上,边唱着歌,边随着雨刮器的节奏摇头晃脑。离学校还差一英里路的时候,包里的手机响了起来。艾莉马上加大了音量,歌声愈发响亮起来。我把手伸进置物箱里摸索了一下,随即便掏出了手机。是约翰的来电,我一下子就慌了。

"乖宝贝,有个很重要的客户给妈妈打电话来了,你要安静一点哦,听到了吗?"

她还是在不停地唱着歌。

电话铃声又响了起来。我抬高嗓门,大声说道:"艾莉,别太过分了啊。"

她看了看我,说道:"妈妈,开车的时候是不能接电话的哦——不安全。"

"你说得对,所以我现在正打算靠边停车呢。"我迅速靠边,把车停在了相对平缓的路肩上,"这个人急需妈妈的帮助,所以你必须非常非常安静哦,好吗?"车外正下着雨,雨点噼里啪啦地打在车身上。艾莉扭头看向窗外,小手在起雾的车窗上写写画画。她显然是生气了,不过至少安静了下来。

我接通电话后轻声说道:"你好?"

"莎拉。"他的声音低沉嘶哑,像是才大喊大叫过一样。

我马上说道:"对于之前发生的事情,我真的很抱歉。是我的错,但是我再也不会这样了,好吗?我保证。"

我屏住呼吸,做好了被他臭骂一顿的准备,可他什么都没有说。

为了不让艾莉听见,我把头转向窗户那边,接着又压低嗓门说道:"约翰,昨晚的新闻里说了有个女孩失踪的事,你知道吗?"

他依然沉默不语。我能听见车辆驶过的声音,此外,还有一种响动声——像是有谁在不断狠狠敲打着什么东西。我竖起耳朵,仔细分辨,可旁边的艾莉却开始胡乱蹬踏起来。我想听清约翰待会儿会说些什么,所以赶紧打开手套箱,拿出一个笔记本和一支笔,递给了艾莉。我朝她打了个手势,示意她给我画幅画,可她看都不看那个本子,反而将双手抱在胸前,不理会我。我狠狠地瞪了她一眼,她一扭头,把脸转向车窗那边去了。

我问道:"你还在吗?"电话那边的撞击声越来越大。

"你不该不理我的,那时候我非常需要你。"

"对不起,可我现在不是接电话了吗?你能告诉我她在哪儿吗?"

他的声音变得平淡无味："她和我在一起。"

一丝希望从我心底冒了出来——可随后我才意识到，他并没有说明那个女孩是否还活着。

"她还好吗？"

艾莉一脚踢在了仪表板上。我一把抓住那只脚，又凶巴巴地瞪了她一眼。她用力挣脱了我的束缚，开始在座椅上乱蹦乱跳。我赶紧用手捂住话筒，厉声说道："艾莉，你给我安静一点！不然——不然，这个周日你就别想去梅根家过夜了。"艾莉被吓坏了。她倒吸了一口凉气，乖乖坐回了椅子上。

这时约翰开口道："我不知道自己该怎么做。"

我必须赶紧接上话。快想啊，莎拉，赶快想想。他会无视受害者的人性特征。他一贯不拿她们当人看。那就让她具有真实的个性特征吧。

"新闻里说那个女孩名叫丹妮尔，她的家人都非常担心她，约翰。她的父母双亲盼望着女儿能赶快回家，他们不会追究……"

"当时我需要的是你。那个声音真是越来越让我受不了了——一切都不对劲，我再也等不了了。"

我瞟了一眼艾莉，她又开始在车窗玻璃上画起画来。

"那么，既然你已经联系上我了，那就把她给放了吧，行吗？"

他语气平淡地回答道："没那么简单。"一想到我也对埃文说过同样的话，我就恨恨地咬紧了牙。

"其实——你能够做到的，我相信你能行，你可得三思而后行啊。"重击声停了下来。是丹妮尔弄出来的动静吗？她是不是晕过去了？

雨势已经渐渐减弱了,艾莉还在车窗上涂涂画画。我用手捂住话筒对她说:"我出去一下下哦,宝贝儿。"

艾莉的眼睛睁得老大。"不要啊,妈妈,不要,留下……"

"我就站在车子外面。"我打开车门,走到路边。我对车里的艾莉笑了笑,又接着对约翰说道:"你可以蒙住她的眼睛,把车开到某个地方,将她留在路边就行了。"车里的艾莉板着张小脸,木然地望着我。我在靠驾驶座这边的车窗玻璃上画了张小小的笑脸。艾莉看到后,马上解开安全带,爬到驾驶座上。她给每一张笑脸的嘴巴里添上了牙齿,画着画着,小脸上终于露出了笑容。

这时约翰说道:"没有用的。"

渐渐地,雨越下越大,路上的车辆不停地从我身边驶过。我已经被雨淋成个落汤鸡了。

"会有用的。等到人们发现她的时候,你早就走了。他们不会抓住你的。"

"事情本来不该变成现在这个样子的。"话音刚落,他那边就传来了砰的一声,像是他用拳头捶了一下墙。

"你还好吗?"我的耳边传来了一阵粗重的喘息声。我马上转换思路,说道:"我明白,你其实并不是真想去伤害丹妮尔的。我在电视上见过她的照片了。她和我长得很像。不过她是别人的女儿——所以你必须放了她。"

一片沉寂。

"约翰?"

只听咔嗒一声,接着便是一阵忙音了。

我回到车上,把空调调到了暖风挡,目光直愣愣地落在了左右摆动着的雨刮器上。手机已经热到发烫,身旁的艾莉正张着小嘴,似乎在对我说些什么。此时此刻,我的脑子里乱成一团,根本没办法思考任何问题。他是不是正打算对那个女孩痛下毒手呢?刚才我说的话里头有什么不妥的吗?我本该……

"妈妈!我要迟到啦!"

就在这时,电话铃又响了起来。"我知道,宝贝儿,对不起。等妈妈接完这个电话,咱们就出发,好吗?"艾莉发出了一声哀叹,我故作镇定地冲她笑了笑,可当我低头望向屏幕的时候,还是觉得胆战心惊。谢天谢地,是比利。我不由得长吁了一口气。艾莉又开始用脚踢起仪表板来,嘴里还开始哼起歌来,不过这回我没再试图阻止她。

"比利,太好了,幸亏是你。"

"我们刚才接收到了非常清晰的手机信号,'"他一开口就直奔主题,"他就在坎卢普斯。我们的人正展开地毯式搜索,也派出了所有的警力,不过你最好别抱太大的希望。"

"那个女孩还活着——我敢肯定。"

电话那头传来了另一个人的说话声,紧接着我便听到了珊迪的声音。

"要是他再打来电话,你就尽可能拖住他,让他多讲点儿。如果他还没动手,我们希望能维持现状。"

"可我该说些什么呢?我特别担心,怕自己会说错话,惹得他……"

"你谨慎一点就行了。"

"这是什么意思?我到底该不该问那个女孩的情况呢?"

珊迪叹了口气,说道:"你只要保持镇定就可以了。他想听的无非就是你如何关心他,如何对他感兴趣,如何觉得抱歉而已。你无视他的电话时,他可能觉得被你拒之门外了……"

"我没有无视……"

"莎拉,你就非得和我在措辞上争来争去吗?一个女孩的性命掌握在你手上,可你呢?看看你现在在干吗?"

我用力咬紧牙关,生怕自己冲动起来会骂得她狗血淋头。最后,我只是回了句:"我得送艾莉去上学了。"

"她就在你身边?"她抬高了音量。

"我刚才正要开车送她去上学,不过绝对没让约翰听到什么。"

"要是他发现你隐瞒了孩子的事情……"

"我也不想那样的,珊迪——艾莉是我的一切,而且现在她已经迟到了。"

"送了她之后,你再给我们打个电话。"

我咬牙切齿地回答道:"好的。"

我把车重新开回车道上。这时艾莉问我:"那个女人还好吗,妈妈?"

我脑子里还在想着珊迪说过的那些话,便随口回了句:"哪个女人呀,宝贝儿?"

"就是你跟你客户说起的那个人呀。你说她不见了。"

糟了,糟了,糟了。

我努力回想着,看她有可能听到哪些内容,"哦,她步行回家时有点迷路了,不过警察叔叔很快就能找到她的。"

"我不喜欢你老是不停地接电话。"

"我知道,宝贝儿。你刚才一直都很乖,谢谢你哦。"

她又向窗外望去,不再理睬我了。

到了学校门口,我跳下车,把艾莉搂在怀里,又亲了亲她。

这孩子垂着肩，绷着脸，看起来很不高兴。我轻轻推开她，看着她的眼睛说道："艾莉我的乖宝贝，最近妈妈表现得不太好，不过我向你保证，从今天起我会努力改正的，好不好呀？埃文会回来和我们一起过周末，到时候我们一家人一起来点儿什么活动吧。"

"穆斯也去吗？"

"当然啦！"我松了口气，这孩子的脸上终于有了一丝笑容。她开始朝学校里跑去，没跑几步又停了下来。她回过头来对我喊道："妈妈，我希望警察能找到那个姐姐。"

我也是。

一回到家，我就拨通了比利的电话，"你们想让我怎么做呢？"

"记住珊迪说过的话。接电话时要保持镇定，尽量让他多说话。别忘了，他联系你的目的是想和你建立起感情来。目前他的情绪应该十分亢奋，而你则是他心中唯一能帮到他的人，所以不久后他就会联系你的。"

可实际情况并非如此。我在屋里来来回回不知走了多久，又去工作室待了一会儿。尽管我想干点儿什么，可就是无法集中精神，只好往肚子里灌了无数杯咖啡——其实没起到多大作用——接下来我花了几个小时的时间，用来搜索关于连环杀手和解救人质的文章，期间还不停揣测，不知道约翰到底会如何处置丹妮尔。我把每一个相关链接都发给了比利，他的每一个回复都能让我的心更安定一点，哪怕他只是回了句"你做得很棒，继续发给我吧！"不知不觉，我又想到了约翰。有一次他提到过，说自己承受的压力越来越大，大到他非得做点儿什么不可。突然间我意识到，自己不也正处在这种状态中吗？想到这儿，我的精神一下子便垮了下来，整个人瑟瑟发抖，如坠深渊。

当天晚上，我和艾莉刚刚坐好，正准备吃饭，我的手机就响了起来。是约翰打来的。

我站起身来，打算离开餐桌，艾莉的脸立刻就拉了下来。

"我马上就回来，乖宝贝。要是你能把饭菜吃得光光的，晚上我就陪你一起看电影，好吗？不过你要答应妈妈，不要发出任何声音来哦。"

她叹了口气，但还是点了点头，接着便把勺子戳进面前的土豆泥里了。

我迅速走到隔壁房间，接通了电话。

"约翰，真高兴你终于打电话来了，之前我一直很担心呢。"我是真的很担心，不知道他是想寻求帮助，还是打算告诉我一切都已经太迟了。

他没有说话。

"丹妮尔还好吗？"

"她总是哭个不停。"我被他语气里的沮丧情绪给吓坏了。

"现在还不算太迟。你把她放了吧，就当是为了我，好吗？求求你了。她什么错也没有，我才是那个把事情弄得一团糟的人哪。"

还是没有任何回应。

我问道："我能和她说说话吗？"

"这样做对你没好处。"说这话时，他摆出了一副父亲的姿态，仿佛是在告诉女儿："你不可以再吃饼干了，一块都不行。"

"那你有什么打算呢？"

"我也不知道。"他再次无比丧气地回答道。

"眼下你什么都不用做。咱们聊聊天好吗?记得上次你问过我喜欢吃什么,后来我一直很好奇,不知道你喜欢吃些什么呢?会对什么食物过敏吗?"

"不会,不过我应该不喜欢吃橄榄吧。"他说最后几个字的时候,音调扬了起来。

"我也不太喜欢——还有动物肝脏。"

他作出要呕吐的声音,"肝脏是过滤有毒物质的器官。"

"就是说嘛。"我干巴巴地笑了几声,"约翰,我记得有一回你提到过,说有种声音让你越来越无法忍受了,那是什么意思啊?现在还是这样吗?"要是能弄清他身上到底出了什么问题,我或许可以利用这一点让他放了丹妮尔。

"我不想谈这个。"

"行,没问题,我只是想看看自己能不能帮到你。"

"我不需要帮助。"

"我不是那个意思,我的意思是,要是你愿意说给我听,也许我能帮上一点点忙。"

"没什么好说的了,"他气鼓鼓地答道,"我会再联系你的。"

"等一下,那丹妮尔……"

电话已经被挂断了。

我把手机往沙发上一扔,随即便用双手捂住了脸。一分钟后,手机响了起来。我看了一眼屏幕,是比利打来的。

"你做得很好,莎拉。他目前还在坎卢普斯,不过这回我们对他的定位更准确了。现在我们已经在主干道上设置了好几处路障。"

"可我才和他通完电话啊。难道这不会让他产生怀疑吗？"

"我们准备了几台车，用来配合此次的行动，所以看起来就是警方在清查酒驾行为。咱们离目标越来越近了，莎拉。我觉得他并不想伤害那个女孩，可又不知道该拿她怎么办，所以你还是有机会说服他，让他放了那个女孩。"

"你真这么想吗，比利？那些连环杀手真的会放人吗？"

"这取决于他认为那个女孩对自己有多大威胁。不过机会对我们还是很有利的，只要我们能摸清对手的脾气，就有可能赢得胜利。"

"这又是什么意思呢？"

"你得跟他多说说好话，让他相信自己在你心里是个好人，并感受到你对他的信任，相信他会做出正确的选择。他想当好一个父亲，那你就配合他，让他觉得自己是个好爸爸。"听到这些，我的胃不禁一阵痉挛，腹部也开始绞痛起来。

"我会试试的。抱歉，我得挂了……"说完我便冲进洗手间，差点吐到了地板上。

那天晚上，我并没有接到约翰打来的电话，倒是比利联系了我。他说警方设置的路障只拦住了几个行为异常的司机。到了第二天，也就是周六，埃文终于回来了。还没等他跨进家门，我就紧紧地搂住了他，最后他不得不用了些力气，才把我从身上扒了下来。在他把行李箱内的东西一一放回到原处的时候，我也没放过他，而是紧跟在他身后，从这个房间转到那个房间，嘴里一刻不停地说着话，把这些天发生的一切以及我和比利、珊迪的每一次聊天内容都告诉了他。我既紧张又兴奋，任何响动都会把我吓一跳,说话时就像一挺正在扫射的机关枪。不过好歹埃文已经回来了,如果约翰再打电话来,至少艾莉有人陪了。想到这个,我还是大大地松了一口气。

艾莉牢记着我之前的承诺,周末全家人会一起出去玩。趁着埃文给我们做烤奶酪三明治和西红柿汤的时候,她把这事告诉了他。其实我已经再三向她保证过,周六起床后就赶紧收拾,收拾完后马上出发,可艾莉望向我的眼神依然充满了怀疑。雪上加霜的是,埃文回家前的一整个上午我都在接电话。刚开始是比利的,接着又是劳伦的。自从上次一起出去买衣服后,我和劳伦便没有任何联系。为了不让她觉察到任何异常,我不得不多和她聊了几句,勉强装出一切都好的样子。等到终于挂上电话的时候,我已经心力交瘁了。

吃过中饭后,我们三人便驱车前往海堤和马菲奥·萨顿公园方向——艾莉特别喜欢公园里的游乐场,而且我们常常会带她去滨海大道边的冰激凌店里吃好吃的。我努力让自己享受这难得的家庭时光,但还是忍不住掏出手机,看看它有没有被不小心弄成振动模式。

到了冰激凌店后,我给艾莉点了一杯热巧克力和一小碗冰激凌。她嚷嚷起来,说一定要给穆斯也买一碗。我们来到室外,挑了张靠近游艇码头的桌子坐下。不远处有条木板铺成的小道,一些推着婴儿车的人正在那儿散步,身边还跟着忠实的狗狗。我们正悠闲地看着这一切,这时手机响了。埃文浑身一僵,我的胃也不由地抽搐起来。我看清号码后,立刻松了口气。我对着埃文悄声说了句"是比利"。他点了点头,随后起身走向店内的洗手间。

比利说,警方正在搜索各个露营地和汽车旅馆,还带着他的画像造访了已知的所有商店和加油站。同时,他们将监控摄像头也纳入了调查范围。刚和比利讲完，我就看见艾莉把热巧克力撒到了外套上。我赶紧朝店里走去，想拿块餐巾纸给她擦一下。就在这时，搁在桌上的手机响了起来。

我猛地转身。

艾莉刚好把手机放在了耳边。

"艾莉，不要！不要说话！"

我快步上前，伸出手去抢电话。

她用甜甜的嗓音说道："妈妈现在不能接电话，因为她正在陪我呢。"说完便挂断了电话。

她把手机递给我，随后又吃起冰激凌来了。我死死地捏住她的肩膀，一下子把她扳了过来。她手里的勺子啪嗒一声掉到地上。

"艾莉，你无论如何都不该接电话！"

她的眼里瞬间盈满了泪水："可你总是抱着它说啊说的。"邻桌的女人朝我投来了异样的目光，接着便和她的朋友窃窃私语起来。我松开艾莉，查看起手机来。

埃文从店里冲出来，问道："刚才我听到了叫嚷声，是怎么回事啊？"

我翻看着通话记录。拜托，拜托，老天哪，真希望是比利打来的。

最新的那个来电号码是约翰的。

埃文又问："莎拉，发生什么事啦？"

我想告诉他，可全身上下都无法动弹。

艾莉抽抽噎噎地说道："我对那个男人说妈妈很忙。"

埃文看着我，脸唰的一下变得惨白。我用手捂住嘴，默不作声地点了点头。他走过来想搂住我，却被我一把甩开了胳膊。

"我得好好想想。"

冷静。深呼吸。或许约翰还没有关机，或许他也像我一样，深受打击。

我向外走了几步，离埃文和艾莉远了一点儿，然后便开始拨打起约翰的电话来，拨了两次才成功。

电话刚响了一声，他就接听了。

"约翰，我真的很抱歉，可是……"

他说了句"你撒谎了"后，便挂断了电话。

我转过身望向埃文。他坐在艾莉旁边，一只手紧紧地搂着她的肩膀。当他注意到我的目光时，我摇了摇头。他站起来，开始收拾桌子，又转头对艾莉说了什么，随后他们俩便朝我这边走了过来。我斜倚在栏杆上，一只手紧紧抓住那根冰冷的金属杆。艾莉连看都不想看我一眼。

埃文说："我们回车上去吧，艾莉。你妈妈被冻得不行了。"

我朝艾莉笑了笑，故意装出一副冻得瑟瑟发抖的样子，两只手来来回回地搓着胳膊，可她还是不肯看我。我们朝停车坪走去，艾莉牵着穆斯走在前面，埃文抓过我的手，牢牢握在他的手心里，可是，我们二人却相顾无言。丹妮尔的处境占据了我的整个大脑，刚才发生的事情是不是宣判了她的死刑呢？

我开口说道："比利和珊迪可能……"

手机响了，我的心脏仿佛随之停止了跳动。我看了一下屏幕，瞬间便松了口气。

"是比利。"

埃文说："我和艾莉先走一步。"说完他便加快脚步追上艾莉，又牵起了她的小手。我跟在他们俩身后，接通了电话。

"天哪，比利，我们该怎么办？"

电话那头的人是珊迪,"比利正在接另一个电话。发生什么事了?怎么是艾莉接的电话呢?"

"手机放在桌上,我只是转了个身,真的就是一眨眼的工夫。"

"莎拉,我们谈过的。你明明知道,万一他发现你没说实话,就可能会杀了丹妮尔。"

"我也不知道艾莉居然会接电话啊——太出人意料了。不过最近我总在接电话,所以她可能……"

"你应该做到手机时刻不离身的。"

我抬高了嗓门,说道:"珊迪,要是你再用这种语气跟我说话,那我就要挂电话了。"

她沉默了一会儿,再度开口时已经恢复了平静。

"这几通电话都是从克利尔沃特,也就是坎卢普斯北部打来的,不过明天我们还是会派出一辆巡逻车,负责监控你家附近的街道,也会派专人在你外出时跟着你。"

"你觉得他朝我们这边来了?"

"我们不知道他打算去哪儿。"

我心乱如麻,问道:"那艾莉呢?她还得去上学,而且……"

"你告诉她的老师,说你在监护权上遇到了一点麻烦,要求他们一定不能让任何人接近她。送的时候你一定要直接送她进教室。告诉她,放学后一定要和老师待在一起,确定是你来接才可以离开。不要让她离开你的视线。"

"你是不是认为——他连艾莉也不会放过?不可能吧?"

"目前我们唯一能够肯定的就是他已经气急败坏了。若真是这样,那么那个女孩就会有生命危险。"

"不要再责怪我了,珊迪。要是你们警方真有本事,哪还轮得到他给我打什么电话呀!你们为什么不多派些人来追捕他呢?"

"我们重案组的每一个成员都在行动了,可是这需要时间……"

"哼!你们的整个行动没有起到一点儿作用!"

这一回是我先挂掉的电话,随后便迈开大步,气冲冲地朝着我那辆切诺基走去。走着走着,我心中那种自以为是的傲气便渐渐消退了,而丹妮尔的身影再一次浮现在我眼前。我仿佛看见她正奄奄一息地倒在森林里,一边不停地求饶,一边用手指死死地抠着地面,直到抠出成堆的泥土。这样的情景让我五内俱焚。没错,这一切只能怨我。

回家的路上,我们谁都没有说话。埃文握住了我的手,神色紧张,溢于言表。这份暖意让我万分感动。我盯着前方,不停地眨巴着眼睛,拼命压抑着快要涌出的泪水。

埃文问:"你有没有想过和爸妈或是妹妹谈一谈呢?"

我摇了摇头,"珊迪肯定会被气到无语的,况且我再也不想把任何一个人拖下水了。"

"你现在总是这么心不在焉,总有一天他们会产生疑问的。"

"我经常会沉迷于这样或那样的事中,他们都已经习惯了。只要我说自己正忙着筹备婚礼或是在赶工作进度就可以了。唉,我还真有不少活儿没干呢。"一想到那些我没去理会的电子邮件,焦虑感便如潮水一般,再次将我吞没。

"也许你该考虑减少工作量,让自己别那么辛苦了。"

"我花了多少时间才建立起自己的事业来啊——就这么放弃？我做不到。"

"今后你可以从头再来。"

"我只是稍稍有点落后——没事的，我应付得了。"事实上，我已经远远落后于进度了。

"要不然你和艾莉去我那间度假屋里住上一阵子，好不好？"

"艾莉现在已经学得很吃力了，我不能中断她的学业。而且那儿也太偏僻了，万一发生什么事的话……"以前我非常喜欢去埃文那边，在托菲诺这个小镇上闲庭信步，一边体验着加拿大西海岸雅士们的生活方式，一边欣赏着相当于顶级度假胜地的美景；在那里，我能够喝到真正的有机咖啡，品尝到可口的麻仁松饼；只要我愿意，无论是当地的艺术馆还是皮艇店，全都敞开大门欢迎我。可是现在，一提起那里，我能想到的就是当地特别小的警察局、蜿蜒盘旋的山间公路、到达那里所需的漫长时间，以及微弱到可以忽略不计的手机信号。

"那我干脆回来陪你们吧。"

我白了他一眼，说道："怎么可能？昨天你不是还说，整个夏天度假屋的订单都已经接满了吗？"

他哀叹道："不能陪在你和艾莉身边真是太烦人了！照顾你们俩本来就是我的责任！"

后排的艾莉正用埃文的音乐播放器听着歌。即便如此，我还是压低了嗓门。

"我们俩会平安无事的。警察已经开始在我们家周围巡逻了，家里也装上了报警器，而且这几天你也在家待着。不过我觉得他不会到岛上来的——每回他一生气，就不理我了。"

"你要特别特别地小心哪。"

"嗯,我会的。"

一时间,我俩都陷入了沉默。

过了一会儿,我说道:"或许他已经把她给放了。我是说,在他给我打电话之前。"

"也许吧。"埃文用力捏了捏我的手,却避开了我的视线。

这就是我不到周三就来见您的原因。我真的等不下去了。这段时间以来,我做得最多的事情就是等待。上周末的整整两天里,我和埃文时刻都在关注着新闻,边看边向上帝祈祷,希望不要出现任何坏消息。家里的电话铃一响,我们就会被吓得魂飞魄散。不过我的手机却几乎没有任何动静,只接到了比利打来的一通电话。他的意思跟珊迪差不多,只不过他没像珊迪那样,让我觉得丹妮尔的死亡通知书是我亲手签署的。我对他说,一切都已经不受我的控制了,听后他再次建议我去看一看那本他提过多次的书。他说:"每当被案件折磨得茶饭不思时,我就会求助于它。看过书后,我会回过头去反复研究文件资料,并将注意力集中在各种策略的使用上。'故用兵之法,无恃其不来,恃吾有以待之。'我会想出各种各样与案件有关的情形或走向,然后为每一种可能性做好充分的准备。"

我叹道:"天哪!那你什么时候休息呢?"

他大笑了几声:"我从不休息。"我吃了一惊,因为原本我以为比利和埃文一样,都是那种起床后三分钟之内就能出门的人,而现在,当我发现备受困扰、无法入眠的并非只有我一人时,心里顿觉一阵轻松。

那天我还告诉他,说周末的两天埃文会一直在家陪我们。听到之后,他明显松了口气,并鼓励我要坚持下去。我问他什么时候能回来,当时他说的是下周一,也就是今天,就会回来。说不定他很快就会给我打电话了。珊迪还没回来,也许她要等到警察找到丹妮尔后才……

埃文把行程尽量往后推,留在家里陪着我。平时他到了周日晚上就动身离开了,可这回他没走,所以可怜的他不得不凌晨四点就起床,再开车赶回度假屋去。我把他送到门口,和他紧紧相拥,久久不愿撒手。他走后,我又睡到了艾莉的床上,挨着她躺了下来,到了她该起床上学时才爬了起来。

丹妮尔的父母在新闻里出现了好几次。埃文让我别看了,可我就是忍不住。女孩的母亲并不显老。或许她和我一样,年纪不大就生下了女儿。不知道她女儿去露营之前,这位母亲说了些什么——是千叮万嘱地告诫她一定要注意安全呢,还是温柔体贴地预祝她玩得开心呢?

12

谢谢您能抽时间见我。今晚的新闻就会报道这件事，可我还是想当面跟您说一说。我的意思是，如果我敢开这个口的话。来您这儿之前，我一路上都在不停地尝试着该怎么把话说出来，可是，真的太难了……我甚至都还没敢跟埃文说——他现在应该已经出海了，不过我一定得找个人聊聊，把内心的想法全都宣泄出来。现在我觉得自己就像麦克白夫人，努力想要洗掉满手的鲜血。

一大早比利就出现在我家门口，手里紧紧攥着他那部黑莓手机——他的眼神让我的心如坠谷底。

"她已经死了，是吗？"

"我们谈谈吧。"

我和他来到客厅。尽管窗外阳光灿烂，可我的身体却不由自主地颤抖起来。比利在沙发旁的扶手椅上刚一坐下来，穆斯就一跃而起，蹿到了他的怀里。可是比利只轻轻地拍了它一下，就把它放回了地板上，然后抬起头，望着我，神色十分凝重。

"今天早上，警方发现了她的尸体。"

虽然我努力想要弄清他到底说了什么，可脑子里却一片混乱，几乎无法思考。

"在哪儿发现的呢？"

"威尔斯格雷公园。这个公园离克利尔沃特最近，所以我们首先在那里展开了搜索。公园的占地面积足足有五百英亩，要不是几个登山爱好者走错了路，我们可能根本就找不到她。据推测，丹妮尔是在那通电话结束后的几小时内遇害的。"

一听到丹妮尔的名字，我才意识到这个死讯是如此的真实，又是如此的残酷。我想起了约翰的特点，他惯于无视受害者的人性特征——要是我也能这样就好了。

"那她……"

"她身上没有被强奸过的痕迹，应该是被勒住脖子窒息而死的。"比利沉稳地回答道，可他的手却在不停地转动着手机。

我皱着眉头，说道："他通常不会……"

"我们不清楚他为什么改变了做法——也许自从和你接触后，他便觉得很难完成从前的那种仪式了——可我们已经确定，这就是他干的。其他警察还在对现场进行调查取证。根据已有的线索，他应该先是在路边放了丹妮尔，但后来又追了上去，最后把她逼进了树林里。"

我顿时觉得一阵恶心，"噢，天哪！我曾经对他说过，让他把丹妮尔放在路边就可以了。"

"或许他也有过这样的打算，可一看到丹妮尔逃跑的样子，他便再次受到了刺激。不过也许他是受了别的什么事的影响吧。"

"但是他没有强奸她。"

"这可能与你有关。你之前提到丹妮尔时，把她塑造成了一个有血有肉、真实生动的人——或者她和你之间还有什么共同点。"

"你是说我们俩的头发很相似吗？"

"也许正是因为她和你长相相似,才被约翰盯上的,因此这一次的袭击与性侵无关。我觉得约翰的本意是想在这个女孩子身上找到你的影子。"

"可现在她已经死了。"

泪水从我的眼中流淌下来。比利伸出手,紧紧抓住我的肩。

"嘿,别哭了,这不是你的错。"

"可这就是我的错,真的。珊迪肯定也是这么想的。"

他松开手后说道:"珊迪很清楚,该受到谴责的人并不是你。"

"她现在在哪儿呢?"

"和丹妮尔的家人在一起。"

我顿时紧张不安起来:"她会把事情的真相告诉他们吗?"

"他们会了解到,营地杀手为本案的主要嫌疑人,同时警方将尽力而为,早日抓获凶手。"

我用手掩住颤抖的双唇,不让自己发出悲泣声。比利把手机放在桌上,稍稍朝我这边挪了挪。

"你还好吗?"

我用力摇着头,说道:"这一切太可怕了。起初我只是想找到自己的亲生母亲,可事到如今,居然连累到两个无辜的人,让他们丢了性命。"

"他们的死是由约翰造成的。只要你在警方逮捕他之前继续发挥作用,就相当于在拯救更多可能被他伤害的女孩。"

"但是或许我们再也抓不到他了吧!因为他再也不会联系我了。"

"事实上,我们认为他很有可能会再次联系你。凶手在杀人后一般都会进入一段平静期,也就是让自己放松一下——有些罪犯将这种感觉描述为'飘飘欲仙'。约翰找不到别的人来分享他的感受,所以很有可能会找你倾诉。"

"他已经不相信我了。"

"他生气的原因是你对他有所隐瞒。不过我们认为,他内心中对家庭的好奇与渴望最终会占据上风。他肯定希望了解一下他的外孙女。"

"如果他再打电话过来,我该说些什么呢?"

"向他道歉就行了。我们不想让他觉察到任何谎言。你干脆主动坦白,求得他的谅解,这样便能让他自以为又能控制住你了。"

"他早就牢牢控制了我的生活。"

"莎拉,你可以随时退出,没人会因此而瞧不起你。总有一天我们会抓住他——或早或晚,他一定会露出马脚来的。"

机会就在眼前。我可以从这场噩梦中全身而退,回到原本的生活轨迹中去。几个月前,我还过着一种简单舒适的生活。每天欢欢喜喜,快快乐乐。此时此刻,我身体里的每个细胞都渴望着能摆脱眼下这副让人绝望的重担,盼望着能回到从前。现在只要我说出那个简单到不能再简单的"好"字,便能终结这场噩梦了。

就算是为了我自己也好。

"莎拉?"

可是,一切都太迟了。我已经走得太远,再也回不了头了。

"不行。我们一定得抓住他——我不希望他再去祸害别人了。"

他连连点头,然后拿起了手机。

"我们绝对不会再让他得逞。"

我嘴角颤抖着朝他笑了笑,"你不怕我这个包袱会拖累你们

233

的队伍吗?"

"你没那么糟糕。"他笑着站起了身,"不过现在我得回警局去了。"

我把他送到了门口,"那里有人见过他吗?"

"目前还没有找到一个目击者,不过我们正在调查他购买粗刨机的地点,也在研究他做的那两个人偶娃娃。"

"那两种头发的DNA……"

"头发样本与之前的两位受害者吻合,所以说,你猜得没错。"

我倒吸了一口凉气,"那么我现在的处境危险吗?"

"我们希望能确保你的安全,所以才在你家附近安排了警车巡逻。不过到目前为止,每一次他发出威胁后,针对的都是其他人,而不是你。要是他转而追踪你或是你家人的话,就不会再同你联系了。"

我站在屋前的台阶上,说道:"真不敢相信那个女孩居然死了。这一切真是太可怕了。"我拼命眨着眼睛,好让泪水不会掉下来。

"很遗憾,莎拉,我知道你希望丹妮尔最终能幸免于难。相信我,这也曾是我的期盼。"他声音哽咽,听起来十分沮丧。随后,他把手搭在我肩上,注视着我的眼睛,说道:"你必须尽快走出来,集中精力想办法阻止他再去害人,这也是目前我们唯一能为丹妮尔做的事了。"

比利还没来得及把手放下,院子里的车道上就传来了汽车飞快驶入的声音,接着便是车载收音机里传出的喧闹声。比利立刻把手缩了回去,又往后退了一步。

一看到车,我便告诉他:"是我妹妹。"

梅勒妮将车开到了我们面前。她一边停车,一边透过车窗朝我们得意地笑了笑。

比利动身朝他的那辆SUV走去,经过梅勒妮的身旁时,后者开口道:"你好啊,警官。干吗这么急着走啊?"

他朝她露出了一个大大的笑容,接着便眨了眨眼,回答道:"哦,你知道的,去抓坏人嘛,还不就是那么些无聊的事儿。"

走到车门边后,他越过引擎盖对我说:"明天我会告诉你另外几件家具是什么的,莎拉。"

"好的,没问题。"

走时他按了一下喇叭,正优哉游哉走上台阶的梅勒妮忍不住挑了挑眉。我翻了个白眼,转身进屋去了。这一次,我抢在梅勒妮甩出那些含沙射影的话之前先开了口。

"看在老天的分儿上,梅勒妮,我和比利之间什么事都没有。他只是我的一个客户,也是我的朋友。我爱的是埃文,而且我们很快就要结婚了,这一点你可没有忘记吧?"我一边说着,一边走进了厨房。梅勒妮紧随其后。

"我没忘啊。不过你的朋友比利是不是记得这回事,那我就不清楚喽。他绝对是喜欢上你了。"

我给自己倒了杯咖啡,但没给她倒。我希望她赶紧走人。

"你知道自己在说些什么鬼话吗?你总共才见了他两次,而且每次他都要和你调调情。"

"可是他喜欢的人不是我呀,"她耸了耸肩说道,"其实我也不懂他怎么就着了你的道儿。不过我敢确定,他真的对你有意思。"说完,她便在餐桌旁坐了下来。

"随你怎么想吧。事实上,他对我一点儿意思都没有。对了,你来我这儿干吗呀?"我斜倚在餐台边问道。

"你上次不是说，会跟埃文聊聊关于凯尔在婚礼上表演的事儿吗？"

我一拍脑门，说道："天哪，真是该死，周末我没找着合适的机会……"

"我早就料到了，所以才带了张他录制的唱片来。"说着，她打开手提包，拿出一张碟片放在了桌子上。

"我会试着听听的。"

"为什么是'试着'听听看呢？为什么你不能说'行啊，梅勒妮，我很愿意听一听'？"

"为什么你总要吹毛求疵，和我对着干呢？"

她回嘴道："因为你总是瞧不起我。"

我摇着头，想说上一句"不要总是这样自己跟自己过不去"，脑中却突然想起了那个已经离开人世的女孩。那个女孩也有个妹妹，名叫阿妮塔。在昨晚的新闻中，我看到她正在为姐姐能够平安回家而祈祷。

"我会听的，"我望向工作室的大门，"不过我还有很多事情要做，所以……"

"别担心，我马上就走。"说着她便起身朝门口走去。我没有挽留她，只是跟着走到了屋前的台阶边，然后便等着她开车离去。

走到车门边后，梅勒妮转过身来，面对着我说道："你也得时常回去看看妈妈啊，不然就是你忙到连她也不记得了？"

"这段时间我真的抽不开身。"

"你很久都没去看过她了。"

内疚和愤怒接二连三向我袭来。梅勒妮根本不知道我最近经历了什么，她根本不知道在我身上发生的事——反正她一贯如此。

"管好你自己的事吧，行吗？"

她砰地关上车门，接着便是一脚油门。车轮猛地转动起来，地上铺的小石子四处飞溅。

她走后，我转身进了屋子，顺手狠狠地带上自家房门。我拿起手机看了看，刚才没人打我电话。我暗暗思忖着，万一约翰又来找我，我能说些什么呢？

我本来想给劳伦打个电话，臭骂梅勒妮一顿的。既然不能把真实的苦楚说给她听，那就只能通过吐槽梅勒妮来发泄一下了。不过后来我还是决定再等等，等到格雷格去伐木营了再联系她。是啊，我又开始了新一轮的等待——想想都觉得可怕。可要是格雷格在家，我们俩就不能毫无顾忌地说话。劳伦年纪轻轻的时候就和格雷格在一起了，有时候我会忍不住想，我妹妹有没有觉得错过了些什么呢？可是她看起来似乎一直都很幸福，也从来没有抱怨过格雷格，这让我慨叹，两个人相遇得是早还是晚可能并不那么重要。不过话又说回来，就算劳伦有什么烦心事，以她的性格，除非我不停地逼她，否则她只会守口如瓶。想要撬开她的嘴，可真不是件容易的事。

而我就不同了。我是一个心里有话就一定要说出来的人。有一次我特意问了问她，为什么她的嘴那么严。她说她不想让生活里那些七七八八的事烦到自己。唉，多希望我也可以这么想啊！如果真能这样，或许我才能忘掉这个世界曾有一个女孩因我而殒命，从而最终原谅自己吧！而现在，我只能选择暂时将其遗忘。可是，在我内心涌动的那股内疚之情，就像嘴里的溃疡一样，只会让我忍不住一遍遍地舔舐它，感受它带来的痛苦。

13

我觉得自己现在的状态比之前好多了。我会这么说,其实是想看到您的笑容。每当我告诉您,说我克服了一个困难,或是您教我的方法很好用时,您就会露出那样的笑容。您说过的话,大部分确实对我有帮助。不过最近这段时间里发生的事情实在是太多了,一件件接踵而来,着实让我应接不暇。

每天我都会上网,看看是不是又有关于丹妮尔的最新消息。她的家人建立了一个网站来缅怀她,我时常忍不住点进去,看看她的照片,读读她这段人生路上的每一个小故事。今年夏天,她的一个朋友要举行婚礼。本来她已经受邀要当伴娘,礼服也已经订好了,可现在,那件衣服只能挂在衣橱里,再也无人理会。一想到这里,我便忍不住号啕大哭起来。您问过我,为什么我会沉迷于那些受害者的不幸遭遇,这是不是因为我潜意识里非常害怕像那些失去了女儿的母亲一样失去艾莉?我思来想去,觉得并非如此。我不清楚为什么要把自己假想成丹妮尔,去揣摩她所感受过的痛苦;也不知道为什么会想象出无数幅怀孕的画面,一次比一次凄惨;更不明白为什么非要执意去了解那个女孩生命中的点点滴滴。

许多年前您就教过我,说我们无法选择自己对事物的感受,而我们能够选择的,是自己应对它们的方式。但是有时候,我宁愿自己无须做出任何选择,因为无论我挑选了哪条道路,前方都泥泞不堪,狰狞可怕。

周六上午,我和艾莉去商店里买东西。挑挑选选之际,我的手机响了起来。是个陌生号码,不过根据区号,它显然是属于不列颠哥伦比亚省的。我小心谨慎地开口问道:"你好?"

"你没有告诉过我你还有个女儿。"

恐惧感迅速在周身蔓延开来。我一动不动地站在过道中间,和艾莉仅有几步之遥。她就在我前面,正推着一个小小的购物车,肩上还挎着个红色的小包。她停下脚步,嘟起小嘴,开始认认真真地观察起一袋用来做意大利面的面团来。

我说道:"是的,我没提过这事。"

"为什么?"

我立刻想到了丹妮尔。万一说错了话,下一个可能就轮到我了。刹那间,我的脸上变得滚烫,视线也模糊起来。我强迫自己继续呼吸,好让说话声显得十分镇定——也好让他保持平静。

"我这是为了谨慎起见。毕竟你伤害过别人,而且……"

"她是我外孙女啊!"

艾莉推着小车子朝我这边走来,我连忙把话筒压在了自己胸前。

"乖宝贝,你干吗不去最那头挑点儿麦片呢?"她超爱观察形状各异、大小不一的包装盒,喜欢看看这个,瞅瞅那个,不厌其烦地把所有盒子都摸上一遍。平时我最烦她这样了。

约翰问道:"她现在是不是就在你身边?"

该死,他听到我说的话了。"我们正在买东西。"

"她叫什么名字？"

虽然我的全部身心都在抵抗，不想说出女儿的名字，可他也许早就知道了。

"艾莉。"艾莉抬头望了我一眼，我朝她笑了笑，她便推着小车朝麦片架那边跑去了。

"她几岁了？"

"六岁。"

"你应该告诉我你有个女儿的。"

我真想来上一句"你无权知道我生命中的任何事情"，可现在不是惹恼他的时候。

"对不起，你说得对，可我只是在保护自己的女儿，随便哪个母亲都会这样做的。"

他没有说话。这时一个女人从过道那头朝这边走来，于是我闪到一边，心想，如果她知道和我通电话的人是谁，心里会怎么想呢？

终于，他又开口了："你不相信我。"

"我很怕你。我不明白你为什么要杀了丹妮尔。"

"我也不明白。"电话刚刚接通的时候，他的语气是样的怒气冲冲、紧张不安，可现在，他就像是一只斗败了的公鸡。于是，我先前狂乱的心跳也稍稍平复了一点。

"你不要再伤害任何人了，好吗？"我恳求道。

我屏住呼吸，以为他会大发雷霆，可他只是自我辩解般地说道："那你再也不能对我撒谎了。还有，只要我有需要，你就必须陪我聊聊天，说说话。"

"我不会再对你撒谎了。只要你打电话来，我就尽量陪你聊。不过有时候我会和别人在一起，所以如果我没有接，你可以留个言,我会打回……"

"这么做没用。"

不知道他是否还在怀疑警方可能正追踪着他的电话信号。

"要是你接二连三地打来电话,我的朋友和家人会开始问个不停。"

"那就告诉他们呗。"

"他们不会允许我同你说话的,而且……"

"你是说警察不想让他们知道我一直在和你保持联系吧。"他漫不经心地说出了这句话,可我没有上他的当。他这是在试探我。

不过我的脉搏还是再次加速跳动起来。他对我产生了怀疑,可怀疑跟确认是两码事。我只得硬着头皮继续编下去。

"没这回事。我的意思是,我的家人是无法理解的。他们有可能会去报警……"

"你已经报警了。"

"我没有——我早就告诉过你了。起初我根本不相信你的身份,后来我又特别害怕,怕你会针对我的家人。埃文要是知道的话也会很担心的,他……"

"那就离开他,从今往后,你不再需要他了。"

我一下子便紧张起来。他又生气了。我是不是让埃文置身险境了呢?走廊尽头,艾莉已经挑好了一盒麦片,现在正推着小车跑来跑去。要是我不赶紧给她找点事做,她就有可能撞上周围的货架。我赶紧朝她招招手,示意她跟着我去蔬菜区,同时还搜肠刮肚地思考着怎样才能安抚好约翰。

"只要你需要我,我尽可能随传随到。可是我很爱埃文,也和他订婚了。如果你想成为我生活中的一部分,就得多多地理解我。"

我壮起胆子说完这番话后,大气都不敢出。他会有什么样的反应呢?

"好吧,不过要是他碍着什么……"

"他不会的。"我松了口气,身子不由得一软,无力地靠在了推车上。身旁的艾莉在我眼前晃来荡去,想要引起我的注意。我递给她一只塑料袋,用手指了指摆着苹果的货架,示意她去挑上几个。

约翰说道:"我想和艾莉说说话。"

我一下便挺直了背。

"这可不是个好主意,约翰。"

"她是我的外——孙——女!"

"可她也许会说出去,之后麻烦就大了,正如我开始跟你说过的那样……"

他的声音忽然变得萎靡不振,"要是你不让我跟她说话,那就让我见见你。"

他的话如同晴天霹雳一般,把我吓得说不出话来。我从没想过他要见我,也从不相信他敢冒这个险。现在,我必须得说点什么,让他不敢来找我——而且得快点说出来。

"可万一警察一直在盯着我呢?"

"你之前说你没报过警。我相信你——你撒没撒谎我都知道。"

有那么一瞬间,我仿佛觉得说谎的人是他,而不是我。我立刻甩了甩头,丢掉这个念头。他怎么可能知道我正在和警方合作呢?

"我的意思是,网络、报刊、电视等媒体上都提到过你是我父亲的事,所以警察有可能一直在监视着我。"

"那你觉得自己被人跟踪过吗？"

"那倒没有，不过这也不能证明他们……"

"明天我再联系你。"

比利跟着就打来了电话，可这时艾莉正用推车在我身后不断地撞着我的腿。我知道她已经受不了了，其实我也是。

"给我一点时间，比利，一到家我就给你回电话。"我匆匆忙忙地买好了剩下的东西，回家后赶紧给艾莉准备了一份简单的午餐，然后便让她看影碟去了。

我用家中的座机拨通了比利的号码，"你们知道他的位置了吗？"

"他在位于克利尔沃特西边的桥湖公园里，是用了一个露营地的付费电话机联系你的。"说着，比利叹了口气，"警方赶到的时候，他已经走了。可能他之前就把车停在了营地下面，然后自己步行穿过林子去那个露营地的，所以我们带去的警犬到后来就追不下去了。"

"我们该怎么做呢？我不想让他和艾莉对话，而且我肯定也不会去见他。"

"我们也不希望让你身处险境，可……"

"我绝对不会去见他的。"

"我不是在怪你。"

"那我该怎么做呢？"

"今后他提出的要求会越来越高，我们希望你对此要做好思想准备。"说这话的时候，比利显得是那么的自然，可我总觉得有什么不对劲的地方。

下一秒我就明白过来了。警方想让我见见他，但他们不好直接命令我这样做。

这时,我听到了珊迪的声音,"莎拉,要不你下午来一趟警局,我们当面谈谈,好吗?"

"好吧。"

我又把艾莉送到了梅根家里——好在梅根的妈妈很喜欢她——然后便驱车赶往警察局。珊迪和比利又把我带到了那间放着沙发的房间里,这一回坐在我旁边的是比利。我端详着他的侧脸,心想,梅勒妮的话是真的吗?他真的对我有意思吗?他转头望向我,笑了笑。从他的态度里,我只感受到了如朋友般的亲切之情,其他的什么都没有。况且我现在面临的麻烦多了去了,哪有心思琢磨这个啊!珊迪在我们面前不停地走来走去。

我问她:"你想让我去见他,对吧?"

珊迪回答道:"我们无权要求你去做这么危险的事情。"

"如果是我自己想去见他呢?"

她马上接了话:"那你得先与他选好见面地点,不过你得很自然地说出来,不然就会引起他的怀疑。选择一个合适的见面地点极为重要——我们得为公众的人身安全考虑。"

"那我的人身安全呢?这难道不正是你们首先应该考虑的问题吗?"

"这当然也是。我们一定会确保……"她忽然语塞,接着又说道,"如果你下定决心要去见他,那么我们警方一定会全程跟着你的。"

"噢,好极了,这样一来就能让他发现你们,然后把我给杀了,是吧?"

"他不会发现我们的。我们会选一处没什么人的地方,但也不会过于偏僻。我们会派出便衣警察,时刻监视着你那边的情形。"

比利插嘴道:"我们会给你配备对讲装置,不过我们的计划是抢在他有机会接近你之前逮捕他。"

"等一下。你们都已经计划好了?有人问过我的意见吗?"

他们俩同时凝视着我。

最后,比利说道:"没人刻意计划了什么,我们只是在讨论可能采取的措施,不过如果你决定帮助警方逮住约翰,那我们一定会倾尽全力保护你的人身安全。正如珊迪所说,你的安全才是我们最关心的事情。"

我看了珊迪一眼,说道:"对于这一点,我心里还真没底。"

珊迪拖过一把椅子放在我面前,然后一屁股坐了下来。接着她伸出手,从旁边的桌上抓起一份文件,抽了张照片出来,飞快地举到我面前。

"你好好看看这个吧,莎拉。"

是丹妮尔的尸体。她脸色惨白,脖子上一片瘀青。她的双眼向外突出,暗黑的舌头松松垮垮地垂在嘴角。

我触电般地向后一躲,接着便闭紧了双眼。

比利一把夺过了那张照片。

"你这是在干什么啊,珊迪?"

"我去喝杯咖啡。"她把文件往比利怀里一塞,转身朝门口走去。砰的一声,门被关上了。

"真不敢相信她居然会这么对我。"我用手捂住胸口,惊魂未定地说道,"那个女孩的眼睛和舌头……"

比利在我旁边坐了下来,"真是抱歉啊,莎拉。"

"难道你们对这种事情没有什么管理条例的吗?她还是个上

士呢！"

"我会和她谈谈的。她今天心情非常不好。没能救出丹妮尔对她的打击很大。她特别希望能赶在约翰再次得逞前抓住他——这也是我们所有人的心愿。"

"这我能理解，可我还有个孩子呢，万一我遭遇不幸……"我再也说不下去了。

比利往后一仰，重重地叹了口气。

"这就是我们想尽快抓获他的另一个原因——让你不用再担惊受怕地过日子。不过其实你也不用太担心，因为你可能是唯一一个不会被他伤害的人。之前你做得很棒，还成功地赢得了他的信任。"

"可他真的相信我吗？到现在了，他每次打电话都不会和我聊太久。所以我想不通的是，他为什么愿意冒险来见我？"

"我觉得他可能在进行反侦查试探。通过约见你，他可以检验出你到底有没有和警方合作。他就像个猎人，要么紧追不舍，要么就想办法把猎物逼出来。不过我还是觉得他相信了你。他这个人非常自负，一定想不到你会背叛他。"

猎物，是啊，对于约翰来说，我不就是他的猎物吗？可我觉得自己早已是待宰的羔羊了。一想到这儿，我的胃里不禁一阵绞痛。

"可我一直没对他说实话，要是被他发现了……"

"那时他早就被绳之以法了。可是莎拉，也许你不应该去见他。你看你，这么慌张，这么害怕。"

"我肯定会很害怕啊，不过这并不是最主要的原因。我只是……我需要好好想一想。"

"的确如此。"

"我还得和埃文商量商量。"

"那是自然。如果他有什么不放心的,我可以和他谈谈。"

那真是太好了。不过我只说了句:"我会告诉你的。"

我和比利走出警局,珊迪却没有露面,真希望她刚才是被上级叫过去臭骂了一顿。

比利站在车子旁边,对我说道:"我不想骗你,莎拉。和约翰见面确实很危险,这一点你应该很清楚,可我还是希望你能够做出正确的选择。"说完,他帮我关上了车门。

接到艾莉后,我就把她送回了家。一路上我都在回想着刚才警局里发生的一切。我真要和约翰见面吗?我是不是疯了?到了下午,艾莉和我带着穆斯去公园里玩,可我完全心不在焉。手机似乎都怜悯起我来,没有发出丝毫动静。我的脑子里却一片混乱:我应该去见他吗?如果我不去,是不是就成了一个可怕的女人呢?万一他见不着我,会不会又去杀人呢?还有,万一最后被杀的人是我呢?

我的眼前出现了无数个画面:我仿佛看到艾莉和埃文在我的葬礼上哀伤落泪,看到劳伦将艾莉抚养长大,看到埃文周末回家后带着艾莉去买冰激凌。随后画面一闪,我勇敢地站在公园里,刚一认出约翰就开始不露声色地朝对讲设备说了几句,紧接着就有一支特警部队冲了出来,以雷霆之势将约翰按倒在地。之后,受害者的家人纷纷给我打来电话,向我道谢,感谢我让他们终于过上了平静的生活。

可是,无论我怎么幻想,都无法摆脱丹妮尔的面孔。我真恨珊迪,她居然利用那样的照片来操纵我;更令我深恶痛绝的是,她的目的达到了。

晚上，我趁艾莉洗澡的时候联系上了埃文。一听到我打算和约翰见面，埃文便马上制止道："不行，莎拉，你不能那样做。"

"可如果这是我们抓住他的唯一机会呢？"

"你不能拿你的性命去冒险——你有想过艾莉吗？"

"我也说过同样的话，可警方表示我不会真的遇到危险……"

"你当然会有危险。他可是个连环杀手，而且才杀害了一个女人。他不是连他的习惯，或是那种叫作什么行为模式的东西都打破了吗？"

"警方承诺会保护好我的，还说会在我同他开口说话前就逮住他……"

"你既没有责任，也没有义务去做这件事。"

"但是埃文，你好好想想，如果成功了，我就能一劳永逸地把他赶出我们的生活。假如我真能协助警方让他落网，我会觉得自己也算是做了件正确的事。现在，我每天都坐立不安，脑子里想的全是'他接下来要干吗'，'他什么时候会打电话过来'，'他会说些什么'之类的问题。你也清楚，这种状态对我、对我们会造成什么样的影响。要是警方真能抓住他，我们的生活就可以变得正常了，我也可以和你开开心心地筹备婚礼了。"

"我只想要你活着，不想让他把你也给害了。万一真到了那一步，这个世界对我来说就没有任何意义了。"

"警方可以用另一个女孩当诱饵，或是……"

"他见过你的照片。如果他发现那个人不是你，就会气疯了。到那时，他会去伤害你和艾莉，还有更多的人。我早就说过，警察是在把你当诱饵呢。我不准你去冒这种险。"

"你不准？"

"你知道我是什么意思。别这样做，莎拉。"

我想和他争上几句，告诉他我不喜欢被人指使，可内心又大大地松了一口气，因为他从头到尾考虑的都是我的安危。

"本来我想明天再把决定告诉他们，不过现在他们就可能在听着呢。"

下一秒，我就听见埃文在电话里大声喊道："她是不会去做这件事情的。"

我以为会马上接到比利或珊迪的电话，可直到深夜，家里的电话一声都没有响过。第二天，约翰打来了电话。

"你考虑过和我见面的事情了吗？"

"当然啦，不过我还是觉得这个主意不太好，风险太大了。"

"你说过警察不知道的。"

"可是上次我也提过，他们可能一直在监视我。"

"他们没有任何证据表明你是我女儿，也不知道我和你一直有联系。"

天哪，他真是太精明了。我已经想不出什么借口，于是只能再次用警方可能监视着我来为自己开脱——此时此刻，我真是黔驴技穷了。

"他们可能没放弃监视我，而且……"

"你不想见我吗？"

"我当然想啦，可万一真有警察盯梢，那最后不就会演变成一场枪战吗？"

"我会保护你的。"

"我知道，可我还有个女儿——我不能冒那种险。"

"艾莉现在在干吗呢？"

"她在睡觉。"

"你会跟她讲故事吗？"

"从早讲到晚。"

"她最喜欢听什么故事？"

我犹豫了一下。虽然警方让我不要对他撒谎，但是我就是不愿意让他对艾莉有更深的了解。

"《野兽国》。"艾莉讨厌这本书。

"她最喜欢的颜色呢？"

"粉色。"艾莉喜欢的是太妃糖苹果那样的红色，越艳越好。

"我得挂了。我会好好想想怎么才能见到你的。"

"不要，约翰。我不会和你见……"

电话已经被挂断了。

约翰正在向南行进——目标就是我。一名卡车司机声称他见过那个使用付费电话给我打电话的人，但他无法说出此人的容貌特征，也没发现他开了什么车。那天夜里，我辗转难眠，一会儿觉得他离我越来越近，一会儿又似乎听到了他的车轮碾过屋外路面的声音。我仿佛看见他在夜色的掩护下正披星戴月地行驶在空无一人的公路上。

第二天是星期一，又一个包裹寄到了家里。我赶紧通知了比利和珊迪。不到三十分钟，他们就从警局赶了过来。自从上次在警局被珊迪摆了一道之后，我便再也没有同她说过话了。开门后，我只和比利打了声招呼。珊迪似乎并不在意，手里拿着个公文包，大步流星地向厨房走去。

我屏住呼吸，站在一旁，看着她小心翼翼地划开了那个包裹，然后伸出戴着手套的双手从里面取出了一个白色的首饰盒。盒子上被人用胶带粘了一个黄色小信封。珊迪把首饰盒放在餐台上，然后轻轻地揭下了那封信。接着，她将一把裁纸刀的刀尖戳进了信封边缘，再沿着小口缓缓划开，这样就保留了信封原来的封口。最后，她用镊子将一张卡片慢慢地夹了出来。

卡片上有几个用深蓝色的墨水写成的字：致艾莉，爱你的外公。

我大惊失色，吓得连连后退。

"你还好吗，莎拉？"比利问道。

"这真是太可恶了！"他怎么敢给我的孩子寄这个！我真想将他五马分尸，把这张卡片也撕得粉碎。

比利同情地笑了笑。

他打开了一个袋子，珊迪小心地把信封和卡片都放了进去。接着他慢慢地取下了首饰盒的盖子，珊迪凑了过去，正好挡住了盒子，弄得我什么也没看到。

只见珊迪摇着头说道："这个该死的浑蛋。"

"让我看看。"我说道。

他们俩让到了一边。盒子里垫着一块白棉布，上面躺着一个身穿粉色毛衣和蓝色牛仔裤的人偶娃娃。丹妮尔的妹妹曾经在电视上哭着描述了姐姐失踪时的衣着打扮，和这个娃娃一模一样。不过最让我感到震撼的是娃娃头上粘着的那几缕红褐色的头发。我盯着这个没有五官，周身光滑的金属玩偶，丹妮尔死后的惨状横冲直撞般闯进我的脑海。我立刻转过头，不敢再多看一眼。

珊迪说道："你得好好看看，免得他问起来的时候你什么都说不出来。"

"等一下好吗?"我在餐桌旁坐了下来,一连做了好几个深呼吸,然后开口说道:"我脑子里全是那张照片的样子。"

"关于和他见面的事,你考虑好了吗?"珊迪转过身,手里还捧着那个首饰盒。

"埃文不想让我去见他,他怕我会出什么事。"

比利点了点头,说道:"他希望你能平安无事。"

"那样做太冒险了,"我盯着珊迪手里的盒子,"可如果我真去见他……"

"那我们就负责抓住他,然后一切就都结束了,"比利说道,"那些包裹、电话……"

"还有可能被杀害的女性。"珊迪补充道。

"知道吗?珊迪,这种让我内疚的招数并不管用。之前你利用那张照片对我施压,实在是太可恶了。"

她瞅了一眼比利,后者立刻清了清嗓子。她绷着脸说道:"你说得对,莎拉,那样做确实是有些过分了。"

她居然道歉了,这真是让我惊诧不已。可我发现她在有意避开我的视线时,便明白了她的真实想法。其实她一点都不觉得抱歉。我无奈地摇了摇头,转而望向比利。

"我的想法其实跟你们一样,比利。可如果我真的去见他,埃文肯定会很不高兴的。"

"需要我和他谈谈吗?"

"不用了。如果让他觉得是你们在向我施压,反而会弄巧成拙。他希望我什么都别做,毕竟这件事实在是太危险了。其实他说得没错,约翰已经知道了艾莉的存在,所以我这是在拿她的安全冒险。"

"我们并不认为你的家人会有危险,不过……"

"不过他就是想从我们身上得到些什么。你自己也提过好几次——他的要求会水涨船高。下一回他又会要我怎样呢?是不是要我带艾莉去见他呢?"

"这也是我们所担心的事情。如果咱们的行动不够迅速,他就会继续加码。"

"可要是我见了他,一切都会乱套的。"

比利点了点头,表示同意,"是的,是有这种可能,所以我们才一直没要求你这样做——尽管这可能是我们唯一能够阻止他继续作恶的机会了。"

"可万一他从你们手里逃脱了可怎么办呢?那时他就会知道我一直在跟你们合作。"

"你已经给过一个很合理的解释了——那就是各大新闻媒体的报道。你警告过他,我们可能因此在监视你。"

"可他也许并不相信。到时候他不是消失得无影无踪,便是会下定决心来惩罚我。"房间里一时间鸦雀无声。过了一会儿,我问他们:"你们有没有别的什么办法来抓住他呢?"

"我们什么法子都试过了,可是……"说着,他摇了摇头。

"也许他会主动收手,毕竟他也渐渐地上了年纪。"

其实我知道这是不可能的,果不其然,比利说道:"连环杀手是不会收手的。他们要么因为别的什么案件被抓,要么就是离开人世了。"

珊迪把那个首饰盒递到我面前,"希望你喜欢这种东西,因为今后你还会收到更多。"

我怒视着她,说道:"你可真会说话啊。"

"我说的是事实。"

比利坚定地呵斥道:"珊迪,够了。"我以为她会责备比利,可她并没有开口,只是低头看着自己的手机。比利转向我,问道:"你准备好过来仔细瞧瞧这个人偶了吗?"

我深吸了一口气,然后点了点头。珊迪递过来一副手套,看到我戴好了,她才把盒子递给了我。

"注意,只能接触盒子的边缘,其他的地方你可千万别碰。"

我一边仔细打量着这个玩偶,一边告诫自己别去想丹妮尔,别让她那美丽的容颜和那头颜色与我一样的秀发钻进我的脑海,更别去想我的亲生父亲是如何用双手将其活活掐死的。

稍后,我正在冲咖啡,约翰的电话来了。

"收到东西了吗?"

"收到了,谢谢。"最后两个字差点把我给呛了一下。

"你把它给艾莉了吗?"

"没有,她还小,约翰。她还不懂……"

"你不让我同她说话,现在又不准我给她送礼物?这个礼物是我为她做的。"

"我会留着,等她大一点了再给她。她还太小了——我怕她会弄丢的。"

听筒里传来了一阵阵粗重的呼吸声。

"你还好吗?"

他再次开口的时候,似乎在咬着牙说话,"不好——那个声音,现在变得好难听啊。"

我的手里还端着咖啡壶,身子却动都不敢动了。什么声音?我竖起了耳朵。难道他又抓了个女孩吗?这时我听到了什么。是笑声吗?接着是什么东西被砍倒的声音。有人在用斧子砍树吗?

我强迫自己缓缓地做了个深呼吸。

"约翰,你在哪儿?"

声音停了下来。

"求求你告诉我,你现在在哪儿?"

"我在一个露营地里。"

我的心脏剧烈地跳动起来,"你为什么去那儿呢?"

他贴着话筒轻声说道:"我跟你说过了——那种声音。"

"好的,好的,你跟我说说吧,你在露营地那边干吗呢?"

"他们在笑。"

"那就开车走掉。求你了,算我求你好不好?赶紧开车离开那儿吧。"

接着我便听到了开车门的声音,"我得让他们停下来……"

"等等!我愿意和你见面,行吗?我答应和你见面。"老天爷啊,帮帮我吧!

现在您知道我为什么要提前一天来见您了吧。那天我花了好几分钟才把约翰劝回车里,让他开车离开那个营地。为了转移他的注意力,我不停地对他说,能和他见上一面是多么多么的好。刚开始我很难让他平静下来——因为他总在提那个声音,接着便开始抱怨起露营者们发出的笑声,后来我只好说了些"真不敢相信我终于能见到爸爸了"之类的话,才把他安抚下来。他说会尽快联系我,商量一下见面的事情。过会儿我就要去见比利和珊迪了——他们担心约翰很快就要见我,所以想把所有的细节都过一遍。这回他是从梅里特以北的地方打来电话的。这个小镇距温哥华只有四个小时的车程。他现在正朝着我们这边赶来。

昨晚我对埃文提起这事的时候,他说道:"他们只是在利用

255

你，莎拉。"

"哪个'他们'？"

"所有那些家伙——全体警察，还有约翰。"

"难道你认为我会蠢到连自己被人利用了都不知道吗？"

"和约翰见面实在是太危险了。你还有个孩子，你有为她想过吗？在没有和我商量好之前，你无权单独决定这么重大事情。"

"你是在开玩笑吧？我把艾莉看得比什么都重——这你是知道的。而且你有什么资格对我说我到底有没有权力做什么？"

"莎拉，别闹了，否则我就……"

"那你能不能先别这么烦人？"

他马上提高音量，说道："要是你非要跟我吵，那我们就别谈了。"

"你干吗不先停止说这些混账话呢？"

他突然沉默了下来。

"怎么？现在你干脆连一个字都不说了，是吧？我倒是成了那个幼稚的人？"

"除非你能冷静下来，否则我说什么都没用。"

我把牙都快咬碎了，又做了好几个深呼吸。等到勉强平静下来之后，我才开口说道："埃文，你不知道和他说话有多难，尤其是碰到他正在挑选下一个猎物的时候。要是我说错一个字，就有可能会害死一个人。你知道这种感觉有多可怕吗？比利说，越快抓到他，就能越快地让他从我们的生活里消失。他说得没错。所以就算警察是在利用我，我也不在乎，因为现实就是如此。"

不知过了多久，埃文才终于开了口。他说道："该死。我讨厌这种事，莎拉。"

"我也是,可你难道不明白,其实我没得选吗?"

"你本来可以选另一条路的——只是你不愿意。我能理解你当时为什么非要应下这个差事,可我就是不喜欢,也不赞同你这种做法。不过如果你真打算去见他,那我就回来陪你。我会暂时关闭度假屋,到时候参与警方的行动。"

"我觉得他们会同意的。"

后来我们又聊了一会儿,他为之前指责我行事莽撞道了歉,我也为对他出言不逊说了声"对不起",之后我们便互道了晚安。通话是结束了,可是对于我们两人来说,这一晚注定不会是一个宁静安详的夜晚。我躺在床上,直愣愣地盯着天花板。几个小时过去了,我依然毫无睡意,脑子里想的全是那几个被约翰盯上的露营者。他们永远都不知道,自己曾经如此接近死亡。而我呢?我和死亡究竟相距多远?

14

现在，我觉得自己就像一堆火车残骸。埃文越是劝我冷静，我就越发心烦意乱，稍后便会嫌弃起自己来，脾气也愈发暴躁。每当这时，埃文就不得不付出更大的精力来安抚我；如果耗尽耐心都没有效果，他那副大男子主义的做派便会再度显现出来。一旦如此，我必然会恼羞成怒，最终变成一个不可理喻的疯子。

可是，只有当我把他气到满脸通红，他对着我大吼大叫，甚至愤然离去的时候，我才能真正地平静下来。过不了多久，我就会开始反思刚才发生的一切。一想到那些恶言恶行，我便觉得羞愧难当，于是只好忍气吞声，尽量弥补之前的过错。好在埃文是个不记仇的人。他习惯于放下怨愤，继续前进。放不下的人是我。

我是一个很容易就反应过度的人，而且这一秒钟的反应又会波及下一刻的情绪。我和埃文就此聊过不知道多少次了，不过奇怪的是，我居然能当着您的面说出"反应过度"这四个字来。知道吗？要是其他人觉得我反应过了头，哪怕只有一丁点的暗示，我都会立刻变得面红耳赤，火冒三丈。您曾经说过，我之所以会这样，并不是由当时的环境决定的——环境只是个导火索；真正引发问题的，是流转于人们之间的某种气场，它能激发各种各样交流的火花。所以我要面对的，不是与之抗争的对象，而是抗争的方式。这段话您不知对我强调过多少回,也一定认为我已经掌握其中的诀窍了。可到了它该被派上用场的时候,我却早已将其抛到脑后了。不过至少现在我知道自己的这种禀性是从何而来。

从您那儿回家后,我便接到了约翰的电话。本以为他会趁热打铁,尽快定下和我见面的具体事宜,可他对此却只字不提,只是一个劲儿地向我打听艾莉的事情。我想岔开话题,便向他提起了见面的事,可他简单地回了句"还得好好想想"之后,就又开始揪着艾莉不放了。我真不愿同他谈起我的女儿,也不敢去想他掌握了这些信息后到底想干吗。

自从我同意见约翰之后,比利和珊迪每天都会来找我。他们俩也弄不明白,为什么约翰拖拖沓沓地不肯见我,不过两个人也十分赞同我的做法,说如果我主动催促他,反而显得不自然,还不如让他自己提出来比较好。至于我,既然已经下定了决心,再加上没有任何别的解决方法,反倒开始迫不及待起来,想赶紧把这事儿给了了。

约翰的这通电话是从克兰布鲁克打来的,这让我们大家都吃了一惊。警方原本以为他会一路向南,可现在,他居然往东边开了八个小时。等到他再次用付费电话机联系我的时候,警方发现他又往东开了一段距离,几乎就快到达亚伯达省了。一连好几个小时我都盯着地图,想猜出他到底在谋划些什么,为什么要改变路线朝相反的方向走。

在那之后的每一通电话里,约翰都会问起关于艾莉的事情,这让我仿佛踏上了一根由真相和谎言编织而成的高空绳索一般。我不清楚他是否熟悉网络,所以对于那些可以在网上查到的信息,比如出生日期、学校介绍等等,我都直言相告,但是当他问起艾莉的喜好时,我便能骗则骗了。到目前为止,我的艾莉变成了一个讨厌吃奶酪和红肉、性格随和、在陌生人面前会变得胆怯害羞、十分不擅长体育运动的孩子。我还特意把这些东西都记在了小本子上,免得自己忘掉这个编造出来的新女儿。

约翰迟迟没有选定见面的时间,这让埃文很是高兴,进而期待他已经放弃了这个想法——不过,同我一样,埃文也很讨厌约翰打听艾莉的事情,所以他再次提议,让艾莉和他一同去度假屋那边避避风头,可我并不赞成这样做——这会让她的学习落后一大截的。当然,埃文听后安慰了我,说艾莉会做得很好,我只是过度忧心了而已。可我太了解自己的女儿了,她是典型的"学好千日不足,学坏一日有余"。自从那次她推倒了班上一个小女孩后,老师就开始特别"关照"我了。我不知道她是不是听到了什么流言蜚语,可每当她提起艾莉的时候,我都能感觉到她的声音中透露出一丝额外的担忧。所以现在,我不能再往火上浇油了。

到了周五的晚上,约翰终于打来电话——这回他用的是自己的手机。

"下周一如何?"

"见面吗?"我的心脏开始飞快地跳动起来,"可以啊。"

"我这几天一直在研究地图。"

这时我仿佛听见珊迪在我耳边叮嘱:"见面的地点得由你来挑,这一点至关重要!"

"我知道一个特别合适的地方,是我最喜欢的一个公园,我经常带着艾莉去那里玩。"

"哪座公园?"

"琵琶湖海景公园。"我屏住呼吸。求你了,求你了,一定要答应啊。

最初警方选的是鲍温公园,可那儿正在举行户外艺术节。琵琶湖公园的位置比较偏僻,人也不多,去那儿的人最多就是散散步,而且一到周末,那里几乎就没人了。公园附近的停车坪前有一条由沙砾铺成的狭长堤岸,沿着堤岸往里走,就会进入这座占地面积一百二十亩的公园里。堤岸三面环海,两侧摆着数张长椅。如果能把地点定在这里,我就能始终待在开阔的地方,好让任意一个监视区的警察看见我。此外,这座公园还有一个最大的优势,那就是游人仅能从一条路进出,所以如果约翰打算逃跑,警方就可以来个瓮中捉鳖。

这时,电话那头的约翰回答道:"可以啊,那就十二点半吧。"

我假装和他一样兴奋,"太好啦!"可我的心都提到了嗓子眼儿。只有三天,三天后我就要成为抓捕这个杀人惯犯的诱饵。

比利紧随其后打来了电话。他说约翰现在还在亚伯达的边界地区待着,明天我们得一起再把所有细节复习一遍。一听到见面时间确定下来了的消息,埃文就表示他周日晚上一定回家。我并不认为比利他们真的愿意带上埃文,可我已经明确地表过态,如果他们不同意,我就退出。珊迪说,只要埃文清楚自己不能有任何干涉抓捕行动的行为,就可以一直待在指挥车里。

第二天,也就是周六,我接到了约翰的电话。他听起来兴致勃勃,不断念叨着非常期待和我见面,接着又问我等一下打算去做什么。我说我想带艾莉去散散步。

听了这话后,他说道:"你肯花那么多的时间去陪她,真是太好了。"

"虽然有时候也会因为这样或那样的事陪不了她,不过我还是会尽量多和她待在一起。"

他沉默了一会儿。我趁着他心情好,便主动问道:"以前你的父母也会抽出时间来陪你吗?"

"我父亲总在处理工作上的事,不过我母亲倒是经常陪在我身边,直到她离家出走为止。"

"她去了哪儿呢?"

"不知道。那年我九岁。她一直都很想念自己的族人,所以我猜她应该是回那里去了。"这还挺有意思的。不知道他后来的行为是否与他母亲的离去有关呢?

"那时你的日子肯定不好过吧——我猜你一定很想她。对了,你试过去找她吗?"

"试过几次,可运气不好,全都一无所获。"

"真是太遗憾了,约翰。"

"生活很艰难,不过我母亲坚持了下来。她一直在等,等到她确信我能照顾好自己之后,才在某天夜里悄悄离开的。"

"为什么她不把你也带走呢?"

"我想她应该知道,如果自己这样做,父亲肯定不会放过她的。"

"天哪,我实在是无法想象自己会将艾莉留下,自己独自离开。"

"我爸是个狠角色。"

"那你母亲给你留下了什么东西吗?比方说信笺之类的?"

"她给我留下了一个精灵娃娃,让它来保护我。"娃娃!

"就像是你送给我的那些吗?"

"差不多吧,它们是用来保护主人的。"所以说,他把那些女人杀了,照她们的样子做成了娃娃,就是为了自己可以得到保护?那些可怜的女人,她们又有什么能力保护自己呢?

"它们能保护你不受什么东西的伤害呢?"

"恶魔。"

他是不是迷上了什么巫术啊?难道这就是一切惨剧的根源吗?

"是原住民文化中的恶魔吗?"

他回答道:"改天再告诉你吧。"此时他的声音里没有一丝怒气,只剩下浓浓的倦意。

"能说说你的父亲吗?我记得你提到过,他是个十分严厉的人。"

"他是个性情暴烈的酒鬼。有一次我跟他讲了个笑话,然后他就把我的门牙给打掉了。"

"是因为不好笑吗?"

约翰大笑了两声,说道:"也可以这么说吧。不过我对枪支的了解还是多亏了他。一旦踏进森林,仅靠那点知识是远远不够的——他这一辈子都没搞懂过这一点,可我母亲就不同了,要不是她教会了我一些事,我恐怕在头一个夏天就没命了。"

"为什么这么说呢?"

"我满了九岁之后,父亲就把我送到林子里,然后让我独自待在那儿。"

"待一个下午吗?"

"待到我自己能找到回家的路为止。"他又放声大笑了起来。

"那真是太可怕了。"我是真的吃了一惊,"你当时一定被吓坏了吧。"

"待在那里总好过住在家里。"他第三次笑出了声,我想他一定很不自在,"就算我早就找到了路,也常常会在林子里再多逗留好几个星期。每次我回得晚了,父亲就会狠狠地揍我一顿。有时候我就躲在挨着农场的树林边缘,他对此却一无所知。我会端起枪,瞄准他的脑袋,然后嘴里来上一声'嘭'。"

"那你为什么没有真的开枪呢?"

"艾莉今天怎么样啊?"

我已经完全适应了他这种突然转换话题的风格,所以非常自然地回答道:"她挺好的。"

"我发现好多小女生都特别喜欢芭比娃娃,所以就想……"

"艾莉不喜欢芭比娃娃。"我说什么都不会再让他寄娃娃过来了,"她更喜欢甲虫或是科学实验之类的东西。"要是有可能的话,艾莉恨不得买下世界上所有的芭比娃娃,但如果我给她一套做科学实验用的器具,她能把整栋房子都烧了。

他说道:"不聊了,我得收拾行李去了。"接着他停顿了一下,然后说道:"真期待能早点见到你啊。"

"那一定很棒。"

"我会很快再给你打电话的。"我刚想挂断电话,他又开口道:"等一下,我给你讲个笑话吧,你会喜欢的。"

"好呀。"

"有个人对另一个人说:'你打猎时捕到过熊吗?'那个人回答道:'没有,不过我是穿着内裤去钓鱼的。'"说完,他哈哈大笑起来。

我假装笑了几声,然后应和道:"真的很好笑。"

"讲给艾莉听,"他兴奋地说道,"她会很喜欢的。"

我女儿会不会喜欢,你一无所知!

"当然啦,她会笑疯的。"

我这边刚一挂断,那边珊迪的电话就打过来了。虽然见不到她本人,但她说出的每个字、每句话都能让我感受到她周身上下散发出来的兴奋之情。我不得不暂时把听筒拿远一点才行。警方认为约翰正沿着亚伯达省的边界往西行进——目的地显然是温哥华。虽然这次的通话时间更长了,但他的手机信号连接的是华盛顿州的某个信号塔,所以警方还是无法追踪到他。珊迪和比利想和我在琵琶湖公园见个面,既是为了熟悉一下环境,也是为了让大家统一一下意见。我把艾莉送到了一个朋友家里,然后开车去了公园。

珊迪穿着蓝色的牛仔裤,脸上依然是一副饱经风霜的样子。她看起来信心满满,似乎一切都尽在掌握。比利戴着一顶棒球帽,帽檐压得很低。他穿着一件防风夹克,一条深色的斜纹棉质牛仔裤,脚上是一双专业登山鞋。他这种豪放不羁的装扮十分显眼,竟引得几位路过的女士连连回头。他和珊迪先是把堤岸周围转了个遍,然后又和我一起确定到时候应该坐在哪张长椅上,最后,他们还指了几处地方给我看,说到时候会在相应地点安插便衣警察的。

珊迪想让比利驻守停车坪,可比利却说:"昨晚我想出了一个计划,我觉得咱们应该在他到达停车坪前就展开行动制伏他。正所谓'隐形者,我先居之,必盈之以待敌',我们可以在山脚和山顶各停放一辆车……"

"我没时间琢磨你的那些个兵法,"珊迪打断了他,"我期待的是抓捕行动开始时,那人必须就已在停车坪里。我可不想在那之前就贸然行动,这样会把他逼到某条连接着主干道的小路上去的。"

"懂了,我只不过是想……"

"我不同意你的意见。"说完,她掏出手机贴到耳边,接着便走开了。

换作是我,早就当面和她吵起来了,可比利只是盯着她的背影,沉默了好一阵子。要不是看到他渐渐涨红的脖子,我还真以为他一点儿都没有生气呢。

于是我开口说道:"看见了吧,她那种态度,真是让人受不了。"

他笑了笑,"来吧,让我们沿着路线再走一遍吧。"

我在恐惧中度过了这周剩下的时间。自从约翰周六打了那个电话后,便音信全无了。我完全不知道他离我还有多远。要是他日以继夜地赶路,现在恐怕已经抵达温哥华岛了。更令我紧张的是,我们无法得知他将如何登岛——岛上有两艘渡轮,但他也有可能乘坐从华盛顿开往维多利亚的船,然后再开车前往纳奈莫。我左思右想,心里默默地盘算着他所在的位置,到了最后,我几乎快把自己给逼疯了。谢天谢地,到了周日,埃文回来了。我花了一上午的时间做大扫除,把楼上楼下都打扫得干干净净,之后便开始为埃文做起了蓝绶带法式鸡肉卷。从早到晚我都忙个不停,其实就是想让自己保持清醒,或者说是想让自己忙到没空去瞎想。尽管食物非常可口,可埃文和我都没什么胃口。饭后,埃文给比利打了个电话,问了一些关于安排约翰和我见面的事情。虽然在整个过程中他表现得很客气,可我知道他对这次沟通是不满意的。

后来,我们俩相互依偎着坐在沙发上。埃文沉默不语,我则大侃特侃,从给穆斯新买的有机狗粮,聊到怀疑邻居家种了大麻,然后又念叨起艾莉今年的暑期安排——我叽里呱啦说个没完,不想让自己有时间去思考天亮后即将发生的那件事。不知过了多久,我终于停了下来,想要歇口气。这时,埃文从背后一把搂住我,将我紧紧地抱在怀里。

"莎拉。"

"嗯?"

"你知道我有多爱你,是吗?"

我转过头,看着他说道:"你觉得明天我会出事,对吧?"

他没有看我的眼睛,"我没说过那样的话。"

"可你就是那样想的。"

听闻此言,他面色凝重地看着我,再次问道:"你真的不打算取消这次会面了?"

"不。明天警察就会抓住他,然后我们就可以一劳永逸地摆脱他了。"我勉强挤出一个大大的微笑,竭力想让自己相信刚才说的那番话。

"这一点都不好笑,莎拉。"

我的笑容渐渐褪去,"我知道。"

那天夜里,我和埃文躺在床上,紧紧地拥抱着彼此。我们俩又把见面时该注意的事情一一回顾了一遍,才终于有了睡意。可我噩梦连连,睡得一点都不安稳。我梦见自己正被人拖进监狱,艾莉在玻璃窗的另一边放声哭喊,埃文则带着梅勒妮——他的新任妻子——来探视我。时钟指向五点一刻的时候,我醒了过来。看着身旁熟睡的埃文,我不禁第一百零一次问自己:"我这样做,真的对吗?"

第二天一早,埃文摊了几个鸡蛋饼。我们边吃边跟艾莉开着玩笑，一旁的穆斯正"哼哧哼哧"地舔着盘子里的狗粮。我不时放下咖啡杯，抬头和埃文交换一下眼神，还反反复复地查看手机。约翰已经到岛上了吗？还是离得不远了？他知道我的住址吗？要是他突然出现在这里可怎么办呢？我亲自检查了一遍报警系统，还让埃文也检查了一遍。

今天一整天，艾莉学校的校门外都会停着一辆巡逻车。我们俩把她送进校内后，便开车去了警察局。几位警察帮我佩戴对讲装置的时候，埃文就在一旁静静地等着我。按照计划，我将开车前往琵琶湖公园。到那儿后便直接去到那张长椅旁，然后坐在那里等候约翰。至于埃文，他将待在警方的行动指挥车里，这样约翰就不会同时看见我们俩了。万一他主动靠近，我应该确保自己不去接近任何车辆，包括我自己的车和埃文乘坐的警车，也必须确保与约翰之间保持足够的距离。警方的所有指令均以一种慎之又慎的语气传达，每项指令结尾必定跟着一句"如果你依然坚持采取行动的话"，这其中的含义不言而喻：警方希望我明确知晓，如果行动不幸失败，同时我因此而负伤，那也是我出于个人意愿做出选择的结果。

稍后，我一抵达琵琶湖公园，珊迪就会把车停在路边的指挥中心，埃文也会在那里等我。比利将和其他几名便衣警察伪装成工人，在公园的停车坪里安装新的标识牌。其他警察则会分散在四周，假装遛狗或是观鸟。此外，一名女警官将推着一辆婴儿车在这附近溜达，不过车里放的不是孩子，而是精心整理成婴孩形状的毛毯。还有一名女警官会爬上长椅后面的小山，假装在那里画海景。知道有这么多警察参与进来之后，我紧张的情绪缓和了不少——看来他们并不是在冒险赌运气。可我是。

离见面的时间只剩下一个半小时了。我离开警察局,开车前往目的地。此时,阳光已冲破厚厚的云层,洒落在车身上,明晃晃的有些刺眼。我的头开始一阵阵地疼了起来,这时我才意识到,自己早上忘了吃药。我把手伸进小提包里,摸索了一番后找到了那瓶布洛芬止疼片,可瓶子里空空如也。这下可好了。

　　离琵琶湖公园越来越近了,我的心也渐渐提到了嗓子眼。当初我干吗要答应做这种事呢?此时此刻,我的脑子里被无数个不幸的画面填满:约翰抓了个人质;那个人就是我;埃文冲出人群想来救我;约翰开了枪,埃文中弹了……与此同时,一种强烈的渴望从我的心底里升腾起来:我不想干了!

　　停好车后,我看了看周围的几辆汽车。并没有卡车的踪迹。他是不是租了一辆别的什么车呢?我又仔细查看了那些车牌,没有一个是租车公司的。我把汗津津的手掌在裤腿上蹭了蹭。好吧,现在我得下车,走到那张长椅旁边去。

　　我做了个深呼吸,然后下了车,开始沿着砾石小路走下去。阵阵海风扑面而来,卷起我搭在手臂上的外套。我紧紧地拽着它,不让大风将它掀走。一对年轻男女在我选好的那张长椅附近徘徊,把我给吓坏了。幸好没过多久,他们俩就走了。

　　等着等着,我的头渐渐地越来越疼,两只眼睛里也慢慢地盈满了泪水。这阵偏头痛来势汹汹,让人难以忍受。我看了一眼手表,又抬头扫视了一遍停车坪。

　　十二点半到了,可我却依然没有发现约翰的身影。我仔细观察着进入停车坪的每一台车辆。海风将我的头发吹得乱糟糟的,视线都被遮挡住了。我刚把几缕头发撩开,便发现有个男子从一辆小型车里走了出来。我不由得屏住了呼吸。他站在原地,朝四周看了看,接着便取下了头上戴着的棒球帽,赤红色的头发一下就露在了阳光下。噢,天哪,那个人就是他。他关上了车门,开始朝着这边走来。警察在哪儿呢?他们怎么还不来抓他啊?

近了,近了,更近了。

终于,我看清了他的脸。这个人太年轻了。我呼地松了口气。经过我身边时,这个男人朝我投来了异样的眼光。我再次将注意力集中到停车坪上。难道我刚才把他给看漏了?可并没有新的车辆啊。我再次低头看了看手表。又过了五分钟。他到底在哪儿呀?

我的心怦怦乱跳,总觉得会出什么问题,但最终还是将其归因为自己太过紧张了。虽然现在阳光灿烂,可是从海面上吹来的风寒冷刺骨,让人觉得仿佛浸泡在冰水里一样。我双臂交叉,紧紧地搂着自己,还把手夹在腋下,两只脚也不停地跺着地面。

又过了十分钟,还是没有任何动静。我从衣服口袋里掏出手机,拨出了约翰最后一次打来电话的那个号码。无人接听。出什么事了?他到底在不在岛上啊?

我站起身,朝四周看了看。山上的那位女警官正在画画,还不时地望向前方的大海。我重新坐回长椅上,紧接着便是一阵头晕目眩的感觉,看来我的偏头痛已经蔓延至颈部了。我又一次看了看手表:已经超过半个小时了。正当我思索对策的时候,口袋里的手机响了起来。

我掏出手机一看,是个陌生号码。

"你好?"

"你到了吗?"

"约翰!我开始慌神了。一切都还顺利吗?"

"我不知道,莎拉,不如你来告诉我吧。"恐惧感渐渐涌上心头。

270

"出什么事了？我遵守约定，一直在这儿等着你呀。"

"你似乎总是不愿意说真话。"

我迅速朝周围扫了一圈。他在监视我吗？有人在监视我吗？刹那间，我只觉得背上涌起阵阵寒意。

"我不知道你在说些什么，约翰。"

"关于艾莉，你没对我说实话。"我飞快地回忆着跟他提过的所有细节。到底是什么地方让他产生了怀疑呢？

我说道："我对你一直都是坦诚相待的。"

他像念诗一样吟诵起来："艾莉喜欢芭比娃娃，艾莉运动十分拿手，艾莉不爱科学实验。"

我倒吸了一口冷气，"你一直在监视我吗？"

"你撒谎了。"

我害怕极了，但更多的是一种强烈的愤慨，"艾莉是我的女儿，约翰。保护好她是我的职责。你根本就不该问这些问题。"

"我爱问什么就问什么。"

冷静一点，莎拉。想想你是在跟谁说话吧。

"不如我们俩都冷静一点，然后再好好聊聊，行吧？"

"太晚了。"

"对家人来说，再怎么都不算晚的——这就是家人的意义。"

他没有接话。

我觉得自己的心脏都快爆炸了，于是不得不用手死死地按在胸口上。

终于，他开口说道："去更衣室的隔间吧，最后那间。我给你留了点东西。"

"现在吗？"

"我会再联系你的。"电话断了。

我立刻起身,沿着那条小路朝停车坪那头的更衣室走去,边走边疯狂地望向周边的各个角落,山坡、海滩,还有湖边那一座座房屋的露台。他在监视我吗?我猛地回头,发现山上那位女警官正在边打电话边收拾东西。到了停车坪里,我与比利及另外几名警察擦身而过。比利也在打电话,不过我注意到他对我轻轻点了一下头。那意思是说我应该继续坚持下去吗?

我瞟了一眼自己的右边,发现那个推着婴儿车的女警官正向更衣室这边走来。就在她即将先我一步走进去的时候,却被一位正要离开那里的老妇人拦住了。老人家和她攀谈起来,这时我已经到了门口。我犹豫了片刻,可要是老不进去便会显得特别打眼。我深吸了一口气,义无反顾地进了。

更衣室内空无一人,我不由得暗自庆幸。随后,我走到最后那个隔间前,小心翼翼地打开了门。第一眼看去,里面并没什么异常——东西一定放在抽水马桶的水箱里了。我不知道是不是得等警察过来,可又不确定约翰的电话何时会打过来,所以只好颤颤巍巍地伸出手去,揭开了水箱的盖子。只见一个芭比娃娃正漂浮在水里,她的脸埋在水里。我知道自己不该去碰它,可还是忍不住用涂了粉色指甲油的手指挑了她一下,将娃娃翻了个边。

娃娃的面部已经烧熔了。

我夺门而出,差点撞上那位女警官。我继续狂奔着冲到了车前,哆哆嗦嗦地拿出钥匙打开车门。好不容易我才把车开上了大马路——就在这时,我的手机响了。我紧张得不敢呼吸,一看屏幕,原来是比利打来的。

"你还好吗,莎拉?"

"艾莉，她还在学校，我……"

"我们的人正盯着那里呢。"

"我想和埃文说话。"

"我们需要和你确认一些事情……"

"快点，比利。"我挂断了电话。

埃文的电话马上就打了过来，"你还好吗？"

"不好。"我把芭比娃娃的事告诉了她。

"天哪。比利说他没有如约来见你，可他没……"

"我感觉很不舒服。"

"什么意思？"

"偏头痛又犯了，心脏也跳得飞快。我现在呼吸困难，胸口上好像压着块大石头。"

"可能是因为紧张和焦虑才……"

我提高了音量，"这回并不是恐慌症，埃文。天哪，你觉得我连恐慌症和偏头痛都分不清了吗？今天早上我忘记吃药了。"

他的语气既平静又坚定，"莎拉，马上靠边停车吧。"我听到了他那边传来的声响。

"不行——要是他正在后面跟着我呢？"还没等埃文开口，我又接着问道，"比利有没有说这回他是从哪儿打来的呀？"

"他……"埃文咳了一下，"他说约翰就在纳奈莫。"

我被吓得说不出话来，只好等着埃文把话说完。

"警方说他打电话的时候，似乎正开车行驶在北边一带，不过他现在已经关机了。"

"所以这几天他一直在监视我吗？"

"我觉得你应该直接去警察局，我们和你在那儿碰面，然后……"

"我得先去看看艾莉。"

"警察已经……"

"我要先去看看艾莉,然后就回家。"

他沉默了一会儿,说道:"好吧,我会告诉他们的。"

开车到达艾莉的学校时,她刚好结束午休,正打算重新返回教室。一见到我,她就激动得上蹿下跳,一心想要把我介绍给她所有的朋友。我告诉她,自己正好路过学校,想顺便进来抱抱她。我给了她一个大大的拥抱,久久都不愿松手。越过她的肩膀,我看见珊迪那台雪佛兰塔荷正停在这片街区的尽头。艾莉回教室后,我走到那台车旁。车里坐着几位警察,我向他们询问起了这里的情况。他们向我保证,说就算约翰来了,也绝对过不了这一关。一刻钟后,我开着车踏上了回家的路。珊迪坐在那台塔荷车里,从我身边超了过去。等我开进院子里的车道上时,她的车已经停在了屋前。埃文出门迎接我,他用力地将我一把搂在怀里。

"巡逻车就停在家门外的马路上,一直监视着我们的房子。刚才珊迪把家里全都检查了一遍,没有发现什么不妥的地方。"

"真是谢天谢地。现在我得吃药去了。"

我踢掉鞋子,飞快地冲进了洗手间。等我出来的时候,埃文已经把卧室的百叶窗都一一合上了。床头柜上摆放着一个装满了冰块的碗,碗里搁着一块毛巾。我关掉了房里的灯,躺在床上,一只手紧紧地按在仍旧飞快跳动着的心脏上。

集中精力。呼吸。没事的。现在你安全了。

埃文轻声问道:"要我留下来陪你吗?"此时此刻,即使他的声音再轻柔,也像是无数把匕首,不停地刺进我的太阳穴里。

我摇了摇头,抓过枕头盖在了头上。

"我等会儿再来看看你。"他悄无声息地走了出去,轻轻地关上了房门。

几分钟之后,我听到楼下传来了埃文和艾莉说话的声音,接着是一辆车子开进院子里的声音,还有另一个男人说话的声音。我翻了个身,像个婴儿一样蜷缩成一团,慢慢地,药开始起作用了,我慢慢地进入了梦乡。

醒来时已经是午夜时分。埃文正躺在我身旁。

"想喝点儿水吗,宝贝儿?"

我喃喃地说了声"好",接着就感觉到他用手遮住了我的眼睛。他打开台灯,倒了一满杯水。在昏暗的灯光下,他小心翼翼地将杯子递到我面前。

我坐了起来,说了声:"谢谢。"

然后埃文和我开始小声交谈起来。他把我睡着后发生的事情一一讲给我听。首先,他和珊迪一块儿去学校把艾莉接了回来,比利则守在家里。接到艾莉后,埃文告诉她,珊迪和比利都是从度假屋那边过来的朋友,两个人会在家里住上一段时间。艾莉似乎完全不介意,而且在所有人里面,她最喜欢的就是珊迪。现在比利正在楼下的沙发上休息,珊迪则住在艾莉隔壁的空房间里。

我说:"珊迪肯定气坏了吧。"

"她还好。在她的身上,我仿佛看到了另一个你,一旦沉迷便无法自拔。"

"我的天,那可真是我的荣幸啊!"

他轻轻地笑了几声。

"接下来我们该做些什么呢,埃文?"

"这几天我们先按兵不动,看看他会不会再打电话过来。不过这也正是我之前所担心的。"

"担心什么？"

"担心情况有变，担心他对你的威胁会越来越大。"

"要是我在艾莉的事上实话实说，也许警察早就已经抓住他了。"

"其实我认为你一开始就不该对他讲起任何关于艾莉的事的。"

"我也没办法啊，那时候我非得说点儿什么才行。现在我最不想听到你说的话就是'我早就告诉过你了'。"

"对不起，"埃文深吸了一口气后说道，"我只是不想再经历一次像今天这样的情形了。"

"我也不想啊。我最担心的是，他究竟是怎么发现我对他撒了谎的？"两个人同时沉默了下来，"你觉不觉得他可能一直在跟我们认识的某个人打交道？"

"莎拉，我和你的朋友里应该没有谁会蠢到把艾莉的事情告诉某个陌生人吧？"

"有可能是她学校里的谁吗——老师，或是某位家长，甚至有可能是某个孩子。不然就是……"

"什么？"

"梅勒妮在酒吧干活。"我说，"如果约翰去了那里，说起自己家里有个六岁大的孩子呢？梅勒妮很有可能就会开始聊起自己的外甥女。"

"这不可能——比起艾莉，她更喜欢说的是凯尔的乐队。"

"哎呀，糟了，"我叹了口气，说道，"我答应过她会和你一起听听凯尔的唱片，那是他专门为婚礼制作的。"

"再稍微等等吧。"

"最好尽快,不然她会气死的。"

"眼下梅勒妮的事根本算不了什么。"

又是一阵沉默。稍后埃文开口道:"不行,我总觉得约翰已经在岛上了,他一直在关注着你。"说着,他紧紧地搂住了我,"你得提高警惕,小心任何可能跟踪你的车辆,还要多注意观察周围的环境。"

"我就是这样做的。"

"不,你没有。你特别容易分心。答应我,一定要小心谨慎。"

我一字一句地慢慢说道:"我保证外出时会多多留神的。"

他吻了一下我的鬓角,又使劲抱了我一下。在他的臂弯里,我感受到了他那温暖的身体。我把头靠在他胸前,他那平稳有力的心跳在我的耳边响起。咚,咚,咚,咚。渐渐地,我又有了昏昏欲睡的感觉。

在一片黑暗中,埃文对我悄声耳语道:"我不希望你再和他有任何联系了,莎拉。"

我在他怀里喃喃低语道:"我不会了,再也不会了。"

不过后来我也没再得知任何有关约翰的消息。这几天埃文一直守着我,比利和珊迪也是,所以我昨天就没有来您这儿。其实我觉得家里住两个警察并不是什么坏事儿。白天,他们中有一个会待在警察局,另一个会陪着我一起送艾莉去上学。虽然这样的安排挺好,可我还是怀念从前单独跟埃文相处的时间——怀念只属于我自己的时间。

通常白天守在家里的人是比利,这种安排对我和埃文的感情没有一丁点儿好处。好几次当我不断追问比利,想了解一下他对这个案子和约翰的看法时,埃文就会从我们身边走过,一脸不开心的样子。一天晚上,埃文先去睡觉了,我却仍然和比利待在一起,讨论他之前破获的那些案件。我们聊了很久,等到我终于上床休息的时候,埃文翻了个身,故意把背对着我。我问他怎么了,问了两次他才答道:"我不喜欢你对比利那么好。"

"可是他一直待在家里,你说我该怎么做呢?不理他吗?"

"他是个警察,就得有点职业警察的样子。老和我未婚妻聊天算是怎么回事嘛?"

"你这话也太好笑了,我和他聊的是他之前办的案子呀。"

"我就是不喜欢这个人。"

"谁都看得出来好吧——吃晚饭的时候你对他的态度就很差。"

"好哇,要是他看懂了我的暗示,就该离开这里,去那台该死的巡逻车里坐着去。"

"真不敢相信你居然是这么想的。在我眼里,他就像个哥哥呀,埃文。"

"睡吧,莎拉。"

我猛地翻身,也背对着他了。

其实我能够理解埃文的不满——换作他和珊迪成天厮混在一起,我肯定也会吃醋的——但我真的只是把比利当成了一位大哥哥,一位身上配了枪、可以真正保护我的哥哥。有一次,我必须去警察局找他。刚到门口,我就看见他正把一个女人送到车子旁边。在女人坐进驾驶室的一瞬间,我发现她的脸上青一块紫一块的。这时比利走到我身边后,我便向他问起了这个女人。他摇着头叹息道:"又是一个喝醉后就打老婆的男人。"

"那她可以申请到限制令吗？"

他嗤之以鼻："可以，但那只是张废纸罢了。至少有一半的虐待狂还是会对自己的老婆穷追猛打，并且他们常常能够侥幸逃脱惩罚。"他目送着女人慢慢远去，接着说道，"下回再见到她的时候，她应该躺在医院里了。真该让她男人知道'自食其果'究竟是什么意思。"

他说话的语气里有一种特别的意味，我忍不住问道："你曾经做过那样的事吧？用你的方式去教训这种人？"

他转过头看着我，一脸严肃地说："你是问我有没有知法犯法吗？"

我一笑置之，随后说道："我不知道，不过我觉得你特别像蒙面大侠。"

他再次盯着那条公路，说了句"善用兵者，修道而保法，故能为胜败之政。"说完，他望向我，"来吧，去喝杯咖啡。"

虽然他没有正面回答我的问题，而是再次丢了一句《孙子兵法》里面的话，但我总觉得他私下里很有可能做过类似行侠仗义的事。若果真如此，那我是不会介意的，或者说，我还会相当欣赏他这种举动的，因为这是我希望与之为伍的人。记得他曾经提到过，说自己至今还与几起案件中的受害人保持联系。他认为，除非罪犯身陷囹圄或是与世长辞，否则相关案件都算不上是真正的尘埃落定。真希望他能让约翰也落得同样的下场——随便哪种都可以。

今天上午有人往家里打过一个电话，不过响了两声之后就停止了。反正我也没打算接——我已经对珊迪说过了，就算约翰打来电话，我也不会理他。当时我以为她和比利会跟我过不去，可他俩谁都没有多嘴，也许是他们觉得我会改变主意吧。没门儿。

这次的电话是从威廉姆斯湖附近打来的,用的是一部付费电话机,看来约翰已经离岛了。也许我这回是真的把他给气着了,可能以后也不会再收到他的任何消息。

今后的生活会是怎样的呢?我是不是得时刻留意着周围的情况,一听到电话铃声就心惊胆战呢?这种日子到底什么时候才能真正结束啊?

15

上次和您见面后我就回了家,一进屋就听埃文说他周末不走了。他的这一决定与其说是为了防着约翰,还不如说是为了看着比利。可即便如此,我也不在乎。他能打破惯例陪我度过周末,这一点就够让我开心的了。不过我的工作并未因此有半点进展。无数次我挑好工具后又把它放了回去,因为在大部分的时间里,我都守在电脑前。

我已经无计可施了,只能不停地在网上找些譬如"如何判断你是否被跟踪了"或是"用来保命的自卫招数"之类的帖子看看。有篇文章说,要是你遇到了连环杀手或是强奸犯,就可以采取反击或尖叫等方式对付他。该文还列举了不少可能诱发歹徒杀人或强奸的行为。可是,看完后我反倒觉得,只有等你把一切都搞砸了,那人也已经开始对你下狠手的时候,你才能判断出自己到底会遭遇——或者说对方究竟想让你遭遇——怎样的结局。

不过,我还是把找到的内容都打印了出来——以防万一嘛。接着我将这些文章的电子档都加进了一个文件夹里。那是我专门为约翰之事建立的文件夹,里面的内容已经相当丰富了。从他第一次打来电话开始,我便一直做了记录,包括所有来电的时间、他表现出来的情绪、说话时的语调及方式,等等,所有的一切都被我记了下来。

如果我没在上网,就一定是在给比利发"现在情况如何"之类的信息。他次次都会回复我,有时候的回复是"你别担心",有时候则是"等我一会儿,我稍后在电话里跟你说"。要是埃文知道我和比利联系得如此频繁,他一定会气疯的。虽然我并不喜欢背着他干任何事情,但我自己也解释不清为什么自己总要一而再,再而三地得到确认。况且就算我能拿出合理的理由,埃文也不会理解的。平时如果我情绪激动、烦躁不安,他都有办法让我慢慢平静下来,可那时的我只是没有彻底失控罢了。一旦我走入死胡同,精神上完全垮了下来,那些方法就都失效了。他越是劝我"干脆别去想它",我就越是火大,这时,比利那种"一切尽在掌握"的态度才是我所需要的。

上周五的夜晚对我来说简直就是一场煎熬。虽然埃文在家,约翰也连着五天音信全无,可我还是无法放松下来。手机一直都没有任何动静,可我的脑子里却始终纷乱如麻。所有写连环杀手的书里都说他们是行事特别冲动的人。要是约翰一时兴起,想找我说说话,那么不管当时他究竟有多生气,都会拿起电话,劈头盖脸朝我宣泄他的怒火,说不定还会想当面吼我一顿呢。可问题是像约翰这样的人——或者说是像我这样的人——不仅行为上冲动无比,思想上还有明显的强迫症倾向。整个晚上我都在想,到底是什么让他按兵不动了呢?可第二天一大早,电话就响了起。

当时我们正在准备早餐——更准确地说,是埃文在准备早餐,我则在一旁说个不停,还不时碍了他的事。屏幕上是一个陌生号码,不过区号仍属于不列颠哥伦比亚省。

埃文阻止道:"别接。"

"不是之前的那个号码。"

他转身面对着灶台，"如果不是他，那打电话的人会给你留言的。"可是并没有什么留言。"打电话的人"又拨了三次——每次都是在第四声铃响的时候挂断的。我开始摆放起碗筷来，可摆着摆着就不动了。我手里举着把叉子，竖起耳朵听着，看看有没有电话再打进来。

埃文回头瞅了我一眼，然后说："你把手机关了吧。"

几分钟前我还挺开心的——珊迪和比利走了，我终于可以和埃文尽情享受二人世界了；可现在，我多希望他们俩还在家里，告诉我下一步该怎么办。之前我说过，再也不想理会约翰了。当时的豪言壮语——以及百折不挠的决心——此刻正渐渐地退却。

我问埃文："万一他又抓了个女孩呢？"

埃文拿着锅铲，转过身来对我说道："把手机关掉，莎拉。"

我目不转睛地看着他。就在这时，手机又响了。

埃文身后的平底锅里，鸡蛋正发出刺刺的响声。他说："我记得你说过，再也不想管这件事了。"

"可万一他已经抓了个人，或是正在某个露营地里，准备……"

"如果你不和他交流，他就无法操纵你。"

这时，艾莉从拐角处走了出来。她问道："这是什么气味呀？"

埃文猛地回头，"该死，鸡蛋煳了。"他把平底锅搁到另一个灶眼儿上，然后扭过头来对我说道，"你爱做什么就做什么吧，莎拉，不过你自己心里明白会有什么样的后果。"

我关掉手机，把它放在了餐桌上。

埃文牵过我的手，说道："只有这样，你才能过上正常人的生活。"我坐在桌旁，拉过摇来晃去的艾莉，把她抱到了腿上。我搂着她，将脸埋进她的头发里，浑身上下难受得不得了——既是因为恐惧，也是因为内疚。刚刚我是不是又要了谁的命呢？

把艾莉送到梅根家之后，我和埃文便直接回去了。随后，埃文便开始在房子周围忙活起来，我也终于完成了那块床头板的修复工作。虽说是完工了，可过程却异常艰辛缓慢，就像爬山时脚上还拖着几块石头一样。中途我接到了比利的电话，他说约翰又向南行驶了大约三个小时——目前，他距离温哥华岛只有三小时的车程了。我手中忙个不停，心里却想着，当自己拿起砂纸打磨家具的时候，他是不是又开始进行"捕猎行动"了呢？

警方的巡逻车会在艾莉学校的所有课间或放学时段停在校门口。她的老师以为我卷入了一场和孩子生父争夺抚养权的斗争中——好在我从没告诉过她，艾莉的生父早就去世了——不过我也拿不准让艾莉待在家中是否更好些。我同埃文谈起过此事，可那时我们都想让一切尽量如常，不让艾莉感觉到有什么异样。其实，要做到这一点，关键在我。我得表现得一如往常才行。在以往的大部分时间里，我都行走在狂躁症的边缘；任何一丝风吹草动就会让我瞬间爆发，失去控制。可现在呢？现在的我，恐怕连"正常"二字都不会写了吧！

午餐时间到了。我和埃文停下手边的工作，一起坐在了餐桌前。我尽量装出一副很感兴趣的样子，听他说起自己是如何将柴房重新整理了一番的，不过他还是注意到我在不停地用叉子戳着眼前的三明治。

他问道："你干吗不去看看劳伦呢？"

"我也不知道，"我耸了耸肩，"最近我都没怎么和她聊过了，因为我总觉得自己在对她撒谎。对了，我也没告诉任何人你还没走。要是他们知道了，肯定会奇怪我为什么提都不提。"

"你就说我接到的订单被取消了，所以决定回家陪陪你，顺便确定好和婚礼有关的事情。"

"老天，我们的婚礼！咱们还得订蛋糕、订鲜花、租燕尾服、买葡萄酒、做来宾牌。"我伸开双臂，接着说道："我们连请帖都还没有发出去呢！"

"都会弄好的，莎拉。"

"离婚礼只剩三个半月了，埃文，怎么可能弄得好啊？"

埃文眉毛一挑，说道："嘿，我的哥斯拉新娘子，你对新郎官的态度得好点儿。"

我叹了口气，说道："对不起。"

"你觉得这些事里头哪件最重要？"

"不知道……应该是邀请函吧。"

他想了一会儿，然后说道："你去劳伦家转转，我去找个模板来做邮件的封面，然后再把网站更新一下。等你回来后，再看看还要怎么修改。到了明天，我就把邮箱里所有的地址都过一遍，然后把请帖的链接发给客人们。"

"可是……"

"可是什么？"

"一旦我们把请帖都发出去了……唉，也许你是对的。万一约翰来找我的麻烦，那……"

埃文打断了我，说道："不会的，他跟我们没有关系了。你会彻底断了和他的联系的，不是吗？"我点了点头。"再不然就是你还想多考虑一下？"

我用手指戳了戳自己脸颊，说："嗯……让我想想吧。"

他一下子就抱住了我的脑袋，将我拉到面前，又狠狠地亲了一口。

"我绝不会让你临阵脱逃的，尤其是不能让那个警察抢了我的位置。"

我朝着他的肩膀用力地捶了一下，说道："比利才不喜欢我呢，而且现在搞不好他恨我恨得不得了，毕竟是我搞砸了他们的案子。"

埃文哼哼了几声后说道："太好了。行了，去见你妹妹吧。"

回家后——我在劳伦家消灭了半打她亲手制作的黄油花生酱曲奇和满满一壶咖啡，心情也跟着好上了天——埃文告诉我，说度假屋那边给他打来了好几个电话。我担心他会失去不少生意，他却说他更害怕失去我。

当约翰意识到我故意不接手机后，便开始拨打起家里的座机来。艾莉回来后，很不理解为什么我和埃文都不去接电话，于是我们告诉她，这些电话都是推销员打来的，她也不可以去接。到了晚上，我们甚至把电话调至静音状态。手机已经被我关掉了，所以我把埃文的手机号码告诉了警方。周日，约翰又打了几次电话，而且都是从卡什克里克打来的。知道他身在何处——或者至少了解他的大致方位——让我多了分安全感，可埃文觉得，我一定是疯了，才会想要弄清楚他的下一个目的地是哪儿。他的话不无道理，于是我答应他周一就去电话公司换号码，可就在当天晚上，我收到了那封电子邮件。

当时埃文正打算让我看看他花了整整一个周末才更新完毕的婚礼网站，我也想查看一下自己的邮箱。可当我一看见HanselandGretelAntiques@gmail.com这样一个地址时，便立刻明白这封邮件就是他寄来的了。邮件里的每一个字都被放大加粗了。

莎拉：
　　我压力很大。我需要你。

　　　　　　　　　　　　　　　　　　约翰

我呆呆地看着屏幕，身旁的两堵墙仿佛正向我挤压过来。埃文待在一边，不停地说着什么，可我一个字都听不进去。我浑身发烫，害怕得连腿都动不了了。

埃文问道："你怎么了？"

"约翰发了封电子邮件过来。"

埃文猛地转过椅子，接着又问了几句话，可我一句都没有听清。我需要空气！于是我伸手推开了办公桌上方的窗户，可还是觉得自己就快要窒息了。比利，我得联系一下比利。我把邮件转发给他，紧接着他便打来了电话，说皇家骑警队会尽力查出邮件的发送地址。但我敢肯定，他用的一定是公用电脑。

我给埃文看了那封邮件，他让我别去管它。我强迫自己集中精力去看婚礼网站上的东西，可约翰的话却不时萦绕在我的脑海中。

我忍不住问埃文："要是他又去杀人呢？"

"警方已经向所有露营地发出警告了。可如果你执意同他保持联系，那最后被他杀掉的人就有可能是你自己了，莎拉。"他滑动鼠标，翻到了新的一页，"来吧，看看这个，它会让你忘掉不开心的事情的。你瞧，我把之前的格式改了一下，在星相图上标出了我们俩的星座。我还设置了相关链接——里面包含了一个小小的测试。收到邮件后，客人们可以在线回复。"

"好厉害啊——你已经尽力了，真的很谢谢你，可我越是不搭理他，他就越有可能采取一些过激的行为。"

"那就让他自己生闷气去吧。我就在你身边，家里也安装了报警设备，还有警察，他们不停在周围巡逻。如果你真要跟他说什么，就把这句话告诉他——警察知道他一直都在联系你，要是他胆敢踏进岛半步，就会在下一秒被抓捕归案。"

"这种话只会彻底激怒他。"

埃文从屏幕前移开视线，侧过头来看着我，问道："你究竟想干什么，莎拉？"

"我只是希望这一切彻底结束。"

"那就让警察好好履行自己的职责呀。"

"但他们目前所能做的实在是太有限了，再说我也受不了自己像个睁眼瞎，对他的情况一无所知。"

"莎拉，如果你又去联系他，我真的会很生气的。"

"你这是在威胁我吗？真是太不公平了。"

"我不得不为你担惊受怕，这才是真正的不公平呢。你答应过我，说你再也不干了。"

"可他还没有收手啊。没错，我们可以改掉电话号码——要是我愿意，改上一百次、一千次都没问题——可只要他仍然逍遥法外，就能通过别的方式找到我。"

这时，埃文仿佛一尊石像。他面无表情地问道："那么你想干什么呢？"

"我想——我想我得再见他一次。如果……"

"不行,莎拉。你不能这样做。"

"埃文,拜托你好好想想吧。我也不愿意以身试险——那种经历实在是太可怕了,可我们必须得抓住他。只有把他送进监狱,一切才能风平浪静。我们俩现在过得提心吊胆的,又怎么会有心思去筹备婚礼呢?"

"如果你真的下了决心,我也不会参与进来的。"

"你这是什么意思?"

"我的意思是,我再不想等候在那辆警车里,提心吊胆地为你担惊受怕了。你又不是不知道,这样做也会给艾莉带来风险的。"

"你说的这些话对我来说实在是太不公平了——我一直都在努力地保护着艾莉。除非把那个人关进监狱,否则艾莉永远都不会得到真正的安全。"

"假如你真打算那么做,我就把她带到度假屋去。"

"艾莉不能走。"

"所以你的意思是要把她留在这个会被约翰从学校绑走的地方喽?"

"这里有警察的贴身保护,比你那个什么度假屋安全多了。那边的公路上几乎都没什么车,整个镇子好像一共才有三个警察——而且,埃文,他知道你的度假屋在哪里。要是在那里出了事……"

"在那边我会给她更好的保护。"

"比利可以保护她——"我猛然意识到自己说了什么,于是赶紧闭上了嘴。

"你是说比利比我更能保护好艾莉吗?"

"他是个警察啊,埃文。"

"我不管他是个什么。要是你一意孤行,那我就把艾莉带到度假屋去。或者我把一切告诉你父母,让他们把艾莉接走。"

"你没有资格把我的女儿带去任何地方。"

"你的女儿?所以这才是真正的原因吗?因为她不是我亲生的,所以我无权过问她的事情吗?"

"埃文,我不是这个意思!"

他关掉电脑,起身朝门口走去。

"你爱怎样就怎样吧,莎拉。反正你就是听不进别人的劝。"

那天晚上,埃文睡在了楼下的沙发上。我独自一人躺在床上,翻来覆去地折腾了好几个小时,脑子里不停地想象着自己和他进行激烈争辩的场景。差不多快到午夜十二点的时候,我的满腔怒火才渐渐熄灭。我最讨厌他冲我发脾气了。我翻了一下身,仰面躺好,眼睛直勾勾地盯着天花板。为什么埃文就是不明白,与约翰见面其实正是让他滚出我们生活的最佳——或者正如比利所言,很可能是唯一的——机会呢?

四周一片漆黑,我把之前和埃文说过的话全都回忆了一遍。我的女儿?没有谁比埃文更像是艾莉的父亲了。埃文说因为他不是艾莉的亲生父亲,所以我认为他无权干涉艾莉的事情。我真是这样想的吗?不管怎样,至少现在我算是真正意识到这一点了。看来在我的潜意识里,只要涉及艾莉的事情,埃文的意见永远都不是最重要的。

或许他是对的。是时候彻底斩断和约翰的联系了。我已经遵照警方的要求,做了一切力所能及的事情。在这段漫长的时间里,我不断忍受着这个杀人犯的骚扰,将自己变成一个如行尸走肉般的恐慌症患者，况且最后我也同意去见他——可还是没能逮到他。他答应过我，说只要我愿意陪他聊天，就不会伤害任何人。结果呢？即使当时我已经把车停在路边去接他的电话了，那个人还是夺去了丹妮尔的生命。所以，就算那时他在维多利亚市联系上了我，我又如何能保证他之后就绝对不会对那个女孩下手呢？只要我踏错一步，就会被他拿去当借口，然后犯下那些他本来就会犯的罪。事到如今，赌注已经越来越高了。他清楚地知道自己可以拿艾莉当筹码——如果我愿意为了保护女儿而撒谎，他就会继续试探我，看我为了孩子究竟还愿意做些什么。

这些想法我其实都可以跟埃文说清楚的，可他干吗要那么霸道呢？我又把之前和他的争执在脑子里回放了一遍，只不过这次我试着站在他的立场上去看问题。这样一来，一切就再清楚不过了。埃文被吓坏了，这其实很正常。换作是我，得知埃文打算干一件特别危险的事，我又没办法阻挡他，那么我会有什么样的感受呢？对于婚姻，我最不希望自己和另一半变成我父母那样——妻子成天围着灶台转，丈夫则在一旁发号施令。埃文从来没对我颐指气使过，他只是担心我而已。

我蹑手蹑脚地下了楼，然后又悄无声息地走进客厅里。埃文正仰面躺在沙发上，一只胳膊举过头顶。我轻轻地跪在他身旁，借着月光细细地打量起他的五官来。我爱看他那高耸的颧骨，也喜欢他那一侧比另一侧稍稍丰满一些的上唇。他的头发乱成一团，看起来就像个小男孩。我慢慢将脸贴在了他的面颊上。

"你在干吗呢？"他含糊着问道。

"讨你欢心啊。"

他在黑暗里低吼了一声，随后伸出手臂揽住我的肩，将我一把拉到了他的身上。我将头轻轻地枕在了他的胸膛上。

他说:"你之前好凶啊。"

"是的,对不起。可你明明也很大男子主义啊。"

"我本来就是嘛,你只能认命喽。"我听出他是笑着说出这句话来的。

他把头贴近我的耳边,开始低声嘶吼起来,我也回之以几声咆哮。这样的事我们俩已经很久都没有做过了。我靠在他的肩头,不由自主地展露笑颜。他的左手在我的背上肆意游走,越过腰间后趁势而下,然后一把捏住了我的翘臀。

"知道吗?你可以给我一点儿补偿哦。"

我趴在他的肩上,咯咯地笑了。

"埃文?"

"嗯,宝贝儿。"

"我是不会去见他的,好吗?"

"好。明天一早我就得赶回度假屋了,我真不希望你又一次让我担惊受怕。"

"明天起床后,我第一时间就是把电话号码换了,好吗?"

他紧紧地搂住我,又用力亲了我一下,随后我们俩都渐渐放松下来。我将头枕在他的肩上,他温柔地环抱着我,两个人慢慢地进入了梦乡。

第二天上午,埃文刚走没多久,我就去把手机号和座机号都换掉了。随后,我将新的号码告诉了警察。我的家人一定会好奇我为什么这么做,所以还没等他们问起,我就主动解释了一番,说这样做是因为之前的那篇文章引来了一堆报刊记者和变态狂往家里打骚扰电话。轮到梅勒妮的时候,她说了一句:"听说埃文在家啊。"

"是的，待了几天就走了。"

"他觉得那张唱片怎么样？"

"这个……"还没等我编出个合理的借口来，她就开了口："真是不敢相信，我的好姐姐！"说完便挂断了电话。

我赶紧回拨过去，想给她道个歉，可她就是不接。我内心的愧疚很快便转化成了愤怒——我根本就不需要这种垃圾！一个连环杀手就够我受的了！好吧，对此她的确一无所知，可她就不能再等等吗？

自从换了号码之后，我就再没接到过约翰的电话了。头几天对我来说非常难熬——门锁、报警器，这些东西我每天都要反复检查上好多遍——不过之后什么事情也没有发生，我也渐渐放松下来。埃文说得没错，我早该这么做了。现在，我再也不会一听到什么风吹草动就吓得肝胆俱裂，也不用每隔十秒钟就去看一眼手机。我没去看新闻，也没有上网，甚至又开始赶起工作进度来了——昨天我回了不知道多少封报价邮件。在之前的那段日子里，我就像是个吸食了毒品的瘾君子一样，深陷其中、无法自拔；现在的我终于清醒过来，回头一看，真是不敢相信自己曾经那样狼狈不堪地生活过。好在一切都已经结束了，我再也不会干那种蠢事了。

16

您知道真正让我心烦的是什么吗？在每一个外人的眼里，埃文既冷静又理智，而我则疯疯癫癫，不可理喻。这种说法连我自己都相信了。我想，天哪，刚才我真不该大发雷霆，怎么我总是受不得半点委屈呢？直到最近，我追根溯源，想弄清自己为什么总是一点就炸。这时我才终于意识到，原因其实就在埃文身上。他明知我已经站在一摊汽油里了，却还要往我的脚边扔下一根火柴。

比如今天一早，我不停地催促艾莉，想让她动作快点，别弄得上学迟到，可她一直在衣服堆里挑挑拣拣，半天定不下来要穿的衣服。好不容易选好了一件红色的衬衣，她却马上反悔，说它和自己的发带不配，于是又开始了新一轮的挑选。再就是穆斯。这个小家伙像是嫌我太清闲了，所以早几天就患上了一种由细菌感染引发的疾病。我必须一天给它喂上三次抗生素，可无论我在它的狗粮里把药藏得有多好，它都能分辨出来，并且拒绝进食。因此，一到喂药的时候，比如今天早上，我就不得不追着它满厨房乱跑，等到好不容易逮住了它，还得费上九牛二虎之力才能让它把药吞下去。一旁的艾莉急得大喊大叫："你弄疼它啦！"屋里鸡飞狗跳之际，早餐又被打翻在地，溅得我和艾莉还有穆斯一身。这时，埃文，我那位善良体贴、镇定自若的未婚夫埃文，走了进来。他看了一眼满地的狼藉,然后说道:"我的天,你可得把这些弄干净啊。"

抱歉,请问你刚才说了什么?

我的怒火当然一下子就冒出来啦,"你给我滚远点,埃文。看不下去就自己弄呗!"一见我这么吼他,他扭头就往外冲。之后整整一个小时,他没跟我说过一句话。之前他不是这样的,而我最讨厌的就是吵架后的冷战,所以最后还是我先向他道了歉。可没过多久我便回过神来——嘿,等一下,为什么不是他向我道歉呢?明明是他挑了个最不恰当的时间招惹了一个最不该招惹的人哪!

我来您这儿之前和他谈了一会儿。他为自己说过的话感到抱歉,可我知道他其实还在生气。在开车过来的路上,我想起了您上次跟我说过的话。您说埃文可能很不喜欢我在约翰的这件事上耗费那么多的时间。当时我还不以为然,觉得自己和他相处得很好。可就在这个星期,变化渐渐开始了。到现在为止,一切都和从前不一样了。现在,没有一个人能快乐地活着——真正乐在其中的,也许只有约翰了吧。

和您见面后的第二天,我接到了珊迪打来的电话。

"朱莉娅想和你谈谈。她给你打过电话,可你换了号码。"

"她想谈些什么呢?"

"我不知道,莎拉。"听起来她似乎很生气,"她只是找我要了你的电话号码。"不用问我都知道,珊迪有多喜欢扮演传话人的角色。想到这儿,我不由得笑了一下。

"谢谢。我会马上给她回电话的。"可我并没有。我给自己冲了杯咖啡,然后坐在了摆放着电话机的桌子前。那个女人曾让

295

我伤心难过，我算是受够她了。也许我根本就不该给她回电话，就当是让她自食其果呗。我又拖了两分钟，才拨出了电话。

铃声刚响了一下，她就接了。

"珊迪说你有话要同我讲？"

"我想和你见个面，私下聊一聊。"

"噢，好吧。我，这个，我今天哪儿也去不了，因为我很快就要去接艾莉了，然后……"

"明天也行。你几点能赶到我这边？"

"大约十一点吧。"

"那到时候见吧。"说完她便挂断了电话，没留下丝毫解释。我真想再打回去，跟她说我不去了，可我根本不会这样做的，所以只能一个人生闷气。当我意识到她也清楚这一点的时候，我就更生气了。

现在没人知道约翰去了哪儿，所以一听到我要独自一人开那么久的车去维多利亚市，埃文就不太放心了，但他也能理解为什么我非得去弄清楚朱莉娅找我的原因。我向他保证，自己一定会加倍小心，然后便猜测起她要见我的意图来。我向埃文讲了无数种可能，最后埃文说道："莎拉，明天你就会知道了。去睡吧。"

"可你觉得她为什么——"

"我不知道。现在去休息吧。求你了。"

我听他的话上了床。几个小时过去了，我还是没睡着。我躺在床上，一会儿想着明天该穿什么衣服才好，一会儿又想着见到她之后该说些什么话。这次的见面和以往相比大不一样。这回可是她提出来要见我的，想要见我的人是她！

第二天一早，我把艾莉送到了学校，然后就开着车径直去往维多利亚市了。十点半左右，我已经来到朱莉娅家附近。因为比约定时间提早了半个小时，所以我便在她家旁边的一间店里买了杯咖啡。离这儿不远的地方好像有片公共海滩。我发动引擎，想去那边打发一下时间。经过她家大门口的时候，有个女人引起了我的注意。她正从朱莉娅住的房子侧门走出来，还用手撩了一下头发。

不是吧！

我把车停到了附近一栋房子的车道上，接着便通过后视镜观察起来。我看见珊迪过了马路，然后坐进了一台没有任何标记的警车里。她来维多利亚市干什么呢？昨天她在电话里可是只字未提。当然喽，我也没告诉她，说我打算来这儿。珊迪驾车离开后，我才发动引擎，继续往海滩开去。站在海边，我一边一小口一小口地抿着咖啡，一边直愣愣地盯着海面，脑子里翻来覆去地想着刚才那一幕。警方应该一直都在调查这个案子，可眼下的时机却颇令人费解。

稍后，我开车回到了朱莉娅的住所。听到敲门声后，她打开了房门，一见是我，便紧抿着双唇笑了一下，笑容转瞬即逝。眼下已是六月中旬了，可她从上到下仍是一片黑色。她上身穿着件黑色无袖上衣，下身穿着条黑色长裙。她的脸色十分苍白，额前的刘海剪得整整齐齐，一丝不苟。我望着她，回之以微笑，希望她能和我有点眼神交流。知道我其实一点儿危险都没有了吧？我还是很可爱的吧？但是她迅速挪开视线，只飞快地做了个手势，示意我进屋去。

"想喝点儿茶吗？"

"不用了，谢谢。"

她没再说什么，只是摆摆手，让我跟着她去客厅。我们首先经过了厨房。她家的厨房特别宽敞，大理石台面闪闪发亮，橱柜也是樱桃木打造的。不远处有张餐桌，上面放着两个马克杯。有一个是珊迪刚刚用过的吧？我心想。

客厅的装修风格相当正式。我看了一眼房间里那张白色沙发，以及配套的双人情侣沙发，想象着艾莉坐在上面的样子。客厅中央摆放着一只皮凳，朱莉娅家的那只喜马拉雅猫就趴在上面，一边虎视眈眈地注视着我，一边还不时地摇一摇尾巴。我在双人沙发上坐了下来，朱莉娅则在我对面的沙发坐好，还仔细地将裙子整理了一下。开口前，她朝屋外的海面望了好久。

"听说你不想再同他联系了。"

她说这话到底是什么意思呢？

"是啊。"我回答道。

"唯一能阻止他的人就是你了。"

瞬间，我全身紧绷，"换作是你，你愿意和他通话吗？"

"这不一样。"

我很后悔那样去诘问她，于是说道："埃文，也就是我的未婚夫，他和我都认为这么做风险太大了。"

她目光炯炯地盯着我，说道："我希望你去见见他，莎拉，就当是为了我。"

我惊呼道："什么？"

她的身子往前一倾，说道："你是警方逮捕那个人的唯一希望。要是你不和他联系，那他就会杀死更多人。今年夏天，他一定打算再次强奸并杀害一位姑娘。"

我们俩注视着彼此，我能清楚地看到她颈部的脉搏。那只猫从皮凳上一跃而下,迈着慵懒的步伐离开了这里。

"所以珊迪才会来这儿的,是吧?"

她吃惊地睁大双眼,接着便向后一靠。

"我亲眼看见她走的,朱莉娅。这些话都是她让你对我说的吧?"

她回答道:"她没让我传任何话。"

我们依旧没有挪开视线。她明明在撒谎,可居然连眼睛都不眨一下。

我问道:"那有谁考虑过我的人生呢?又有谁考虑过我的孩子呢?"

她那双搁在腿上的手颤抖了起来,"要是你对这件事不闻不问,那你就是凶手。"

我站起身来,"我走了。"

她跟在我身后,走到了大门口,"一想到你在我的身体里待了九个月,我就觉得恶心;一想到你——一半属于他的你——就在这个世界的某个地方呼吸,我就觉得厌恶。"

她的这番话让我有如五雷轰顶。我站在门口,全身僵硬,无法动弹。我就像是被刀划伤了的人,眼看着鲜血汩汩流出,脑子里却还没反应过来自己已经受了重伤。我凝视着面前这个女人,等待着那阵撕心裂肺的痛感向我袭来。

"但如果你能阻止他继续害人,"她继续说道,"那我觉得这一切也都是值得的。"

我真想吼她一句"你说的这些对我来说实在是太残忍,太不公平了",可话到嘴边却怎么都说不出口。我的喉头发紧,面颊滚烫,几乎快要哭出声了。可突然间她像个泄了气的皮球,身子一沉,脸上的怒意也渐渐褪去。当她再次看向我的时候,眼中只剩下深深的绝望和浓浓的无助。

"我根本无法入睡。只要他仍然逍遥法外,我就不可能睡得着。"

我飞快地冲了出去,猛地带上房门,一路号啕着跑向自己的车子。我跳进车里,迅速倒车,然后一踩油门驶离了这里。刚开到外面的马路上,我就给埃文打了个电话,可他没有接。继续行驶了好几英里后,我内心的伤害和由此产生的怒气都逐渐消退了,取而代之的是一阵阵内疚之情。朱莉娅说得对吗?要是因为我不打算见约翰而导致他再次动手杀人,那我是否也是个帮凶呢?

我从维多利亚市回家时必须走马拉哈特公路。以往我都会降低车速,谨慎行驶——因为这条路的一边是陡峭的悬崖,另一边则是坚硬的岩壁,只要行差踏错半步,后果都将不堪设想——可今天,我两手死死握住方向盘,飞快地绕过一个又一个的转弯。到达顶峰后,我又开始沿着山体另一侧的公路往下开。这边的路宽阔些,路面被分成了两车道。我一边开车,一边拨通了珊迪的电话。

"就算是你,那样做也太卑鄙了。"

"你在说些什么啊?"

"你他妈全都知道好吧!"前方是个急转弯,我开得太快,差点儿撞上了另一台车,于是我赶紧将车速降了下来。

"出什么事了吗?"

"别装了,珊迪。你亲眼看着你离开她家的。"

她没再说话了。

"我再也不会跟你打交道了。"说完,我挂断了电话。

我又试着联系埃文,可他还是不接电话。此时此刻,我非得找个人好好说道说道。只响了一下铃,比利就接了我的电话。

"我希望珊迪离开这个小组。我不想再跟她合作了。"

"哎呀,发生什么事了?"

"我从家里开了那么久的车赶到维多利亚市去见我生母——因为我愚蠢地以为或许她真的想见我——可最后却发现,她只不过是想说服我去见约翰。我到得挺早的,碰巧看见珊迪从朱莉娅家出来。是她让朱莉娅劝我这样做的!你知道这件事吗?"

"珊迪一直都和朱莉娅有联系,这我是知道的,因为朱莉娅是一位非常重要的证人,可我不相信她会试图让……"

"你不觉得她和我同时出现在那里是一件十分蹊跷的事情吗?"

比利沉默了一会儿,然后开口道:"你希望我同她谈谈吗?"

"有什么意义呢?天哪,我居然以为朱莉娅真的想见我了。我真是个傻瓜。可她……"我热泪盈眶,哽咽难言。

比利问:"你现在在哪儿呢?"

"在回家的路上。"

"要不待会儿我带上咖啡和三明治去你家找你?然后我再和你好好聊聊,行吗?"

"真的吗?你不介意吗?"

"怎么会?快到纳奈莫了就给我打个电话吧。"

在剩下的时间里,我一遍又一遍地在脑海中预演着我想对珊迪说的话,可朱莉娅的声音不时地闯了进来:如果你能阻止他继续害人,那我觉得这一切也都是值得的。

我刚把车开进屋前的车道上,便看见比利微笑着从他的那辆

SUV车里下来，手上还端着个托盘。托盘上放着两杯蒂姆·霍顿斯咖啡和一个棕色的纸袋。

"没有什么事是蒂姆搞不定的。"

"那可不一定哦。"我笑着说道。

"那我们就试试吧。"我先让穆斯去了后院，随后便和比利一起，坐在院子里的那张桌子旁，大口大口地啃起了三明治。

比利坐在我对面。我打量了他一会儿，然后问道："你是不是觉得如果我不去见约翰，便也成了个杀人凶手了？"

"你怎么会这么想？"

"朱莉娅就是这样说的。"

"我的天。"他的眼中写满了同情。

"没错。埃文说过，约翰杀人并不是我的错。"

"当然不是啦。作为一名警察，要是嫌犯逃跑了，我会觉得自己要承担责任。可我只要尽量从中吸取教训，争取下次把任务完成得更好就行了。"

我边吃着三明治，边在心里琢磨着他说的这几句话，不过比利似乎意犹未尽。

"你没有必要逼自己去做那些不愿意做的事情，莎拉。可如果你决定了再也不去见他，今后他犯的任何事也都与你无关。你也不要让自己的下半辈子都活在自责里。"

"其实，如果一切都取决于我，那么我是愿意试着再约他见一次面的。本来我都已经打算给你打电话了，可埃文知道后特别生气，他绝不允许我再来一次了。"

"他只是在尽力保护你。"

"我懂，可是他体会不到我内心的煎熬。我知道下面这句话听起来挺不正常的，可我好像真的能够感受到那些遇害者曾经遭受到的一切折磨。不知道你在办案时有没有过类似的情形,仿佛自己慢慢变得不像是自己了?"

"这的确不容易,可你得学会如何抽身而出。"

我叹了口气,"我的毛病就在这儿。一旦接触了什么事后,我便没办法全身而退。从小我就是个'一根筋',爸爸很不喜欢我这一点,因为只要我对什么东西上了心,就会一连好些天都无法自拔。好不容易等到我对这件事失去兴趣了,下一个目标便又出现了。"我哈哈大笑着说道,"你小时候是什么样儿的呢?"

"我就是个闯祸大王——打架斗殴,喝酒买醉,小偷小摸,这些事我都干过。十七岁的时候我爸把我赶出家门,于是我不得不在朋友家借住。"

"哇哦!真惨哪!"

"不过,最后的结果还不赖。"他耸了耸肩,说道,"我在自家附近的一间健身房里做事,后来遇到了一位教跆拳道的老警察。他带我出去兜了几次风,便劝我去当警察。要不是他,我可能正在蹲班房呢。"

"真高兴你选择了去当一个好人。"

"我也是。"他咧着嘴呵呵地笑了。

"现在你和父亲的关系好多了吧?"

"他是个牧师,最在意的只有两个,一是教堂,二是上帝。"

"真的吗?在这样的环境里长大是一种什么样的感觉呢?"

"你是不是觉得我说话时似乎总在引用别人的话呀?告诉你吧,《圣经》上的每一个字和每一句话,我爸都能背出来。"说这番话的时候,他面带微笑,可就在他低头望向面前空空如也的咖啡杯时,我捕捉到了他眼中一丝转瞬即逝的寒意。

"他要求很严吗?我是说,他是不是相信'娇养忤逆儿'之类的说法?"

他点了点头,"他从不动粗,但他认为做错事后一定要忏悔,要经历苦修。"他笑了笑,又继续说道:"小时候,有一天我在主日学校里看到一个男孩儿在欺负一个小不点儿,于是便冲上去把他揍了一顿。后来我爸让我当着全体教徒为自己打人的行为道歉——还让我跪在教堂前排,为自己的罪孽忏悔,并乞求能得到上帝的宽恕。不过比起之后的那些惩戒,这还算不了什么呢。"

"可你是想去保护受欺负的人啊。你就没跟他解释一下吗?"

"我的父亲不接受任何辩解。可我知道自己没错,如果一切重来,我仍然会毫不犹豫地做出同样的选择。"

"真是好奇怪啊!你这样的人居然会有一个那样的父亲。要知道,你可是个既冷静又理智的人哪。"

"现在的我的确如此。不过我也是经历过了一些事情之后才变成现在这样的。"

"真的吗?"

"二十多岁的时候我血气方刚。在皇家骑警队服役初期,我恨不得亲手把每一个犯罪分子都打倒在地。"

"等等,你刚才是不是说,你也曾经是个暴脾气?"

他咧开嘴,露出了一个坏笑,"我应该违反过几条规定吧。"

"准确地说,应该是破了几个人的相吧?我就知道!"

他的表情变得严肃起来,"有一次,因为我的缘故,弄得一个案子被撤销了,我也被停了职——差点就被开除了。这对于我来说是个惨痛的教训,可我也懂得了要在规则允许的范围内做事。"

"难道你不会既沮丧又失望吗?比方说看着某人一次又一次地逃脱法网?"说着我摇了摇头,"要是约翰成功地钻了法律的漏洞,我想我会疯掉的。到那时,我肯定特别想亲手解决这个问题。"

比利一直都在专心地听我说话,可这时,他的脸上露出了不安的神情。我连忙住了口。

"你说的是我刚刚提到过的那个案子吗?"他终于接下了话茬,"那是一起连环强奸案。经过几个月的侦查,我们终于获得了一条线索,指出嫌疑人可能的藏身之处。我决定先去摸摸底。到达目的地后,我发现一个男人正打算离开那里,他的相貌特征和嫌疑人十分相似。情报显示,那个强奸犯总爱带走受害者的衣物,所以我顺着一扇窗子爬了进去,想找到证据——进去后我便确定,那个人就是犯罪嫌疑人,因为房间里的衣橱内放着一个袋子,袋子里全都是女人的衣服。我刚想离开那儿,却发现嫌疑人正从前门走进来。一看见我,他撒腿就跑,我在后面紧追不舍……最后的结局并不好。"

"发生什么事了?"

他看着我的眼睛说道:"这么说吧,当时我的情感战胜了理智,让我犯了个错误。"

"可你的自制力一向都很强啊。"我的好奇心被激发出来——比利居然也有着不为人知的一面,与我的脾气性情相似的一面。

"《孙子兵法》改变了我的生活——当然,跆拳道也起了一定的作用。一旦进入赛场内,你就会迅速明白,如果无法保持冷静,身体就会失去平衡。"

"哈,真有意思。那你手臂上的文身都是那本书上的话喽?"

他指了指自己的左臂,说:"这个是'善攻者,敌不知其所守。'"接着他又指了指右臂,说:"这个是'善守者,敌不知其所攻。'加入重案组时我就文上了这两句话。"

"真的很酷。"

他笑着回了句"谢谢"。

三明治被我们俩一扫而光。这时,比利挂在腰间的黑莓手机响了起来。取下来后,他瞅了一眼。

"看来约翰又给你发邮件来了。"我差不多已经忘了,自己早就把邮件设置成自动转发给警方。比利滑动着手机屏幕,表情渐渐严肃起来。

"内容是什么?"

他把手机递给了我。

> 如果你不愿意和我说话,
> 那我就去找个愿意这样做的人来陪我。

强烈的恐惧感冲击着我全身上下每一个角落。我像是被人扼住了咽喉,根本喘不过气来。他真的打算出手了——看来他又要去杀人了。我想对比利说点儿什么,可此时此刻,我只觉得双耳轰鸣,浑身颤抖。

比利问道:"你没事吧?"

我摇了摇头,"会……会发生什么事呢?"

"不知道。我们得先查出这封邮件是从哪儿发出来的,同时确保全省所有警局加强对所辖区域露营地的巡逻。"

"我该做些什么呢？"

"你想做点儿什么？"

"我不知道——如果我再去联系约翰，埃文一定会非常失望的；可万一约翰……"

"能做出决定的人只能是你，莎拉，不过我现在得去打几个电话。要是有了什么新情况，我会告诉你的。"

比利刚走，我便一溜烟跑上楼，望着电脑屏幕上的邮件发呆。我心乱如麻，脑中冒出的想法如海浪般一波接一波朝我袭来。不知不觉就到了该去接艾莉放学的时候了。好在一路上艾莉都在不停地讲着在学校里发生的事情，否则心神不宁的我还真不知道会说出些什么话来。我该拿约翰怎么办呢？几个小时过去了，我还是没有一点头绪。

为了转移自己的注意力，我特意上网查了一下比利，结果找到了一篇和那起案件有关的报道。他没有说出口的是，当他追上那名强奸犯后，两个人便开始扭打起来。不知怎么的，强奸犯突然抢走了比利的配枪。比利想把枪夺回来，两人在混乱中扣动了扳机，射出去的子弹刚好打中了附近一位遛狗的老太太。因为比利是非法闯入他人住宅的，所以法官否决了将证物呈堂的请求，并且那名强奸犯也被免予起诉。难怪比利现在特别强调依法办案。不过即使他的确严重违反过规则，我还是为他仅凭一己之力对凶犯穷追不舍的英雄气概所折服。

艾莉上床后，埃文才给我打来电话。我把约翰发来邮件和白天在朱莉娅家的经历统统告诉了他。

"这个女人在胡说八道些什么呀！真不敢相信她居然那样对

你。干脆写封信拒绝她，莎拉。你不该受这种委屈的。"

"不过你还是得站在她的立场上想想。她每天都活在恐惧中，不知道下一秒会发生什么事情，这样的感受我完全能够理解。如果有那么一个人能让我立刻摆脱这种生活……"

"有啊——警察啊。该他们做的事你就得让他们去做。"

"比利一直都在尽力而为呢。"

埃文没接话。

我问道："怎么了？"

"我只是觉得他给你带午餐来吃的行为有点奇怪。"

"我那时心情不好——他只是想让我打起精神来，而且收到那封邮件时，他正好就在我身边，这也让我没那么害怕了。"

"似乎这个比利总是在挖空心思讨你欢心啊。"

"他是个警察——他只是在履行自己的职责而已。至少他不像珊迪，总是让我觉得压力重重。"

"别再自欺欺人了。他也许只是装出一副好警察的样子。"

"他就是一个好警察。"

电话那头一阵沉默，最后埃文干巴巴地问道："你还是想联系约翰，对吧？"

"我并不是想去联系他，而是想要阻止他。"他一言不发地听着，于是我继续说道："要让朱莉娅说出我是唯一一个能让她重新过上安宁日子的人，你知道有多难吗？毕竟，要不是我执意要去找她，这一切就都不会开……"

"那个人强奸了你的母亲，这才是一切的开端。"

"我明白，不过能让这一切结束的人是我。"

"你是什么意思？"

"我的意思是……我的意思是，我应该试着再见他一次。"

"不行!我早就跟你说过了,不可能!"

"那如果我只是再和他用电话联系呢?或许我可以从他嘴里套出更多的信息来,至少我能让他不再去关注那些露营地。"

"你为什么就是放不了手呢?"

我的声音变得哽咽起来,"因为我做不到,就是做不到啊。"

埃文温柔地说道:"宝贝儿,即使你这样做,朱莉娅也不会对你产生好感的。这一点你是知道的,对吗?"

"这与我想不想让她喜欢上我无关,埃文。可如果你是爱我的,就应该能够理解我非做不可的原因。"

"我理解。还不就是你本来就渴望成为那个唯一能够阻止他的人吗?这才是你不肯放手的原因吧。"

"你这话真是太可怕了!所以你认为我其实非常自豪,因为我有个能为自己杀死另一个女孩的杀手父亲喽?"

"我不是这个意思,我只是觉得你根本就不知道应该怎么去——"

"像鸵鸟一样把头埋进沙子里,然后假装一切都没有发生,就像你一样,是吧?"

"现在你说的这些话才真的可怕!"

两个人同时陷入一片沉默。

最后,埃文叹了口气,说道:"我们还是在原地绕圈圈。如果你真打算去见他,那就做好心理准备,他一定会一而再,再而三地提出同样的要求的。"

"我还不知道具体该做些什么,埃文。我只想知道你是站在我这边的。"

"我很不喜欢你和他联系,但我能理解你那种无奈的心情。

不过说真的,莎拉,我真的不希望你再和他见面了。"

"我会在做任何决定前都先告诉你的,行吗?"

"你最好记住这句话。"

"不然呢?"我用调侃的语气问道,可埃文回话时,声音异常严肃。

"我可不是在开玩笑,莎拉。"

整个周末我都在反复思考着下一步该怎么做。我给比利打了个电话,和他聊了一会儿。他说他问过珊迪了,珊迪说她自己绝对没有逼迫朱莉娅对我说出那些话,那都是朱莉娅自己的行为。也许吧,可我还是心存怀疑。珊迪的目的性太强了,为了能够抓到约翰,她可以不择手段做出任何事来。时间一分一秒地过去,我还是没有拿定主意。真想逃离这种左右为难的生活啊。结果一到周一,朱莉娅就打来了电话。

"听说他又给你发邮件了,莎拉。你打算回他的话吗?"

"我还没有决定好。"我没去在意她那种愤怒的语气。

"那么,在你做出最后决定之前,也许需要知道这一点——警方说他下一个要联系的人很可能就是我。"说到最后,她的声音颤抖了起来。我能听出她究竟有多害怕。"我希望这一次他干脆杀死我算了。"

说完,她便挂断了电话。

整整五分钟之后,我那如响雷般的心跳声才渐渐缓和下来。我拨通了埃文的电话,可是无人接听。我之前向他承诺过,做任何决定前都要告诉他,所以我又等了一个小时。当我还是没法联系上他时,一种奇异的平静感在我的周身蔓延开来。我知道自己该怎么做了。

我上了楼，用键盘敲出了一封信。信是寄给约翰的，内容只有一句话——我该怎么帮你呢，约翰？——我还附上了新的电话号码。接着，在我还来不及多想的时候，鼠标上的按键就已经被按了下去。发送。

可直到现在，我都还没有收到他的回信。我又不能去问珊迪，她有没有告诉朱莉娅我已经给约翰回信了。她现在应该喜欢上我了吧？我连自己和家人的性命都赌上了！而且埃文一定会被我气死。不过，转眼间我又开始一遍遍地暗示自己，让自己别去在意她的想法。到了最后，我几乎真的快要把自己给骗到了。

不过，我的确并非只是为了她才这样做的。要是我不主动出击，约翰引发的一系列惨剧就永远不会结束。直觉告诉我，终结一切的唯一途径就是去见他——这一点连您都没有异议吧。我知道，自以为可以解决连警察都搞不定的难题的确很疯狂，可有时候，即使我并不理解约翰的行为，但在我那蠢蠢欲动的内心深处，似乎还存在着另一个我，这个我深谙约翰的一切意图，这个我的确认为自己拥有着让他停止作恶的力量。现在想来，埃文说得一点儿都没有错，我确实喜欢这种感觉。

随后我又想到了约翰。当他站在那些女人面前俯视她们的时候，当他把猎枪的瞄准镜对准另一个人的时候，他是不是也会产生同样的感觉呢？

17

您是否有过这样一种感觉？仿佛生活的一切曾被自己牢牢掌握在手中，可以说是要风得风，要雨得雨，但不知何时，它却从你的手中跌落，或是因为你攥得太紧，反而让它从指缝中溜走了。在来这儿的路上，我不停地思考着一个问题，那就是我该用什么样的比喻才能很好地表达出这段时期以来我的生活状况呢？刚才我所说的不正是我的写照吗？我总想让一切都尽善尽美。

过去我曾有过的那些亲密关系您都是非常了解的——不管是谁，只要他愿意听，我都会把那些电视剧里才有的、轰轰烈烈的故事讲出来。在那些故事里，不是我迷恋对方迷恋得死去活来，便是对方死缠烂打，揪着我不放手。不过正如您在文件里记录的那样，无论是哪段关系，最后都会弄得不欢而散。

我的天，您知道吗？过去只要您一说："那个人是否是你的真命天子，你自己将来会知道的……"我就想抓起个东西朝您身上扔。可接下来您一定会对我露出那种无所不知的微笑，然后说："相信我，莎拉，真爱的感觉不是那样的。"如果那时我正和某个前男友纠缠在一段注定惨淡收场的关系里，那么，就算我内心深处无比认同您的观点，也一定会逞一时的口舌之快，非要说他就是我命中注定的另一半，直到最后把自己弄得鼻青脸肿、遍体鳞伤才算罢休。

遇到埃文之后，我才明白过来，自己过往的那些恋情是多么地不合时宜，而您说的那些话又是多么地正确。从前，我和恋人之间就像在打一场残酷无比的冰球比赛——随时随地都有可能上演全武行。我和那个人永远都不会站在同一边，也从来没有谁成为最后的赢家。可埃文不一样，他和我始终是一个队的。我从不需要回头确认或是开口询问他的去向——因为我百分之百相信，他就在我身边，和我朝着同一个方向、为实现同一个目标而滑行。可是不知怎么的，仿佛就在转眼之间，他便成了我在赛场内的对手。我们之间剑拔弩张、互不相让，不管是谁，只要稍一退缩便会被对方狠狠地撞到防护板上去。

最近我和埃文之间发生的一切争吵都很伤人。这种变化和约翰的事情一样，都让我心生惧意，但最令我感到害怕的却是我自己对此的反应：一旦别人推了我一下，我便会用更大的力气推回去。

上次见过您之后的第二天，约翰终于打来了电话。

"我很想念和你聊天的感觉。"

我没有马上回话，因为我拿不准自己开口时会不会先冲着他大骂一顿。

"你回我邮件了，我很开心。"他又说道，"之前我一直都很担心。"

他还会担心？太可笑了吧。关于连环杀手，无论是比利告诉过我的，还是我自己从书里看来的，都说他们是一群不会产生悔意但懂得如何伪装成这副样子的人。我一直都觉得他们应该深谙此道。此刻，我想试试看这套理论是否属实。

"你做出的事真是太可怕了，约翰。"

"我做了什么呀？"

"留给我一个脸都被烧熔了的芭比娃娃，后来你还给我发那种邮件。你明明知道我看了之后会难过的，而且我确实也觉得很不好受。"

"你骗了我。"

"因为你总是问些让我很为难的问题。没错，你可能是艾莉的亲外公，可我并不知道你到底想从我们——或者从艾莉——身上得到什么，所以当你那么详细地想要了解她时，我只能胡编乱造了。"

"我只是想更多地去了解她。"他的语气没有先前那么笃定了，仿佛是被我话语中的那份坦然弄了个措手不及。

"可你拿不准到底该不该相信我，对吧？同样的，我也会这样想。如果你真想了解我，就不能动不动冲我发脾气。就算你真的生气了，也不能威胁我。你得告诉我，到底是什么事情折磨着你，这样我们才能一起去解决它呀，你说呢？"

他没有立刻回答我，可我还是耐心地等待着。最后他终于开了口："我就是做不到。"

"做不到什么？"

"控制住自己，不乱发脾气。我时不时就爆发了。"

我搜肠刮肚，想说点儿什么，可我本人也是一个时常失控的人，又怎么能给出好的建议来呢？这时我不由得问自己：为什么想要帮助他？我是不是真心以为，在这个恶魔的心里还残存着一丝人性？即便如此，那又能证明什么呢？证明我不是个恶魔吗？我回过神来，赶紧将这些想法抛到脑后。

"我也一样，约翰，但是我……"

"不一样。"

"因为你会去杀人吗？"我的心跳随着这句胆大妄为的问话而加速，可他并没有回答，于是我继续在危险的边缘试探，"有时候我发起脾气来也会伤害到别人。有几回我简直就像个疯子。"

"我不是疯子。"

"我的意思是，我能理解你做那些事时的感受。一方面你很想控制住自己的脾气，另一方面那些人又特别让你生气。"说这话时，我情不自禁地回想起了把德里克推下楼的那一刻。当时他那副自以为是的样子，还有滚落到地板上时发出的沉重的撞击声……一切都历历在目。所以，即使一万个不情愿，我也的确能够体会到他的感受。

约翰再次陷入了沉默，可他的呼吸声明显加快起来。也许是时候收手了，可在我内心深处，有个声音在对我说："继续逼一逼他，让他也知道什么叫作'如芒刺在背'。"

"你说你父亲时不时就会对你拳脚相向，那他有没有性侵过你呢？"

"没有。"他的语气中满是厌恶的感觉。我没有停止，继续脱口而出道："那你母亲呢？"

他的声音如炸雷般在我耳边响起："你这是在干什么，莎拉？你干吗问这些问题？"

"你问我关于艾莉的事情时，我就是这种感觉！"

"可是，我不喜欢你问我这些问题。"他既紧张又担忧地说道。

"我也不喜欢你问我类似的问题。"他没有说话，我张开嘴，打算开始新一轮的攻击。停下来，好好想想。我这是在干吗？此刻，我呼吸急促，面色潮红。能将他这种人玩弄于股掌之中，这种力量简直让我沉醉。我几乎忘了自己究竟是在跟谁说话。此时此刻我想要做的就是用言语去伤害他。

突然间，我宛如醍醐灌顶，一下子便领悟到了，原来这就是约翰的感受！

我仿佛被人施了个魔咒，好一会儿才清醒过来，并很快意识到自己闯下了大祸。要是比利和珊迪一直在监听着我们的谈话，那他们一定被我气疯了。原本我的使命是尽可能套出更多的信息，而不是像现在这样去激怒他。不过，约翰居然没有挂断电话。我还有机会让两个人之间的交流恢复正常。

我努力让自己平静下来，然后柔声说道："你瞧，控制好自己的脾气对我们两个人来说都不容易。要不我们来玩个游戏吧？"

他变得警觉起来，问道："什么游戏？"

"有点儿像'真心话大冒险'。我问你一个问题，你必须诚实地回答我。然后你再问我一个问题，我必须诚实地回答你。你甚至可以问和艾莉相关的问题。"说到最后，我不由得闭紧了双眼。

"事实证明你总是在骗我。"

"你也骗过我，约翰。"

"我对你从来都是据实相告。"

"不，我可不这么想。我的一切你都想知道，可你呢，和你有关的任何事情你都不愿意告诉我。或许我比你想象中的更像你。"

"你这是什么意思？"

什么叫我这是什么意思？就在几分钟前，当我狂热地游走于理智与情感的危险边缘时，我居然沦陷在这种令人头晕目眩的感觉中，无法自拔。那时，我全身上下血脉偾张，每一个细胞都兴奋无比，仿佛随时都可以投入战斗。

"我不是说过吗？一旦我发起狂来，也是会伤人的。有一次我甚至把另一个人推下了楼。"要是我说得再严重一点，他会不会更愿意敞开心扉呢？"他的腿摔断了，血流得到处都是。我不喜欢让事情脱离我的掌控，我猜你也如此吧。"

他没有说话。

我接着说道："我愿意先来……"

过了一会儿，他说道："那就试试吧。"

"好呀。你问吧，什么都可以。"

又是一阵漫长的等待。我屏住呼吸，大气都不敢出一下。

终于，他开口问道："你害怕我吗？"

"是的。"

他吃惊地问道："为什么？我一直都很友好啊。"

这下我都不知道该如何开口了。

"现在轮到我了。你为什么要用那些女孩的头发和衣物做娃娃？"

"这样她们就能陪着我了。你在你养父母家过得开心吗？"

他的问题令我猝不及防。从来没有任何一个人问过我这样的问题。我当然有过快乐的时光，可更多的却是担心，担心这样的时光不知何时就消失了。记得十三岁那天，我正和妈妈一起在厨房里做碎肉馅饼。房间里暖洋洋的，空气中弥漫着一股混合了大蒜和洋葱的肉香味。妈妈的手轻轻地放在我的手上，我们一起摊开馅饼皮，又一同对着那团乱糟糟的"杰作"哈哈大笑。刚把肉饼放进烤炉里，妈妈就一路小跑着冲回了卧室。当时她脸色发白，全身无力。她说自己得躺一会儿，嘱咐我照看好馅饼。我乖乖地守在烤炉旁，直到馅饼的表面呈现出诱人的金黄色，才小心翼翼地把它从炉子里端了出来，并异常兴奋地想展示给爸爸看。

317

一小时后，爸爸回来了。他瞟了一眼烤炉，接着便一巴掌重重地拍在我肩上。他用力地捏着我的肩头，将我的身体扳了过来。他问道："这个炉子开了多久啦？"他一脸通红，脖子上的青筋都暴出来了。

我害怕极了，一句话都说不出来。从眼角的余光中，我瞥见劳伦正牵着梅勒妮的手离开这里。

"你妈妈呢？"

"她……她正在休息。我忘记关炉子了。可……"

"你差点就把整栋房子都烧了。"

他松开手，可那被他捏过的地方还痛得厉害。我伸出手去揉了揉，他却用手指着走廊，用一种冷酷无情的声音说道："滚。"

可我一点儿都不想把这件事告诉约翰。

"有时候吧。轮到我啦。你为什么想让那些女孩儿陪着你呢？"

"因为慢慢地我觉得自己很孤独。你小时候有没有想过亲生父亲是什么样的呢？"问完他便开始喃喃自语起来，可很快就停了下来。他清了清嗓子，似乎很不自在，"我和你想象中的父亲一样吗？"

他不是在开玩笑吧？可他还真不是。

"嗯，没错，我以前会去想象自己的亲生父亲是谁，长得什么样子。"我该怎么回答他提的第二个问题呢？"你……你身上有很多东西都符合我对父亲的幻想。"话一出口，我就意识到，这句话里也包含着我的一些真情实感——约翰给了我一种我从童年起就在养父身上求而不得的东西，一种尽管我不愿承认，但至今仍然渴望得到的东西——那就是来自父亲的关注。换个话题吧，莎拉。"你为什么总是选择在夏天杀人呢？"

过了好一会儿，他都没有说话。等到他再次开口的时候，语气变得谨慎起来："第一次发生这种事情的时候，我正在林子里打猎。路上我偶遇了一对情侣，他们正在……你懂的吧？那个男的看见了我，"这时，他加快了语速，"他朝我走过来，随后便挥起了拳头。我当然要还手，于是便和他扭打在一起。他的拳头真他妈有力，有几拳结结实实地砸在了我身上，把我痛得不行。不过我身上正好带着把小刀，于是我握住刀柄，猛地一刺，刀尖没入了他的胸膛。"

"你把他给捅死了？"

"要是再扎上一刀，肯定能结果了他的性命。可那个女孩，她在旁边不停地大喊大叫。后来，当她发现我正看着她的时候，就开始逃跑了——她要是不跑，我根本就不会去追。可她越跑越快，我也只好奋力追赶。其实我只是想当面告诉她，这一切并不是我的错，我只是在自卫。最后我终于追上了她……"又是一阵漫长的沉默，随后他继续说道："也许一个当父亲的不该跟自己的女儿讲这些事情。"

我其实一点儿也不想听，可还是鼓励道："没事的，约翰。说出来挺好的。"然后我假装漫不经心地问道："后来呢？"

"我也不想的，可等到我把她按倒在地上之后，她还是在不断地叫嚷。那天我整个人都不太舒服——室外实在是太热了。不过当她断气了之后，我便觉得好多了。"

他停了下来，以为我会说些什么，可我缄口不言。

"我在她身边待了一会儿，但是我刚离开没多久，那种大吵大闹的声音就又出现了。于是我转身走了回去，然后噪音就消失了。后来，他们找到了她的尸体……"

319

我的脑海中浮现出了一幅画面：树林里躺着一具正在腐烂的尸体，约翰就站在它身边，居高临下地俯视着它。我赶紧闭上了眼睛。

"于是你便开始做那种娃娃了？"

"没错。"他像是松了一口气，似乎因为我能理解他而开心不已，"我在你亲生母亲那里碰了钉子，"一瞬间，他的语气中便满是怒意，"于是不得不再找了个女人。杀了她之后，那种吵嚷声就不见了。从那时起，我就百分之百地肯定该用什么方法才能让自己清净下来了。"停顿了几秒钟后，他又说道："不过现在我很高兴，庆幸自己当时没有杀了她，不然就不会有你了。"

这一次，轮到我来引导话题的走向了，"约翰，你说你总会听到吵嚷声，你的意思是说自己会出现幻听吗？"

"我告诉过你，我没疯。"他说这话的时候，居然让我有了一种"我才疯了"的感觉，"就是经常头痛，耳鸣。"

我恍然大悟。

"你有偏头痛的症状吗？"

"简直可以说是从早痛到晚。"

"室外特别炎热的时候，症状会更加严重，对吗？"现在我成了那个更加激动的人了。

"是的，每当那时候，我就会觉得生不如死。"

我怎么居然一直没往这方面想呢？一切迹象早就摆在我面前了：他不时发出的呻吟声，含糊不清的说话声，一听到噪音就焦躁不安的反应。这些都是高温诱发的症状啊。

"你的这些症状，我也有，约翰。"

"真的吗？"

"真的。偏头痛这种病，一旦发作，人就特别难受。而且我也是一到夏天就愈发痛苦。"

"真是有其父必有其女啊，对吧？"

他的话将我一下子拉回现实中。现在可不是和失散多年的父亲互诉亲情的时候。

"我是在十多岁的时候开始发病的，"我说道，"你呢？"

"我从很小的时候就开始了。"

"那你服用过什么药物吗？"要是他找医生开过药，那警方或许就能据此追查到他的行踪。

"没有。我母亲曾经自制了一些药剂来缓解我的头疼，她说这种疼痛是因为我被妖魔鬼怪附了体。"

"你是否认为杀人能帮助你赶走那些怪物呢？"

"我听过这种说法，不过现在我得挂了。通话时间快不够用了。用不了多久我会再联系你的。"

他得留心通话时长？所以这就是为什么他每次都不能和我聊太久的缘故吗？我几乎快要笑出声来。

"好的，保重。"

挂断电话后，我才意识到自己刚刚说了什么。保重？这只不过是我的习惯用语，对朋友、对家人来说，这就是我的口头禅。可约翰既非前者，也非后者。我是不是把和他聊天当作一件极其自然的事情，以致连潜意识都分不清他和亲朋好友之间的区别了？

比利随后打来了电话。他说，约翰联络我时正位于岛外的乔治王子城北部某处，之后便消失在崇山峻岭中了。我从约翰嘴里套出的信息让他兴奋无比。事实上，我也很激动，因为好多事情都有了合理的解释。所有的文献资料里都提到过一个观点，那就是连环杀手在杀人之后通常会获得某种快感。对于约翰而言，那种快感或许表现为某种执念，也就是说，只有杀了人，他的头疼才能消失。

比利还说，约翰第一次杀人的时候可能只有十七八岁。同时，在那起事件中，约翰可能是第一次接触到了性，于是受到了更为强烈的刺激。他的母亲虽然那时已经离家出走了，但她一定给小时候的约翰讲过不少神话故事，所以他行凶时才会表现出明显的仪式感来。据说连环杀手都会为自己精心勾画出一个美轮美奂的世界，从而让自己免受孤独之苦。若事实果真如此，那么这个被丢弃在山林中、靠打猎维生的年轻小伙子在闲暇之余会幻想些什么，就真不是我能想象得出来的了。

那天晚上，我接到了埃文的电话。我兴奋地叽里呱啦说个不停，一心只想把白天发生的一切都讲给他听，可每一次他的回答都十分简短，还不断岔开话题，问我一些关于工作、艾莉或是我有没有发出婚礼邀请函之类的问题。他的反应真是太奇怪了。平时他可是绝口不提这些事情的。

我说道："我没时间去整理邮箱地址，不过明天我就去弄。"

"是没时间，还是不想弄呢？"

"我的时间很紧，埃文。你可别忘了，我也是个大忙人呢。"这时，就连我自己也觉得这种语气太冲了，于是我赶紧柔声说道："今晚我就去弄，可以吧？"

埃文没有说话。一时间，我们俩都默默无语。最后我说道："现在我总算明白了他为什么没有边界感了。这可能和他很少与外界打交道有关。而且我敢打赌，每次他去攻击别人的时候，天气一定不同寻常，要么酷热难当，要么大气压有明显变化——这些都的的确确会加剧偏头痛的严重程度。内陆地区一到夏天会有多热，这你是知道的。"

埃文叹了口气，说道："莎拉，我们可以聊点儿别的吗？"

"他和我一样，也有头痛的老毛病，你不觉得这很有意思吗？"

"可这并不能改变他是个杀人犯的事实。"

"我明白，不过了解这一点能帮助我弄清楚他究竟为什么要去杀人。"

"这个原因真的很重要吗？他杀人的原因只不过是因为他喜欢这样做。"

"当然重要啦。如果我们知道原因，就能把握住更好的机会来——"

"我们？你知道自己不是一个警察吧，对吗？还是你趁我离开，已经加入警队了呢？"他在跟我开玩笑，可我能觉察出这两句话里涌动着的暗潮。一股怒气开始在我体内横冲直撞起来。

停！冷静思考。做个深呼吸。他是因为焦虑不安才会夹枪带棒、话里有话的。不要回嘴。要看到问题的本质。

"埃文，你是我最爱的人，我希望你知道这一点。约翰的事情确实占用了我们很多时间，可这并不表示我就会把你丢到一边，不闻不问！"

"不是这件事，就是那件事，反正总有新的事把你迷得找不着北。"

"我就是这样的人哪——你又不是不知道。"

"我只是非常怀念从前那段你只对我着迷的日子。"他哈哈笑了起来。

笑声冲淡了那种紧张兮兮的感觉。我松了口气，也跟着笑出了声。

"其实，我们越早把这个家伙赶出我们的生活，我就越能快点儿变回那个眼中只有你的女人，怎么样？"

"这个想法听起来不错。他有提出要和你再见个面吗？"

"还没，不过他应该会提的，而且我觉得下次他一定会现身。"

"下次？没有什么下次了。"温情的面纱被一把扯了下来。

"我的老天，埃文，你也太霸道了吧？"

"我就快是你的丈夫了。在这件事上我应该有发言权。"

"可你错了。之前我就说过，让他从我们生活里滚蛋的唯一机会就是让警方利用我和他见面的时机抓住他。"

他抬高嗓门，发出了一连串的质问："那要是他们失手了呢？万一又出现了什么意外呢？之后又该怎么办呢？"

"你说的这些都不会发生的。他渐渐开始信任起我来了，我感觉得出来。之前那通电话里他说的真话比以往任何一次都要多，我还——"

"你是不是以为他把头痛的事情告诉你后，你就安全了？就对他的想法了如指掌了？你既不是警察，也不是精神病专家。难道娜丁也让你这么做吗？"

"她只是在帮助我搞清楚自己究竟想要做什么。"

"那我想让你做的事情你会去做吗？"

"你这是什么意思，埃文？"

"我的意思是，如果你执意要去见他，那我就要重新思考一下我们两人之间的关系了。我得好好想想它在你心中究竟占了多大分量。"

"你不是认真的吧？"

"你这是在拿你的生命去冒险,莎拉。"

"你每一次出海不也是拿你的生命在冒险吗?"

"这是两码事。你心里清楚得很。"

"真不敢相信你刚才竟然威胁我。"

"我没有一点威胁你的意思。我只是把自己的感受——"

"行啦,也许我也该重新审视一下和你的关系了。"说完我便挂断了电话。不知过了多久,我还盯着电话发呆,指望着埃文再打个电话回来。

可他并没有。于是我按下了比利的号码。

很快,比利就来了,还带来了两杯咖啡和几个甜甜圈。

"警察和甜甜圈?这种搭配真老套,我说得没错吧?"

他拍了拍自己紧实的腰部,"还得加上一句,警察也要注意饮食。"

我笑嘻嘻地把装着甜甜圈的盒子拖到面前,看了看,但没有伸手去拿。

他问道:"你想谈谈吗?"

"我真是烦透了,好像自己被人逼着做出选择一样。"

"这个选择可不好做。"

"我知道自己很自私,不该要求埃文事事都得无条件支持我,可他也不该用分手来威胁我。"

比利眉毛一挑,"啊?!"

"我是说,难道错的人是我吗?"

"能回答这个问题的人只能是你自己了,莎拉。要我说,你要考虑的无非就是自己想过什么样的生活,或者说是你能不能过得了自己这一关。"

"就是说嘛。一想到还会有人丧命于约翰之手,我就受不了。如果他始终逍遥法外,我就不知道该怎么度过这个夏天——以及今后的每一个夏天。只要一到周末,我就会惊魂不定,生怕听到他再次害人的消息。但凡出门,我都会不停地回头,看看身后是否有什么异样。在这样的情况下,我怎么可能有心思去筹备什么婚礼?"

他点了点头,说道:"我懂。我和前女友就是这样的。她希望自己的男朋友是个普通人,而我呢,只要还没抓住凶手,我就没办法窝在沙发上陪她一起看电视。我负责的案件,不到结案那一刻我是不会罢休的。"

"我也是这么想的。事情因我而起,就该由我去结束它。"说完,我心中再次燃起了对埃文的怒火。为什么他就是不明白这个道理呢?

比利说道:"我给你带来了一本《孙子兵法》——就在我的车里。不过我觉得你应该暂时放松一下,什么都不要想。"

"那我怎样才能做到呢?"

"要不我们开车去外面兜兜风,顺便聊聊天,行吗?"

"这个嘛……可艾莉还在学校,家里又还有一堆事情等着处理……"

"你真的会去做那些事吗?"

"也许不会吧。"我叹了口气,"好吧,咱们走吧。"

我们在外面转悠了差不多一个小时。在这段时间里,我和比利边喝着咖啡,边有一搭没一搭地闲扯着。谁也没提起埃文和我之间爆发的那场争吵。要是让警方知道埃文曾试图阻止我去帮助他们,大家都会很难堪的。不过比利倒是很理解埃文的心情,他觉得埃文现在肯定也不好受。回家的路上,我翻开了那本《孙子兵法》,发现比利在里面做了些记号。他用笔标出了某些句子——其中有几句还被圈了出来。

他看了我一眼,说:"这些策略放之四海而皆准——政治、商业、冲突管理等等,无论哪个领域都适用,对我们警方的工作也大有裨益。我在调查约翰的案子时就深刻地体会到了这一点。它们的作用非常大,说不定这本书就是帮助我们抓住约翰的关键。"

"它不过就是由一堆零散的句子拼凑而成的书而已。"

"可每一句话里都蕴含深意,精妙无比。给你举个例子吧,'践墨随敌,以决战事',就是说,作战中采用什么战法,必须根据敌情而定,敌变则我变。我觉得每个警察都应该知道这个道理。"他望向我,深色的眸子里闪动着耀眼的光芒,"或许皇家骑警队里看过这本书的警察越多,抓到的犯人就会越多。"

"你真该自己去写本书。"

"其实这几年我一直在筹划这件事——我想写的是《孙子兵法》在警方工作中的运用。正所谓'上兵伐谋'嘛。"

"你可真厉害啊!"

他看了我一眼,问道:"真的吗?"

"当然啦。"如果他打算用书上的兵法把约翰赶出我的生活,我会举双手双脚赞成的。对于那种人,就得采取一点非常规的手段。这时我又想到了珊迪。为了抓到约翰,她又会干出些什么出格的事儿呢?

之后,比利开始滔滔不绝地讲起他想写的那本书来,一直讲到把我送回家中。当我从车里出来的时候,发现自己已经完全冷静下来了。这时,一阵悔意涌上心头——我真不该对埃文发那么大的脾气,同时也为自己单独和比利外出兜风感到羞愧——虽然我知道这算不了什么,但埃文心里会怎么想呢?

转眼间我的脑子里便冒出一堆可怕的画面:埃文从家里搬了出去,于是我不得不卖掉房子,取消婚礼;艾莉哭哭啼啼,因为从今往后,她只能在周末见到埃文了;在每一个孤独的夜里,我都会想起和埃文之间的点点滴滴,他曾是我生命里最重要的人,可现在我却把他给弄丢了。一进家门,我就冲到电脑前,把婚礼的请柬全部发了出去。随后我便拨打了埃文的电话,可他的手机已经关机了。我没有给他留言——因为我不知道该对他说些什么。

晚上埃文打来电话时,我正在工作室里忙个不停。看到他的号码,我的胃部一阵抽搐。我深吸了一口气,按下了接听键。来吧。

他说道:"嗨,亲爱的,对不起,我之前太过分了,简直就是个浑蛋。只不过那个人总是阴魂不散,我担心你已经忘记他究竟有多危险了。"

我松了口气。没事了,埃文不生我的气了。

"我没忘,埃文,我当然不会忘记。不过分手这件事,我倒是希望你赶快忘了,因为我已经把结婚请柬都发出去了。"说完,我嘿嘿笑了几声。

埃文没吭声,我一下子便紧张起来。

我说道:"嘿,现在你真的吓到我了。"

"是你吓到我了,莎拉。我想把你娶回家,和你共度一生——因为我爱你——可你总是一再将自己和艾莉置于危险的境地中。我想要保护你,但你就是不愿意听我的话。"

"从什么时候起我得事事遵从你的吩咐？我又不是你养的小狗。"我打着哈哈说道，可埃文依旧很严肃。

他说道："你心里明白我并不是那个意思。我不想让你去见他。这一点我应该表达得很清楚了。从一开始我就不想让你和他说任何话。"

"我知道，埃文。可我也反反复复地告诉过你，我不想一辈子都生活在地狱的边缘。这种感觉太折磨人了。"

"那你就去做吧，莎拉。去见约翰。我和这件事再也没什么关系了。现在我得休息去了，明天要做的事情还多着呢。"

"等等，埃文。我想和你聊聊……"

"不，你不用说了。该怎么做你已经决定好了，现在只不过是知会我一声。不过不管你给出什么理由，我的意见始终不变。再谈下去也只是在浪费时间和精力而已。"

"我想知道的是，如果我真去见他了，咱们俩还能像从前一样吗？"

"我不知道，莎拉。"

眼泪大颗大颗地滚落下来。我哭着说道："埃文，你和艾莉是我在这个世界上最爱的人。我不想失去你，可我也不想失去我自己。这些日子以来，我吃不好，睡不好，什么事都不想做，生活变得乱糟糟的，这你不都看到了吗？"

"那就做个决定吧。"他一副听天由命的样子。

随后他道了声"晚安"，我也抽抽噎噎地回了句"好梦"，电话便被挂断了。我拿了件他的T恤衫穿在身上，然后上了床。没有埃文的日子我该怎么过啊？我不敢去想，也不愿去想。可要是摆脱不了约翰的纠缠，我就会越来越难以控制自己。这样一来，我和埃文之间也不会有未来。现在的我进退维谷，无论怎么

329

选，都只会生不如死。

埃文说得对，我必须下定决心，做出最终的选择。我心里清楚自己会选择哪条路。那是我唯一的出路了。一旦成功，我的生活将恢复正常。只是我虔诚地期盼着，到了那个时候，埃文仍然守候在我身边。

第二天一早，我正打算送艾莉去上学，约翰的电话打了进来。这一回，我试着采取另一种策略。

"嗨，约翰，我正开着车送艾莉去学校呢，不方便接电话，不过我会尽快回你的。"

"可我现在就想和你聊一聊。"听起来他像是吓了一跳。

"很好，因为我也很想再和你好好聊聊，说说那天没讲完的事儿。"

"我不能一直开着手机，但我需要——"

"可以，半个小时后往我家座机上打电话吧。"没等他开口，我便挂断了电话。

我屏住呼吸，等待着手中的电话再次响起。可是并没有。比利随后打来了电话，告诉我约翰再次出现在威廉姆斯湖附近，警方也派出了所有警力在各条公路上巡逻。半个小时后，家里的座机响了起来。是约翰，他真是分秒不差啊。听着他滔滔不绝地吹嘘自己穿越湿地追踪大黑熊的故事时，我脑子里想的却是该怎么把话题引到和他见面的事情上去。是耐心地等着他自己说出口，还是我主动提出来呢？这时他开始巨细靡遗地讲述起那天清晨的英勇事迹来：他是如何将那头黑熊开膛破肚、挖心掏肺的，又是如何轻而易举地就把这个重达两百二十斤的大块头从灌木丛里拖出来的。他谈兴正浓时，我却插了句嘴。

"要打中一头熊肯定不是件容易的事情。换作是我,万一射偏了,惹得熊来追我,那我一定会被吓死的。"

"我从没失过手。"他气呼呼地说道,"每年夏天我都能在林子里见到几只受伤的熊。全是那些个业余猎手的'杰作'。要是我没把握让子弹从熊的耳朵后面穿过,并且径直射入它的脑袋里,那我根本就不会扣动扳机的。大部分猎手只会瞎激动一通,等到开枪的那一刻才知道自己有多蠢……"

"哇噢,真是太有意思了。之前没能见到你实在是太遗憾了,真想让你当面给我讲这些故事。"

"英雄所见略同!我刚想说这件事呢——这回你把艾莉也带来吧。"

"我不……咱们头一次见面,所以还是先不要带她吧。我怕她回家后会跟埃文乱说些什么。不过我可以带几张她的照片来,好吗?"

"好啊,行啊,带照片来,这样挺好的。"一想到他的双手将抚摸艾莉的照片,我就不寒而栗。

他接着问道:"那你想什么时候和我见面呢?"

"你有什么想法呢?"我顿时觉得口干舌燥。

"我得挂了。外面的温度越来越高了。"他又生起气来,"一堆人又开始出来露营。他们把垃圾扔得满树林都是,还把收音机的音量调得特别大,吵得我根本没办法思考。"

"很快。我们可以很快见面。"

"好的。那就明天吧。"

所以我才申请了这次紧急预约。我知道您一般不会在晚上接待病人,所以您能答应见我,真是让我万分感激。您要相信,

331

我本来是想早点儿来的,可我去了警察局后,一待就是一整个下午。比利说他会负责照看好艾莉——您相信吗?他打算带艾莉去波士顿比萨店,并且还不肯收我一分钱。埃文今晚应该会给我打电话,真不知道该怎么跟他说,我甚至不知道该不该把这件事告诉他,想想就让人头疼。不过我相信,只要把约翰逮住了,埃文一定会原谅我的。有句老话不是这么说的吗?宁愿最后去乞求别人的谅解,也不要在一开始就去恳求别人的允准。

您是唯一一个我敢于向其吐露心声的人。下午在警察局,比利和珊迪一同向我交代着和约翰见面时的注意事项——这次的见面地点定在鲍温公园,所以他们需要制定一套新方案——听着听着,我忽然产生了一种奇怪的感觉。我猜这种感觉应该源于比利的几句话。他提到约翰的头痛症状时,认为这只不过是个借口而已。有那么一瞬间,我几乎就要开口为他——或者说是为我自己——辩护了。每回我的偏头痛发作时,总会有人觉得我是装出来的。只有我自己知道那是一种什么样的痛苦,知道自己犯病时会变得多么的不正常。

学生时代我有个朋友,她经常和自己的母亲置气。每当她妈妈说出"你就跟我年轻时一模一样"的话后,我朋友就会喋喋不休地细数起她同她妈妈之间的不同来。当时我颇为不解,原因之一是因为她们俩太像了,原因之二是我觉得一个和自己的父母没有任何共同点的孩子其实更可悲——比如说我。毫无疑问,我一点儿也不像妈妈。我的妈妈是全世界最温柔、最有耐心的女人了。至于我爸,这么说吧,您再给我一个小时,我都数不完自己和他之间的区别。

这也是我见到朱莉娅后备感失望的一个原因。在她的身上,我完全找不到自己的影子。而在约翰身上,我仿佛看到了自己的一切——做事莽撞冲动、注意力极易分散、性情十分暴躁等等，就连偏头痛都一模一样——这不禁让我心惊肉跳。更让我害怕的是，我变得越来越像他了。只要他说的话能让我联想到自己，我就恨不得杀了他。我幻想自己带着一把刀子奔赴约见地点，一看到他就用刀子接连不断地朝他捅去。最刺激的部分则是他瘫倒在地上，鲜血从伤口里汩汩而出——我站在旁边看着他，直到他咽下最后一口气。这种感觉真是好极了。

18

　　我把您说的每一句话都好好琢磨了一遍，发现自己不但没处理好近来发生的事情，今后也极有可能只会在泥淖中越陷越深。帮助我认识到了这一点的人正是您。无论我对您说了些什么，无论我的想法有多奇怪，您都会让我去正视它们。您还帮着我弄清楚这些想法从何而来，好让我找到应对的方法，或者至少做到理解它们。埃文接受了我各种各样疯疯癫癫、怪里怪气的举动——呃，现在看来似乎并非如此——可他并不理解其背后的原因，也许他认为根本没必要去了解吧。

　　至于我，我是一个对任何事情都爱盘根问底的人——这种性格曾一度让爸爸崩溃。对了，不止是爸爸，我身边几乎每一个人都对此不胜其烦，而第一个对我说出"喜欢问问题没什么不好"的人就是您。您还鼓励我多向您提问题。事实上，您也是第一个让我觉得自己没什么不好的人。就连劳伦都会偶尔让我别那么……那么像莎拉。可您从来没有给过我这种感觉。

　　我的偏执变成了您口中的激情，我易于紧张的毛病在您看来是一种强大的天赋，您欣赏我的果断和坚决，您坚信我的缺点亦能转化为自身最大的优势。如果说约翰是一面能够反射出我身上最扭曲、最拙劣的东西的镜子，那您就刚好相反。在您的眼中，我看到了自己美好的一面。有时候我会暗自思忖，要是没有您，我真不知道自己会变成什么样子。

上次从您那儿回到家后，我发现座机上有一条埃文的留言。他说他白天累坏了，所以等一下就要关机休息了。一方面，我感到非常沮丧，因为他完全不知道我第二天中午就要去见约翰；另一方面，我又大大地松了口气，因为我不用亲口对他说出这件事。后来我也给他留了个言，说没能接到他的电话我很抱歉，并祝他晚安好梦。说完这些后，我迅速挂断了电话，生怕自己一个没忍住，就会把见约翰的事儿说出来。

比利把艾莉送回了家。我安顿好孩子，让她上床睡觉后，比利还待在家里没有离开，因为他得跟我再交代一遍明天的行动部署。警方在从威廉姆斯湖通往温哥华的各个主干道上都已经采取了监控措施，也请护林人员帮忙劝阻那些想走偏僻小道的人们，可据他们所知，约翰应该还是神不知鬼不觉地冲破了这些防线，所以我们只能坚持原计划不变了。

这一次比利扮演的是一名在鲍温公园里工作的园林设计师，他会在我选好的那张长椅附近干活。得知他会一直守候在我身边的时候，我一下子便安心了不少。要知道，像比利这么一个高大魁梧、坚实可靠的人，绝对是你在独自穿过某条黑暗的巷子，或是去见一个连环杀手时，最希望能陪着你的人。谈话过程中我开了几次玩笑，每次都被他一笑置之，而且话题很快又会回到他画的那幅公园草图上。他坚信这次计划一定能够成功。我被他的自信所感染，愈发觉得自己所做的决定正确无比。我的任务很简单，不过就是在那张长椅上坐一坐，然后一切噩梦就将彻底结束。

约莫十点钟的时候，比利回去了。我瘫倒在床上，整个人筋疲力尽，很快便睡着了。第二天早晨我醒来时，发现自己虽然一夜无梦，但人却躺在埃文常睡的那一边。我一把拉过他的枕头，紧紧搂在怀里。我闻着上面那熟悉的气息，原本坚不可摧的自信却开始逐渐消退。万一我要是真的出事了呢？上次和埃文在电话里的聊天该不会是我们俩之间最后的交流吧？不行，我必须让他知道我有多爱他。我试着拨通了他的电话，可那边却一直无人接听。有那么一瞬间，我真想打电话告诉比利，说我不干了。可一想到取消行动的后果，我便无可奈何地放弃了。

艾莉自告奋勇，想为我准备一顿早餐。她说她要用埃文教过的方法来做煎饼。我满足了她的心愿，眼睁睁地看着她把厨房弄得一片狼藉。艾莉围着条小围裙，戴着顶厨师帽，小心翼翼地把早餐端到了我面前。我的女儿真是可爱极了！这一次，我没有像往常那样先去收拾厨房，而是和女儿一起坐在餐桌旁，享用着她的劳动成果。她一边吃着东西，一边叽里呱啦说个不停。当她绘声绘色地说起穆斯是怎么摆弄它的毛绒玩具时，我乐呵呵地笑了，可心里却在默默祈祷，祈祷此刻不要成为女儿记忆中和我有关的最后一幕。虽然我不断提醒自己，约翰从来没有威胁过我，可再怎么想，也无法摆脱他是个杀人惯犯的事实。送艾莉到了学校后，我陪着她一起走到了教室门口，然后蹲下来，看着她。

"艾莉，你知道妈妈是非常非常爱你的，对吗？"

"对啊。"

"有多爱呢？"我开玩笑似的问道。

"比穆斯爱它的小兔子玩具还要多！"说完她便咯咯地笑了起来。我将她一把拉入怀中，紧紧地抱着她，直到她大喊了一声"妈妈呀！"我才松开了手。随后她便和后来的几个小朋友一起朝着教室跑去了，进教室前还不忘冲我挥了挥小手，道了声"妈妈再见"。

接下来我得去趟警察局，同珊迪和比利再碰一次头。他们要对即将到来的行动做最后一次说明。路上我试着联系劳伦，可她一直没接电话。此时此刻，我特别想找个人倾诉一下，就算是梅勒妮也可以，可一想起我还没来得及听凯尔的唱片，便就此作罢了。我再次拨打了埃文的电话，却被转接到了语音信箱。埃文的度假屋里有个办公用的电话。我一直不喜欢拨打这个号码，因为基本上我从来没办法通过它找到埃文。可现在我实在是没办法了，只好求助于它。接电话的是度假屋的那名女接待员。她这个人没什么幽默感，说起话来总是一板一眼，所以我不是很喜欢她。她告诉我，说埃文出海去了。

从警察局出来后，我打算先开着车在外面晃荡个把小时后再回家。路上我经过了一家小店，店门口摆着许多大小不一的花束。我停下车，挑了束最大的，然后重新发动引擎，往我父母家开去了。开门后发现是我，妈妈的脸上顿时容光焕发起来。

"是你啊，莎拉，真是太好啦！你吃过早餐了吗？"

我坐在家里，边喝着咖啡，边拨弄着面前的肉桂面包——不知道自己能否安然度过这一天。妈妈陪在我身边，时不时就会摸摸我的手。

"你能回来看我们真是太好了，亲爱的。咱们好长时间都没见面了。"

"对不起，妈妈，只不过婚礼筹备还有工作上的一些事确实快让我忙疯了。"

"需要我帮忙的话，你只管说。"她微笑着说道。我望着她的脸,注意到她涂上了一点腮红,但却依然掩盖不住她那苍白的脸色。我真想把那抹红色擦掉,在她的脸颊上好好地亲上一口。无论何时,妈妈都是我最坚实的后盾。即使她常年抱恙,也会一直默默地守护着我。可是这一回,就连她也必定无能为力了。毕竟她不能代替我解决成长之路上遇到的每一个障碍——何况我也从来都不会去开这个口。我深爱着母亲的温柔与善良,不过正因如此,我才不想把那些丑陋的真相讲给她听。若能让她远离痛苦,我甘愿付出一切。

"好的,妈妈,您真不愧是我超赞的妈妈。"

她又笑了。要想哄得她开开心心真不是件难事。只要孩子们幸福,她就别无所求。在过去的几个月里,我不知对她说了多少谎话。就连现在,我都还在重复着这些谎言。一想到这里,我的眼中便泛起了泪花,深深刺痛着我的眼睛。

"打从一开始爸爸就没想收养我,是吧?"真不敢相信我居然把这句话说了出来。妈妈听后脸上立刻泛起了一阵红晕,看来这个问题也让她惊愕不已。

她环视四周,像是担心爸爸随时都可能出现一样,"怎么会呢?只不过他……"

"没关系,您不用担心。"看着妈妈一脸愧疚的样子,我便知道答案了。其实我早就猜到了爸爸为什么会对我敬而远之,可真的确认之后,我依然受到了深深的伤害,心痛得无法呼吸。

我岔开话题,主动和妈妈聊起了艾莉,一直聊到非得动身去见约翰了才停下来。妈妈把我送到门口,我转身给了她一个大大的拥抱,还亲了亲她的面颊。我迟迟不愿放开她,贪婪地嗅着她身上那股肉桂调料的香味。离开前我向她保证,不久后就会带着艾莉一起来看她。车行至鲍温公园附近时,我又给埃文打了个电话。还是没人接。我只能给他留言了。对着电话,我真不知道该说些什么,刚说了一句"我爱你,很抱歉我就是这样一个讨厌鬼"后便匆匆挂断了电话。

到达鲍温公园后,我找到室外网球场附近的那张长椅。约翰和我即将在此相见。卡车和私人汽车不时地开进公园。我目不转睛地盯着入口,唯恐错过了约翰的身影。一想到他有可能会步行来见我,我便又开始环顾起四周来,每看见一个人就会心头一紧,等到看清不是约翰后又不由得长舒一口气。比利正在我右手边的那片草坪上清除杂草。有那么几次,我的视线和他相遇,看到他脸上挂着淡淡的笑容。那笑容仿佛在为了鼓劲,鼓励我要坚持住。我一刻不得闲,不是在搜寻约翰的身影,就是在观察那些便衣警察的位置。

十分钟过去了。我不知道该如何安顿自己的双手,只好不停地转动着手中的咖啡杯。又过去了十分钟,还是不见约翰的影子。我已经记不清自己往肚子里灌了多少杯咖啡,可是现在我只想去趟洗手间,越快越好。我满脑子都是膀胱发胀,胀到爆炸的画面。万幸的是,这回出门前我没忘了吃药。就在我忍不住想用无线对讲机联系警察的时候,身上的手机响了起来。是约翰。

"约翰!你在哪儿?"

"对不起,莎拉,今天我不能和你见面了。"

"你不是说真的吧?我都已经等了半个小时啦。"我强迫自己冷静下来,"我真搞不懂,昨天你还兴致勃勃地想要尽快见到我,怎么今天就——"

"我改主意了。"他似乎很生气。

你以为我没想过改主意吗?该死的家伙!

"真是太糟糕了,约翰。我是真心盼着能和你见上一面。"

339

"对不起,我也想见到你,可现在不行。"

"你现在在哪儿?"

"温哥华。"

"那你离这儿不远了。要不你看看能不能赶上下一班渡轮?"

"不行,我们过一两天再见面吧。"

"真是太不凑巧了,那时候我可能不方便出来。埃文明天就要回来了。"见不见面可不是他一个人说了算的。

"所以呢?"

"所以我会忙得抽不开身。"

他抬高嗓门说道:"我不想今天见面。早上起床后我觉得不大对劲。"

你这个杀人成性的杂种当然会觉得不对劲——警察们一个个的都摩拳擦掌,等着要抓你呢。可眼下还有希望,我得再努把力,争取一下。

"没关系,我可以等你,你不妨再好好考虑一下……"

电话被挂断了。他生气了吗?我是不是没必要留在这里了?我瞥了一眼比利,可我看不出他到底是怎么想的。

一分钟之后,电话铃又响了起来。

约翰说道:"我还是觉得不对劲,明天再见面吧。"

"我说过了——明天不行。"

"是因为埃文吗?"我从他的语气里清楚地听出了他的想法,然后意识到自己犯了个错误。

"不是的。我有一大堆的事情要做。我有些工作任务没做完,还得照顾艾莉,还要进行周末大采购。"我必须尽快结束这次通话,"看来见面的事我们还得再好好商量商量。保重,约翰。开车的时候注意安全。"没等他开口,我便挂断了电话。经过比利身边时,我极为轻微地摇了摇头——唯恐被有可能隐藏在附近的约翰发现。刚一坐进车里,我就收到了一条短信。是比利发来的,他让我去警察局同他们会合。

好吧,看来我又将面对一杯接一杯的咖啡和一轮接一轮的谈话了,不过至少那里有洗手间。在去往警察局的路上,我接到了埃文打来的电话。

"嗨,你一直在联系我吧?"

"噢,埃文,你真是快把我急死了。"

电话那头传来了重重的叹息声,"你找我有什么事呢?"

"我没法在留言里说清楚,所以才一直给你电话,可你办公室里那个傻乎乎的接待员说你——"

"嘿,又来了——冷静一点。告诉我,发生了什么事?"

"我定下了和他见面的时间。"

"天哪,莎拉!什么时候?"

"本来今天就可以见到他的,可是……"

"今天?你居然没有告诉我?"

"我之前不断地给你打电话,可是你没有接。"

"你们具体什么时候见面?"他惊恐不安地问道,"我马上开车回家……"

"已经过了见面时间了,不过……"

"什么?"

"他没来。你说得对,他只是在操控我、摆布我。"接着,我把刚才发生的一切都告诉了他,"不过一切到此为止。我再也不干了,埃文。"

"这话听着很耳熟。"

341

"相信我,这一次我绝不会再反悔了。我会换掉所有的电话号码。不然我们干脆搬家吧,或者就像你说的那样,搬到你的度假屋去。我可以自己在家教艾莉。再不然我们就把房子卖掉。不管怎样,反正我是不会再让警方监听我们家的电话了。电视啊,报纸啊,这些我都不打算再看了……"

"别着急,我们慢慢来。今晚我还有个大型团队要接待,结束后我就马上回家,然后和你好好聊聊。"

"真的吗?"

"我们一起想办法,好不好?不要急着做决定,也不要再改主意了,一切都等我回来了再说——一定一定要答应我。"

"好的,好的。"

"我是说真的。我可不想回家后看到自己草坪上竖着一块'吉屋待售'的牌子。"

"听到啦。我现在得去警察局见珊迪和比利了。"我不由得发出了一阵呻吟。

"也别再被他们牵着鼻子走了。"

"现在每个人都能对我呼来喝去、颐指气使。"

"拜托,莎拉——这话也太不公平了吧。"

"对不起。只是一切都糟透了。我一点儿都不想去见他们——我只想回家。"

"那就别去了,让他们哪儿凉快哪儿待着去吧。"

"不行,我必须和他们谈谈,不过我想说的他们绝对不爱听。"

对于警方的反应,埃文和我一点儿都没有猜错。访谈室的门刚一关上,珊迪就迫不及待地说:"我觉得下一次我们应该……"

"没有下一次了。"

她以一种压倒一切的气势对我说:"我们需要一个更有诱惑的理由让他上岛。你可以告诉他,你会带着艾莉一起去见他……"

"我绝不会拿自己的女儿当诱饵,珊迪。"

"她根本不用出现,你只要让对方以为她会来就可以了。"

"不行。一切到此为止,我不想再干下去了。今天我就会换掉家里的电话号码。无论是我家的座机还是我的手机,你们都不可以再监听了。"

"你想缓一缓,休息一下,这些我们都能理解,"比利说道,"毕竟……"

"我需要的不是暂时的休息,而是彻底的退出。这段时间以来,我一直在拿自己的生命、孩子的安全,以及我的爱情在冒险,结果却一无所获。埃文没有说错——约翰只是在不停地戏弄我。今后你们就靠自己的力量去抓住他吧。"

珊迪问道:"如果他又去伤害另一个女人呢?"

"那你们更应该在这种事情发生之前就抓住他。"我瞪着她回答道。

她随即说道:"如果移除掉所有监听设备,我们就无法有效地保护你了。万一他开始针对你或者是你的家人,那你打算怎么办呢?"

"你之前亲口说过,他不会伤害我的。"

"我也说过我们无法预料他可能采取什么样的行动。"

"真是太有意思了。你想让我去见他的时候,就说我不会遇到什么危险;而当我不愿意去见他的时候,你又说我的处境堪忧。"

这时比利开口道："我们的意思是，如果约翰再次被你拒之门外，那他会有什么样的反应我们就说不好了。上回是电子邮件……"

"我会把他的地址拉入黑名单的。"

他们俩都目不转睛地看着我。我深吸了一口气，然后说道："听着，本来我以为只要自己同意和他见个面，一切就能结束了，可这根本就是白日做梦。我的生活已经乱成了一锅粥——没有完成的工作堆成了一座山，和埃文也是三天一小吵、五天一大吵，连女儿我都没时间陪。而且我越是尽力去帮助你们，就越是把事情搞砸。现在我只想回家，继续过我以前的日子，就当这个人不存在。其实我早就该这么做了。"

听完我说的话后，比利回应道："看来你已经下定决心去做你认为正确的事情了，不过我还是觉得你可以……"

我站起身来说道："谢谢你的理解。"

珊迪带着一种不置可否的神情，摇着头说道："希望你在听到他又残害了一条生命之后良心上还能过得去。"

"我倒是希望你的良心能过得去。若干年前你就知道他这个人了，结果到现在都还没有抓住他。我给你提供的线索比你靠自己的力量查到的要多得多。"她噌地站了起来，脸涨得通红，垂在两侧的手被死死地捏成了拳头。

"你……"她刚一开口，我就后退了一步。

比利喊了声："珊迪？"

她迅速转身朝门口走去，然后砰的一声摔上了房门。

比利把我一路送到车前。一路上我都在声嘶力竭地控诉着珊迪的不是。大半天下来，我体内的肾上腺素仍然在不断飙升。

"好啦，给我个面子，嘴下留点情吧。"等到我渐渐平静下来之后，比利说道，"今晚你会没事的吧？要不然我晚些时候给你送份中餐过去，顺便看看你和艾莉，好吗？"

"你能这么说我就已经很感激不尽了，比利。不过我觉得你说的有道理——我确实需要从这件事里抽身离开，让自己稍稍喘口气。"此外，我可没敢忘了之前比利带了吃的东西来看我后，埃文究竟吃了多大的醋。

"确实。不过有需要的话，你可以随时打我的电话。电话号码你没忘了吧？"

"是911吗？"

他朗声大笑起来，眼中却闪过一丝受伤的神情，这让我觉得很不好过。

"注意安全，姑娘。"说完他便转身朝警察局走去了。我猜珊迪可能正在里面对着我的照片掷飞镖呢。

这就是到目前为止发生的一切。对了，这次的治疗差不多也该结束了吧。今天一天我不知说了多少话，嗓子都快冒烟了。是啊，我是很少会嫌自己说话说多了的。以前我最怕的就是自己控制不住自己的脾气。这话您还记得吗？现在想来，那时的日子算是够好的了。不过那时的我怎么都不会想到，自己的亲爹居然是个杀人犯——也更不会想到，他居然和我一样，都是如此地善变。

您说我需要搞清楚的不是事情的对错，也不是他人的想法，而是我自己的意愿。这就意味着我要用客观的视角去看待内心的感受，还要评估每项决定可能产生的影响。就比如，我希望约翰能从我的生活中消失，但又害怕他再去伤害别人；我希望他能早日落网，可又担心他会去纠缠我的家人。您还说过，我必须自己拿主意，而且一旦下定决心后就不要朝令夕改。现在我就是这样做的。我希望自己能恢复理智，可又非常担心一切都已经无法挽回了。

19

现在我不知道该听谁的话。我的脑子里一片混乱。此时此刻,如果您不反对,我可能真的会冲到马路中央去,一了百了——一眨眼的工夫,我便再也不用过着这种忧心忡忡的日子了。天哪,这种噩梦般的日子到底什么时候才是个头啊?看来人们许愿的时候真的要慎之又慎。在过去的那些年里,我唯一的愿望就是希望有个关心我的父亲。说起来,他确实很关心我,关心到在要了我的命之前,就想先要了那些我深爱着的人的性命。

昨天晚上,约翰再次打来了电话。天知道他又要提什么样的要求!其实我对此也一无所知,因为我早就关掉了手机,也没去理会座机发出的铃声。比利没有立刻联系我,也许他以为我会出于好奇,主动向他问起约翰的位置吧!可事实上,我对此毫无兴趣。何况要不是埃文让我暂时不要轻举妄动,我早就把家里的电话号码换掉了。离开警察局时,他们没有向我保证说一定会拆除我手机里的监听器,同时,家里的座机也可能还在被他们监听着。一想到这个,我的气就不打一处来。不久后埃文打来了电话,说他打算明天早上就动身回家,不过在此之前,他还得处理一大堆的事情,所以我们没聊几句便匆匆互道了晚安,也商量好了一切等他回来之后再说。看来我又多了一天的时间不用去理会约翰了。

我度日如年,好不容易才熬过了这个晚上。一大早,我就把艾莉送去了学校——这是放暑假前的最后一天了——回到家后便疯狂地打扫起卫生来。埃文应该已经从度假屋出发了,可他居然连个电话都没有打给我,这让我颇感意外,不过我猜他可能是有些忙不过来吧。毕竟对他来说,丢下那么大一摊子事赶回来陪我也确实不容易。我试着给他打了好多次电话,可每次都被转接到了语音信箱,于是我愈发笃定,觉得他一定是在回家的路上了——那条路上的信号糟到让人想骂娘。十点左右,我关掉了吸尘器,刚想往洗衣机里再塞进一篮子要洗的衣服,就听见外面的鹅卵石路上传来了汽车轮胎摩擦的声音,紧接着穆斯一路狂吠着冲向了门口。埃文回来啦!

我一路小跑,奔向前门——看见的却是从那辆雪佛兰塔荷车里下来的比利和珊迪。他俩都戴着深色的太阳眼镜,表情凝重。我的心一下子就被揪了起来。

比利问:"我们可以进去吗?"

"埃文随时都有可能回来。不过,当然啦,请进吧。"

我领着他们去了客厅,正式一点儿的场所才更适合宣布坏消息吧。等到他们俩在我对面的沙发上坐定后,我率先开口发问。

"又有女孩子失踪了,对吗?"

"莎拉……"比利摘下太阳眼镜说道,"今天早晨,有人在度假屋附近用枪射中了埃文,他……"

"什么!"我死死地盯着他们二人,心脏"嘭嘭嘭"地狂跳不止。我腾的一下站起身来,问道:"他怎么样了?"我的目光在他们俩的脸上来回地扫视着,竭力想要看懂他们的表情。

"他不会有事儿的，"比利说道，"我们已经派飞机把他送到阿尔伯尼港的医院去了。"

"究竟发生了什么事？"

"今天一大早埃文就去了码头，随后便中弹了。他想办法躲进了一艘船里，找到急救箱给自己包扎止血，后来一名导游发现了他。"

"哦，是这样啊，我就是，我得赶快……"我急匆匆地转身走向客厅里的那张长凳旁，拿起搁在上面的手提包，开始翻找起钥匙和手机来。我该怎么把艾莉接回家呢？劳伦可以帮我这个忙吗？还是我干脆中途顺便把她接走呢？

珊迪说道："我们会带你去医院的。"

还有穆斯。我得请个邻居帮忙把穆斯放到院子里去。还有什么？对了，之前有个客户说他想顺路过来取走那块床头板。我掏出了手机，珊迪却一把握住了我的手腕。

"等一下。"

我甩开了她的手，说："我得打个电话把艾莉安顿好。"

"我们很明白你现在的心情，不过还是得先弄清楚几件事情。"

"绝对是约翰干的。"

比利说："所以我们才……"

"我得告诉我的家人。"我该怎么对他们说呢？

珊迪说道："希望你能按照我们教你的说法去说。"

我把脸转向比利，"他没有……杀死他。这是一个警告，对吗？"

"我们并不这么想。埃文遇袭的时候，有个厨师正好从屋里出去抽烟。他说他听到灌木丛里有什么动静。据此，我们认为约翰是先让埃文受到了惊吓,然后才开枪的。"

约翰想置埃文于死地,而我就是始作俑者。不知不觉间,我的眼中噙满了泪水。

"我必须立刻把艾莉接回家。"

珊迪说道:"医院里有好几个警察在保护埃文,学校那边也一直有辆巡逻车盯着,所以你可以放心地跟着比利去医院看埃文,我们会派人去接艾莉放学的。不过你得先跟学校打个招呼,告诉他们今天是你朋友去接孩子,毕竟我们不想惊动其他人,让大家以为有个杀人犯正逍遥法外。"

可不就是嘛。而且还是个被我激怒后特别擅长表达出满腔怒火的杀人犯。

"我跟艾莉说过,不要随便跟陌生人走。不过我还是想联系一下我妹妹,让她帮个忙,可这样一来,我就得对她实话实说……"

"先别这么做,"珊迪打断了我说道,"艾莉认识我,就让我去接她吧。你只管放心去探望埃文,我来照顾艾莉。"

我摇着头说道:"我对约翰说过,埃文要回家,所以我不能去见他。他一定以为如果……"我的声音哽咽,无法再说下去了。

比利沉痛地说道:"你也想不到他会干出这种事来啊,莎拉。"

我看着珊迪,说道:"但是你知道。你警告过我的。"我是不是被自己对她的嫌恶蒙蔽了双眼,所以看不透真相呢?

珊迪说道:"木已成舟,多思无益啊,莎拉。为了埃文,你必须坚强起来。其他的事情就交给我们吧。"总算有那么一次,她的话说到了我的心坎上。

比利带着我赶往医院。路上我给爸妈打了个电话。一听到妈妈那温柔的声音，我整个人就崩溃了，忍不住放声大哭起来。哭了好久，我才勉强收拾好自己的情绪，照着商量好的说法，把事情告诉了她——警方认为埃文是被一名心怀怨气的员工射杀的。我不知道这种借口能撑多久，因为埃文从未跟任何人交恶。一想到这个，我便悲从中来，忍不住又号啕大哭起来。

于是，我还没来得及阻止妈妈，她就把电话给了爸爸。

"出什么事儿啦？"

"爸爸，埃文进医院了。他在度假屋被枪击中了，不过没有生命危险，现在被空运到了阿尔伯尼港……"泪水再度喷涌而出。

爸爸说："我和你妈妈将在医院同你会合。"

这应该是警方最不愿看到的情形，不过我却无比期待能看到他们。

"谢谢您，爸爸。您能帮我转告埃文的父母吗？"二位老人住在美国，虽然埃文和他们相处得非常融洽，但也只是偶尔才回家看看。事实上，我的父母一直都把埃文当亲儿子对待。

"没问题，我们会告诉他们的。"爸爸说，"艾莉在哪儿？"

"有个朋友在照看着她。"这应该是我第一次，也是最后一次，用"朋友"二字称呼珊迪吧。

"你打算怎么去医院呢？"

"比利，就是我的那个警察客户，他主动提出送我过去。"

爸爸迟疑了一会儿才开口说道："我们马上就出发。"

还没等我再说些什么，他就挂断了电话。比利说他会处理好这件事的——这只能说明他还不知道我父亲是个什么样的人。不过眼下我也顾不了那么多了。我心里只惦记着埃文，其他的一切我都不在乎了。昨天我怎么就没有对他说出这句话来呢？

去往阿尔伯尼港的路程着实艰难——车子得在蜿蜒曲折的盘山公路上绕行一个多小时；路面特别狭窄，我们得不时地去和一辆辆装载着木材的大型卡车争夺一席之地。平常已然如此，今天就更加让人无法忍受了。幸亏开车的人是比利——换作是我的话，估计会把车子开得和我的心跳一样快，搞不好还会车毁人亡。一路上比利说了不少话，可我几乎什么都没有听进去，只隐约记得他在不停地安慰我："我们一定会抓住他的。埃文会好起来的。"

到了医院后，一位医生告诉我，埃文左肩中弹，子弹穿透了他的肩部。他们打算等他状况稳定下来之后，就用救护车送他去纳奈莫的医院接受手术。埃文伤口的创面很大，肌肉组织也遭到了破坏，万幸的是没有造成永久性伤害。只要他保住性命，我就已经很开心了。医生说，要是子弹再往左八英寸的话，埃文的心脏就会被直接击穿。听了这话，我顿时全身麻木，继而更加庆幸他还活着。

医生给埃文使用了镇静剂。虽然他现在依然昏迷不醒，但我还是被批准可以进去探望他。他躺在病床上，打着吊针，肩膀上缠着厚厚的白绷带。泪水顺着我的脸颊流了下来。我亲吻着他的脸，又轻轻抚弄着他的头发。他脸色苍白，没有一丝血色，全身上下接着无数根管子。我痛恨眼前的一切，更恨我自己。是我害了他，是我将他推入了危险的深渊。

我从病房里出来去找爸妈的时候，发现比利正和两名警察在一个小小的等候区里聊天。一看到我父亲，他马上挺直身板迎了上去。可爸爸理都没理他，越过他直接走到我面前。

"埃文怎么样了？"

"他还没有醒。医生说他会好起来的，不过还是得动个手术。等到他的情况稳定下来了，就送他去纳奈莫——"突然我停了下来，因为我看见劳伦正从走廊那头朝我飞奔过来。

妈妈说："劳伦也跟着一起来了。刚才她给格雷格打了个电话。"

劳伦和我紧紧地拥抱在一起，"真不敢相信埃文居然中了枪！你一定害怕极了。"她的身子不停地颤抖着，恐惧感也再度向我袭来。是的，太可怕了，一切都糟糕透顶了。

等到我们松开了彼此之后，我才用嘶哑的嗓音对她说道："谢谢你能过来陪我。"

"不用跟我客气。你怎么不打电话告诉我呢？"

"我本来有这个打算，但是后来一切……"

这时比利走了过来，开口问候道："嗨，大家好，我是比尔。"他转向爸爸，伸出手来说道："我们在莎拉家见过面的。"

爸爸狠狠地握了一下他的手，"这个案子是你负责吗？"

"虽然我得向莎拉核实一些情况，但这个案子确实不归我管。调查工作会由当地警方负责。"

爸爸来来回回地打量着这条走廊，"这儿的警察可真不少啊。"说完，他紧盯着我的双眼问道："到底发生了什么事，莎拉？"

我的脸腾的一下红了起来，"啊……您说什么？埃文被人用枪打伤了……"

这时，我分明看出爸爸想到了什么。

"这件事和营地杀手有关，对吧？"

353

妈妈倒吸了一口凉气，劳伦则不由自主地用手捂住了嘴巴。

爸爸转向我，说道："你马上把事情一五一十地说出来，莎拉。"

我无助地看向比利。他再次挺身而出。

"不如我们找个安静一点儿的地方再说吧。"

比利把我们带到了一个空房间里，接着便把发生的一切告诉了我的父母。听着听着，我妈妈的脸色变得越来越苍白，劳伦则从头至尾一直在发抖。听完比利的讲述后，爸爸看着我，摇着头说道："原来你一直都没对我们说实话啊。"

"爸爸，我……"

比利插嘴道："莎拉本来不想瞒你们的，可她遵照了警方的命令，不能向任何人提及此事，否则就会破坏案件的调查工作，也会让她的家人——包括你们在内的每一个人——身处险境。这段时间以来，她给警方提供了莫大的帮助。"

爸爸说："你还没有交代清楚埃文是怎么受伤的。"

"爸爸，是约翰，就是那个营地杀手，他又提出来想要见我。我告诉他，埃文要回家了，所以我没办法见他。"

"这个无耻之徒现在在哪儿？"爸爸的脸色变得铁青，"艾莉人呢？"

"她和另一位警官待在一起，"比利说道，"她得到了非常周全的保护。"

"你们打算如何抓住那个家伙？"

"我们会倾尽全力的，先生。您的女儿在案件调查中起到了关键作用，不过今后我们将采取另一种手段来办案。"

"为什么？"

"因为我不想再卷入其中了。"我回答道，"一开始埃文就不希望我去见那个人,可那时我担心他会再次杀害某个女人,便没听埃文的话。是我害了埃文,让他受了伤,我不想再……"

"你是说埃文不希望你去见那个人,但你还是去了?"

我和爸爸四目相交。这时,妈妈说道:"她只是做了自己认为是正确的事情,帕特里克。"

爸爸走到窗边,低头望着楼下的停车坪。他双臂抱胸,宽阔的肩膀就像一堵墙,一堵我永远难以逾越的墙。

包括我在内的四个人都默然无语,尴尬地看着爸爸的背影。

"我得先走一步。我还有事要和其他几位警官商量一下。"最后还是比利先开了口,"如果你们有任何疑问的话,只管来大厅找我。"他离开房间时,众人仍是一言不发。

又过了一阵子之后,爸爸才说道:"埃文说得没错——你早就该置身事外了。"

"爸爸,我只是想尽我所能帮上一点忙而已。"

他转过身来看着我,目光如炬,"从现在开始,莎拉,让警方去处理这一切。"说话间他已朝门口走去,"我去找医生。"

妈妈朝我笑了笑,像是要安慰我。她拍了拍我的手说道:"他只是有些伤心罢了。"

"我知道,妈妈,不过您以为我就不伤心、不难过吗?他知道我究竟承受了多大的压力吗?那些警察,还有朱莉娅——每个人都步步紧逼,逼得我非见他不可。这又不是我一个人的主意。"

"朱莉娅?"

"就是我的母亲。"妈妈仿佛受到了重击一般,浑身瑟缩了一下。该死,该死,真该死!"我的意思是,我的生母。她希望我能去见那个人一面……"

"你又去见她了?"

"我去找过她几次,可聊的都是案子的事儿,所以我没法儿告诉您。这些年来,她一直过着提心吊胆的生活——抓住那个人就能除了她的心头大患。我之所以愿意帮忙,是因为……"

"因为她是你母亲。"

"不是的,妈妈——我只是觉得她很可怜。"

"你当然会这么想了,亲爱的。你总是那么善良。"

"唉,怎么说呢?我现在是自食恶果了。"

"换作别人,他们都唯恐避之不及,莎拉。只有你才舍得为了你爱的人或是想要做的事全力以赴。"妈妈是微笑着说出这番话来的,可她眼中的神情让我的心都碎了。接着她又说道:"我去看看你爸爸,我怕他对护士们发脾气。"说完她便匆匆朝爸爸那边走去了。

我转身看向劳伦,说道:"这下可好了,妈妈的心也被我伤透了。"

"现在不是想这个的时候,你要操心的人是埃文。"

我叹了口气,说道:"你指的是另一个因为我而受到了伤害的人吗?"

"这不是你的错,莎拉。"

"不,爸爸说得对,是我把一切搞砸了。我让约翰以为阻止我去见他的人是埃文。我早该料想到他会因此而勃然大怒的。"

"可你也没有料到他居然会去伤害埃文呀!"

"埃文老早就希望我退出了。我不该不听他的话。"

"真不敢相信你居然一个人扛了这么久。"

她走上前来,轻轻地抱住了我。我把头靠在她的肩上,失声痛哭起来。

我们俩在埃文的病房外等了好几个小时。这期间，比利一直和那几个警察待在一起，并不时地小声交谈；爸爸不是在走廊里来回走动，就是双臂抱胸坐在椅子上；妈妈翻动着手里的一本杂志，目光却不停地在爸爸、劳伦和我身上徘徊。后来，劳伦去自助餐厅给大家买了些吃的，可我没有一点儿胃口，只能勉强啜上几口咖啡。看见我这样，劳伦便坐了过来，开始滔滔不绝地讲起了孩子们在家里和花园中发生的一些趣事。我的确从中得到了些许安慰，可还是无法专心听她的讲述。相反，我的注意力全都放到了来来往往的医生和护士们身上。但凡有人停在埃文的病房门口，我的心便不由得一揪。

　　过了一阵子，爸爸低头看了看手机，接着便起身到走廊那头去了。稍后，他走了过来。

　　"我得去趟纳奈莫——集材机上断了根链条。"

　　妈妈站了起来，"我们走的话，你没问题吧，莎拉？"

　　"放心吧，妈妈。这里应该不会有什么事儿的，我只要守着埃文就好了。"

　　劳伦说道："我可以留下来陪你。"

　　"不用了，你还得回去照顾孩子们呢。我能行。"

　　妈妈说："我们晚些时候再过来。"

　　"谢谢妈妈，不过明天医院就可能会把他送去纳奈莫了。你们干脆等他转院后再去看他吧。"

　　"亲爱的，如果情况有变，或是你需要帮忙，记得一定要对我们说。"

　　"那是当然。"

　　比利陪着我在病房外又守了一个小时。这回换成是我在走廊里踱来踱去了。一名护士走了过来，说埃文刚才醒来了一小会儿，不过他们继续给他上了镇静剂，所以他可能会一直睡到天亮。护士问我，是否可以回趟家，拿点埃文的生活用品过来。

我找到比利的时候，他正在打电话。

我问道："一切都还好吗？"

"嗯，我刚才联系了一下珊迪。"

"艾莉没事吧？"

"她们俩玩得可好了。"

我轻轻地舒了口气。

刚出城不到十分钟，我的手机就响了起来。

我看着比利，叫道："是约翰！我该怎么做呢？"

"要是你无法冷静下来，就别去……"

"可如果他就在附近，你是不是能想办法查到他的位置，然后抓住他呢？"

"这的确是一个相当不错的机会，可你得先想好了要跟他说些什么，才能……"

我已然按下了接听键。

"你想干吗？"

"莎拉！我已经在岛上了。我们什么时候能见面呢？"

"你朝埃文开了枪，然后以为我还愿意见你？"

他没有回话。

"你闯下大祸了，约翰。不要再给我打电话了。一切都结束了。"说完我便挂断了电话，整个身体如筛糠般抖得厉害。

比利拍了拍我的肩，问道："你还好吗？"

我点了点头,感觉到肾上腺素在体内急剧升高,牙齿也在不停地打颤。

"噢,天哪,不,我不好。很抱歉我没能和他说久一点——我没控制好自己的情绪。不过我觉得……我觉得自己的焦虑症又发作了。我的胸口……胸口堵得慌,我……"我大口大口地呼吸着空气。

"慢慢做几个深呼吸,莎拉,你得……"这时他的手机响了起来,"我是雷诺兹……好的,我会转告她的。"

"怎么了?"

"约翰的手机连上了纳奈莫的一座信号塔,这说明他已经在城里了。"

他一踩油门,车子飞快地开了出去,可我的身体却抖得更厉害了。

"天哪,我挂了他的电话,他一定被我惹毛了。"

"他肯定很不开心。"比利用力握住手中的方向盘,胳膊上的肌肉绷得紧紧的。

"你觉得他还是想见我吗?可我刚才已经对他说过,一切都已经结束了……"

我再次感觉到呼吸困难,脸上也一片滚烫。

"你是不是认为我应该去见他?如果我不去,他是不是又要去找埃文的麻烦?"

"你们双方的情绪都很激动,所以眼下并不适合见面。不过如果他一冲动,就有可能会露出马脚,那……"

"我的焦虑症好像又要发作了。"我用手紧紧地捂住狂跳不已的心脏。

比利担心地望着我,"要不我们先回趟医院,然后再……"

"不要。"我使劲儿吸进了一大口空气,说道:"不用了。我想和我的心理医生好好谈谈。"

"现在吗?"

我飞快地点了点头,"我非去不可,否则我又会失控的,比利。我需要让自己冷静下来,只有她才能帮我做到这一点……"

"给她打电话吧。"

真没想到您居然让我立刻就去找您。我还以为只能和您在电话里交流,不过您可能也听出来了,要是再拖上一时半会儿,我恐怕就会变得歇斯底里了。我想陪着埃文,可心底里的另一个声音又在放声大叫着让我赶紧回到艾莉身边去。当然了,您说得没错,我得先让自己冷静下来。不让女儿看见一个彻底失控的母亲也是对她的一种保护。

可怜的比利——他还一直在车里等着我呢。我跟他说过了,让他先去喝杯咖啡,可他坚持要等在外面,以确保我安然无恙。来这儿之前我不放心艾莉,所以给家里打了个电话。我先同珊迪说了几句,又和艾莉聊了一会儿,发现她的确玩得挺开心。等到珊迪再次接电话时,她向我保证,会用自己的生命去保护好艾莉。我相信了她。虽说我不喜欢这个人,但有一点我是绝对相信的,那就是一旦约翰在她面前露了脸,她便会毫不犹豫地朝他开枪。

至于我,我如今就像只无头苍蝇一般到处乱窜,把自己撞了个七荤八素、头昏眼花。真想知道约翰现在是何种状态,是不是像我一样,彻彻底底地被躁狂症左右?可这应该就是他目前的状态吧——否则他干吗要朝埃文开枪呢？而且他的症状只会越来越严重——因为我火上浇油，直接挂了他的电话。我清楚地知道自己失控时会变成什么样子，那种滋味我一点儿都不陌生——现在我不正饱受着它的折磨吗？可不同的是，我没有枪。天知道我要是有了枪会去干些什么。事实上，这种表述并不准确。我很清楚自己会干出什么样的事情来。

20

对于之前发生的事情,我感到万分抱歉。天哪,我真是不敢相信,在经历过那种事情之后,您居然还愿意见我。无论您对我重复多少遍"你不该责怪自己",对我来说都是没有用的,因为我总会忍不住去想,为什么事发前我连一点儿异样都没有察觉到。也许那时我伤心过度,以致脑子里一片混乱了吧。其实现在我依然如此,不过我觉得自己不该再拿这些事情来烦您了,所以但凡您对我的话有任何意见,请一定明说,我会马上停下来的。不过您可能得多提醒我几次,因为您一定很清楚,我一旦开始做起事来就很难主动停止。这又是我和亲生父亲之间的相同点吧。

那天晚上见过您之后,比利把我送回了家。珊迪正在家里等着我们。之前我和珊迪统一了口径,请她告诉艾莉,说埃文在船上不小心弄伤了自己的肩膀。得知这一消息后,艾莉非常难过,不过我向她保证,埃文很快就会好起来的。这时艾莉才放下心来,开始滔滔不绝地讲起了所有她和珊迪玩过的游戏。她的话让我惊诧不已,没想到珊迪居然是一个孩子王。在我回家之前,她和艾莉搭过一个堡垒,举行了一场时装秀,甚至还开了一场演唱会。平时我陪艾莉玩了一天之后,总会筋疲力尽,四肢瘫软,可珊迪就不同了。眼前的她面色红润，双眸发亮。不过话说回来，她之所以会这样兴奋，也许是因为知道约翰再次联系了我吧。

我陆续接到了不少埃文的朋友和度假屋的员工们打来的电话。在此期间，比利忙着把几块速冻比萨饼拿出来加热，好让大家吃点东西。我又联系了一下妈妈和劳伦，她们都想过来陪我，不过我告诉她们，说我能应付得过来，还隐瞒了约翰已经到了这里并再次联系过我的事情。后来，我又多次拨打了医院的电话，得知埃文的情况依然没有任何改变。院方说他又醒来过一回，所以他们加大了药量，让他一直处于昏睡中。又有几个陌生号码打来了电话，可我一个都没敢接，只能在铃声结束后惴惴不安地查看一下语音留言。是约翰打来的吗？他来找我了吗？但每通电话响过之后，都没有留下任何信息。警方追踪过信号后发现，这些都是从纳奈莫的付费电话机上打来的。

大家用餐完毕后——其实只有他们几个吃了东西，我一直在对着食物发呆——比利和珊迪承担起了清理厨房的工作，我则负责给艾莉洗了个澡。洗完后，我直接让她窝在我的床上看电视，好让几个大人能在楼下说点儿正事。

珊迪称赞道："你女儿真是个很棒的孩子。"

"谢谢你的夸奖，我一直认为她是个很特别的小孩。"

"的确如此。"她抿了一口冰茶后问道，"你有没有考虑过再和约翰见上一面呢？"

真没想到她会如此急迫地转移到这个话题上来。

"目前我还没有想好下一步该怎么办。埃文也好，我爸爸也好，就连我的心理医生——所有人没有一个支持我去见他。"

珊迪将手中的玻璃杯重重地放在了桌面上。随后，她在椅子上挺直了背，问道："即使他开枪打伤了你的未婚夫，你也不想做点儿什么去阻止他吗?"

"我当然想,可我的心理医生觉得他的报复心正与日俱增,对我也不见得会手下留情……"

"所以我们才急需以最快的速度逮捕他。"

我看了一眼比利,希望他能帮我解围。可他一句话都没有说。

"珊迪,你无法向我保证一切都能顺利进行。万一出了什么差错,又让他跑掉了呢?"

"没错,我没办法给出这样的承诺,而且现在,我们也无法保证你——或是艾莉——的人身安全了。"

"你在拿我女儿的安全来威胁我?我每天都在苦苦挣扎,不知道是该见他还是不该见他。我不需要你再来……"

"我不是在吓唬你,可当他认为你把他拒于千里之外的时候,他就会……"

"我知道。从他再次联系上我开始,从他开枪打伤了埃文的时候开始,我就一直在考虑这件事情了。可如果我真的去见他,我的未婚夫,我的家人,甚至我的生命,就有可能会成为梦幻泡影了。"

这时,比利说道:"珊迪,我想今晚莎拉需要喘口气,好好休息一下。"

"我很好。可要是还有人想要对我下达什么命令,我就真的要发狂了。"

珊迪降低了音量,说道:"莎拉,我完全想象得到这段日子以来你都经历了什么,可我也十分肯定,你其实并不想让一个连环杀手逍遥法外,尤其是在艾莉的安全也受到了威胁的情况下。"

"我真是烦透了你的做法。你不就是想让我产生内疚之情吗？你这么生气，不就是因为自己没法子抓住他吗？"

她张开嘴刚想说话，就听见门口传来一个声音："妈妈，你该给我讲故事啦！"

"好的，宝贝儿，我马上就来。"我牵着艾莉的手离开了客厅，不用回头都知道珊迪正狠狠地盯着我，目光射出的火焰都快把我的背给烧穿了。等到我下楼，她已经不在了，只有比利还坐在桌边，独自一人玩着扑克牌。

"珊迪去哪儿了？"

"她去警察局了，有些后续工作还等着她去做呢。"

"她很讨厌我吧？"我长叹一声，坐了下来。

"没这回事，莎拉。"

"唉，实话告诉你，我对她也没什么好感。"

他咧着嘴笑了："还真看不出来。"

"你知道吗？娜丁——就是我的心理医生——她并不认为约翰真的会对我下手。"

"是吗？"

"她觉得约翰应该处在一种狂躁的状态中，并且危险性也会越来越大。这又让我想起了你说过的话，他越是慌乱，就越容易被你们抓住。我是想和他见面的，要不是他开枪打伤了埃文……"

"你不用急着今晚就做出决定，莎拉。'鸷鸟之疾，至于毁折者，节也。'他已经在我们的打击范围内了，莎拉。"

"我明白，真的，"我叹了口气，"而且我向娜丁保证过，先好好睡一觉，醒来后再去思考这些问题。我还答应了她，明天上午先给她打个电话，然后再去看望埃文。"

"你能遇到这么个人真是很幸运。"

"埃文也这么觉得,"我笑了,"遇到什么棘手的事情后,我一般都会先告诉娜丁,这也减轻了埃文的负担。"一想到埃文现在正孤孤单单地躺在医院里,我好不容易平复下去的情绪又再度焦虑起来,"我还得再给医院打个电话。"一位护士告诉我,埃文状态稳定,但因为使用了大剂量的镇静剂,所以一晚上都不会醒来。她让我第二天上午赶过去就可以了。

"我应该在医院陪着他的,比利。我真不想和他分开。"

"我完全能够理解你的心情,莎拉,可是现在天色已晚,就算天公作美,夜晚在那样的路上开车也是很不安全的。"

"可万一他的伤口恶化了呢?还有,约翰会不会也去了那家医院呢?又或者……"

"那你就更不应该出现在那儿了。第一,埃文得到了严密的保护,守卫着他的警察都是局里的高级警官;第二,医院方面一定会时刻关注他的状况,一旦出现异常,他们就会打电话来的。如果我是埃文,此刻最大的心愿一定是希望自己的未婚妻乖乖待在安全的地方。"

我呻吟了一声,说道:"埃文一定会这么说的。"

"约翰就在城里,所以你需要专门的保护。要不打个电话让珊迪过来,或是我……"

我举起手来,"不要珊迪。我去把那间空着的房间整理出来。"

"我觉得我还是睡在楼下的沙发上比较好——离房门更近一点儿。"

"好的。"现在还不到睡觉的时候,但我还是抱了几床毯子过来,打算铺在沙发上。比利走过来帮忙。当他伸手去捏床单一角的时候,正好蹭到了我的手臂。我一下子起了一身的鸡皮疙瘩，可心里却只想着：他可真好闻啊！

我飞快地往后退了一步。

比利停下手上的动作，直起身来问道："你没事吧？"

我红着一张脸，说道："没事，一点儿事都没有。不过我觉得脖子有点酸，看来我得洗个热水澡，然后赶紧去休息。"说着我便向楼梯口走去，"今天真是漫长的一天哪。我跟娜丁约好了，明天一早就给她打电话——今晚她会研究一下那些连环杀手。就算如此我应该也很难睡得着吧。"别再说了，莎拉。

"你干吗不吃点药呢？我记得你说过那位心理医生给你开过什么抗焦虑的药吧？"

"劳拉西泮。"我瞧了他一眼，"可是埃文不在家，我怕吃了药后睡得太死会不安全。"

比利张开双臂，冲我嘻嘻一笑："试问有人能过得了我这一关吗？"

我勉强挤出一丝笑容："谢谢你能留下来，比利。"

"这是我的职责所在嘛，年轻的女士。"他用约翰·韦恩的腔调说着话，同时还摆出了一副威风凛凛的样子。我扑哧一下笑出了声，旋即转身登上了楼梯台阶。

比利在我身后喊道："等一下，你的报警代码是什么？我得设置一下。"

我飞快地吐出一串数字，脚下却没有丝毫停顿。走到二楼平台后，我说了声："那么，晚安啦。"还没等他回话，我已经关上了卧室的门。站在房间中央，我用力地甩了甩头。天哪，比利肯定猜不出我刚才为什么表现得那么奇怪。我又何尝不是这样呢？我望向依偎在穆斯旁边的艾莉，她已经睡着了，小小的胸膛在粉色的羊毛毯下一起一伏。我边看着她，边想着刚才的那一幕。

367

我怎么会突然间注意到比利身上有多好闻呢？自从和埃文在一起后，我就再也没被任何人吸引过了——一次都没有。之前我经常和比利待在一起，却从未有过不妥的感觉，这完全是因为我和他之间清清白白，什么事儿都没有。他对我没有那种感觉，我对他亦是如此。

不不不，这太荒谬了。我对他依然没有任何特殊的感觉。他外形俊朗，我没有理由故意忽视这一点——我可是个大活人哪。况且我又没把他推倒在沙发上，和他忘情云雨。度假屋里肯定也会有埃文欣赏的美女，这说明不了什么。或许这只是我在下意识地转移自己的注意力吧。对于我来说，比利就像一位保护神，我则借由他来逃避内心真正的恐惧：失去埃文。

我放了一大缸热水，又加了些薰衣草香味的沐浴露，然后将自己浸泡在满是泡泡的浴缸里。可我还是放松不下来，脑子里想的全是埃文遇袭时的情景。就算没有亲眼目睹，我也能想象出他中弹时的样子：他的身体一定会因为受到巨大的冲击力而连连后退。我眼睁睁地看着他轰然倒地，又一路挣扎着爬上了船。万一约翰得逞了，我该怎么办呢？我被这种假设折磨得心力交瘁、痛苦不堪。最近，我总是彻底沉浸在自导自演的大片里，几乎很少和埃文说话，有时候甚至完全忽略了他。

我没有了继续享受泡泡浴的心情，于是便起身从浴缸里走了出来。随后，我服用了一片劳拉西泮，草草套上埃文的衬衫后，径直钻进被窝，躺在了艾莉和穆斯身边。艾莉占据了我的位置，不过我没去挪动她，而是凑过去吻了吻她的面颊，又用手轻轻地拨开了几缕散落在她脸上的发丝。床头柜上原封不动地放着前几天比利带我出去兜风时送给我的那本书。也许它能让我分分心，不去胡思乱想。我伸出手拿起书，随便翻看了一下。忽然，我瞥见了这样一句话:"兵者,诡道也。"一直以来,我都试图用谎言去对待约翰,可他轻而易举就识破了我的伎俩。我飞快地扫视着书里的内容,越看越觉得熟悉。那些探听敌情和行军布阵的技巧应该早就被比利使用过了,除此以外,他还使用过其他一些策略。

这时我又看见了一句话,这句话把我惊出了一身冷汗:"故三军之事,莫亲于间,赏莫厚于间,事莫密于间。"比利是否也在我身上耍过什么计谋呢?

真是好样儿的,莎拉。你被一位充满魅力的男士吸引,觉得羞愧难当,于是为了帮自己开脱,便想方设法往他身上泼污水。事实上,比利只是一名忠于职守的警察。我把书放回到床头柜上,转而将脸埋进了埃文的枕头里。枕头上还留有他的气息。我大口大口地吸进那种清爽的味道,又一遍遍地宽慰自己:"一切都会好起来的,一切都会好起来的,一切都会好起来的。"

第二天一早,我负责准备早餐,比利则在一旁逗艾莉开心,不过实际情况似乎正好相反。艾莉正和穆斯争抢着一个属于她的毛绒玩具,比利在一旁看得乐不可支。他们俩相处得十分融洽,这让我着实松了口气,因为待会儿我得赶去探望埃文,艾莉就要交给比利来照看了。比利提出过让珊迪过来陪艾莉,由他护送我去医院,可经历了昨晚对他的那种不同寻常的感觉后,我觉得自己格外需要一点属于自己的空间。当然了,这些话我是不会说出口的。我只是表示出自己想利用单独开车的机会让大脑清醒一点,同时我还问了他,是否可以派一辆巡逻车跟着我。

他回答道:"就算你不乐意,我都会派车跟着你的。你身边不能离人。"说完他对着我笑了笑。我勉强挤出一丝微笑,心里却直犯愁。早上起床后我便给您打了几个电话,可您一个都没

369

接,这让我的心情变得沉重起来。比利听到这个情况后,觉得您可能正在接待一位急诊病人,可我暗暗地想:还有什么人会比连环杀手更重要吗?

去医院的路上,我尽量将一切杂念都从脑子里赶出去。我想集中精力去思考一个问题,那就是:我该拿约翰怎么办呢?朝埃文开枪这件事足以证明这个人绝不会轻易收手。我犹豫着要不要干脆去找劳伦或是我父母,和他们好好商量一下解决办法。不过这样一来意见又会太杂,况且我现在就能猜出他们会提出些什么样的想法来,所以还是放弃了这个打算。我的脑子里闪过无数种应对方案,可无论哪种,最终都会回到最初的想法上来,那就是:理清这团乱麻的唯一出路就是我亲自去见见约翰。

到达医院后,我没有急着去埃文的病房,而是先在停车场里待了一会儿,好让自己振作起来。为了埃文,我得表现得更加乐观积极,而非惊恐万分。我能做到的。走进病房后,我发现自己的精神状态得到了积极的回报。一看见我,埃文就露出了一个孩子般灿烂的笑容。

"嗨,宝贝儿。我不知道你爸爸居然挺喜欢我的呢。"

泪水唰的一下从我的眼中涌了出来。

"哎呀,莎拉,别哭呀!我本来是想逗你开心的。"

我冲过去,一屁股坐在了他床边的椅子上。我靠着床,说道:"对不起,埃文。所有的一切,对不起。"

"你这个小傻瓜,又不是你开的枪。唉,等等,难不成真是你吗?"他笑着回应道。

"不是。"

"那就闭上嘴,过来好好亲一下你的未婚夫吧。"我靠近他，两人的双唇久久缠绵在一起。终于，我恋恋不舍地结束了这个长吻，接着便把发生过的事情全都告诉了他。至于约翰再次联系我的消息，好几次我刚准备说出口，就被进进出出的护士给打断了。之后医生也进来了，他通知我们，当天下午就会将埃文转到纳奈莫的医院去。医生的话音刚落，一名警察就走了进来。

"对不起，打扰一下。莎拉，雷诺兹下士要你给他回个电话。"

我望向埃文，他对我说了声"去吧"，于是我走出病房，拨通了比利的电话。

"怎么了？"

"出了点事，莎拉。"

我的心不由得一沉，"艾莉……"

"艾莉很好。是你的心理医生——昨晚有人在她离开诊所时袭击了她。"

我刚为艾莉的安然无恙松了口气，可一回过神来，却又不由得大吃一惊。

"噢，天哪！她没事吧？"

"她被人撞倒在地，脑袋磕到马路牙子上了。她现在正在纳奈莫的医院里接受观察，不过并无大碍。"

我瘫坐在走廊的椅子上。被人撞倒在地……我仿佛看见她就在我眼前倒了下去，脑袋重重地磕到地上，鲜血迅速流了出来，飞快地染红了她的满头银发。万一她就此昏迷不醒，甚至因此而不幸离世了呢？我逼着自己做了个深呼吸。别慌。娜丁会好起来的。紧接着，一个新的念头冒了出来。

"是约翰干的吗？"

"我们不排除这种可能性，但也有可能是她最近接诊的某个病人干的。遭到袭击后，娜丁医生暂时失去了意识。同时，因为她是后背受敌，所以没看见行凶者的长相。隔壁办公室的人听到动静后就出来了，可那个人已经逃走了。我明白娜丁对你来说有多重要，所以打算让珊迪过来接替我，我则去跟负责调查此案的同事们了解一下情况。你同意这样的安排吗？"

"当然啦。真是让人难以置信哪！"泪水在我眼眶里打转。

"我会随时和你保持联系的。在你回家之前，珊迪会一直陪着艾莉的。"

"谢谢你，比利。"

通话一结束，我马上飞奔过去，把这一情况告诉了埃文。

"真是太不幸了。你还好吗，亲爱的？"

"不好！我的天，他先是开枪打了你，现在居然连娜丁都不肯放过？"我义愤填膺地在病房里走来走去。

"不过警方还不能确定是不是他呢，对吗？"

"一定是的。昨晚我去过娜丁的诊所——搞不好他就跟在我身后，是我把他带到那里去的。"接着我又连连摇头，"这完全不是他的风格。他一定是疯了。"

"你有他的消息吗？"

"他昨天联系过我，当时比利正要送我回家。他想再约我见个面，没等他讲完我就挂了，可是……"

"你不能去见他。"

"可是他现在连娜丁都盯上了——下一个又会是谁呢？真是太荒唐了。我受够他了，他要的这些把戏真让人觉得恶心！我得让他明白，他不能……"

"莎拉，你不可以……"他动了动上身，想要握住我的手，可胳膊刚一抬起就痛得垂落下去。他忍不住倒吸了几口凉气，口中发出一阵呻吟。

"我去叫护士或是……"

"你如果真打算去见他,我就立刻出院……"

"好的,好的,我会离他远远的。"

"你发誓。"

我将右手贴在胸前,"我发誓。"

这时的埃文看起来疲惫不堪,"你想去看看娜丁吗?"

"我想陪着你,直到他们准备好把你转去纳奈莫为止。"

"我挺好的。你赶紧去看看她,否则你这一天都会心神不宁的。"

"她那边可能不接待探访者。"

他下意识地耸了耸肩,结果却痛得龇牙咧嘴,"你就说是她的女儿嘛。"

"也是哦。我记得她确实有一个和我年龄相仿的女儿,不过她女儿肯定不住在这里,娜丁也从未提起过她——我只是有一回在诊所办公室里见过那个女孩的照片。娜丁的丈夫已经去世了,这你应该是知道的。天哪,那现在她身边岂不是一个人都没有啊……"

"医院很快就要把我转到纳奈莫去了,你看望她之后就可以见到我了。"

"我想待在你身边。等到我亲眼看到你上了车,一切都好,我才安心。"

"是啊,我就希望你这样呢——惦记着娜丁又不说出来,独自承受巨大的压力。走吧,亲爱的!几个小时后我们就会再见面的。还有,我也想再睡一下。可现在你就在我身边,我又怎么能睡得着呢?"

"我可以安安静静地待着。"

他看了我一眼。

我叹了口气,说道:"好吧。到时候如果警察觉得没有问题,我就把艾莉也带过来。"

"我好想我们家的艾莉小猫咪啊!来,你走之前,咱们玩一下,假装你是医生我是病人,你来给我量量体温……"我假装拔掉了他的针管,他挑了挑眉,接着便哈哈大笑起来。我得走了。埃文和我吻别——反反复复了好几遍之后才依依不舍地分开。我走出病房,经过护士站。这时,我看见一个护士正在接电话。

"找你的。"我停下脚步,不解地看着她。谁会打电话到医院来找我呢?

最终,我没能在那天去看望您,娜丁。

21

约翰攻击了您之后,我如坠地狱。您一定害怕极了,这一点毋庸置疑,可我觉得自己也正在渐渐丧失理性——本来我脑子里的这样东西就已经所剩无几了。清晨,我满心惶恐地醒来;夜晚,又忧心忡忡地睡去。我身上的每一寸肌肉都疼痛无比。为了让身体放松下来,我开始按摩起小腿肚子,可这一点儿用都没有,于是我服用了一点肌肉松弛剂,又泡了个热水澡。洗完澡后我跌跌撞撞地爬上了床,脑子里嗡嗡作响,整个人也变得昏昏沉沉的。我躺在床上,蜷缩成一团。我喃喃地念着"一切都结束了",仿佛这样就能给自己安全感,但是当我睁开眼睛的时候,发现双手仍然紧紧地搂着双腿。

从护士手里接过听筒的时候,我以为是爸爸,或是劳伦。他们可能打不通我的手机,不得已才联系医院的。可我刚开口说了一句"你好"之后,就听见了约翰那怒气冲冲的声音。

"今天我们必须见个面。"

我迅速拿起听筒,远离导诊台,电话的绳子被我扯得笔直,"你怎么知道我在这儿?"

"我们必须见个面。"

我扭过头去,看看是否有护士在旁边听着。之前我看见的两位护士,一个已经不知所踪,另一个则站在走道尽头,正在一张图表上画着什么。

"我不能为了你,丢下手边的一切不管啊!我得好好考虑一下……"

"没时间了。"

"那你攻击我的心理医生就有时间啦?!"滔天的怒火让我的声音也跟着颤抖了起来,"你是不是觉得,伤害了那些我在意的人之后,我就会变得跟你一样?"

电话那头是死一般的沉寂。

我朝走道那头看去。负责保护埃文的警官正坐在病房外的椅子上翻看着杂志,一点儿也没有意识到和我通话的人正是他奉命要让我远离的那个人。

约翰还是沉默不语,我只好说道:"你必须停手,别再这样做了。"

"你得帮帮我。只有你能帮我了,莎拉。"他的声音中充满着绝望,可我心中的绝望之情更甚。我应该怎么做呢?这是否只是他耍的一个花招呢?可如果这就是他真实的想法呢?

无所谓了。我知道自己该怎么做了。我闭上了双眼。

"我会去见你的,行吗?见面后我们好好聊聊你的情况。可我现在真的走不开。"

"艾莉也得来。"

我浑身一颤,像是被他狠狠地打了一拳。我的手紧紧地攥着听筒。

"我早就说过了,不行。"

"她一定得来。你和艾莉要和我住在一起。"

"住在——我们是不可能跟你一起住的。不可能。"

"这件事由不得你。"他激动地说着,"要是你们来了,我就不再伤害任何人了,永远都不,否则我就——我就杀了你的心理医生,再结果了埃文的性命。抱歉我不得不这么做,但事态紧急,我非得这样做不可。"

"约翰,求你了,别做出任何……"

"只要你们过来见我,我就不会出手伤人,我保证。"

我的脑子一阵晕眩。想想办法吧,莎拉。快想想办法。

"我可以去见你,行吧?见面后我们再详谈。"

"不行,光是这样还不够。你和艾莉都要来,不然我就要了他们的命。"

"好的!但你还得给我一点时间来筹划一下。因为警方不知道是谁朝埃文开了枪,所以他们派人盯着医院,也盯着我家。要是我现在就去见你,那肯定很不安全。我得想个办法,偷偷溜出来见你。"

"要是警察知道我给你打过电话,那埃文就死定了;要是你告诉他们你要来见我,那埃文也会没命的;要是你带着警察一起来见我,那埃文一定活不成;要是……"

"别再威胁我啦!我必须小心谨慎才行。你得再给我一些时间,让我想出个办法来。你不能就这么……"

"今天下午我必须见到你们——地点就是那个公园。"

今天下午?

"可是艾莉,艾莉还在学校呢。如果我无缘无故把她带走,那肯定会有人来问我原因的——学校门口也有辆巡逻车盯着呢。"

他想了一下,说道:"那就改在今天晚上,在公园见面——

时间是六点整。你要确保没人跟着你们俩。要是走漏了风声,埃文就只有死路一条了。"

说罢,他挂断了电话。

我双腿颤抖着走向了埃文的病房。走到门口时我停下了脚步,偷偷地朝里看了看。埃文已经睡着了。我一边注视着他,一边强迫自己想清楚刚才所发生的一切。没必要特意唤醒他,去征求他的意见——我对他的回答早已心知肚明——于是我转身离开了那里。负责保护埃文的警官正在走廊尽头的自动售货机上买咖啡。我该不该把这件事告诉他呢?可万一约翰就在医院的某个角落监视着我呢?

我必须专心思考这个问题:我是应该单独去见约翰,还是应该报警?可万一我报警后,约翰真的采取报复手段呢?

不,我应该告诉警察。这件事太严重了。可万一被约翰察觉了呢?他可是撂下了话,说他会要了埃文的性命!停下来,莎拉,再从头到尾好好想一想。约翰怎么可能知道我报没报警呢?他只是在吓唬我罢了。我拿起电话,开始联系比利,不过他那边无人应答。或许他正在医院陪着娜丁吧。可是现在,我必须得告诉某个人。

电话铃才响了一声,珊迪的声音就传了过来。我开始飞快地把事情全都告诉了她。

"你慢点儿说,莎拉,有些地方我还没听明白。"

"我是绝对不会带着艾莉去见他的,珊迪。我对他说,艾莉还在学校,可我对接下来要做的事毫无头绪。"

"昨天你已经下定决心,死活都不肯再见约翰了,那么现在你是怎么想的呢?"她紧张地问道。

一阵恐慌向我袭来。要是爸爸和埃文知道了，一定会气得暴跳如雷。可过了一会儿之后，我那原本纷乱无序的头脑渐渐变得清晰起来。不要去管别人会怎么想。解决这件事情的唯一办法就是去见约翰。

"我愿意去见他。我已经准备好了，但我不能带艾莉去。要是我去了那里，不管你们把我当作诱饵还是别的什么，只要我去了，你们是不是能保证在他发现艾莉没来之前就逮捕他？"

"如果他潜伏在附近，发现艾莉没去，那他就有可能实施他所说过的报复手段。"

"一定有什么办法既能避免让艾莉现身，又可以把他给引出来！"

珊迪沉默了一会儿，然后说道："这样吧，等你回家后我们再好好商量一下。开车时慢一点，不要有任何反常的举动，因为我怕约翰会盯你的梢。不要惊动医院里的警察，稍后我会联系他们的。注意，开车的时候千万不要碰手机——因为这样会让他误以为你在报警，从而受到惊吓。你就把他想象成是一枚炸弹好了，稍稍一碰就有可能会被当场引爆。"

"可万一他主动联系我呢？"

"在我们商讨出行动计划前，不要再和他有任何的交流。"

"你会加强对埃文和娜丁的保护吗？"

"他们已经得到了很好的保护。要是我们增派人手，反而会让他知道，你已经将一切都告诉我们了。"

"比利那边，我是不是应该联系一下，然后……"

"我会告诉他的，"她语气坚定地说道，"现在你要做的事情就是保持冷静，其他的我们见面再谈。"

接下来的一个小时是我此生度过的最漫长的时光。室外的气温非常高,而无法压抑的紧张感更是让我汗如雨下,握着方向盘的手能滴下水来。一路上我的手机都没什么信号,所以我也不清楚约翰到底有没有再联系过我。我不时地望着后视镜,想看看他有没有尾随其后,还是依然藏身于纳奈莫。要是他跑去窥探艾莉的学校,却发现她根本不在那儿可怎么办呢?

快到家时,我仍在设想着各种各样最可怕的情形,没留神自己居然抢了个黄灯。跟在我后面的警车被红灯逼停了,车里的警官迅速打开了警灯。可就在这时,一辆牵引式拖车正开始穿越这个十字路口,巡逻车也被拦了下来。等到我把车开到家门口的车道上时,发现平时停在屋外马路上的巡逻车不见了。这位警官可能在得知有别的车跟着我后就离开了吧。我从车里一跃而下,飞一般地朝屋里冲去。

我一边用力地把钥匙插进锁眼,一边高声喊道:"是我——莎拉。我回来啦!"我没有听到艾莉奔向门口的脚步声,也没有听到穆斯发出的吠叫声。

我转动钥匙,却发现门没有锁。珊迪不可能不关门的。一时间,我踯躅不前——难道约翰在里面吗?肾上腺素瞬间涌遍了全身。我女儿还在里面呢!

我砰的一下推开了门。

屋里静悄悄的。

"珊迪?艾莉?有人在吗?"

我飞快地跑上楼,查看了一下艾莉的房间。没有人。房间中央的地板上躺着一只鞋。今天早上起床后,艾莉穿的就是这双鞋。

我沿着走廊跑到了我的房间。还是没人。她们会不会在后院里呢?我火速冲下楼,一把推开了玻璃门。我刚想抬脚跨出去,就看见珊迪被五花大绑地捆着,倒在了门外的地面上。

我足足愣了快有一分钟,才明白究竟发生了什么。我一下子跪在了她的身旁。

"珊迪!"我想摇醒她,并向她大声质问:"艾莉在哪儿?"可她的脸被扭向了一边,鲜血正从她的鼻子里汩汩地往外冒,她的后脑勺上也满是血迹。这时我注意到她的肩膀附近有一个信封,上面是用大写字母拼出的我的名字。信封里面装了一部手机和一张折叠好的便笺纸。我展开了那张纸片,上面的笔迹十分潦草,不过字字句句都让我心惊肉跳:"如果你还想见到艾莉的话,就不要告诉任何人……"我刚想继续看下去,却发现有什么东西从信封里掉了出来。我捡起了那样东西。是艾莉的一缕头发,一缕柔软的深色鬈发。我仰天长啸,发出一阵痛苦的悲鸣。

这时,身后的屋子里传来了一个男人的叫喊声:"你没事吧?你家的房门敞开着呢!"

是那位开巡逻车的警官。

我张开嘴,想大声告诉他艾莉不见了。停下来,好好想想。万一约翰不肯放了她呢?如果我现在告诉警察,说艾莉失踪了,那他们一定不会让我离开这栋房子半步的。

于是我高呼道:"珊迪受伤了!"

那名警察迈着重重的步伐跑了过来。他跨过玻璃推拉门时,正对着对讲机喊话:"警官遇袭!警官遇袭!"我迅速把手机和便条塞进了口袋里,然后颤颤巍巍地站了起来。

"她还有呼吸,不过头部正在流血……"

这位警察一把将我推开,蹲下去检查起珊迪的脉搏来。我盯着他的后背看了好一会儿,犹豫着到底该不该把便条上的内容告诉他。

"如果你还想见到艾莉的话……"

我深一脚浅一脚地向后退去。走到客厅后,我停下脚步,看完了便条上剩下的那几句话,随后我便觉得所有的字在我眼前狂飞乱舞起来。

"朝北开。一个人来。我会打电话给你指路。带任何人来的话,她就死定了。"

远处传来了"呜呜"的警笛声。我还要继续守在这儿吗?一个声音在我脑子里尖叫起来:"快走!快去找艾莉!没时间啦!"我拔腿就往外跑,经过门口时我取下了插在锁眼上的钥匙,紧接着便跳上车,飞快地发动了引擎。我沿着车道把车子倒了出去,差点蹭到了停在一旁的巡逻车。我把车倒到了车道尽头,然后一轰油门,开上了大马路。

车子风驰电掣地行驶在路上,我的脑子也飞快地转动起来。我知道自己一定得想出一套行动计划来,可此时此刻,我脑子里全是艾莉。我得找到她——赶紧找到她。眼下警方关注的重点是珊迪,可他们随时可能发现艾莉和我都不见了。我不能再开自己的车了。要不我把车停到劳伦家去?不行,她家太远了。对了!停到附近的邻居家去!离我家几栋房子开外住着一位名叫格里的老人家。他家有台卡车,我从没见他用过,而且他屋前的车道也修得特别长。我把车开到路边,找了块小小的空地停了下来。在树木的掩映之下,从他家那边是看不到我的车的。一下车,我便朝着他家飞奔过去。

我不断地敲着他家的大门,可是没人应门。我又加大力度,使劲儿拍起门来。就在我准备放弃的时候,门开了。穿着一身睡袍的格里从门后走了出来,满头银发冲上了天。

"莎拉,你怎么浑身都是血啊!"

"格里——我想借你的卡车用一下。刚才我在外面遛狗的时候,一辆车子把穆斯给撞了。我实在是没时间跑回家去取车了。"

"噢,真是太可怕了。我这就去拿钥匙。"他脚步迟缓地朝厨房走去,我则寸步不离地紧随其后。他走到餐台上放着的一个篮子前,伸出手去翻找起来。一旁的我恨不得将他一把推开,自己来找。

终于,他举起了那串钥匙,下一秒我便急不可耐地从他手里抢了过去,丢下一声"谢谢"后,便朝他那辆老旧的红色雪佛兰飞奔而去。

约翰没有说明我应该走哪条高速公路离开纳奈莫,于是我只好把车开上了那条环城高速,一路向北行进。这里的高速公路都在内陆地区,所以道路两旁全是郁郁葱葱的森林,出口之间的距离也不是特别地近。在这样的路上行驶,手机信号也变得不太稳定。我不禁担心起来,生怕接不到约翰的电话。我把那部在珊迪身边找到的手机放在自己的腿上,每隔一会儿就要去摸摸它。

快点儿,你这个混蛋!说出我女儿的下落来!

艾莉到底身在何处?约翰会对她做些什么?我的脑子里接二连三地冒出一些可怕的场景。我该不该报警呢?我是不是正浪费警方宝贵的时间呢?前一秒钟我还觉得自己理当报警,可后一秒钟我就变得惶惶不安起来——万一被约翰发现了,那他真有可能会杀了艾莉的。

半个小时过去了,我体内的肾上腺素余威仍在,整个身子还在瑟瑟发抖。我的思绪一片混乱,不知道自己该干些什么。我的双眼明明注视着前方的道路,却什么也看不见。就在这时,我闯了个红灯，周围的刹车声此起彼伏，几台车被迫猛打方向盘，免得和我撞在一起。又一阵恐惧感向我袭来。直到泪水滴落在我的手臂上时，我才发现自己早已泪流满面。突然，比利的声音在我的脑海中响了起来："每当你觉得惊恐不安的时候，一定要记得，深呼吸，理顺思路，集中精力思考对策。"

我闭上嘴，深吸了一口气，然后缓缓地吐了出来。我不停地重复着这个动作，直到脑子渐渐澄明，能够开始思考为止。接下来我该怎么做呢？约翰肯定会联系我的。然后呢？他会把见面地点告诉我。这时我又该做些什么呢？不过就是陪着他玩下去，说些好听的话哄着他，然后伺机……

这时，手机响了起来。

我一把抓过手机，声嘶力竭地喊道："她在哪儿？"

"你在开车吗？"

"艾莉还好吗？"

"有人跟着你吗？"

"要是你伤害了她，我就……"

"我不会的。"

"你弄伤了那名警官……"

"她要对我开枪。而且你又对我撒谎了——艾莉根本就没在学校。"

"因为我不知道你会做出什么疯狂的事情来。我猜的一点儿都没错。你不能就这么带走我的孩子，还威胁……"我已经说不下去了。

"只有这样你才会来。我知道你一直同警方保持着联系。稍后我会向你解释的。"

"求求你，不要伤害艾莉。你要我做什么都可以，就是不要伤害她。求你了!"

"我不会的——她是我的外孙女啊。我又不是个魔鬼。不过要是你报了警,或是领着他们来抓我,那你就再也别想见到我们俩了。"

他就是一个地地道道的魔鬼。人世间无人能比。

"我不会……"

"闭嘴,听我说。"

我恨恨地闭上了嘴。艾莉还在他手上呢!

"你开到霍恩湖路后向左拐,然后把车停在第一块空地旁那个很旧的混凝土涵洞边。涵洞里有个盒子,里面放着一个眼罩。你戴上眼罩,然后躺在你那台吉普车的前座上。"

他知道我有一辆切诺基,看来他一直都在跟踪我。

"我借了邻居家的卡车。"

"你这股子聪明劲随我啊。"他哈哈大笑起来,随后又说道,"待会儿见。"我刚想挂断电话,却听见他说道:"咚咚,咚咚,有人在家吗?"

我不由得咬紧了牙关。

"谁呀?"

"你为什么不笑呢,莎拉?"

我沙哑地回道:"因为我太担心艾莉了。"

"她很安全——我把她给绑了起来,这样她就不会到处乱跑了。"

"你说什么……"

"没事的。和我在一起,你们俩会很开心的。等着瞧吧。"说完,他挂断了电话。

看着眼前的挡风玻璃,我终于按捺不住内心的痛苦,撕心裂

385

肺地吼叫起来。

手机已经被我攥得发烫。我如同一条搁浅的鱼儿，大口大口地喘着粗气。情况不甚乐观，或者说是相当不乐观。我必须报警了。警察才是这方面的专家；他们知道该如何处理问题。可是，万一约翰在手机里安装了报警追踪器呢？只要我轻举妄动，他就会带着艾莉，消失得无影无踪，我这辈子就别想再见到我女儿了。艾莉的那缕头发还在我口袋里，显然当时约翰是用小刀粗暴地从她头上割下来的，所以断发的边缘才会参差不齐。恐惧的浪潮再度袭来，将我完全淹没。我默默地放下了手机。

二十分钟后，我终于发现了通往霍恩湖的岔道口。没过多久，我便开到了那块铺满砾石的空地上。刚把车停好，我就看见了那个涵洞。没错，里面的确放着一个盒子。回到卡车上后我看了一眼手机，没有信号。现在的我真是孤立无援了。

我坐在前排座位上，戴好眼罩，然后躺了下去。这时我只觉得口干舌燥，一颗心怦怦乱跳。阳光透过挡风玻璃照进车厢里。这几个小时以来，我未曾喝到过一口水。汗水顺着我的脸颊不停地往下淌。十分钟后我终于听见了车辆朝这边驶来的声音。我全身绷得紧紧的。接着，这辆车驶进空地，停了下来。我的身体不住地颤抖起来。

我听见了开门和关门的声音，接着便是一阵沉重的脚步声。突然，吱嘎一声，卡车的车门被拉开了。有人用手拍了拍我的小腿。我全身猛地往后一缩，头狠狠地撞在了门框上。

"一定很疼吧，"约翰关心地问道，"你还好吗？"

"我能把眼罩摘掉了吗？"

"现在还不行。你慢慢挪到椅子那头，然后我告诉你怎么出来。"

一只大手握住了我的腿。我拼尽全力才抑制住自己想要一脚把它踹开的冲动。我扭动着身子向外挪，突然撞上了什么东西。我以为自己会挨上一拳，可是什么都没有发生。我终于站了起来，感觉到他就在我面前。我想看看艾莉在哪里，于是微微仰起头，想从系得松松的眼罩下方看见些什么，可最后还是一无所获。约翰的手轻轻地托着我的肘关节。他带着我朝前走了几步，接着便松开手，叫我从车上跳下来。随后他嘭的一声关上了格里那辆卡车的车门。

"艾莉在哪儿？"我问道。

"在营地里待着。"

"你把她一个人留在那种地方？她才六岁啊！你不能……"

"她不相信我是她外公——你早该告诉她的。她不停地叫嚷着，怎么都停不下来。"说这话的时候他似乎万分沮丧，可我的心都要碎了——艾莉该有多害怕啊！

"见到我之后她就会乖乖的了。"我在内心祈祷，希望真能如此。

他又带着我走了几步，然后我听见了开门声。

"小心脚下。"他一边提醒我，一边用手抬起了我的一条腿。抓着我小腿肚子的那只手暖暖的，但很粗糙。我不由得一阵瑟缩，好在他很快就放了手。我一进到车里，身后的车门就砰地关上了。我惊惶不安，嗓子眼儿像是被堵住了一样，什么话都说不出来。这是不是他耍的诡计，好骗我独自出来见他呢？艾莉是不是就在家里，和穆斯一起被关进了车库里？虽然真实的情况可能绝非如此，但我实在没有勇气去触碰它。于是我开始集中精力回想书本上那些关于如何与连环杀手打交道的建议——那就是，什么方法都不管用。谈判、乞求、抵抗,这些手段都没有用。逃跑才是唯一的出路。所以,在找到艾莉前,我必须让他保持冷静,然后再伺机逃走。

他发动了车子。换挡的时候,我听见车子发出了咚咚咚的响声。这应该是一款常见的车型。虽然不知道这个信息是否有用,但在两眼一抹黑的情况下能了解到一点点东西,还是让我安心了不少。

"哎呀,真是不容易,我们终于团聚了。"

"我不明白你今天为什么那么早就去了我家。本来我以为要到晚上才能见到你的……"

"你不会来见我的,莎拉。"

听到这话后,我默不作声了。该给出一个怎样的答复才能让他觉得我不是在撒谎骗他呢?

终于,我开口说道:"你没给机会让我好好想……"

"我告诉过你,时间不多了。我没疯——我知道自己在干什么。"他叹了口气,然后接着说道,"稍后我会向你解释的。"几秒钟后,他就忍不住了,"我带了几支枪想给你看看——一支是勃朗宁388式手枪,一支是鲁格10/22半自动步枪。不过我最想让你看的是一支雷明顿223式民用手动步枪——那枪可真带劲儿,不过上个星期我把它的撞针给弄坏了,直到现在还在维修店里修着呢。"一口气说了这么多后,他停了下来。即使我看不见他的脸,也知道他正期待着我的回应。

"听起来真不错。"要是我能说服他让我摸摸枪就更好了。想到这儿,我脑子里便挤满了端着枪朝他扫射,然后带着艾莉逃离他身边的情形。这时他换了个话题,开始比较起岛上海岸边郁郁葱葱的森林和内地更为干燥的灌木林地形之间的不同来了。不知我这个听众是让他更兴奋还是更紧张了,总之他就像是个话匣子,滔滔不绝地说了一路。

车子在颠簸的路上开了一段时间之后,我再也忍不住了,于是插嘴问道:"不好意思打断你一下,艾莉应该没事吧?天这么热,你给她准备了水……"

"我知道怎么照顾小孩子。"他又生气了,"她怕我是因为她还不认识我。等她见到你之后,就没事了。"看来他还是盼着能让我和艾莉开心快乐,这让我备感安慰。可万一我没法安抚好艾莉,他又会怎么对付我们呢?艾莉已经被他吓坏了。

"约翰,你打伤那位女警官的时候,艾莉看见了吗?"

"没有,"谢天谢地,老天爷总算发了一次慈悲,"我也不想打得那么狠,可她死活都要硬扛着。"

听到这话,我不由得浑身颤抖起来。

在经过几个转弯处的时候,车速明显慢了下来。接着,车子又开始颠簸起来,像是行驶在一条古老的伐木通道上。几分钟后,车子停了下来。约翰跳下车,顺手关上了车门。

不一会儿,我这边的车门就被打开了。"现在你可以下车了。"

我刚从车里下来,他便摘掉了我戴着的眼罩。原来这就是我的亲生父亲啊!和我在无数次噩梦中想象的不同,眼前这个男人并不像是个脾气暴躁、性格扭曲的家伙;事实上,他虽然相貌粗犷,但仍然不失英俊。我目不转睛地打量起他来,从他身上我仿佛看到了另一个自己——绿色的瞳仁,宽大的骨架,就连左右眉毛的弯曲弧度都一模一样。他一头短发,不过发色和我的没有区别,都是红褐色的。和他相比,我更矮一些,骨架也更小一些,不过我们俩的四肢都很修长。他上身穿着工装牛仔夹克衫，里面是一件格子衬衣，下身穿着一条褪了色的宽松牛仔裤，脚上套着一双登山靴，看起来就像一名伐木工人，也像一个猎人。

他往上拎了拎裤子，同时挪开目光，局促不安地笑了。

"嗯……这就是我了。"

我说道："你和我长得很像。"

"不对，是你长得像我。"说罢，他哈哈大笑起来，我不得不跟着他一起笑，但眼睛却在不停地观察四周，寻找着那片营地。艾莉在哪儿呢？现在我和他正站在一块面积不大的空地上，周围全是冷杉树。我的右边停着一辆露营拖车，距他那台红色的塔科马牌汽车仅几步之遥。不远处的空地上生着一堆篝火，篝火旁摆放着一张可折叠的塑料桌子和几把帆布椅子。那边还有一张更为小巧的粉色塑料椅，椅背上印着芭比娃娃的头像。约翰顺着我的目光看了过去。

"你觉得她会喜欢这把椅子吗？"

我转过头来看了他一眼。他的眼神中透露着紧张与不安。

"她会很喜欢的。"

我的回答明显让他松了口气。

"她在哪儿？"

他使劲拍了一下脑袋，仿佛不敢相信自己居然把这事儿给忘了。紧接着，他做了个手势，示意我跟着他一起到野营车里去。他掏出钥匙，打开了车尾的门。

门一打开，我就喊道："妈妈来了，艾莉。"我睁大眼睛扫视着宽大的车厢，可是光线太暗，我什么都看不见。就在这时，一阵轻微的响动传了过来。

"宝贝儿，你可以出来了。"

又是一阵窸窸窣窣的声音，然后我发现桌子底下有人在往外爬。艾莉的小脑袋刚刚冒了个尖儿，就吓得缩了回去。她看见约翰了。

约翰一脸受伤的样子，说道："告诉她不要害怕——我不会伤害她的。"可谁会相信这种鬼话呢？

我一边迈进野营车里，一边轻声呼唤道："艾莉。"

我小心翼翼地朝桌子底下望去，视线正好撞上她那双瞪得圆圆的绿色眼睛。她的嘴被一块大大的印花手帕绑住了，双手也被一模一样的手帕系着。发现是我，她一下子冲了过来，扑进我怀里，嘴里不停发出呜咽声。

"噢，我的天哪！你居然堵住了她的嘴！"我把手伸到艾莉的脑后，拼命想解开那个结。

"我确认过她能呼吸的——我不是告诉过你吗？她总是尖叫个不停。"

我终于把那块手帕弄了下来，艾莉不停地喘着粗气，像是快窒息了一样。我强迫自己冷静下来，然后说道："艾莉，来，做个深呼吸。没事的，妈妈马上就会解开你手上的绳子的。没事的。照妈妈说的做，好吗？"

我用力地解起她手上的那个结来，可她仍在不停地喘气。我得想个办法，让她平静下来。突然间，我想到了曾经陪她玩过的一个游戏。那时她年纪更小，也更难集中注意力。

"还记得'听我说'这个游戏是怎么玩的吗，宝贝儿？"艾莉顿时不动了。

约翰问道："那是个什么游戏啊？你在对她说什么呢？"

"这就是一个口令，表示我们可以信任某个人，因为这个人是我们的朋友。"可事实上，这个词代表着仙女们在一旁听着，所以宝贝要非常认真地听妈妈说的话。如果宝贝很乖，那仙女们就会在房间的角落里留下礼物——比如玻璃花啦，小铃铛啦，或是小小的水晶鞋啦。那时，小艾莉很快就发现，那些小玩意儿是我藏起来的。可现在我希望她能明白我说出这个词的初衷——那就是她必须把我说的话听进去。

她抬起头，泪眼汪汪地看着我。

"那个人割断了我的头发，还绑住了我的手。他把我丢到这个地方……"

约翰打断了她，"我那是不想让你弄伤自己。"我朝外面看了一眼，他正在野营车后不停地走动着，"告诉她！告诉她我是谁！"

我深吸了一口气，然后说道："还记得妈妈告诉过你，我是被外公外婆收养的孩子吗？这个人，这个人就是你的亲外公。"

她猛地瞪大了眼睛，然后用发颤的声音喊道："不，他不是！"

"是的，他就是。艾莉，他是我的亲生父亲。妈妈有两个爸爸，就像你一样。不过我是最近才打听到他的下落的。他想认识你，不过用错了方法。现在他很抱歉，因为他把你吓坏了。"

约翰说道："没错，艾莉。我很抱歉。"

艾莉抽抽搭搭地哭了起来，"他弄伤了我的手。"她扑到我怀里，小脑袋枕在我的肩膀上，整个身子都在发抖。我真想杀了约翰啊！

"他不是故意的，宝贝儿。你是故意的吗，约翰？"

"不不不，当然不是！我本来不想绑那么紧的，可她一直在嚷嚷。"

"看见没？他是真心觉得很抱歉了。他专门为你买了一把新椅子，现在就放在外面哦。我们一起去看看吧，好不好？"

约翰说道："是一张芭比娃娃的椅子呢，不过买的时候我不知道你喜欢哪种——我挑了把印着金发芭比的椅子。我不知道你的头发是深色的。"

他似乎很不安，于是我说道："艾莉最喜欢金色头发的芭比娃娃了。"艾莉的脑袋一下子抬了起来，我飞快地冲她笑了笑，又眨了眨眼睛。求你了，求你了，求你了。

片刻之后，艾莉说道："金发芭比是最漂亮的。"

我朝她露出了一个大大的笑脸，"没错，她最好看了。"

我朝门口瞥了一眼，想看看约翰是不是相信了我们的话。只见他拍了拍胸口，说道："那就好，不枉我花了几个小时，总算没买错。"他朝我们招了招手，"出来吧，我们坐到篝火边聊聊天吧。"

我牵着艾莉的手站了起来，同时朝车厢内部扫视了一圈，想看看有没有什么东西可以用来防身。遗憾的是，我只在桌面上发现了几个塑料调酒器。艾莉跟着我来到了车门口，我先跳下了车，然后转过身去抱她。当我打算放下她的时候，她用手紧紧地搂住我的脖子。我继续抱紧她，走到了篝火旁。约翰正在那里不厌其烦地调整着椅子的位置。他一会儿把椅子摆得很近，一会儿又将它们放回原处，过了一会儿又再次让椅子靠拢在一起。我站在一旁默默地等着，艾莉的小脸深深地埋进我的肩头。

最后，我忍不住说道："行了，这样就够好的了。"

他退后一步，说道："那好吧。不过要是你们觉得太热的话就告诉我——你们想坐在哪里都行，我来负责搬椅子。"

我找了张椅子坐下——怀里的艾莉还是不肯撒手——约翰又往火堆里扔了几段木头后才落座。他身体僵硬，边挠头边朝我飞快地看了一眼，然后再次露出那种局促不安的笑容。

"午饭你们想吃点什么吗？小孩子特别容易饿的。"他站起身来，"冰箱里有驼鹿肉做的香肠呢。"

艾莉惊恐万分地说道："我不想吃掉穆斯。"[①]

"他说的不是我们家的穆斯，艾莉宝贝。"

约翰哈哈大笑起来，"今年春天我逮到了一只小鹿，它身上大部分的肉都被我用来做香肠或是汉堡包了。"他一边说着，一边朝露营车走去，"这种肉入口即化，也没有任何奇怪的气味。"艾莉冲着我做了个鬼脸，我轻轻地摇了摇头，又把一根手指举到了唇边。

"听起来很好吃的样子啊。"我对着约翰的背影说道。

约翰伸长手臂，从车子底下拖出了一台蓝色的小冰箱。趁着他手忙脚乱的时候，我把周围好好地观察了一番，不过还是没有发现任何可用的东西。不远处倒是有几块木头，我不知道能不能用它们把约翰砸晕。可这些木块都挺大挺沉的，我应该没有办法迅速把它举起来，这就意味着我无法偷袭他。也许我可以等到他睡着后再采取行动呢？一想到今晚得和他同处一地，我的心里就直发怵。

约翰把一包香肠和一盒鸡蛋放在了桌上，接着又回到野营车里去了。他在里面丁零当啷地翻找着什么，外面的我只觉得体内肾上腺素一路飙升，全身肌肉绷紧，血液倒流——我身上的每一个细胞仿佛都在呐喊："跑啊！"可我还是压制住了这股冲动。虽然没有亲眼见到他提过的那几把枪，但直觉告诉我，他说的是实话。而且带着一个六岁的小孩，我的出逃计划必须做到万无一

[①] 译者注：在英文中，moose 有"驼鹿"之意。

失才行——毕竟艾莉跑步的速度可不怎么快。眼下唯一能让我们母女俩活着逃离这个家伙的办法只能是先耐心地与他周旋,然后再瞅准时机采取行动。

约翰捧着一大堆调料下了车。他把这些东西放到桌上,转身又钻进了车里。出来时他的手上多了一些塑料杯子和盘子。

"不想试试你的新椅子吗,艾莉?"他一边摆放餐具,一边问艾莉。

艾莉转过头去瞪了他一眼,然后说道:"不要。"

他皱起眉头,放下了手中的最后一个盘子,然后将两只硕大的手搁在了桌面上。焦虑感一浪接一浪地向我袭来,不知不觉间,我把艾莉搂得更紧了。

约翰说道:"我记得你说过你很喜欢它的。"

艾莉刚一张嘴,我就抢着说:"她的确说过这话——她只是担心会把它弄坏。要是她真把椅子弄坏了,你不会生气的,对吗,约翰?"

约翰哈哈大笑起来,"我会为了这种事生气吗?怎么可能!"

艾莉眼睛一眨不眨地看着我。我微笑着对她说:"瞧,没关系的哦。你可以坐在上面呢。"我收了收下巴,微微低下了头,对着艾莉轻声地说了句:"快去坐好。"这时艾莉的头正好挡住了我的嘴,约翰无法知道我说了些什么。

她从我腿上滑了下来,一边观察着约翰,一边把椅子拖到了我身旁。她紧紧地攥住我的手,我想要给她一个鼓励的微笑,可她的目光一直落在约翰身上。这时我注意到她的脸上满是泪痕,顿时觉得心痛不已。这孩子一定困惑极了。眼前的这个男人明明伤害过她,可我还让她听从他的命令。

395

"这些盘子是我昨天买的,不过我不知道该选哪种颜色……"

"绿色很好看。谢谢你。"

"真的吗?"刹那间,他变得容光焕发起来。

我连连点头,同时祈祷他会毫无防备地递给我一把小餐刀。可他没有摆出任何此类餐具,而是在火堆正上方支起了一个金属架子,随后他又把从露营车里拿来的一个铸铁平底锅放在了架子上。"我实在是等不及想带你们去看看我买下的那个农场了。咱们仨今后就住在那儿。"说话间,他把香肠一节节地放进了锅里。

艾莉说:"我不想住在农场里。"

我飞快地瞪了她一眼,警告她别乱说话。约翰正用一把塑料小铲子翻动着香肠,接着他把另一个小点儿的平底锅放在了第一个煎锅旁边,又敲了几个鸡蛋放进去。

"炒鸡蛋你们都能吃吧?"说完,他再次局促不安地笑了。他望着艾莉,继续说道:"农场里养了好多鸡,所以我们每天都可以吃到新鲜的鸡蛋哦。我会教你怎么去捡鸡蛋的。那里还有几头奶牛,所以牛奶也不用愁,我还会教你怎么做奶酪哦。"

艾莉问道:"那有没有马儿呢?"我不禁屏住了呼吸。

"我们可以买几匹马回来。没问题的。"约翰点着头说道,"你甚至还可以拥有自己的马儿呢。也许是一匹小马驹吧。"

我长吁了一口气,说道:"你真是太好了。是吧,艾莉?"

艾莉问道:"我能给它取名字吗?"行了,艾莉,别把他给惹毛了。

约翰答道:"当然了。你想取什么名字都可以。"锅里的香肠刺刺作响。约翰又翻动了几下。

艾莉继续问道:"我能把我的狗狗带来吗?"

约翰摇了摇头,说道:"我们不能回去接它了。"听到这话,我的身子顿时一僵。糟了。艾莉的小脸一下子变得通红。

"我不想去你那个傻里傻气的农场了!"

我的脉搏飞快地跳动起来。约翰用铲子指着艾莉,说道:"喂,你给我听好了,小姑娘……"

艾莉噌地站了起来,"我就是不想去!"

这时,约翰已经面红耳赤。他的身子往前一靠,同时一只手也扬了起来。

我猛地起身,接着用尽全力,对准那个金属架子的底部就是一脚。架子腾空而起,大一点的平底锅也随之飞了出去。只听见嘭的一声巨响,铁锅不偏不倚,正好砸在了约翰的额头上,滚烫的热油溅了他一脸。他哀号着往脸上一顿乱抓,接着便摔倒在地上,痛得满地打滚。我一把抱起艾莉,拼命奔跑起来。

22

虽然我还没有准备好,但还是得把发生过的事情都说出来。我需要找到什么办法来对抗这些回忆,否则的话,我会被它们生吞活剥了的。只要我一闭上眼睛,那些场景就会蜂拥而至,一瞬间就将我淹没在了极度的恐慌之中。我时常在午夜时分惊醒,胸膛内狂跳的心脏怦怦作响,全身上下都被冷汗浸透了。我的脑子里乱哄哄的,但总有一个声音在不停地重复着:"不继续跑下去的话,你就会没命的。"

在恐惧的驱使下,我钻进了树林,循着流水的声音朝河边跑去。可是没过多久,我便意识到自己应该朝有马路的地方逃命。那儿好歹能给人一线生机。不过现在已经太晚了。我在林中穿行,两只手臂早就被树枝划得伤痕累累。身后的营地里传来了约翰的呼喊声,他在大声叫着我的名字,艾莉被吓得尖叫起来。

"艾莉,别叫了——你给我安静一点儿!"我用力抬起腿,跨过一根根木头。抱着艾莉的手臂开始酸痛起来。就在这时,我又听到了约翰的呼喊声。我再次加快了脚步。

快,快,快!

我沿着河堤不停地奔跑,希望奔腾的河水能掩盖住我们发出的声音。突然，我被裸露在外的树根绊倒了，人也顺着堤岸一直滑到了河边。这时，我口袋里的手机掉了出来，翻滚几下后跌进了河水里。刚才我差点儿压在了艾莉身上，她被吓得哇哇直叫，我连忙伸手捂住了她的嘴，"嘘！！！"她一脸苍白，惊恐万分。我蹲下身子对她说："我背你，快上来，腿缠在我的腰上。"

她咻溜一下蹿到了我背上，小手紧紧地搂着我的脖子。我站起身来，继续飞奔。我始终沿着河岸前行，奋力拨开密不透风的枝叶，艰难地翻过早已倾倒的大树。脚下是覆满苔藓的岩石，我走在上面，脚底不停地打滑。可我还得注意前方，猫着腰躲开那一根根旁逸斜出的枝条。这时，我又听见了约翰的喊声，是从树林那边传来的。

"莎拉！你给我回来！"

这喊声像是一针兴奋剂，刺激得我愈发用尽全力向前奔跑。地面太滑了，我跌跌撞撞地跑着，像个醉汉一样。这时，背上的艾莉扭动起来，我一下失去了平衡，身体朝前倒去。我下意识地弯曲双腿，最后砰的一下，左膝重重跪在了地上。眼看艾莉就要从我背上摔下去了，我下意识地抬起手臂护住她，手掌却刚好蹭到一块石头上，被划得鲜血直流。

站起来！跑啊！

哗哗的流水声越来越大了，看来我和艾莉就快跑到瀑布的源头了。可是不久之后，我却陡然发现，眼前的河岸边堆起了一堵厚厚的"墙"——冬天的冰雪融化后形成了湍急的水流，河水裹挟着一丛丛的灌木和倒掉的树干，一路呼啸而下，最终将那些东西堆积在了这里。现在，我变成了一头笼中困兽。我一边疯狂地扫视着河岸周围，一边心慌意乱地想着：我该怎样才能绕过这堆东西呢？

我飞快地瞟了一眼对岸,不行,水流得太快了,只能在这边找出路。我又抬头观察了一下左边,发现了一棵冷杉树。这棵树枝叶繁茂,密不透风,但下方交错着的枝条间有一道狭窄的缝隙。我立刻朝着那里爬去,背上的艾莉令我步履艰难。最后,我好不容易才从那个夹缝中挤了过去。刚穿过缝隙,便看见了眼前的那条小路。我沿着这条路走了几步,却发现它又折了回来,最后把我带到了瀑布边。看来林间野兽经常出没于此,所以它们渐渐地沿着瀑布边缘踏出了一条陡峭的崎岖小路。

我朝瀑布下方看了一眼,顿时便觉得头晕目眩起来。我一把抓住旁边的树枝,紧紧地闭上了双眼。背着艾莉是没有办法从这儿下去的。我该怎么办呢?论跑步的速度,我铁定会比约翰慢。就在这时,我的脑中响起了朱莉娅的声音:"当时我在林子里躲了好几个小时……"

我和艾莉也可以躲起来啊。可在那之后呢?最终我们还是得出来,到那时约翰一定还守在林子里——他绝对会耐心地等下去的。所以躲起来并不能从根本上解决问题。忽然,一只受惊的松鸡从我们面前的灌木丛里扑棱棱地飞了出来。它耷拉着一对翅膀,假装受了伤,好转移我们的注意力,从而保护它的幼崽。没错,就该这样做——弄一个诱饵出来,一个能让约翰分心的东西。我看了看茂密的树林,又望了一眼湍急的河水。河水——

约翰说过,他不会游泳。

想到这儿,我猛地左转,一头扎进了树林里。谢天谢地,没走多远我就发现了一个小小的岩洞。我飞快地跑到洞口旁,放下艾莉,然后蹲在了她面前。

"艾莉,接下来妈妈说的每一个字你都要听好了。我要你待在这个岩洞里头,不要说话——也不要偷看——你得乖乖地待在里面，等妈妈来接你。"

"不要！！！"艾莉开始大喊大叫起来，"不要离开我，妈妈！求你了！我会非常非常安静的！"

泪水一下子涌进了我的眼里，可我只能抓起她的小手，紧握在手心里。

"我也不想离开你，宝贝儿，可是我得想办法让咱们俩离开这儿。我向你保证，我一定能做到的。"

不远处传来了约翰的喊声："莎——拉——"

他已经在附近了。

"现在，妈妈希望我的乖乖小猫咪能非常非常的勇敢。等一下我会弄出很大的响声来，还会不停地喊你的名字，不过这都是用来骗那个人的诡计，都是假装的。所以你一定不要出来，好吗？"

她点了点头，眼睛瞪得大大的。我狠狠地亲了她一口。

"现在，赶快进去——要像小兔子一样快哦。"她正要转身朝洞里跑去，我又赶紧叮嘱道："记住啊，艾莉，你是在帮着妈妈一起去骗他，所以无论发生了什么事情，你都不能出来。"我嘴上说着这些话，脑子里却塞满了艾莉的尸体在多年后被人发现的可怕画面。我不停地向上苍祈祷，希望自己做出了正确的安排。我牵起她的一只手，放到唇边，印上了分别前的最后一吻。

等到她将小小的身躯尽可能地挤到洞穴最深处后，我轻轻地对她说道："妈妈很快就会回来的。待会儿见，我的鳄鱼宝宝。"

她也轻轻地回了我一句："待会儿见，鳄鱼妈妈。"

我深吸了一口气，将女儿留在了身后。

我沿着原路朝河边走去。快要走出这片树林的时候，我停了下来，想看看能不能听到约翰的声音。可瀑布发出的响声太大了，我什么都听不见。于是我赶紧走出林子，回到了通往瀑布源头的那条小路上。留给我的时间不多了。我开始手脚并用，沿着瀑布的边缘向下爬去。一路上我跌跌撞撞，要不是抓住了边上的灌木和枝条，可能早就从这条陡峭的山路上滚下去了。最后，我终于到达目的地，双脚落在一汪碧绿清澈、寒气逼人的池水旁。

我迅速脱掉运动鞋，朝脚下奔流的河水里看去。

"莎拉！"约翰的怒吼声从上方的树林里传了过来。

我使劲儿吸了口气，然后扑通一声，跳进了河里。河水冰冷刺骨，我只坚持了一会儿就觉得呼吸困难，于是赶紧浮出水面。我忍不住连连咳嗽，双手仍在不停地划着水。稍稍适应了一点之后，我再次吸了一大口气，猛地扎进了水里。没过多久，我又从水里探出头来，竭力大喊道："艾莉！"——我一遍又一遍地喊着，心中却五内俱焚，生怕艾莉忘了我的警告，从洞里跑出来。我不断地潜入水里，又不停地浮出水面，余光不时地瞟向岸边，看看有没有约翰的身影。

终于，我看见他了。他正顺着瀑布边的那条小路爬下来。我开始发疯似的拍打着水面，身体在河里转来转去。我一个猛子潜入水中，过了一会儿又钻出来，接着便扯开嗓子放声大喊。

"艾莉！有人吗？帮帮我吧！"

我再次扎进水里，等到露出水面的时候，发现约翰正提着一把步枪站在岸边。他的脸上留下了被热油烫过的痕迹，额头上也红了一大块儿。他怒气冲冲地望着我，那些疤痕的颜色变得更深了。

"约翰，艾莉摔倒了，从瀑布上掉了下来！"我竭力让自己表现得万分恐惧，"她会被淹死的！"

听到这话，约翰赶紧向前跑了几步，站在了一块大石头上。

这块石头很光滑，从岸边一直延伸到了水面上方。

"她是从哪儿落水的？"

我一边踩着水，一边连连摇头，接着又哽咽地说道："我不知道。我怎么找都找不到她。"我被冻得牙齿直打颤，"帮帮我吧。我错了，约翰。求求你帮帮我吧！"

他稍稍犹豫了一下，然后说道："我们得去下游找。她可能已经被水冲走了。"

我伸手去够他所在的那块大石头，假装想要爬上去。我故意让手指一滑，身体往后一仰，又落入河里去了。约翰赶紧蹲下来，探着身子，伸出手臂，想要把我拉上去。我顺势朝他游了过去。

机会只有一次。

我的双脚紧扣着水下的一块磐石。当我试图抓住他的手时，故意让指尖从他的手中滑了出去，这样他就不得不再往前挪一点。等到他的整个上半身都悬在水面上方时，我猛地拽住他的手，然后拼命一拉。眼看他就要落下来了，我便顺势往旁边一闪。

"莎拉，我不会游泳啊！"

我飞快地朝岸边游去，想赶紧爬上那块大石头。可是约翰手一伸，刚好抓住了我的一条腿。他向后一扯，害得我又跌入水里，接连呛了好几口水。

我奋力挣脱了他的魔爪，然后两脚一蹬，游出水面，贪婪地呼吸起新鲜的空气来。可约翰早已揪住了我的衬衣，眼看就要浮上来了。我伸出手，对着他的脸上抓去，又把膝盖一顶，撞上了他的腹股沟。他痛得松开了手，我趁机朝着更远处游去。

刚才的一番纠缠让我们俩都顺着水流漂浮了一段距离，来到了一处河面更窄、离岸边更近的水域。过不了多久，约翰就能

403

接触到河床了。就在这时,我觉察到脚下有些松散的小石块,于是开始借力,让身体露出水面。约翰再次出现在我身后,可是他太过惊慌,以致完全没有意识到这里的河水仅有几尺深。我一个不注意,便被他抓住了腰,人也开始往下沉。我一边拼命地向上游,一边狠狠地用脚向后踹,脚踝似乎正好踢中了他的脸。

河床上的石块已经触手可及。我两手一撑,借着反弹的力道将自己推了出去。这时约翰也感觉到了脚下的河床,身体开始渐渐冒出水面。

我的双手在河床上摸索着,忽然摸到了一块边缘锋利的大石块。我猛地转身,发现约翰正伸出手来想要抓住我。

"莎拉,我只是想——"

我一下子从水里站了起来,二话不说便举起了那块石头,朝他的太阳穴用力砸去。他举起手来,摸了摸脑袋旁边那道血肉模糊的伤口,接着两腿一弯,跪在了水里。"莎拉……"他痛苦地呻吟着,鲜血从那道口子里汩汩地流了出来。

我挣扎着爬起来,双手还紧紧地抱着那块石头。我又一个转身,对准他的太阳穴再次重重地敲了下去。一声巨响后,石块从我的手里滑了下去,落入几尺深的河里,溅起了一阵水花。

约翰向前一栽,扑倒在河里,可他手脚并用,很快又颤颤巍巍地撑了起来。他甩了甩头,接着便朝我扑过来,吓得我连连后退。我躲闪不及,被他压住了双腿。紧接着我奋力往旁边一滚,然后又一骨碌爬了起来。他摇摇晃晃,正要起身,我鼓足勇气,对准他的膝盖就是一脚。他站立不稳,失去了平衡,整个人直挺挺地向后倒去。我一个箭步跨到他身旁,用尽吃奶的劲儿对准他的胸口就是一踢。转眼间他的头就没入了水中,双手开始不停地扑腾起来,继而死死地扣住我的双腿。我一条腿保持不动,又飞快地挪动另一条腿,让它重重地压在了他的喉咙上。他猛地一弹,差点儿将我甩了出去。这时我又摸到了一块石头,便赶快捡起来,接着就朝他的头上砸去。他反抗得更加激烈,双手掐着我的腿,骨头都差点儿被他掐断了。可是我并没有收手,一下,两下,三下……突然间我意识到自己正在失声尖叫。那颗头颅周围的河水已经被染红了。

眼前的他,一动不动。

我一边大口喘气,一边感受着自己狂乱的心跳。他的身体仍被我死死地压在水里。时间一分一秒地过去,任谁也无法憋这么久的气。不知过了多久,我终于挪开膝盖,撑着两条虚弱无力的腿,摇摇晃晃地站了起来。失去重压之后,水中的那具尸体也稍稍浮上来了一点儿。此时,他像是戴了一副面具,双唇大张,表情震惊,红褐色的头发间满是斑斑血迹,太阳穴旁边的那道伤口深可见骨。

我踩着滑溜溜的石块,跟跟跄跄地回到了岸边,刚一站定,就忍不住弯下腰呕吐起来,像是要将吞进肚子里的河水和藏在心中的恐惧统统都吐在这片沙滩上。

我杀了他。我亲手杀死了我的亲生父亲。我直愣愣地盯着漂浮在眼前这具尸体,浑身开始猛烈地颤抖起来。

我步履蹒跚地回到了瀑布下,开始沿着那条崎岖小道向上攀去。此时的我早已筋疲力尽、遍体鳞伤了。路程虽短,我却滑倒了好几次。要不是我死命地揪着路边的那些树根和蕨类植物,恐怕是怎么都无法爬上去的。等到我终于站在瀑布上方后,却突然发现自己分不清方向,也认不出那条能把我带回艾莉身边的小路了。我顿时手足无措,心脏似乎都要停摆了,不过我还是强迫自己，仔细辨认来时留下的脚印。几分钟后，我终于认出了那棵枝干如盘虬卧龙的雪松古树，顺利地找到了艾莉藏身的洞穴。

"艾莉，是妈妈，现在安全了，你可以出来啦！"我喊道。可是洞内无人应答，我不由得一阵心慌。就在这时，我听到了一些响动，紧接着，女儿飞快地冲了出来，一下子就扑到我怀里，差点儿把我撞倒在地上。我和艾莉紧紧相拥，忍不住失声痛哭起来。

最后艾莉放开了我，说道："我听到你喊我了，可我很听话，没有出来。"

"艾莉，你做得超级棒！妈妈真为你感到自豪！"

她又皱了皱鼻子，说道："妈妈，你全身都湿了。"

"我掉到水里去了。"

她瞪大眼睛朝四周张望了一番，然后悄声问道："妈妈，那个坏家伙在哪儿呀？"

"他已经走了，艾莉，再也不会回来了。"

她又紧紧地抱住了我，说道："我想回家，妈妈。"

"我也是。"

营地的篝火还未燃尽。约翰坐过的椅子侧翻在地，旁边是那两只平底锅。这样的场景不禁令我脊背发凉，浑身颤抖。我的那部手机早就掉到河里去了，所以现在特别希望能在野营车或是卡车里找到约翰的手机。我迅速地朝四周看了一圈，并没有发现手机或是车钥匙。

渐渐地，我平静下来，身上也不再抖个不停了。野营车里放着一件约翰穿过的外套，上面还残留着他的味道以及木柴燃烧后的烟味。这样的气味令人作呕，但我还是强迫自己披上它，到处寻找起卡车钥匙来。十分钟后，依然未果，我有些慌神了。艾莉才从生死考验中脱险，此时仍然心有余悸。无论我在哪台车里翻箱倒柜地找钥匙，她都会紧跟在我身后。

钥匙一定还在约翰身上，或是掉到河里去了。我左右权衡，不知道是该返回河边找钥匙，还是该带着艾莉去寻找公路，请求过路人的帮助。之前，约翰开了很久的车才到了这儿，一路上我并没有听到任何其他车辆驶过的声音。艾莉走不了多久就会很累的，我拿不准自己到底能背着她走多远。

左思右想后，我还是没办法做出决定。这时，艾莉说道："我饿了。"

我在约翰备下的那堆食材里找来找去，越看越觉得触目惊心。显然他喜欢用全脂牛奶搭配白面包，垃圾食品也随处可见。他喜欢喝橙汁，也爱吃咖啡味薯片。发现后者时，我全身就像是触电了一般，因为那也是我的最爱。最后，我总算找到了一罐花生酱，用它给艾莉做了个三明治。

稍后，我对艾莉说道："我的宝贝小猫咪，妈妈现在要去趟河边，你要乖乖待在这里等着我哦。过不了多久我就会回来的，好吗？"

"不要！"她哇的一声大哭起来。

"艾莉，我要去做一件非常非常重要的事情，很快就回来。你可以待在野营车里，也……"

她开始歇斯底里地尖叫起来："不要，不要，不要，不要！"她一边叫嚷着，一边抱紧了我的双腿，手上的三明治也掉到了地上。看来我是不可能让她一个人待在这个地方了，可我也不想让她看见约翰的尸体。

现在，我们最后的出路只剩一条，就是步行至公路边，再寻求救援。一个多小时后，我的身后终于传来了什么声音。是汽车！我飞快地转过身,一眼就看见了那辆白色的林业运输车。我举起双臂,一个劲儿地挥舞起来。车子在我们身旁停了下来,一位笑容满面的老人缓缓地摇下了车窗。

"二位女士迷路了吗？"

我放声大哭起来。

警察把约翰的尸体从水里拖了出来,并调查了整个案发现场。他们在卡车驾驶室里找到了约翰的钱包。原来他叫爱德华·约翰·麦克林。继续追查下去后,警方发现他是个铁匠,基本上都在内陆地区活动。这一身份恰好与他制作金属人偶的情况吻合。至于我在和他通话时听到的那些声音,据比利推测,应该是马匹发出的声响。后来,警方在纳奈莫的一家汽车旅馆附近找到了他的那辆拖车式房车,又在里面发现了他所使用的全部工具。

珊迪并无大碍。约翰把她打成了脑震荡,所以她在医院里躺了好几天才出院——凑巧的是,埃文也在同一时间住进了那家医院。那天回来后,我把杀死约翰的事全都告诉了警方。刚结束讯问,我便要求他们带我去见埃文。早些时候,当警方把艾莉和我失踪的消息告诉他时,他的第一反应就是要求推迟手术。可医生认为再拖延下去他就会有生命危险,所以埃文无论如何必须接受手术。他无可奈何,但坚持要等到我和艾莉回来。一见到我们出现在他面前,他便忍不住失声痛哭起来。

艾莉和我专门给珊迪买了一束花。当艾莉把花递给她,并说道"谢谢你尽力去救我"时,珊迪似乎在强忍着泪水。我原本以为她会巨细靡遗地问我关于约翰的事情,可直到艾莉讲完了她躲在石洞中的经历后,她都只字未提。我早就习惯了那个不知何故就会大发雷霆的珊迪,所以对于眼前这个脸色苍白、神情沮丧的女人，我还真是不太适应。或许没能手刃约翰才是她郁郁寡欢的原因吧。

我已经于第一时间从比利那里得知了约翰能够绑走艾莉的原因。那天，他在我家附近的一个木棚子里放了一把火，守在我家门外的警察不得不去一探究竟。利用这个机会，他把车开到隔壁邻居家的车道上藏了起来，接着便折返回去，穿过我家前坪，来到了屋后的院子里。他可能想破门而入，可珊迪正好关掉了报警器，打开通往后院的那扇玻璃推拉门，好让穆斯出去方便一下。约翰猛地朝她扑来，她猝不及防，一下子便倒在了地上。在扭打的过程中，珊迪应该试图拔过枪，可惜未能如愿。约翰临走时没有锁上后院的门，所以穆斯便从那里跑掉了——那天晚些时候，一位邻居发现了它。

当时艾莉正在自己的卧室里，那个"坏蛋"走了进来，告诉她珊迪托他把她送到医院去见妈妈。一开始艾莉并不相信他的话，可他说穆斯已经在车里了，于是艾莉便跟着他走了。

警方似乎不太记得我曾经弃受伤的珊迪于不顾了。不过就算他们想要追究，也不能拿我怎样。即便如此，我还是要把杀死约翰的过程详细地讲给他们听。同时，皇家骑警队也会对此事展开调查，不过，比利把握十足地说这起案件一定会被判为正当防卫。

我还是挨了埃文的一顿臭骂。他怪我不该撇下警察，独自一人去寻找艾莉。不过最后他还是没有过多计较这些了——差点儿和我天人永隔可把他给吓坏了。其实我又何尝不是如此呢？

实际上，我和我生父之间的相似之处比我们俩原本以为的要

409

多得多。虽然明知是自我防卫,但无论如何我还是杀了人。而且这个人不是别人,正是我的亲生父亲。不知上帝会怎么想。虽然亲身经历了这一切,我还是不知道该如何看待它。我想,最令我感到恐惧的,并不是我杀死了自己的亲生父亲,而是在我下手的时候,未曾有过丝毫犹豫。

23

我现在觉得十分沮丧。最令我恼火的，则是自己心态的变化。上次和您谈过之后，我居然又渐渐变得乐观起来。我以为噩梦已经完全结束，生活中又将充满欢声笑语。新闻媒体也曾连篇累牍地报道此事，但随着时间的流逝，那份狂热也已经消失殆尽。在这段日子里，埃文和我没有红过一次脸，艾莉也没有闹过一次别扭。我和家人相亲相爱，和谐共处。就连吃的东西也似乎变得更加美味可口了。可是，事情越是显得平常，就会有越多的事情回复到往昔的状态。

这天上午，梅勒妮来到我家，想取走埃文和我整理出来的婚礼歌单。之前的那个周末，为了找到那张唱片，我几乎快要把房子翻个底朝天。不幸的是，我什么都没有找到。于是我和埃文决定，干脆就请凯尔去负责此事算了，免得再闹出一场家庭纠纷。现在我的想法就是怎么方便就怎么来。可就在昨天夜里，埃文无意中又找到了那张唱片——可能是上回我们拿出来没有听成，被我一不小心装进另一个盒子里了。既然找到了，我们俩还是认真地听了一遍。其实，这里面的歌儿都挺不错的，最出彩的是和声里出现的一个女声。她唱得好极了，我觉得她的声音兼具了莎拉·麦克拉克兰和史蒂薇·妮克丝的特点。

梅勒妮来的时候，我正在后院浇花，试图挽救那个可怜的小花园。我和她一起进了屋，然后把歌单递给了她。

她飞快地浏览着纸上的内容。这时，我问道："唱片里有个唱和声的女生，你知道她的联系方式吗？"

梅勒妮猛地抬起了头："你想干吗呢？"

"我希望能邀请她来为我的婚礼献唱几曲。"

听我这么一说，梅勒妮的脸唰一下就红了。她低下头，默不作声地看着那张唱片。

我问道："难不成那个人是你？"

她抬起头，眼睛里闪烁着耀眼的光芒，"你也没必要这么惊讶吧。"

"老实说，我还真是没有想到呢。你可从来没有唱过歌儿啊——据我所知。"

她耸了耸肩，说道："我有时会在酒吧里玩儿一票。"

"你完全应该去干这行的，梅勒妮，搞不好还会成为大明星呢！"

"而不仅仅只是个酒吧服务生吗？"

"我不是这个意思，"这时我记起了自己死里逃生后发过的誓：待人要更有耐心和包容心，"可如果让你产生了什么误会的话，我向你道歉。其实，我只是想告诉你，你唱得好听极了，我和埃文想请你在婚礼上献唱几曲，可以吗？"

她盯着我看了一会儿，然后耸了耸肩。

"如果你真这么想，那我也不会拒绝的。不过我可不想演唱所有的歌曲哦。我还想跳跳舞呢！"

"谢谢，真是太感谢你啦！"接着两个人又陷入了一阵沉默。最后，我开口道："留下来喝杯咖啡再走吧！"

她讶异地应了声："好啊。"

我们俩端着咖啡杯来到客厅，然后面对面坐在了沙发上。两个人注视着彼此，喝了一口咖啡，接着便同时移开了目光。房间里仍然寂静无声，可我的心却在蠢蠢欲动。我一直想问她一件事，可又不想挑起和她的战争。埃文劝我别再想东想西，我当时也一口答应了他。不过既然梅勒妮都已经来了，眼下我和她相处得也还算不错，我便再次动了那个心思。一，二。我默数了两秒钟，然后开了口。

"你在报纸上见过我的亲生父亲吧？"她点了点头，"那你在酒吧里遇到过他吗？"

她摇了摇头，然后问道："怎么了？"

"他不知从哪儿听说了一些关于艾莉的事情，所以我想……"

"真他妈的让人难以置信！看来你不光认定了当初是我把事情捅到网上去的，现在还怀疑是我把艾莉的信息透露给了一个连环杀手？！"她把手中的咖啡杯重重地往桌子上一放，然后噌的一下站了起来。

"不！我只是觉得你可能根本就没有意识到那个人就是他，所以才……"

"你觉得我已经蠢到会跟一个陌生人聊我自己的外甥女吗？"

"这和蠢不蠢没有关系。看外表的话，他是个很不错的人，也能在不知不觉间就套到别人的话……"

"信不信由你，莎拉，工作的时候我只会工作——而不会和酒吧里那些奇奇怪怪的人瞎聊些什么。不过我还真得谢谢你啊！

再次把事情怪到我头上来。"

"我没有怪你，梅勒妮。我只是想知道到底是哪儿出了问题。"

她一边放声大笑，一边拿起杯子向厨房走去。

我站起身跟了过去，"你去哪儿？"

"去一个没有人会指责我必须为她家孩子被绑架的事负责的地方。"砰的一声，她把咖啡杯重重地搁在了餐台上。

"梅勒妮，你完全误会我了。我没有……"

"一切都是你说了算——你这个怪胎王。"说罢，她拿起放在餐台上的手提包，怒气冲冲地走向门口，随后嘭的一声，摔门而去。

一个半小时后，我依然余怒未消。这时，比利打来了电话。我原以为约翰一死便万事皆了了，可实际上警方还在继续调查着他过往的情况——比利说这将有助于他们逮捕其他的连环杀手。警方确实查到了不少东西，不过与我预想的完全不同。他家的地下室里并没有藏着任何人的尸体，房间里也没有堆积成山的黄色录像带。相反，他的住所内非常整洁，一看就是个单身汉居住的地方。警方在他房间里找到了几盘录像带，但内容只和狩猎有关。不过，他似乎不怎么住在那儿，房间里也没有放置任何诸如照片或是纪念品之类的私人物品。即使睡觉，他也是睡在床垫上铺着的一个睡袋里的。

警方试图通过比对几起女性失踪案发生的时间和约翰在那几年里的行踪，来确定二者之间是否有关联性——他常常漂泊在外，居无定所——可到目前为止仍然一无所获。那些请他干过活儿的人都说他是个性格随和、风趣幽默的人。不过在这些年里，他也和几位顾客发生过争执,因为他认为他们"耍花招"少给了他钱。有一件事我们猜对了:在他给我打来电话的地点中,绝大部分都住着认识他的人。同时,他也是一个狂热的枪支收藏者,甚至还是几家枪支俱乐部的会员。

我问道:"那你们找到那支用来射杀埃文的枪了吗?"

"弹道分析表明,之前在现场找到的弹壳应该属于一支雷明顿223式步枪。这也和我们在其他凶案现场发现的弹壳吻合。可是在约翰的遗物里,我们并没有看到这把枪。目前我们正和几个枪支售卖商核对信息,不过我并不觉得会有什么收获。对了,那张樱桃木桌子的翻新工作你都做完了吗?前几天我路过一家古董店的时候,正好看见了一张类似的桌子。那张桌子也需要翻新一下呢。要不哪天有空你去看看,然后把你的想法告诉我?"

"好呀,他们愿意出多少钱?"

在接下来的时间里,我和比利聊起了和古董相关的话题。我们俩你一言我一语地聊着,直到埃文发来信息,说有事要跟我谈,我才结束了和比利的通话。可没过多久,当我正打算给工作室来个大扫除的时候,突然想起了约翰说过的话。他说他最喜欢的那把雷明顿223式步枪正放在一家店里维修。那他又是怎么用一把不在身边的枪朝埃文射击的呢?

前门砰的一响。埃文回来了。趁着他往冰球袋里塞进那些打算带去度假屋的衣服时,我坐在床上,向他汇报起这个上午发生的事情。当然,我是从和梅勒妮发生矛盾的事情讲起的。

"真是不敢相信哪!我不过就是问了她关于约翰的事情,可她的反应居然会那么大。"

"我早就说过你得学会放手。"他用那只没有受伤的手在抽屉里翻来翻去——他的左手还缠着绷带,吊在脖子上——然后将几双袜子扔进袋子里。

"我只是问了几个非常简单的问题啊。"

他双眉一抬,回过头来看了我一眼。

"莎拉,你问的问题从来都不简单。"

"我真希望你不用回度假屋去。"

"我也是。而且这回我得坐詹森的车去,他开起车来就像个老人家。"说完他哈哈大笑起来,可我生气地瞪了他一眼,"亲爱的,别这样嘛,我都好几周没去管度假屋了,现在那边已经乱得不像话了。你不也说过打算重新开始工作的吗?"

"梅勒妮一走,我就准备开工,可后来比利给我打了个电话,其中有件事让我到现在都还耿耿于怀呢。"

"什么事?"

"比利说,警方在度假屋附近发现的弹壳应该是属于约翰那把雷明顿223式步枪的,可他们怎么也找不到这把枪。后来我突然记起约翰说过一句话,他说那把枪已经送去维修了。难道你不觉得这一点很奇怪吗?"

"或许他有好几支这样的枪吧。那天朝我射击后,他便把枪给扔了。"

"也许吧……不过我总觉得他真的非常喜欢那把枪。什么人会同时拥有两把最爱的枪呢?"

"可是,我想不出还有谁想要我的命。"

停顿了片刻之后,我才说道:"那个,我觉得约翰只是把你给打伤了,这一点很可疑,因为他给人的印象是一个神射手——在过去的那些案件中,他可从未失过手。"

"亲爱的,开枪打我的人就是他。"说着,埃文走进了衣帽间,出来时手里多了几条牛仔裤。他用力将它们塞进了包里。

"我知道。我只是觉得这件事实在是有些奇怪……而且我们也没法肯定袭击娜丁的人就是他——和约翰以往的作案手法大为不同的是,娜丁并没有遭遇枪击,而是被人用什么东西砸了后脑勺。此外,娜丁也没看见到底是谁干的。我在想警方到底有没有调查一下娜丁的病人呢?或许我该和比利谈谈,问问他是怎么想的。"

"莎拉,就让那个家伙清净一下吧。"

"你这是什么意思?"

"你都快把那些警察给逼疯了。案子已经了结了,可你还是不停地去打扰他们。"他再次进入衣帽间,没过多久又拎出了一条牛仔裤,"你把我那顶耐克棒球帽放到哪儿去了?昨天你还戴了的。"

"我不知道,不过我真不敢相信你居然能说出这样的话来。我没有打扰他们,我是在帮助他们。那把枪的事儿我一定得告诉比利。警方可以和之前的案件或是别的什么比对一下。万一约翰杀过某个连警方都不知道的女人呢?或许她的家人多年来一直在寻找着这个……"

"莎拉,你快要把我逼疯了。刚才我居然一件衬衫都没拿,却往包里塞了六条牛仔裤!"

"行。我马上就走,不再碍你的事儿了。"我立刻站起身来。

"你不用离开,只是请你聊点别的事情,好吗?"可我已经从房里走出去了。

我直勾勾地盯着工作室里的一张桌子,一边回忆着刚才埃文说过的话,一边把自己弄得浑身上下全是泡沫。这时,埃文走了过来。

他说:"我要走了。"

我研究着木材上的纹理,用手指细细感受它们的脉络。

"行了。"他说道。

接着他朝我走过来,然后张开双臂搂住了我。

我僵硬得像块石头,"我快被你气死了。"

"我知道,不过好歹你还是抱抱我吧。"

"你总是不把我说的话当回事儿,这才是让我最生气的地方。"

"这你可就冤枉我了,莎拉。我只是希望你不要事事都想得太多。"

"所以你觉得我是在小题大做?"

"你看,你先是觉得自己的妹妹和一个连环杀手搭上了话,现在又认为有个人无缘无故地开枪打我?嘿,说不定那个人就是梅勒妮呢!"

我万分沮丧,泪水刺痛了我的眼睛,"我想说的是,我们谁都不知道……"

"亲爱的,詹森正在外面等着我呢。今晚我会给你打电话的,好吗?"

"好的,你快走吧。"

埃文已经离开好几个小时了,可我还是余怒未消。在这段时间里,我又把这件案子在脑子里回想了一遍,甚至还查找了之前记下的笔记,整理了一下时间线以及其他所有线索。可直到出门来到您这儿之前,我都无法找出答案。那把枪的事儿真是快要把我折磨疯了。

或许正是因为埃文没把我的话当回事儿，所以我现在才更想抓住几根救命稻草吧。不过可能枪的事儿并没有我想象中的那么重要，但是后来我还是给比利打了电话，把心中的困惑都告诉了他。接电话的时候他正在开会，不过他说稍后会来我家一趟。为什么埃文就不能像他这样呢？比利可从来没有让我觉得自己是个动不动就大惊小怪的人。

24

现在您快要把我给弄哭了。您说您需要先休息一下,然后再将业务转移到维多利亚市去,这些我都能理解——最近这段时间里,您自己也遇到了很多事情,而您居然还能抽出时间来接待病人。天哪,我真是无法想象您是怎么做到这一切的。对了,还得谢谢您推荐了朋友给我。在您最后做出决定前,我应该会去他那儿试试的。不过我还是没办法相信这居然是我最后一次来这间办公室,坐在这张沙发上了。真希望这不是真的。不过我想,时间会证明最后的结果的。时间能证明很多东西。我曾经用全部的人生去对抗时间——在我眼中,它总是流逝得太慢,可真到了它朝我横冲直撞突然袭来之际,我却愿意付出所有,只求它能停下匆匆的脚步。

比利来到我家的时候,艾莉已经上床睡觉去了。我为他开了门,然后请他先在餐桌旁坐坐,等我把碗碟收拾完了再说。可他直接就拿起了一块抹布,帮我擦拭起餐具来。

我们俩谁都没有说话,但气氛却十分融洽。几分钟后,他开口问道:"埃文今晚去哪儿了?"

"他回度假屋去了,"我哼了一声,"我看他连一分钟都不想在家待着了。"

"哎呦，你们俩又吵架啦？"

"还不就是为了那些事儿，"我叹了口气，"他希望我能忘掉这件案子，朝前看。可对我来说，哪儿有那么简单啊！我觉得有几个地方不对头，真是让人郁闷得快疯了！"

"哦？是些什么呢？"

"你不是说过吗？埃文是被约翰用那支雷明顿223式步枪击中的。告诉你吧，我后来想起他曾经对我说过，他的那把枪一直放在店里维修——因为他把撞针给弄坏了。"

"有意思，不过也许他还有一把同样的枪吧？"

"埃文也这么说。不过约翰反复说过，那是他最喜欢的枪，所以我觉得他应该只有一把，而不是两把。我的意思是，你也看到了那些录像带里的内容吧？在他心里，枪就像是他的女朋友。所以我开始琢磨着……唉，我知道这个想法挺疯狂的，可我们怎么就能一口咬定，是他开枪打伤了埃文呢？"

比利眉毛一挑，"你觉得会是谁呢？"

"没错，这就是我的推理里的一个漏洞，"我做了个鬼脸，然后咧开嘴笑了，"另一个觉得埃文碍事儿的人就是珊迪。"

"哇哦，珊迪！我知道你不喜欢她，但这么想还是太过分了。"

"不是我不喜欢她——是她不喜欢我。真讨厌！不过，我知道那个人不是她，我只是觉得那把枪有问题。可能正如你所说的，约翰真有两把一模一样的枪，不过能麻烦你去查查吗？这样我就不用总钻牛角尖了。如果他真是某个枪支收藏俱乐部的人，就应该填报自己的枪支信息，对吗？"

"行，我去查。不过我还是想问问你，如果那个人不是约翰,那么还会有谁具有这种动机呢?你可别忘了,警方在现场可是找到了一枚属于约翰那把枪的弹壳哦。"

"我知道约翰是唯一的嫌疑人,可那把枪就是不对头,"说着我笑了起来,"就像O.J.辛普森的那双手套一样。"

比利擦干了最后一个盘子,我从他手里接过了抹布。

"我去放一下这些餐具。你先坐会儿吧。"

他转过身去,抽出了餐桌旁的一把椅子。

"我好奇地问一句,你为什么会说,珊迪觉得埃文碍事儿呢?"

我耸了耸肩,回答道:"她特别想抓住约翰,整个人都要走火入魔了。在她眼中,埃文是阻止我和约翰见面的直接原因——此外,她还觉得我的心理治疗师也是个障碍,因为她建议我不要去见那个人。同时,对她而言,偷偷把弹壳放在现场然后嫁祸给约翰并不是件难事。基于上述三点原因,我便得出了那样的结论。"

"就这样?"

我放好了最后一个盘子,"呃,娜丁遇袭后,我和珊迪大吵了一架。从那个时候起,我就觉得有什么地方开始不对劲了。约翰自始至终用的都是枪——他可从来不会在停车场里去偷袭某个人。后来当他往医院里给我打电话时,我发现他是真的非常紧张,而且不停地提出要见到我。他当时的状态与其说是焦躁,还不如说是害怕。"

我挂好了抹布。这时,比利正歪着脑袋,全神贯注地看着我。天哪,跟一个真正乐于倾听并且不会教育我"就这样吧,别再多想了"的男人聊天,这种感觉可真是太好了!

我继续说道:"刚才我还在想,那天他怎么那么奇怪?为什么往医院打了电话之后就会径直去我家？他怎么知道艾莉就在家里，并且只有一位警察照看着她呢？而且，他也知道我一直和警方保持着联系——他说稍后会给我个解释，可直到最后也没有机会说出口。或许正如你所说的，他一直都在采取着某些反侦查手段，也恰好看见了什么东西。"这时，穆斯从艾莉的房间里跑下楼，我打开推拉门让它出去了，"难道你不觉得这里面有什么可疑之处吗？"

我在比利的对面坐了下来。只见他长叹了一声。

"在嫌犯身亡的情况下，要想把所有的谜题都解开，一般都是很困难的，莎拉。不过这并不意味着还会有更多的隐情——这只是表示我们不可能找到所有的答案。我会去查那把枪的问题，不过我觉得可能还有另一个原因让你很难放下此事。"

"你的意思是？"

他变得谨慎起来，"对于约翰的死，你可能仍旧无法释怀。不过也有可能是你生活中的其他一些事情让你耗费心神。比如，即将举行的婚礼，还有……"

"不是这样的。困扰着我的就是这些不起眼的小谜团。它们让我觉得事情还远未结束。待会儿我想上一下网，去几个枪支爱好者的论坛里看看。约翰花在网络上的时间不算少——所以我敢打赌，肯定能找到一些线索的。"

"我觉得就算约翰进了某个论坛，也不可能会列出自己那些未经注册的枪支信息，更不可能会使用真实的姓名。而且，就算我们发现了某份列表，也不能肯定那上面的信息就是准确无误的。所以我们是没有办法弄清楚他到底曾经拥有过几把枪的。"

"有道理。"我深吸了一口气，然后慢慢地将它吐了出来。与此同时，我把所有的事情都在脑子里过了一遍，"也许我该换个角度来想问题。如果我们无法证明他没有朝埃文开枪,那就再想一想,除了那枚弹壳,还有什么证据能证明这事儿就是他干的。托菲诺离这儿差不多有三个小时的车程,他一定会在沿途的某个加油站里面加油。你在他的物品里发现过收据之类的东西吗?"

"我不这么认为,不过……"

"不过他有可能是用现金付款的。噢!我们应该拿着他的照片,把那条路上的加油站都问个遍。这事儿一点儿都不难——毕竟只有一条主干道嘛。现在大部分的加油站都安装了摄像头,不是吗?司机们通常都是在阿尔伯尼港的那家加油站加油,因为那是沿途最后一个加油站了。我们应该从那儿找起。明天一早我把艾莉送去学校后,就可以和你一起……"

比利举起了一只手,"哇哦,我可没时间去调查那些加油站。"

"好吧。不过要是不把这件事弄清楚,我是没办法安下心来的。看来我得一个人去跑一趟了,"我微笑着说道,"我可是个认准了就会坚持到底的人哦。"

"你确实如此。"他也笑了,"让我再想想吧。想来点儿咖啡吗?"

"好啊。"

我起身去倒了杯咖啡,然后转过身来。

比利正用枪指着我。

我不由得大笑起来,"你这是在……"话说到一半,我突然注意到了他的眼神。

他说:"把杯子放在餐台上。"

我僵在原地,一动不动,"你这是怎么了,比利?"

"你永远都学不会放手。"

"我不明白……"

"一切都结束了,莎拉。没有人会知道真相的。"他摇了摇头,说道。

我一步步向后退去,直到餐台的边缘死死地抵住了我的后背。这到底是怎么啦?

"比利,你吓到我了。"我观察着他的神情,希望他只是跟我开了个可怕的玩笑而已,可他一脸严肃,"我到底做了……"

"把杯子放下。"

我转过身去,把杯子放在了餐台上。此时此刻,我的脑中一片混乱。眼前的一幕是真的吗?我需要一件武器吧?我是不是该拿杯子砸他呢?我能想办法弄到一把刀子吗?想到这儿,我不由得朝餐台那头瞟了一眼。

"你可千万别动什么歪脑筋。我的体型是你的三倍,跑步的速度也比你快得多。"他站起身,朝我走了过来。

"你为什么要这样做呢?难道珊迪……"

"和珊迪无关。"他在我面前停了下来。

我盯着他的脸,"那你为什么要……"

"因为你猜得没错——我确实在阿尔伯尼港加过油,不过我可没打算先去那儿确认一下有没有摄像头。"

"是你?是你朝埃文开的枪?"

"'能使敌人自至者,利之也。'"比利注视着我,眼睛眯成了一条缝,"埃文是个障碍,你需要一点助力,而且这样做也能惊动约翰——他肯定想要保护你。"

我简直不敢相信自己的耳朵。

"所以你试图杀死埃文,这样约翰就会以为我被什么人给盯

425

上了？"

"攻而必取者，攻其所不守也。"

所有的一切都开始说得通了。

"他知道有什么地方不对劲，"我说道，"所以往医院打电话时才显得那么慌张，也才会不断地威胁我——难怪他没有拨打我的手机。他是想救出艾莉。"这时，我倒吸了一口凉气，问道，"那么，袭击娜丁的人也是你？"

"我没动过她。而且如果我真想要了埃文的命，他早就已经死了。我只是想弄伤他，好让我的计划能顺利进行。事实证明我做得对。你出手了，约翰也出手了，而现在，他再也不能伤害任何女人了。"他又朝我走近了一点，"不过眼下我们遇到了一个问题。"

我的双腿开始发软，"我什么都不会说的，比利。我发誓。"

"不幸的是，我不敢去冒这个险。"

我脱口而出："不会有任何风险的。我会守口如瓶，对任何人都不会提起。你是犯了点错误——可你也是想抓住约翰呀。就算被人发现了，你也不会有什么大麻烦……"

"那不叫犯错，"他一如既往地冷静，"我朝一个无辜的人开了枪，莎拉——这种行为属于蓄意谋杀，我会在监狱里蹲上很长一段时间。不过我是不会让它发生的。"

他说话的语气十分吓人。从他的脸上，我既看不到害怕，也瞧不见慌张，更别提绝望了。他的声音里饱含自信。

我开始发起抖来，"你——你想要做什么，比利？你不能对着我开枪，艾莉还在楼上……"

他将手指举到唇边，示意我别说话，"我得好好想想。"

我闭上了嘴。他目不转睛地看着我,眼眸如墨。厨房里的时钟正"嘀嗒,嘀嗒……"地走着。

我终于忍不住哭出了声,"比利,求求你了,你是我的朋友,你怎么能……"

"我喜欢你,莎拉,不过'智者之虑,必杂于利害'。对我来说,留你一命无利可言,而害处甚多。"

"不,我发誓,不会有任何……"

他把手一挥,"我懂了,我不打算做任何事了,"我的心刚刚放松了一秒钟,就发现他直视着我的眼睛,然后说道,"你来。"

刹那间,我的耳中隆隆作响,眼前一片模糊,整个房屋开始天旋地转起来。我用手抓住背后的餐台,好一会儿之后还觉得脑袋发涨。我没有办法集中精神,也没有办法进行思考。

他说道:"我们俩这就上楼,去取你的心理医生开的药。你把它们都吃了,再留下一份说明你是自杀的遗书。"

"比利,你疯了吧!你怎么能干出这种事情来呢?你又打算怎么处置艾莉呢?"

"如果你乖乖听话,那她就会平安无事。"

"你不能逼我写……"

"你爱你的女儿吗,莎拉?"他目光灼灼地看着我。我不清楚他到底会不会伤害艾莉,可我真怕他会痛下毒手。

"我会照你说的做,只是……"

他晃了晃枪口,"那就走吧。"

"我们能谈谈吗?就一小……"

他一把揪住我的胳膊,拖着我离开了餐台。他用枪口顶着我的腰,催促我赶快上楼。每走一步我都在拼命思考,试图想出什么对策来。无论我怎么努力，脑子里都只有一个念头："艾莉，你可千万别在这时候醒来啊！"到了二楼后，我们转了个弯，然后沿着走廊走下去。经过艾莉的房间时，我紧张到心都被揪疼了。最后我终于来到了自己的卧室门前。刚一进去，我便忍不住泪如雨下。

"你的药放在哪儿，莎拉？"

"放在——放在洗手间里。"这一切都不是幻象，我真的要死了。

"把药品柜的柜门打开，然后把药拿出来。不许碰其他任何东西。"我看见了镜中的自己。眼睛瞪得大大的，面无血色。我打开柜门，取出了那瓶药。

"往杯子里接点水，"比利示意我去拿台面上的那个玻璃杯，"快点儿。"

我打开了水龙头。

"比利，求你了，你没必要这样做。"

我哆哆嗦嗦地把一整瓶药都倒到了手上，然后失神地盯着这些白色的小药片。另一只手上的玻璃杯冰冷无比。

比利说道："要是你不把它们都吞下去，那我就一枪打死你。这样一来，艾莉就会听见，她会跑出来……"

我一把将所有的药片都塞进了嘴里，粉末状的苦味几乎快要让我窒息。我拿起杯子，递到嘴边，咕咚一下，喝了一大口水。有些药片卡在了喉咙里，于是我赶紧再喝了一口水，可那种苦味已经蹿到我的鼻腔里去了。

"把那些也吃了。"他用枪指了指我用来治疗偏头痛的一小瓶对乙酰氨基酚。

看到我乖乖照做后，他点了点头，说道："现在我们得把你的床弄乱。"

"但是我不……"

"你准备上床去睡觉，可实在是太消沉了，所以还是决定一了百了。"

他的枪口一直对着我的后背，我只好扯开了毯子。

"现在，把衣服脱了。"

"比利，你其实是不想这样做的。"

他举起枪，对准了我的脑袋，"没错，我是不想，可我也绝对不想蹲监狱。"

书上说你应该反抗，可书上并没说过，如果威胁你的是一名警察，你该怎么做，同时，书上也没有说过，如果你的女儿就在隔壁房间，你该怎么办。现在，我满脑子都是艾莉起床后偷偷溜到我的房间里来，爬上我的床，对着我已经冰冷的尸体喊我起来。

我脱掉了运动衫。他又用枪指了指我的长裤。我解开拉链，褪下裤子，随手扔在了地板上。

现在，我只穿着内衣和内裤了。比利环顾四周，看了看床，又看了看房门，仿佛他正在选定一个合适的场所。

他朝我这边走了几步，庞大的身躯如小山般压在我眼前。

"把内衣脱了。"内衣无声地掉落在了地板上，我双臂环抱着自己，遮住了裸露的胸部。我的整个上身都在不停地发抖。

"把手放下来。"

"比利，求你了，我不……"

"不照做的话，我就自己动手了。"

我把手放了下来。

"现在，把内裤脱了。"

我不得不照他的吩咐做。泪水不停地喷涌出来。好不容易我才咽下了那一声悲泣。

"你是要强奸我吗?"艾莉就在隔壁房间。我不能出声。无论他对我做出什么可怕的事情,我都不能发出任何声音。"别这样,我愿意满足你……"

"我没打算强奸你,"看来我似乎冒犯到了他,"我跟你父亲不一样。我从来不会强迫女人。"

一瞬间我就被他的话给激怒了,可再生气我也得忍着。为了艾莉,管好你的嘴巴。就当是为了艾莉。

他又指了指衣橱,"换上一套睡衣。"

我挑了件埃文穿过的T恤衫——那是他非常讨厌的一件衣服——又拿了条他从未穿过的平角短裤,希望他能在我死后注意到这些细节。我把衣服和裤子都穿好了。

"现在我们该去找些纸来,好让你写遗书。"

我们在办公室里找到了一支笔和一摞纸,然后就下了楼。一到厨房,比利就指了指搁在餐台上的那半瓶杰卡斯牌红酒。

"拿着那个,然后坐到餐桌这边来。"

我坐下来,双眼紧紧地盯着他。

"直接对着瓶子喝。"

我喝了一口。

他说:"继续。"

我照做了。喝到最后,我忍不住吐了,有一些还溅到了我的T恤衫上。我想象着这些致命的混合物正在我体内蔓延,多久后它们会让我的心脏停摆呢?比利先是把厨房内外打量了一番,然后又将视线落回到我身上。看来他又在进行现场考察了。

"很好。下面开始写吧。药效发作的时候,你就去沙发上躺着。"

"可是艾莉，她早上起床后就会来找我的……"

"我会在她发现你的尸体前，用最快的速度赶过来，同时我还会保证让她在警察来之前离开这所房子。"

"答应我，千万别让她看见我。"

"没问题。"

握着笔的手在颤抖。我得想出什么法子来拖住他，好争取一些时间来思考对策。可就算我按响了报警器，又能怎样呢？

"动笔写，莎拉。"

写出一封言辞伤感的告别信并非是一件难事。在信里，我写下了自己对家人的爱，也表达了我的歉意；我说我会非常想念他们，也说明了离去是我唯一的出路。从落下的第一笔开始，我便泪流不止；直到最后，我都无法停止哭泣。我真想把笔尖戳进比利的眼睛里，可这个男人正用枪指着我，所以无论我手中有什么，都无法伤到他一根毫毛。艾莉不会有事的，埃文会照顾好她的。等到她长大成人后，会觉得当初是我抛弃了她，从而对我心生怨恨，但好歹她还能活下去。

看到我写完了遗书，比利说道："现在我们只需要等待了。"

对死亡的恐惧让我几乎说不出话来了，"你不可能不露出马脚的。"

"没人会怀疑我——这你也是知道的。"

就在这时，电话铃响了起来，把我和比利都吓了一大跳。我赶紧朝楼上看去，心中祈祷着艾莉千万别被铃声吵醒。

"希望她睡得很沉吧。"铃声第二次响起时，比利说道。艾莉是那种一旦睡熟了就很难被吵醒的孩子，可她刚睡着没多久，所以我屏息凝神，等着她喊妈妈。谢天谢地，她的房间里一点儿

431

动静都没有，电话也没再响了——一定是被转接到语音信箱去了。这时我才想起之前回家的时候，看见座机屏幕上显示着梅勒妮的号码。当时我以为她是来找我吵架的，所以就没有理会它，可现在我真希望能给她回个电话，告诉她我有多抱歉。我努力压制住心中的恐慌，不让自己哭出声来，呼吸也变得急促起来。

现在离我吃下那些药已经至少过去一刻钟了。眼泪顺着我的脸颊往下淌，怎么都止不住。我的生命即将走到终点，可我却不能和女儿吻别。埃文临走的时候，我也没能好好地抱他一下。将来，我再也没机会成为他的新娘了。停下来，莎拉。你得冷静，这样才能想出办法来。如果我能继续和他聊下去，就有可能让自己保持警惕，从而至少为自己赢得一些思考对策的时间。

"他们也许不会很快怀疑上你，可也不会相信我是自杀的。我的家人，埃文，还有我的心理医生，大家都不会认为我居然会这样对待艾莉——而且，我就快要结婚了。前不久我还和妹妹聊过举办单身派对的事情呢，又为什么会……"

"那份遗书可是你亲笔写的。警方一定会相信的。"可就在这时，他的目光闪烁了一下。

"只要他们去查我的通话记录，就会发现今晚我和你有过联系——你是最后一个见过我的人。盘子上也全都是你的指纹。"

"我是因为知道你很伤心才过来和你聊一聊的，"他耸了耸肩，"但我没想到你居然会自杀。"

"可你是个受过专业训练的行家，你应该看得出来。警方肯定会对此展开调查的，比利。"

"我会处理好。这个计划会起作用的。"

他实在是太冷静了。无论我怎么说，都动摇不了他。巨大的恐慌再次向我袭来，我对一切都已经麻木了，唯一能意识到的就是时间已经所剩无几,死神正向我招手。

我看着比利,仿佛自己正落入深水中,一切似乎都离我远去,就连时间也渐渐放慢了脚步。我的耳中一片轰鸣,好像下一刻就会昏迷过去。这时,比利拿着枪的那只手动了一下,我的目光落到了他的文身上——善攻者,敌不知其所守;善守者,敌不知其所攻。

就是它了。这就是我的应对之策。我得当攻方。随着头脑慢慢清醒过来,我内心的恐惧也在渐渐消退。

"就像你策划的那个抓住约翰的计划吗?"

他眯着眼睛说道:"它的确有效。"

"可你根本没有抓住他——解决了他的人是我。我不得不替你完成了本该属于你分内的事情。"

他把枪握得更紧了。电光火石间,我想起了那一回和他的对话。他说他曾经也是个脾气暴躁的人,后来通过不断的训练才学会了如何疏导和掩藏情绪的。也就是说,情绪依然还在,并没有完全消失。关于跆拳道,他当时说了些什么呢?对了,他说如果对手无法保持冷静,身体就会失去平衡。也就是说,假如我能触到他的某根神经,他就会卸下防备,让我争取到一个拿到电话或是触响警报的机会。

"那本叫作《孙子兵法》的书一点儿用都没有。上面写的全是些废话。"

"约翰的案子就足以证明它很有用。"他斩钉截铁地说道,可脖子却微微泛红了。看来我的话已经触到那根敏感的神经了。

"至于你写的那本傻了吧唧的书,没人会把它当回事儿的——皇家骑警队的人就更不用说了。就算是珊迪也不愿意多听你说一个字的。"

他脖子上的那丝淡红色正在慢慢加深,"她会的。看过我写的书后,她会明白约翰的案子是怎么破的。"

"可你肯定不会写下自己枪击埃文的事吧,对吗?正因如此,你才想要杀了我。如果真相大白于天下,那么人人都会知道原来你是个骗子——你标榜的那些策略和谋划就都成了一堆垃圾。因为你违反了法律!"

"书里的策略都是有用的。我只是需要一个答案来证明这一点,而且我已经做到了。"

"不,比利,你把一切都搞砸了。你劝我要耐心一点,可你呢?你试图包揽一切,结果却让一名警官——她还是你的搭档——受了伤。你急功近利,最后逼得约翰疯狂反击。"

"非得有人出手才能彻底解决他。多亏了我的举措,他才永远失去了伤害别人的机会。"

"但是如果你杀了我,那你也变成了一个凶手,而且……"

"我跟你说过了,我不会进监狱的——我不会因为拯救了无数人的性命而去蹲大狱的。"

"你其实根本不在乎能不能阻止杀人犯继续害人,也不在意到底能不能挽救他人的生命。迄今为止,你所做的一切全都是为了你自己。"他的目光依旧深邃无比,但他显然已经迫使自己冷静下来了。这时,一阵倦意向我袭来,我的头开始发晕。时间紧迫,我必须发动第二轮进攻了。"至于那些惨死在他手下的受害者,你其实一个都不关心。"

"你根本就不了解我。"

"可是我敢断定,要是皇家骑警队的人发现了你的所作所为,那他们一定会笑话你的。如果我没记错的话,这可不是你搞砸的第一件事了。你以前不是因为非法闯入强奸犯的家里而误伤了一位老太太吗?"

他噌地站了起来,"你这个愚蠢的贱货!你根本就不……"

"你控制不了这个案子,也控制不了我。你根本没办法用计谋破案,而是不惜犯法也要让这起案件迎合你那些所谓的谋略。"

"如果我是你的话,我会立刻闭嘴的。"比利的额头上青筋暴起,他又朝我走近了一步。

就在这时,我们俩不约而同地听见门外的砾石路上传来了一阵车轮摩擦地面的声音。

"不许动,"比利命令道,"该死,是你妹妹。管好你的嘴,否则我就打爆她的头。"噢,天哪,一定是劳伦。

我想放声大叫,让她赶快逃走,可艾莉就在楼上,时间也已经来不及了。比利伸手打开了房门。

"嗨,梅勒妮。你姐姐正在厨房里呢。"是梅勒妮?她为什么会来我家?

她走进屋里,发现我正坐在桌子旁。

"嘿,我把手机落下了。我给你打了好几个电话——"她看了看我的脸,又转过身去看比利,结果发现后者正用枪指着她的头。她不由得倒吸了一口冷气,身子也向后一退。我终于发出了一阵压抑已久的抽泣声。

比利举着枪,一步步地朝我们逼近。

"坐到你姐姐边上去,"梅勒妮转过身,看了看我,又看了看那扇玻璃推拉门,"你可别打什么歪主意。莎拉早就明白,如果有谁胆敢轻举妄动,那么艾莉可就要遭殃啦。"

梅勒妮的视线落到了我脸上。我点了点头。

比利说道:"坐下,梅勒妮。"

她抽出一把椅子,坐在了我旁边。

"手放在桌上,我要看见。"

她缓缓地把手抬了起来。

"莎拉正打算结束自己的生命,她把那些药都吃掉了。"梅勒妮飞快地将目光投向了我。我用眼神告诉她,这一切都是真的。

她腾地转向比利,"你不能让我们俩同时自……"

"闭嘴!我只需要调整一下计划就可以了。"说完,他开始在房间里走来走去。

梅勒妮试图站起来,比利反手就是一拳,直接打在了她的脸上。她尖叫一声,跌坐在椅子上。

"你是想吵醒艾莉吗?"他问道。

我说道:"她说得没错,比利。到时候你该怎么解释两起死亡事件呢?"

他用枪指着我,"我不是让你闭嘴吗?"他继续来来回回地踱着步。陡然间,他停住了脚步,再猛一转身,"有很多人崇拜约翰,他的粉丝遍布大大小小的犯罪团体——你杀了他们的偶像,他们当然非常恨你了,于是有人决定要替他报仇。"他一边说着,一边连连点头,"我能让大家相信这个说法的。"

比利走到厨房的刀架前,挑了一把最大号的刀子,又用手掂了掂它的分量。他举起刀在空中挥舞起来,一下,两下。

梅勒妮突然说道:"或许我可以帮你。"我的呼吸变得粗重起来,可她连看都不看我一眼,而是继续说道:"还是自杀更可信——毕竟莎拉的体内早就堆满药物了。我们没必要去伤害孩子。不过对于你来说,莎拉的尸体由我来发现应该更合适。我会假装去救她,但是……"说到这里,她耸了耸肩。

"你觉得我会吃你这一套吗?"不过他的话语中透露着一丝

紧张。看来他也认为梅勒妮说得对。

"我讨厌莎拉，"梅勒妮咬牙切齿地说道，"我一直都很讨厌她。她又不是我的亲姐姐。要是她死了，我这辈子都会对你感激不尽的。"说完，她扑通一声跪在了地上。比利被她的举动吓了一跳，不由得向后一退。梅勒妮无惧对准她的枪口，一路跪着朝比利靠过去，"我甚至可以告诉警方，说我今天见过她，那时她的情绪就已经十分低落了。"

我看向梅勒妮的侧脸，发现她的眼中闪烁着一丝光芒。我想张开嘴说点什么，任何话都行，可我的舌头像是打了结，一个音节都发不出来。与此同时，我的视线也渐渐模糊起来。肯定是药效发作了。

现在，梅勒妮已经跪在了比利跟前。后者没有挪动半步。

"我是最能帮你从这堆麻烦里脱身的人。"梅勒妮步步紧逼。比利绷着一张脸，前额上渗出了一层细密的汗珠。

梅勒妮两手撑地，慢慢地直起了身子。她仍然跪在地上，嘴巴正好对着比利腹股沟那块儿。比利低下头去，一脸惊愕。

"你要我做什么都可以，比利。"

缓了好一阵子后，我总算能开口说话了，"她说得再多都是没有用的——你没有那种瞒天过海的本事。而且，要是你父亲知道了真相，他一定会……"

比利猛地抬头，"你这个贱……"

说时迟那时快，只见梅勒妮狠狠地将头撞向了他的命根子。他嗷地号叫了一声，身体连连后退，手中的那把刀子也掉了下来，正好滑到了我的左手边。我想扑过去，把刀抢过来，可身体却完全不听使唤，只是重重地摔在了地板上。

梅勒妮和比利正纠缠在一起，两个人都想抢到那把枪。比利揪住梅勒妮的头发，逮着她的脑袋就往冰箱上撞。我伸出手去想握住刀柄，可最后却抓了个空。我朝左边望去，正好看见比利对着地板上的枪飞身一扑——就在他即将得手的时候，梅勒妮伸腿一踢，把枪踢到更远的地方去了。

比利重重地打了她一拳。她顿时蹲在地上，久久都无法起来。接下来得看我的了。我的眼前一片模糊，用手在地上疯狂地摸索着，可指尖刚一碰到刀子，双脚就被他给抓住了。他用力地把我从桌子底下拖了出来。当我用一只手拼命抓住桌脚不放时，他便加大了力道。就在这时，我听见了一个小小的声音。

"妈妈？"

比利一下子就松开了手，迅速地直起了身子。我不假思索，欻的一下把刀尖刺入他的大腿。他放声大叫起来，一只手紧紧地捏住了刀子。我没有放手，仍然死死地握住刀柄。他把身子向后一扭，刀子被硬生生地拔了出来。

"妈妈！"

伤口周围的牛仔裤迅速地被喷涌而出的鲜血给染红了。扑通一声，比利跪倒在地。我的视线也越来越模糊了。

艾莉的尖叫声仍在屋内回响。这时，比利开始朝着滑到了玻璃推拉门旁边的手枪爬了过去。门外的穆斯正疯狂地挠着玻璃。

我一手握刀，一手撑地，颤颤巍巍地朝比利那边爬去。我将视线集中在他的后背上。这时他已经伸出手去够那把枪。我终于爬到了他的身后，高高举起了手中的刀子。玻璃门映出了我的样子。比利抬起腿来向后一踢，接着又是一个反身，扣住了我的下巴。他将我用力一推，我重重地撞到了橱柜上。艾莉尖叫着朝我跑了过来。

我声嘶力竭地喊道："别动！"

比利飞快地转过身来，面色赤红，怒火焚身。黑洞洞的枪口正对着我。我用尽最后一丝气力将自己撑了起来，然后一脚踢在了他的伤口上。他惨叫一声，无暇顾我。我跟着又是一脚，正好踢中了他那只握枪的手。手枪一下子就被我给踢飞了。

枪在空中划出了一道抛物线，最后居然落到了艾莉面前。艾莉马上用手捂住耳朵，嘴里仍在不停地尖叫着。比利和我不约而同地朝那把枪爬去，一路上跌跌撞撞。落在后面的我猛地一扑，正好落到了他的背上。我赶紧伸手勒住了他的脖子。他站起身来想要甩掉我，可我死死地贴在他身上，怎么都不肯下来。他一边大声咆哮着，一边踉踉跄跄地向后退。

嘭的一声，我们俩狠狠地撞在了玻璃门上。我被撞得都快要窒息了。他朝前走了几步，我再也坚持不住，从他的背上滑了下来，重重地跌落在了地板上。我大口呼吸，不停地喘着粗气，一股血腥味儿在我的口腔里弥漫开来。还没等我回过神来，比利已经冲到我面前，对着我就是一阵狂踢。我的心口、腿上和头上不知挨了多少下。玻璃门就在我身后，我已经被逼得无路可退了。穆斯和我仅一门之隔，却只能发出一阵阵狂叫。

突然，我听见梅勒妮高声叫道："放开我姐姐，你这个浑蛋！"

紧接着便是一声巨响。有人开枪了。虽然我什么都看不清，却依稀辨认出了比利目瞪口呆的表情，也隐约看到了他胸前的衬衣上晕出的一圈血迹。砰，又是一枪。枪声过后，比利轰然倒地，正好压在了我身上。

刹那间，我的眼前一片漆黑。没过多久，有人抓着我的手臂，将我拼命地向外拉。接着，一只手指伸进了我的咽喉里。

"莎拉，快吐出来！"

439

我本能地想要避开这根手指，可它却越挖越深。

梅勒妮的声音再次在我耳畔响起来，"艾莉，快打911！"

希望您这辈子都没机会尝到洗胃的滋味，娜丁。这种事一点儿意思都没有——同样无趣的是你得在医院里整整待上两天。那里有时吵得不得了，尤其是晚上。不过反正我也睡不着。当初我一口咬定是约翰偷袭了你，并且开枪打伤了埃文，可事实并非如此，这让我难免有些寝食难安。他那时一定觉得是警方的人在搞鬼，可事到如今，谁也不知道他的真实想法了。有时候我会想，他为什么不直接否认是他干的呢？不过即便如此，我又怎么会相信他呢？他应该也知道这一点吧。

还有一点他可能也早就知道了，那就是我一直在与警方合作，所以他才想通过约我见面来考验我。可我想不明白的是，他为什么还要坚持给我打电话。他一定知道自己打出的每一通电话都是在冒险。他就那么自信地认为警察抓不到他吗？还是他就算冒险也想和我保持联系呢？我一次又一次地背叛了他，可他还是想尽力保护我。如果说我早就因为弑父而产生了强烈的负罪感，那么事到如今，我是一辈子都无法摆脱它了。你曾经分析过我的这种心态，说我也许是想借助他试图保护过我的这一事实，接受他那个连环杀手的身份。可实际情况正好相反。比起完全相信他就是一个纯粹的恶魔，我觉得最终了解到他原来并不是个彻头彻尾的坏蛋让我更难受。

我总会想起同约翰待在一起的那一天——那也是我和他这辈子共同度过的唯一一天——在那短短的一天里，他费尽心思想要逗我开心。而当我在河里对他痛下狠手时……那时他到底想对我说些什么呢？如今我再也无法知道了。关于他的案子还有许多不为人知的秘密，而这些秘密也都随着他的离去无法得到解答了。这也是最令我无法释怀的地方。忘记过去、接受现实是我的弱项，可为了求得内心的平和，我必须学会这一点。

一开始，警方在提取我和梅勒妮的证词时态度十分恶劣，可当他们在比利家的阁楼上找到了那支雷明顿223式步枪，又在某个证物盒里发现少了一枚弹壳时，他们的语气便来了个一百八十度的转弯。珊迪来医院探望过我。从她那儿，我得知当时给朱莉娅当说客的其实就是比利。是他让朱莉娅义无反顾地找到我，要求我去见约翰的，也是他不断地把案件的最新进展透露给朱莉娅。现在看来，这也是他策略中的一部分。他想先把朱莉娅唬住，然后逼得她不得不向我施压。至于珊迪，她只和朱莉娅交流过几次。所以说，朱莉娅也不完全是在撒谎。

珊迪曾经如邪魔附体，不惜一切代价都要侦破此案。为此她向我道了歉，同时也承认自己对我过于苛刻。不过她的这种态度其实也是抓捕计划的一部分。自从发现我和珊迪怎么都合不来之后，比利便提议说自己和珊迪可以一个唱白脸，一个唱红脸。至今珊迪还对我深感抱歉，因为她没能保护好艾莉，让小姑娘被约翰给绑走了；而更令她蒙羞的是，她对自己搭档的真实意图居然一无所知。所以，当我说出那句"我相信你已经尽力而为了"的话时，她的眼眶都红了。真的，我敢发誓。从那以后，我对她的看法就完全变了。或者说，我终于看懂了这个人。

警方在搜查比利住所的时候，找到了几本研究《孙子兵法》的书籍和一些其他的经典著作。他们还在他的电脑硬盘里发现了一本名为《刑警兵法》的草稿。稿子里引用了好几个著名案例来说明兵法谋略的实用性，不过其中的大部分计谋都与追捕营地杀手有关。比利家中还有不少关于约翰的笔记，以及所有相关文件的复印稿。

在此次搜查中,警方还解决了另一个谜题。比利的上网记录表明,他在所有浏览过的网页上都发过一个链接,该链接会让网民直接读到那篇直指营地杀手是我亲生父亲的文章。他就是想利用网络把这个消息散播出去——显然他是想引约翰上钩。随着调查的深入,警方发现他甚至用"黑骑士"的网名在某些分享不列颠哥伦比亚省内露营地的论坛上发布过那篇文章。最可怕的是,他还附上了我的办公信息,说不定约翰就是从那儿得知了我的手机号码的。

出院后我回到家里,把《孙子兵法》从头到尾通读了一遍。我想借此琢磨出比利的行为动机,可左思右想后我只得出了一个结论:他只不过是按照自己的需要来理解这本书的。书中的一句话完美地总结出了他对我的友情:"施无法之赏,悬无政之令。犯三军之众,若使一人。"如今我醒悟过来后才明白,原来他从一开始就是在利用我——逗我开心,给我买吃的,鼓励我勇敢地投入到下一场"战斗"中去,原来这些都是他要的手段。他甚至还偷偷带走了穆斯,好"帮助"我一起找到它。

了解到这一切后,爸爸的第一反应就是:"我早就觉得这个人有些古怪。他那身打扮就不像个警察。"我马上开口反驳,说比利穿得好看一点并不能说明什么,可话一出口我便回过神来,发现自己居然在为他辩护。我不得不承认,自己还是挺喜欢他的。正是这一点变成了我最难跨越的心理障碍。不过您的话可能是对的——与其说是我喜欢上了比利这个人,还不如说是我迷上了他反复传授给我的东西。现在我总算明白了,他那样做的目的只是想让我保持冷静,从而便于他操控我。不过他的方法的确管用。即使到了今天,每当我觉得压力很大或是开始恐慌的时候,我都会在脑子里默念："深呼吸，理顺思路，集中精力思考对策。"

如果说整件事情教会了我什么，那便是：尽管我在绝大多数时候都害怕得要命，但最终还是一件件地摆平了所有的事情。现在的我只须牢牢记住，当周围的一切都开始偏离轨道时，我还是得继续前行。将来我可能还会遇到麻烦事，到那时，我不一定能保持镇定——但应该不会像这回那样狂躁不已了。今后我至少能做到不再为自己会大惊小怪而大惊小怪吧。

到目前为止，警方仍然无法确定究竟是谁袭击了您。那天晚上，比利应该有时间偷偷从我家溜出去——他说服我服用了劳拉西泮后，我便把报警码告诉了他。不过也有可能是他在吹牛皮。珊迪始终觉得是约翰干的，不过我可不这么想。您别担心——我不会插手这件事的。我对埃文也说过同样的话，不过他听了之后只是笑了几声，然后说道："好吧。"但是我对天发誓，这回我绝对不会越俎代庖，所以就让警察处理此事吧。

埃文觉得自己是个彻头彻尾的浑蛋，因为他完全没把我对那支枪的怀疑当回事儿；不过他也觉得无比自豪，因为他从头至尾都没有相信过比利。这些日子他总把这事儿挂在嘴边，反反复复说得我都烦了。可总的来说，他的表现还是相当体贴入微的。过往那些大大小小的争吵让我心有余悸，但也止是这些坎坷让我最终明白过来，就算埃文和我有着诸多不同，但我们依然是彼此的良配。要知道，前后两个杀人犯都没有将我们分开，那婚姻中的风风雨雨又算得了什么呢？

我住院的那两天，埃文把艾莉也带来了。头一次见到我的时候，艾莉伤心极了——自己的妈妈一动不动地躺在病床上，浑身上下还插满了管子，这种场景任谁家的孩子看到了都会受不了的——好在一个医生对她说明了我的情况,她才渐渐平静下来。之后她便特别喜欢来医院看望我了,因为每回我都会把自己的那份布丁让给她。

我住院的那两个晚上,艾莉都是睡在我和埃文的房间里的——埃文说她一晚上会惊醒无数次,每次都会不停地尖叫。后来,我和埃文带她去看了几次您介绍的那位心理医生。现在她的情况有所好转,但和从前相比,还是显得有些黏人。她的脾气也变坏了,时不时就会发上好大一通火,这也是我们得去解决的问题。不过考虑到一个月前她经历过的种种磨难——自己被绑架、亲眼看见妈妈和小姨被打得死去活来,以及目睹一个活生生的人被一枪打死在她面前——她也确实需要某种途径好好发泄一下。

梅勒妮在我住院后没多久就赶过来了。她进来的时候我还没有醒。等到我睁开眼睛,就发现她坐在病床边,手里拿着本《人物》杂志,正翻来翻去。埃文已经告诉过我,她事后有点轻微脑震荡,所以当我看到她头上裹着绷带时,也就不觉意外了,可她那只被打得乌黑的眼睛却让我大吃了一惊。

我轻咳了两声,之前洗胃时插进去的管子把我的嗓子都给弄肿了。

"这黑眼影涂得还挺不错的嘛。"

她朝我笑了笑,"比你的好看。"

我也笑了,"我喜欢紫色,能把我的眼珠衬得更绿。"

我们俩同时大笑了起来,可接着我便发出了一阵痛苦的呻吟。

"别逗我了,好痛呀!"我们俩对视了一眼,不约而同地回想起了和比利待在一起的最后时刻。她在椅子上扭动了一下身体。

"我说过的那些话……"她清了清嗓子,说道,"并不是真心的。"

"嗯，我知道，不过咱们俩的关系也的确不怎么样。"

她的眼中噌地冒出了怒火，我急忙抬起一只手来。

"我总爱小题大做，脾气也很臭。"说完我猛吸了一口气，结果马上又引来了一阵干咳，咳得我都快要痛晕过去了。梅勒妮赶紧给我倒了杯水。我接过来喝了一小口，然后又说道："你说得没错，有时候我的确会看你不爽，不过那是因为我很嫉妒你，嫉妒你在爸爸心中是那么的特别。"

"唉，你可千万别这样。他那么对我是因为我太让他失望了。他觉得我把他的面子都给丢尽了。而且他总要当着我的面说你是多么多么独立，人又有多么多么优秀，真是快把我烦死了。对了，他还非常讨厌我的男朋友呢。"这时我才发现，自己从来没有为她着想过，也从来没有意识到，原来她和我一样，都渴望得到爸爸的肯定。

"你才不会让他失望呢，不过他不喜欢凯尔倒是真的。"

她忍不住笑出了声，"尤其是当埃文这个他心目中的模范男朋友出现后。我知道凯尔和埃文不一样，不过他为人风趣幽默，和他在一起我很开心。你们大家谁都没真的试着去了解他。"

"你说得没错，不过我会努力做到的，好吗？"

"好。"她欣喜地说道，"不过我可不想和你们俩搞什么四人约会哦。"

她的话让我忍俊不禁，可刚一笑出声，我便不由得咬紧牙关按住了腹部。等到这一阵疼痛过去之后，我说道："有道理，不过谁知道呢？"我拍了拍她的手，说道："对了，你知道吗？当你还是个小宝宝的时候，有天晚上我偷偷溜进了你的房间。那时我好想把你送走，这样就可以独占爸爸的爱了。可最后，我在你

445

房间里待了好几个小时,就那么傻乎乎地看着你睡觉的样子。"

"你居然想把我送人?"

看着她脸上的表情,我忍不住笑了。

"重点是我决定把你留下来了。真是谢天谢地——不然的话我早就没命了。"

她乐不可支地大笑起来,笑着笑着便低头靠在床边开始放声大哭起来。

"噢,莎拉,当时我真的以为你死了。你一下子晕了过去,我怎么喊都喊不醒你。那时我脑子里只有一个念头,我怎么能让你临死前都以为我是恨你的啊!"

我轻轻地抚摸着她那头柔软的秀发,"我知道你并不恨我,其实我也一样——就算你把我气得要死,我也不恨你。劳伦说你和我有许多相似之处,所以才会从小斗到大。"

梅勒妮一下子就把头抬了起来,"我和你一点儿也不像!"

"我也是这么跟她说的。"我们俩对视了一眼。

随后她说道:"噢,真讨厌!"

劳伦给我拿了些换洗的衣服来。见到她后,我便把梅勒妮来访的事儿告诉了她。

"我觉得我和她应该算是和好了。虽然以后肯定还会起争执,但好歹我们已经开始说话了。其实我还是很好奇,当初约翰是怎么知道艾莉的情况的。可说老实话,我从一开始就没觉得是梅勒妮泄的密,到了现在,我就更加确定不是她了。"

听了这话,劳伦转过身去,开始把行李袋里的东西一件件地拿出来。

"你到家后,埃文应该会为你泡上些药茶喝的。"

"劳伦？"

她还是不停地忙活着，"薄荷对你的胃有好处。别忘了在健康食品店里买些草药清洁剂——那东西能去除草药中的毒性。"

"劳伦，你能看着我说话吗？一分钟就好。"

她转过身来，手里还攥着条裤子。我仔细观察着她那张笑意盈盈的脸和那双过于闪亮的眸子，心里不由得七上八下。

"你是不是知道什么？"我的嗓子还有些沙哑。

"知道什么呀？"劳伦那张诚实的脸上容不下一句谎言。

"你做了什么，劳伦？"

她在原地呆立了片刻，接着便一下子瘫坐在了病床边的椅子上。

"我不知道那个人就是他。"

"到底是怎么回事？"

她的嘴角向下一撇，"那天有个男人打电话过来，说他是报社记者，正在调查当今儿童的兴趣爱好。他说自己从一个孩子的家长——也就是我的邻居希拉·华生——那里得知了我的姓名，于是我便把两个儿子的喜好告诉了他。接着他又问我，孩子们是否有同龄的亲戚。我没多想，就说他们有个表妹。那个人表示他还想了解一下这个小女孩的兴趣爱好，我便照实说了。可他一个接一个地问了好些关于艾莉的问题，最后我终于忍不住问起了他的姓名，可他一下子就把电话给挂了。我赶紧跟格雷格说了这事儿，可他认为应该保密——他怕吓到你。"

有生以来，我头一次想揍劳伦一拳。

"真不敢相信你居然一直瞒着我——连埃文遇袭后都不告诉我！"

"我不知道那个人是不是就是营地……"

"噢，是啊！"我怒火中烧，"你不说是因为你怕我知道后会对你大发雷霆！托你的福，他知道该怎样去接近艾莉！"

劳伦死死地咬着嘴唇，"格雷格说他反正会那样做的。自从把艾莉的事情告诉了陌生人后，我心里觉得非常难过——当时那个人在电话里显得很善良啊！"

我盯着她那张涨得通红的脸，一个字都说不出来。突然间，又一个念头从我的脑子里蹦了出来。

"你有没有对任何人透露过营地杀手就是我的亲生父亲？是你走漏了风声吧？"

这下子她的脸红得都快要滴血了，"是格雷格……有时候他一喝醉了就容易多嘴。他的工友们里头有一个正和那家网站的记者交往，可他并不知情，否则的话，他……"

"我再三要你为我保密，叮嘱你连格雷格都不能告诉，可最后你还是说出去了？所以说这一切都是你惹出来的？"我狠狠地捏杂志，书页的边角都快戳进我的肉里去了。这时我又想起了另一件事，"等一下。格雷格喝醉后是会讲些不着调的笑话，可他从没多嘴多舌过，他清楚这件事会毁了我的生活，可他为什么还是不小心说了出来呢？"

劳伦的脸唰的一下又红了。

在我的逼视下，她把头转了过去。

"他是故意的，对吗？"

劳伦还是不敢看我。她欲言又止，脸上写满了绝望。我不相信格雷格只是酒后乱说话。他是不是以为劳伦在我面前抱怨过他酗酒的事儿，所以迁怒于我呢？不，不可能。他了解劳伦，知道她对自己忠心耿耿。一定还有别的原因——或是别的什么人。

我小心翼翼地试探着问道："他是想让爸爸丢脸吗？"

劳伦猛地转过头来看着我。原来如此。

"就为了这个？"我不知道究竟哪种情况伤我更深——是格雷格利用我去报复爸爸，还是他清楚我正是那把利器？

"应该是的。"她一副听天由命的样子，"他对我发誓，说他并不知道工友的交往对象是个记者，可后来爸爸升了另一个工头的职，这下可把他给气坏了……"

"然后你便一声不吭地坐在那里，听着我被爸爸一顿臭骂，可事实上，走漏风声的人其实就是你丈夫？"

劳伦眼泪汪汪地说道："我真的很抱歉……"

"你他妈本来就该觉得抱歉！"我气喘吁吁地说道。盛怒之下，我的腹部像是被人用刀捅了几下似的。可我实在是太生气了，也顾不得痛不痛了。

劳伦又说道："有几回我是想告诉你的，可我害怕说出真相后格雷格会丢掉工作，害怕爸爸会大发雷霆，害怕他……"

"会瞧不起你？"

"我只有这么一个爸爸。"

"我也只有这么一个爸爸，劳伦。"

劳伦盯着病床上的毯子，表情变得哀伤起来。

"我知道凡事一到了你这儿就都不一样了，"她说道，"他不该那么对待你的。"

一瞬间，所有的怨言都如鲠在喉，让我连半个字都说不出来了。

"对不起。从小到大，在你最需要支持的时候，我一次都没有挺身而出帮过你。梅勒妮和我都没有过。"

现在轮到我哭成个泪人儿了，"那时你们自己还是个孩子呢。"

"可现在不是了，"她深深地吸了一口气，"我要对爸爸坦白交代。"

"他会炒了格雷格的。"

"我已经厌倦事事隐瞒了。我也该有所改变。对我而言，你比他更加重要——你是我的姐姐啊。"她看着我的眼睛，"我只希望你能够幸福。"

"我很幸福。"说完，我豁然开朗，觉得自己的确如此。想要的一切我都拥有了，夫复何求？

无论怎样我都没有想到，最后一个来医院探望我的人居然是她。那天我躺在床上，百无聊赖地按着电视遥控器。就在这时，我听到了几声轻轻的叩门声。我循声望去，以为是护士小姐，可门口站着的居然是朱莉娅。她穿着一身白色亚麻套装，看起来既端庄又典雅。不过她显得十分地手足无措。

"我能进来吗？"

好一会儿之后，我才反应过来，连忙开口说道："当然啦，请进。"我连忙关掉了电视，说了声"请坐"，并点了点头，示意她可以坐在床边的椅子上。可她径直走到窗边，然后才停下了脚步。她先是摸了摸花瓶里的一朵花，接着便扯下一片花瓣，用手指卷了起来。终于，她转过身来说道："你杀了他之后，我一直都没联系过你……"她的声音渐渐消失不见。我多想打破这种沉默，大声地问她一连串问题："你为什么要来？听到他的死讯，你是不是很开心？你还是很讨厌我吗？"可我拼命抑制住了心中的冲动，将嘴巴闭得紧紧的。

"我早就想谢谢你了，"她说道，"现在我总算能睡上安稳觉了。"我还来不及开口，她又看着我的眼睛继续说道："凯瑟琳已经搬走了。"

我不知道她为什么要告诉我这个,只好回应道:"真是很遗憾。"

这时她沉思着说道:"过去我一遇到不顺心的事,就会去怪他……"

"他的所作所为……"

"他已经不在了,这也让我明白了不少事情,明白了自己之前的所作所为——它们是怎么影响到我身边的亲朋好友的。一个接一个地,我把他们都赶走了……"她的目光落在了床头柜上放着的相片上,"那是你的女儿吗?"

"她叫艾莉,是的。"

"她长得很可爱。"

"谢谢。"她仔细地看着照片上的艾莉,这时我妈妈端着一杯咖啡走了进来,那是不久前我请她帮我倒的。看见朱莉娅后,妈妈不由得大吃了一惊。

"噢,不好意思,我待会儿再过来。"

"没关系的,妈妈。您不用走。"

朱莉娅的脸一下子就变红了。她紧紧地握着手提包,说道:"我该走了。"

我连忙说:"等一下。拜托了。"她的身子一僵。"朱莉娅,让我来为你介绍一下吧。这位是我的母亲,凯罗琳。"

妈妈看了看朱莉娅,又看了看我,表情一下子就明亮起来。我朝她笑了笑,只需一个眼神便传递了万语千言。妈妈看着我,脸上也浮现出笑容。

她转身面向朱莉娅,并主动伸出了一只手。我大气都不敢出。少顷,朱莉娅也伸出手来。妈妈用双手握住了它,然后说

451

道:"谢谢你把她送到我们身边来。"

朱莉娅连眨了好几下眼睛,最后终于开口说道:"你们一定会为她感到自豪吧?她是一位非常勇敢的女孩。"

"莎拉是我们家最大的骄傲!"妈妈微笑着回答道。一旁的我激动得喉头哽咽,什么话都说不出来了。

这时,朱莉娅说道:"我该走了。"说罢,她又将视线落到了我身上,"至今我都还保留着父亲干木工活时使用的那套工具。如果你愿意,身体恢复后就来我家看看吧。也许会有你需要的东西呢。"

"当然啦,那真是太好了!"朱莉娅的邀请让我颇感意外,而同样令我惊诧不已的是,我体内的创作基因很有可能并非源自约翰。

她飞快地点了点头,随后便大步走出了病房。

妈妈看着我,说道:"她看起来挺和善的。"

我扬起一边的眉毛,"真的吗?"

"她似乎有点儿生气了,不过一看到她,我就想起了你爸爸。"

"你是怎么看出这一点的?"

"他们都是那种恐惧时就会表现得很生气的人。"妈妈一边回答着我的问题,一边坐在了床边的椅子上,"知道吗?昨晚你爸爸在你的床边守了整整一晚上哦。"她笑了笑,然后又回头看向朱莉娅离开的方向,"你的手和她的很像。"

昨天的晚餐是我为艾莉准备的。摊好煎饼后,我又在她的那份上多加了些蓝莓酱和鲜奶油——这段时间我真是把她宠上了天——可我的动作做得太快了,艾莉看见我疼得皱起了眉头。

"可怜的妈妈。你生病的时候,什么才能让你高兴起来呢?"

"你就能让我高兴起来呀。"

她翻了个白眼,"这是个笑话。"

我的心开始忐忑不安起来。

她用她那悦耳动听的声音说道:"你生病的时候,什么才能让你高兴起来呢?"

我只好陪她玩下去。

"是泡菜吗?"

"是一张写着'祝你快点跑起来吧'的卡片呀!"说完,她便咯咯地笑了起来。

"你是从哪里听到这个笑话的呀?"

"我不知道,"她耸了耸小小的肩膀,"我喜欢笑话。"她咧开缺了牙的嘴,笑了。我好想对她说,这种笑话实在是太傻了;我更想用个放大镜,把约翰留在她身上的点点滴滴全部找到,然后统统剔除干净。可当我看着她笑嘻嘻地啃下一大口煎饼时,脑中突然浮现出一个场景,在那里,有位父亲正严厉地呵斥着自己的儿子,不准他讲任何笑话。

"我也喜欢,艾莉。"

致　谢

本书得以顺利完稿，完全有赖于诸多人士的大力协助。他们付出了珍贵的时间，为我提供了大量宝贵的信息。若是没有他们的帮忙，没有创作过程中和他们共享的一杯杯咖啡和一碗碗爆米花，摆在读者面前的这部作品是不可能完成的。首先我要感谢的是多萝西·哈茨霍恩阿姨和丹·哈茨霍恩叔叔。多萝西阿姨为本书的架构提出了许多宝贵意见，并通过电子邮件帮助我做出了无数个选择；丹叔叔在枪械知识方面令我受益良多。同时，我想再次感谢兰尼·布朗和香农·罗伯茨。如果没有他们的反馈意见，我的作品只能原地踏步。此外，我想对我的特约评论员卡拉·巴克利致以最深的谢意。这位真诚的朋友以及杰出的作家通过网络陪伴我度过了无数个漫长而又孤单的日子。

本书的完成还得益于许多专业人士提供的相关信息。在此，我要特别感谢莫法特警官，麦克尼尔上士，道格·汤森，E.魏森伯格博士，尼娜·埃文斯-洛克和加里·罗杰斯。他们慷慨地付出了宝贵的时间。若文中相关信息有误，将由本人全权负责。我还要特别感谢塔玛拉·波普皮特，在她的指导下，我了解到了六岁女孩的言行举止；感谢珊迪·杰克，她阅读了我的初稿，并让我从她家的法国斗牛犬艾迪身上获取了创作灵感；感谢史蒂芬妮·帕多，我曾就药物的使用向她提出了各种各样奇奇怪怪的问题，感谢她——为我解答，并且没有嘲笑我——相信我，那些问题通常都很古怪。

任何一位作家都需要由一个强有力的团队来支持其工作。非常幸运的是，我的经纪人梅尔·伯杰就是团队中的杰出代表。他总是不厌其烦地为我答疑解惑，写给我的邮件中充满着智慧的光芒。格雷厄姆·贾内克亦是这个团队中不可或缺的一分子。他就像及时雨，总能给我提供最为需要的支持与帮助。此外，他发来的邮件总是那么风趣幽默。能与圣马丁出版社及我的编辑珍·恩德林合作，实乃本人莫大之荣幸。每当我进程缓慢、沮丧之至时，珍的真知洞见总能让我如醍醐灌顶般振作起来。同时，我还要感谢莎莉·理查德森，马修·切斯，丽莎·塞茨，莎拉·戈德斯坦，安·戴和洛伦·贾格斯；也要感谢丽莎·温斯坦利，这位加拿大籍公关的日程表排得满满当当，我应该买下全世界的汉堡包来犒劳她。

我要感谢丽莎·加德纳和卡林·斯劳特，他们二位不遗余力地帮助了一位刚出道的作家。唐·泰勒，您是一位真正的绅士。同时，我还想感谢我的海外出版商，正是有了他们，我的作品才能走向全世界。此外，我还想对带我前往阿姆斯特丹的卡格献上一份特别的谢意。那次旅行带给我诸多灵感，对我之后的创作大有裨益。

同时，我还要感谢我的朋友和家人。他们让我的付出有了意义，也正是他们在我连续数月情绪低落时给予了我深深的理解。最后，我必须要感谢我的先生康尼尔，世间万事变换流转，唯有他是我坚实的依靠。